DE WINDDANSER

D1396382

Iris Johansen

De winddanser

Uitgeverij Luitingh ~ Sijthoff

Voor meer informatie: kijk op **www.boekenwereld.com**

© 2001 by Johansen Publishing LLLP
All rights reserved
© 2002 Nederlandse vertaling
Uitgeverij Luitingh ~ Sijthoff B.V., Amsterdam
Alle rechten voorbehouden
Oorspronkelijke titel: *Final Target*
Vertaling: Cherie van Gelder
Omslagontwerp: Karel van Laar
Omslagfotografie: Picture Box

CIP/ISBN 90 245 4490 4
NUGI 331

Voor Linda Howard, Catherine Coulter, Kay Hooper en Fayrene Preston. Fantastische schrijvers en de allerbeste vrienden. Bedankt voor al die fantastische jaren, jongens.

Proloog

September
Vasaro, Frankrijk

Winddanser.
Ga naar de Winddanser.
Overal bloed.
Hij kwam op haar af.
Cassie schreeuwde en rende de slaapkamer uit.
'Kom hier!' De man met de bivakmuts holde achter haar aan.
Haar witte nachtpon fladderde om haar heen terwijl ze door de gang rende en de trap af, snakkend naar adem omdat ze zo hard moest huilen. Ze moest naar de Winddanser toe. Als ze daar was, kon haar niets overkomen.
'Hou verdomme dat kind tegen!' De man boog zich over de leuning. De man die Pauley in haar slaapkamer had neergeschoten nadat Pauley voor haar was gesprongen. Hij stond te schreeuwen tegen de drie gemaskerde mannen die beneden in de hal stonden. Nog meer bloed. Nog meer lichamen die op de grond lagen...
Een paar treden voordat ze beneden was, bleef ze verstijfd van schrik staan.
Mama en papa waren er niet. Ze waren in Parijs. Alleen Jeanne, haar kindermeisje, was hier bij haar in huis. En de mannen van de geheime dienst. Waar was Jeanne?
'Kom maar, kleintje.' Daar was ze, op de drempel van de studeerkamer. De Winddanser stond ook in de studeerkamer. Als ze bij hem kon komen, zou ze veilig zijn.
Jeanne glimlachte. 'Kom maar, Cassie.'
Zag ze dan niet dat die drie mannen nog tussen haar en de studeerkamer stonden? Maar misschien kon ze langs hen heen glip-

pen. De studeerkamer was links van de trap. Ze sprong over de leuning en rende meteen door.

'Slimme meid.' Jeanne trok haar haastig de studeerkamer binnen en deed de deur op slot.

Cassie wierp zich in Jeannes armen. 'Hij heeft Pauley neergeschoten. Ik werd ineens wakker en toen stond hij bij het bed en... Pauley bloedde zo erg...'

Jeanne klopte haar op de rug. 'Ik weet het, Cassie. Dat moet ontzettend naar zijn geweest. Maar nu ben je bij mij.'

Cassie klemde zich in paniek aan haar vast. 'Ze zijn in de hal. Zo meteen trappen ze de deur in. Dan schieten ze ons dood.'

'Ze schieten ons echt niet dood. Ik zorg toch altijd dat je niets overkomt?' Ze gaf haar een zetje en knikte naar de Winddanser die op een voetstuk in de hoek stond. 'Ga nou maar naar je vriendje toe, terwijl ik bedenk wat we moeten doen.'

'Ik ben bang, Jeanne. Zo meteen trappen ze de deur in en...'

'Niet meer huilen.' Ze draaide zich om. 'Vertrouw me nu maar, Cassie.'

Ze kon niet ophouden met huilen. Ze vertrouwde Jeanne heus wel, maar ze kwamen vast binnen. Niemand kon ze tegenhouden.

De Winddanser.

Ze holde door de kamer en keek op naar het standbeeld. Ze hadden een wonder nodig en iedereen zei dat het standbeeld toverkracht had. En dat wist Cassie ook zeker. Als ze vlak bij de Winddanser stond, kon ze dat gewoon voelen. Natuurlijk was dit niet het echte standbeeld, maar papa had gezegd dat het hologram er als twee druppels water op leek. Dan moest het ook genoeg toverkracht hebben om hen te redden.

'Help ons,' fluisterde ze. 'Alsjeblieft. Ze willen ons kwaad doen.'

De Pegasus keek haar aan met schitterende ogen van smaragd, die alles leken te begrijpen. Het kwam best in orde. De rillingen die haar over de rug liepen, maakten langzaam maar zeker plaats voor het behaaglijke gevoel dat haar altijd bekroop als ze bij het standbeeld was. Jeanne en de Winddanser waren bij haar. Nu kon er niets meer gebeuren...

Iemand klopte op de deur.

Ze draaide zich met een ruk om en besefte vol schrik dat Jeanne naar de deur liep.

'Néé.'

'Stil.'

Ze holde naar haar toe. 'Nee, Jeanne. Hij zal...'

Jeanne duwde haar opzij en deed de deur open.

Het wás 'm, de man met de bivakmuts. 'Ik zei toch...'

'Dat zal tijd worden,' zei Jeanne. 'Waar heb je verdomme uitge-hangen, Edward?'

'Schoon schip gemaakt. Het hele huis zat vol agenten van de ge-heime dienst. Ik wist dat ze bij jou veilig was, dus dat karweitje heb ik eerst opgeknapt.' Hij liep de studeerkamer in. 'De heli-kopter komt eraan. Ik kan het kind nu wel meenemen.'

'Doe dat dan. Het wordt tijd dat er een eind aan komt.' Jeanne sloeg haar armen over elkaar. 'Ik heb aan vanavond een nare smaak in mijn mond overgehouden.'

'Dat komt omdat je zo'n teer zieltje bent. Maar niet te teer om al dat geld aan te pakken en te maken dat je wegkomt.' Hij keek Cassie aan. 'Kom, Cassie. We moeten ervandoor, er wordt op ons gewacht.'

'Jeanne?' Ze week achteruit toen de man naar haar toe kwam. 'Jeanne, help me...'

'Je moet met hem mee. Als je braaf bent en naar hem luistert, zal hij je niets doen.' Haar stem was hard, ze klonk helemaal niet als Jeanne.

Deze man had Pauley neergeschoten en hem op het vloerkleed in haar slaapkamer laten liggen terwijl het bloed uit zijn borst gut-ste. Hoe kon Jeanne nou zeggen dat hij haar niets zou doen? En dat ze met hem mee moest? Waarom keek ze Cassie zo raar aan?

'Papa,' jammerde ze. 'Papa.'

Door de gaten in de bivakmuts keken de groene ogen van de man haar glinsterend aan toen hij naar haar toe kwam. 'Papa is er niet. Er is hier niemand die je kan helpen, dus wees niet zo lastig.'

Ze week nog verder achteruit. 'Jeanne?'

'Hou op,' zei Jeanne bits. 'Ik kan je niet helpen. En dat wil ik ook niet. Ga maar met hem mee.'

Tegen haar rug voelde Cassie het koele marmer van het voetstuk waar het standbeeld op stond en een sprankje hoop laaide in haar op. 'Nee, ik ga niet mee. Je kunt me niet dwingen. Dat vindt hij toch niet goed.'

'Hij?'

'Ze is stapelgek op dat stomme standbeeld,' zei Jeanne. 'Volgens haar krijgt dat verdomde ding alles voor elkaar.'

'Verdomde?' Hij keek strak naar het hologram. 'Dat is bijna heiligschennis, Jeanne. Het is schitterend. Heb je daar dan geen waardering voor?'

'Ik heb waardering voor het geld dat het ding ons zou kunnen opleveren.'

'Maar het is niet echt en dat is Cassie wel. Pak haar maar.'

'Pak haar zelf.'

'Als je mee wilt met de helikopter, zul je er iets voor moeten doen.'

'Ik heb al genoeg gedaan. Je had dit nooit voor elkaar gekregen, als ik je niet zou hebben verteld hoe de gang van zaken hier was en de deur...' Ze ving zijn blik op. 'O, mij best.' Ze liep met grote passen de kamer door. 'Vooruit, Cassie. Je kunt toch niet tegen ons op. Als je dat probeert, zullen we je alleen maar pijn moeten doen.'

Haal me hier weg, bad Cassie. *Haal me hier weg. Haal me hier weg.*

Jeanne legde een hand op haar schouder.

Haal me hier weg.

'Je wilt toch niet dat hij je neerschiet, net zoals hij met Pauley heeft gedaan? Want dat doet hij echt. Je moet naar hem luisteren, anders...'

'Ze schijnt je niet te geloven,' zei de man zacht. 'Ik denk dat ze nog een bewijs nodig heeft.'

'Wat bedoel...'

Jeannes hoofd spatte uit elkaar.

Cassie gilde toen het hersenweefsel op haar borst spatte. Ze kromp in elkaar op de grond en staarde met grote ogen naar Jeannes verminkte gezicht.

Haal me hier weg.

'Hou op met dat gegil.'

Haal me hier weg.

'Sta op.' Hij stak zijn hand uit en rukte haar overeind. 'Waarom zou je het erg vinden dat ik me van haar ontdaan heb? Ze heeft je vriend de Winddanser beledigd en ze was een judas. Eens een judas, altijd een judas. Weet je wat een judas is, kleine meid?'

Haal me hier weg. Haal me hier weg. Haal me hier weg.

Het was zover. Hij verdween langzaam uit het zicht, alsof hij aan het eind van een lange tunnel stond.

'Maar dat zal jou niet overkomen, als je tenminste niet lastig bent. Doe nou maar wat ik tegen je zeg, dan zal... Verduiveld, wat krijgen we nou!'

Geweerschoten.

Hij liet haar los en holde de hal in.

Ze zakte weer op de grond naast Jeanne. Bloed. Dood. Judas. Ze was niet bang meer. Ze ging weg. Nu zat ze in die tunnel en ze was helemaal niet bang in het donker. Zolang ze in die tunnel bleef, zou ze veilig zijn en kon haar niets overkomen. Ze zonk met de minuut dieper in die duisternis weg.

'Cassie?'

Een man knielde voor haar neer. Zonder bivakmuts. Donkere ogen, net als papa. 'Ik ben Michael Travis. Alle slechte mensen zijn weg. Er kan je niets meer gebeuren. Ik moet je nu even aanraken, om te kijken of je niet gewond bent. Is dat goed?'

Ze gaf geen antwoord. Ze hoefde niet bang meer te zijn. Hij had de monsters weggejaagd. Zo meteen zou hij ook weg gaan, maar wat er buiten de tunnel gebeurde, was niet belangrijk.

Ze voelde zijn handen over haar armen en benen glijden, toen waren ze weer weg.

'Kom maar, lieverd.' Zijn mond verstrakte toen hij naar Jeanne keek. 'We zullen je hier maar gauw weghalen. Ik neem je mee naar de keuken, dan kunnen we je even opfrissen terwijl we op je mama en papa wachten.' Hij tilde haar op en liep naar de deur. 'Ik weet dat je het bijna niet kunt geloven, maar alles komt heus weer in orde.'

Ze kon het best geloven. Zeker nu ze steeds verder de tunnel in kroop. Alles was in schaduwen gehuld, maar ze was niet bang in het donker. Toen ze bij de deur waren, keek ze over Michaels schouder naar de Winddanser. Ogen van smaragd keken haar dwars door de kamer aan. Wat raar. Ze zagen er even woest en wreed uit als die van de draak op het plaatje in het boek dat ze van papa had gekregen. Maar haar Winddanser was nooit wreed. En er was ook niets anders dat wreed was. Niet hier. Niet meer. Maar voor alle zekerheid kroop ze toch dieper de tunnel in.

I

Mei
Cambridge, Massachusetts

'Het spijt me dat ik je in examentijd voor het blok moet zetten, Melissa.' Karen Novak klonk een beetje aarzelend. 'Als we het op een andere manier konden oplossen...'
'Jullie willen dat ik m'n biezen pak.' Daar keek ze niet echt van op. Melissa wist dat het daarop uit zou draaien.
'Tot je dat probleem onder controle hebt. We hebben twee straten verder een studentenflatje voor je gevonden. Je kunt er meteen intrekken.'
Melissa keek haar andere kamergenoot aan. 'Wendy?'
Wendy Sendle knikte met een ongelukkig gezicht. 'Volgens ons kun je beter op jezelf gaan wonen.'
'Dat zal voor jullie in ieder geval prettiger zijn.' Ze stak haar hand op toen Wendy haar mond opendeed om te protesteren en zei vriendelijk: 'Al goed. Ik begrijp het best. Ik neem het jullie echt niet kwalijk. Ik zal meteen gaan pakken, dan ben ik vanavond weg.'
'Zoveel haast heeft het ook weer niet. Morgen is ook...' Wendy hield haar mond toen Karen haar veelbetekenend aankeek. 'We willen je met alle liefde helpen inpakken.'
Melissa wist heel goed dat ze haar niet nog een nacht in huis wilden hebben. 'Bedankt.' Ze deed haar best om te glimlachen. 'Kijk maar niet zo schuldig. We zijn al zo lang vriendinnen, dat zal hierdoor heus niet veranderen.'
'Ik hoop het niet,' zei Karen. 'Je weet dat we je ontzettend graag mogen. We hebben echt geprobeerd het zo lang mogelijk uit te houden, Melissa.'
'Dat weet ik wel. Jullie zijn heel verdraagzaam geweest.' Ze had

al weken geleden weg moeten gaan, maar ze had zich hier veilig gevoeld. 'Dan ga ik nu maar naar de badkamer om mijn toilet-spulletjes in te pakken.'

'Melissa, heb je weleens overwogen om terug te gaan naar Juni-per?' Wendy liet haar tong over haar lippen glijden. 'Misschien kan je zuster je helpen.'

'Ik zal er eens over nadenken. Op dit moment heeft Jessica het nogal druk met een nieuw geval.'

'Maar jullie zijn zo ontzettend aan elkaar gehecht. Ik weet zeker dat ze dat nieuwe project af zou blazen, als ze dit wist.'

'Dat zal moeilijk gaan. Maak je geen zorgen, ik red me best.' Ze trok de deur van de badkamer achter zich dicht en leunde er met een bonzend hart tegen aan. Rustig blijven. Ook al zou ze van-nacht alleen zijn. Misschien gebeurde er nu niets. Misschien bleef het wel weg.

Maar de afgelopen paar weken was ze er voortdurend door ge-kweld. In het begin was het iets vaags geweest, iets dat in het warrelende duister nauwelijks te onderscheiden was. Maar de laatste tijd kwam het steeds dichterbij. Ze wist dat het niet lang meer zou duren tot ze het duidelijk zou kunnen zien.

O god, als ze het maar niet hoefde te zien.

Juniper, Virginia

'Cassie heeft weer een nachtmerrie gehad,' zei Teresa Delgado terwijl ze op de drempel van Jessica's slaapkamer bleef staan. 'Een nare.'

'Ze zijn allemaal naar.' Jessica Riley wreef in haar ogen voordat ze rechtop ging zitten en haar kamerjas pakte. 'Je hebt haar toch niet alleen gelaten?'

'Alsof jij hier de enige bent die weet wat er moet gebeuren. Ra-chel is bij haar.' Ze trok een gezicht. 'Maar we hadden Cassie net zo goed alleen kunnen laten. Ze heeft zich als een bal opgekruld en ligt met haar gezicht naar de muur. Ik heb geprobeerd haar gerust te stellen, maar zoals gewoonlijk doet Cassie net alsof ze me niet hoort. Zo doof als een kwartel.'

'Ze is niet doof.' Jessica liep langs haar heen de gang in. 'Ze weet precies wat er om haar heen gebeurt. Ze wil er gewoon niets mee te maken hebben. Ze is alleen kwetsbaar als ze slaapt, want dan kan ze zich niet afsluiten.'

'Misschien moet je haar dan behandelen als ze slaapt. Door haar te hypnotiseren of zo,' zei Teresa. 'Want als ze wakker is, schiet je niets met haar op.'

'Je moet me wel de tijd gunnen. Ze is pas een maand bij me. We beginnen elkaar net een beetje te kennen,' zei Jessica. Maar Teresa had gelijk, er was nauwelijks vooruitgang te zien. Sinds dat voorval in Vasaro, acht maanden geleden, zat het kind gevangen in een dwangbuis van stilte. Eigenlijk had ze daar al min of meer uit verlost moeten zijn, dacht ze. Meteen daarna probeerde ze die twijfel weer van zich af te zetten. Ze was gewoon moe. Jezus, een kind dat acht maanden in een catatonische toestand verkeerde, was niets vergeleken bij andere kinderen die ze behandeld had. Maar dat was moeilijk te aanvaarden als het om een zevenjarig meisje ging dat hoorde rond te rennen, te spelen en volop van het leven te genieten. 'En het is beter als zij zelf de eerste stap op weg naar genezing zet. Ik wil haar niet dwingen.'

'Jij bent de dokter,' zei Teresa. 'Maar als een nederige verpleegster je een goeie raad mag geven, zou ik...'

'Nederig?' Jessica lachte. 'Hoe kom je daarbij? Je hebt me vanaf het eerste jaar dat ik als coassistent ging werken verteld wat ik moest doen.'

'En dat was nodig ook. Per slot van rekening had ik toen al dertig jaar ervaring en ik moest je gewoon intomen. Jij was echt zo'n fanatieke dokter die van geen ophouden weet. En dat ben je nog steeds. Je kunt dat kind best een nachtje aan ons overlaten, zodat jij ook een keer acht uur slaap krijgt.'

'Ze moet beseffen dat ik altijd voor haar klaarsta.' Ze haalde haar schouders op. 'En ik had toch niet veel langer kunnen slapen. Haar vader komt haar opzoeken. Hij heeft gezegd dat hij hier om drie uur is.'

Teresa floot zacht. 'Dus de grote baas komt ons vannacht met een bezoek vereren?'

'Nee, Cassies vader komt bij zijn dochter op bezoek.' Volgens veel mensen was Jonathan Andreas een van de populairste presidenten die de Verenigde Staten ooit hadden gehad, maar zo dacht Jessica nooit aan hem. Ze had hem een maand geleden voor het eerst ontmoet en ze had hem vanaf dat moment gewoon beschouwd als een vader die verschrikkelijk bezorgd was over zijn kind. 'Dat zou jij toch moeten weten. Je hebt gezien hoe hij met haar is. Een doodgewone man met een enorm probleem.'

'En dus geef jij je hele leven op en laat je eigen huis gebruiken als een privékliniek voor zijn dochter. Het lijkt hier verdomme wel een concentratiekamp. Je kunt niet eens een eindje gaan wandelen zonder een agent van de geheime dienst achter je aan te krijgen.'

'Dat heb ik zelf voorgesteld. De president wilde haar verborgen houden voor de media en dit is een vrij afgelegen huis dat gemakkelijk te bewaken is. Cassie heeft bescherming nodig. Je weet toch wat zich in Vasaro heeft afgespeeld.'

'En als dat nu hier ook gebeurt?'

'Dat is onmogelijk. De president heeft me verzekerd dat niemand langs de bewaking kan komen.'

'En daar vertrouw je op?'

'Ja hoor.' Andreas wekte vertrouwen op. 'Trouwens, hij is dol op zijn dochter. Hij heeft een enorm schuldcomplex aan Vasaro overgehouden. Hij zou nooit durven riskeren dat zich weer zo'n drama afspeelt.'

'Je bent wel heel edelmoedig. Het is me opgevallen dat hij jou juist heel koel behandelt.'

'Dat geeft niet. Volgens mij is hij doodziek van al die psychiaters. En het is heel normaal dat mensen het niet leuk vinden om hun kind bij een vreemde achter te moeten laten. We komen er wel uit.' Ze knikte tegen James Fike, de agent van de geheime dienst die voor Cassies deur de wacht hield. 'Hallo, James. Heb je al gehoord dat de president op bezoek komt?'

Hij knikte. 'De arme kerel, hij treft het niet vannacht.'

'Nee.' Maar het was vrijwel iedere nacht mis met Cassie Andreas. 'Helaas kan hij alleen maar komen als niemand het in de gaten heeft. We willen niet opgezadeld worden met een legertje verslaggevers voor de deur.'

'Nee, dat zou ons allemaal nachtmerries bezorgen.' Hij deed de deur voor haar open. 'De kleine meid lag vreselijk te schreeuwen.

Als het niet al zo vaak was gebeurd, was ik met getrokken pistool naar binnen gestormd. Ik waarschuw u wel als de president bij het hek is.'

'Dank je, James.'

'Heb je mij nog nodig?' vroeg Teresa.

Ze schudde haar hoofd. 'Ga maar een pot koffie voor de president zetten. Daar zal hij wel behoefte aan hebben.' Ze knikte tegen de verpleegster die in de stoel naast het bed zat. 'Bedankt, Rachel. Is er nog iets wat ik moet weten?'

'U hoeft alleen maar naar haar te kijken.' De jonge vrouw stond op. 'Ze heeft geen vin verroerd vanaf het moment dat Teresa de kamer uitliep.' Ze glimlachte tegen Cassie. 'Tot straks, lieverd.'

Jessica ging zitten en leunde achterover in de stoel. Ze hield even haar mond, tot Cassie aan haar aanwezigheid was gewend. Het kind had een gezonde kleur, maar ze was de afgelopen paar weken nog magerder geworden en haar gezicht was ingevallen. Het leek alsof ze met een slaapwandelaar van doen hadden. Deze Cassie vormde een schrijnend contrast met de foto's die Jessica van haar had gezien uit de tijd voor Vasaro. Met haar lange, glanzende, bruine haren en haar stralende glimlach was ze het lievelingetje van het Witte Huis geweest. Een levenslustige rakker. Het kind dat bij iedere Amerikaan als poster aan de muur hing...

Ze vroeg zich af wanneer ze eindelijk verstandig zou worden. Ze mocht niet altijd volschieten. Haar geachte collega's lieten geen kans voorbijgaan om haar erop te wijzen dat er nog nooit een patiënt was genezen omdat de behandelende arts zoveel medeleven toonde.

Ach, ze konden barsten. Als je er maar voor zorgde dat je er niet door verblind en belemmerd werd, kon je met liefde verdomd veel voor elkaar krijgen.

'Dat was een behoorlijk nare droom, hè? Wil je er met me over praten?'

Geen antwoord. Dat had ze ook niet verwacht, maar ze gaf Cassie altijd de kans. Misschien gebeurde er op een dag een wonder en zou Cassie de verleiding niet kunnen weerstaan om uit haar donkere hol te komen en antwoord te geven op een van haar vragen. 'Ging het over Vasaro?'

Geen antwoord.

Ze had vast over Vasaro gedroomd. Angst, dood en verraad waren echt dingen om nachtmerries van te krijgen. Maar wat was de voornaamste reden dat ze zich van de buitenwereld had afgesloten? Het kindermeisje op wie ze zo dol was geweest en dat ze had vertrouwd, maar dat toch bereid was geweest om haar aan de moordenaars uit te leveren? Het feit dat eerst haar bewaker van de geheime dienst en vervolgens het kindermeisje vermoord waren? Het zou wel een optelsom van redenen zijn. 'Je papa komt zo bij je op bezoek. Zal ik je haar borstelen?'

Geen antwoord.

'Eigenlijk hoeft dat ook niet. Je ziet er toch wel heel mooi uit. Als je het niet erg vindt, blijf ik hier zitten tot je papa er is, dan kunnen we nog een beetje met elkaar praten.' Ze glimlachte. 'Nou ja, ik bedoel dat ik tegen jou praat. Jij schijnt er voorlopig geen zin meer in te hebben. Maar dat geeft niks, hoor. Je haalt de schade wel weer in als je besluit terug te komen. Mijn zusje, Mellie, kletst iedereen tegenwoordig de oren van het hoofd en zij heeft zich zes jaar lang als een oester gedragen. Ik hoop dat jij niet van plan bent om zo lang weg te blijven. Mellie voelt zich nu veel prettiger.' Ontspanden de verkrampte spieren van Cassie zich een beetje? 'Trouwens, jij ligt nu in Mellies kamer. Ze is dol op geel en ik heb echt mijn best moeten doen om haar zover te krijgen dat ze dit crèmekleurige behang koos in plaats van geel. Mellie houdt het meest van felle kleuren. Toch is het wel een vrolijke kamer geworden, hè?'

Geen antwoord, maar Jessica hoopte dat Cassie naar haar lag te luisteren, waar ze ook was. 'Mellie is nu op Harvard, daar studeert ze om dokter te worden, net als ik. Ik mis haar heel erg.' Ze zweeg even. 'Net zoals jouw mama en papa jou heel erg missen. Mellie belt me iedere week om even met me te praten en dat helpt echt. Ik wed dat jouw papa het ook heel fijn zou vinden als jij vanavond met hem zou willen praten.'

Geen antwoord.

'Maar ook als je niet met hem wilt praten zal hij het toch fijn vinden dat hij weer even bij je kan zijn. Hij houdt heel veel van je. Weet je nog dat hij altijd met je speelde? Ja, dat weet je nog best. Je kunt je alles herinneren, de nare dingen maar ook de goede. En waar je nu bent, kunnen die nare dingen je geen verdriet doen, hè? Maar als je in slaap valt, krijg je wel verdriet. Als je weer bij ons terugkomt, houden die dromen vanzelf op, Cassie. Het zal even duren, maar er komt een eind aan.'

Ze voelde instinctief dat Cassie weer begon te verkrampen.

'Niemand zal je dwingen om terug te komen als jij dat nog niet wilt. Op een dag ben je zover en dan ben ik bij je om je te helpen. Ik weet hoe dat moet, Cassie,' voegde ze er zacht aan toe. 'Ik heb met Mellie precies hetzelfde meegemaakt. Ik vraag me af waar je nu bent. Toen Mellie weer terug was, vertelde ze dat het leek alsof ze in een groot, donker bos zat, onder een luifel van hoge bomen. Maar andere kinderen die zich verstopt hadden, zeggen dat ze in een mooie, behaaglijke grot zaten. Ben jij daar nu ook?'

Geen antwoord.

'Nou ja, dat zul je me wel vertellen als je weer terugkomt. Ik ben een beetje moe, dus vind je het goed dat ik even uitrust tot je papa hier is?' Lieve god, wat hingen die vragen haar de keel uit. Geef me alsjeblieft één keer antwoord, schattebout. Ze sloot haar ogen. 'Ga maar gerust slapen als je daar zin in hebt. Ik maak je wel wakker als je weer een nare droom krijgt.'

Parijs

Glimmende ogen van smaragd, opgetrokken lippen en tanden die op het punt stonden hem te bijten?

Edward ging met een ruk rechtop in bed zitten. Zijn hart bonsde. Hij was drijfnat van het zweet.

Het was maar een droom.

Wat belachelijk om zich zo druk te maken dat hij zelfs van het standbeeld begon te dromen. Het zou wel komen door de vernedering die hij in Vasaro had ondergaan.

Maar dat was zijn schuld niet. Het plan was volmaakt geweest. Als Michael Travis niet tussenbeide was gekomen, zou hij het kind in handen hebben gehad. Hoe wist die smeerlap dat die overval zou plaatsvinden? Ergens moest een lek zitten. Maar dat zou hij wel vinden en dan kon hij op zoek gaan naar Michael Travis om de schoft een kogel door de kop te jagen.

Omdat hij inmiddels klaarwakker was, besloot hij naar de kamer te gaan. Alleen de gedachte daaraan bracht hem al tot rust. Hij stond op en liep naar beneden. De rijk met houtsnijwerk versierde deur glansde in het zachte licht. Zodra hij in de kamer was, zou hij de gedachte aan die kleine misstap in Vasaro wel weer naar zijn achterhoofd kunnen verdringen. Hij ging er in ieder geval mee door en binnenkort kreeg hij toch wel waar hij zijn zinnen op had gezet.

Met inbegrip van de dood van Michael Travis.

Georgetown

'Waar voor de donder zit Michael Travis?' wilde Andreas weten toen Ben Danley in de limousine stapte. 'Het is nu al acht maanden geleden. Hoe lang doet de CIA erover om één man te vinden?'

'We zitten hem op de hielen.' Danley liet zich op de stoel tegenover Andreas zakken. 'We hebben inmiddels ontdekt dat hij in Amsterdam zit. U begrijpt het probleem niet, meneer de president. Hij heeft vanaf zijn geboorte in contact gestaan met de onderwereld. Zijn vader was een dief en een smokkelaar en in zijn jeugd heeft hij overal in Europa en Azië gewoond. Hij heeft contactpersonen die...'

'Dat heb je me allemaal al verteld.' En Andreas had geen zin om het hele verhaal nog een keer te horen. Hij wilde Travis in plaats van allerlei excuses.

'Ik probeer alleen maar uit te leggen dat hij zich in kringen beweegt, waarin hij nauwelijks opgespoord kan worden. We verwachten dat we binnen twee dagen precies weten waar hij zit.' Hij zweeg even. 'U hebt ons nog niet verteld wat we moeten doen als we hem gevonden hebben, meneer.'

Andreas keek hem zijdelings aan.

'Wilt u dat hij... een ongeluk krijgt, meneer de president?'

Andreas glimlachte spottend. 'Maar Danley, je weet toch wel dat de CIA geen sancties meer uitvoert. Jullie hebben het imago van de dienst behoorlijk opgepoetst.'

'Ik zeg ook niet dat we het zouden doen,' zei Danley. 'Ik vroeg alleen maar wat u wilde.'

'Wat voorzichtig.'

'Het is een logische vraag. Als Travis de man achter Vasaro is, begrijp ik best waarom...'

'Daar zat Travis helemaal niet achter. Ik wil niet dat hem iets overkomt,' viel Andreas hem in de rede. 'En jullie hebben geen flauw idee wat zich in Vasaro heeft afgespeeld.'

'Neem me niet kwalijk, meneer, maar Keller van de geheime dienst heeft ons natuurlijk wel inzage in hun dossiers gegeven, aangezien die aanslag op u buiten de vs plaatsvond.'

'Het was Travis niet.'

'Waarom maken we nu dan al acht maanden jacht op hem?'

'Omdat ik jullie daarvoor opdracht heb gegeven.' Hij keek door het raampje naar de donkere nacht. 'En het leek me dat jullie een verdomd goede reden moesten hebben om naar hem op zoek te gaan. Wat heeft Keller je verteld?'

'Dat er een aanslag op uw leven is gepleegd, dat het kindermeisje en zes mannen daarbij gedood zijn en dat drie anderen gewond zijn geraakt. Gelukkig waren u en de First Lady naar Parijs vertrokken.'

'Gelukkig?' Zijn stem klonk bijtend. 'Besef je wel dat mijn dochter sinds die avond geen woord meer heeft gezegd? En dat mijn vrouw op het randje van een zenuwinzinking stond nadat ze zes maanden lang had geprobeerd om voor een kind te zorgen dat haar aankijkt alsof ze een wildvreemde is?'

'Neem me niet kwalijk. Het ontglipte me gewoon. Ik bedoelde alleen...'

'Ik weet wat je bedoelde.' Andreas deed zijn ogen dicht. 'Ik had niet zo moeten uitvallen. Maar ik heb de laatste tijd verschrikkelijk onder druk gestaan.'

'Ik dacht eigenlijk dat het veel beter ging met Cassie en dat ze binnenkort weer thuis zou komen.'

'Die verklaring is alleen tegen de pers afgelegd om te voorkomen dat er verslaggevers naar haar op zoek gaan. Ze verkeert nog in precies dezelfde toestand als toen we haar vanuit Vasaro mee naar huis namen. We hebben er vier verschillende psychiaters bij gehad en die zijn geen ruk opgeschoten.'

'Maar met een beetje geduld zou...'

'Ik wil haar nu weer gezond hebben.' Hij deed zijn ogen open. 'En ik wil er zeker van zijn dat ze veilig is. Je moet Travis vinden.'

'Keller en zijn mannen zullen ervoor zorgen dat haar niets kan overkomen. Ze weten verdomd goed dat ze anders gekielhaald worden.'

'Dat is ze in Vasaro ook niet gelukt. Als Travis niet had ingegrepen, zou ze nu dood zijn of gegijzeld.'

'Wat?'

'Tien minuten na het begin van de overval op Vasaro verschenen Travis en zijn mannen op het toneel. Ze hebben drie van de overvallers gedood, een vierde is ontsnapt. Ik werd in Parijs door Travis gebeld en kreeg van hem te horen wat er was gebeurd.'

'Dus hij heeft uw dochter gered?'

Andreas knikte. 'En hij is bij haar gebleven tot wij terug waren. Maar er stond een helikopter op hem te wachten en in alle heisa na onze thuiskomst is hij weggeglipt.'

Danley floot zacht. 'Waardoor Keller behoorlijk in zijn hemd kwam te staan.'

'Hij kon hem niet in de boeien slaan. Travis was de grote held... althans dat dachten we toen.'

'Hebt u rekening gehouden met de mogelijkheid dat de redding een poging was om ons zand in de ogen te strooien?'

'Nee, een van de gewonde agenten van de geheime dienst heeft bevestigd dat Travis niet bij de aanvallers hoorde en dat hij Cassie wel degelijk heeft gered.'

'Maar u bent niet naar hem op zoek om hem een medaille op de borst te spelden.'

'Ik heb hem gevraagd hoe hij wist dat er een poging zou worden gedaan om haar te ontvoeren en hij zei dat hij behalve in andere zaken ook in inlichtingen handelt.'

'Dat klopt. In de loop der jaren heeft hij ons een paar keer inlichtingen in handen gespeeld in ruil voor andere dingen. Maar als hij de overval wilde verhinderen, waarom heeft hij dan niet gewoon de geheime dienst opgebeld om hen te waarschuwen?'

'Dat heb ik hem ook gevraagd. Hij zei dat hij er te laat achter kwam en dat de overval al was ingezet.'

'Dat klinkt verdacht.'

'Hij had net mijn kind gered. Het leek me niet het juiste moment om hem de duimschroeven aan te leggen. We dachten dat we nog tijd genoeg hadden. En we wisten meteen dat er iets helemaal mis was met Cassie. Dat was op dat moment het belangrijkste voor me. En dat is het nog steeds.' Zijn mond verstrakte. 'Travis heeft tegen me gezegd dat de kans groot is dat ik helemaal het doelwit niet was. Het zou kunnen dat ze het alleen op Cassie hadden voorzien.'

'Wat?'

'Hoe kun je een vader beter onder druk zetten dan door zijn kind te bedreigen?'

'Heeft hij namen genoemd?'

'Dacht je dat ik die niet aan jullie had doorgegeven als dat het geval was geweest? Hij zei dat hij geen namen kende. Hij wist alleen dat er een overval op Vasaro was beraamd.'

'Denkt u dat hij loog?'

'Hoe moet ik dat weten? Maar als hij zo goed is in het verzamelen van inlichtingen, dan moet hij verdomme ook in staat zijn om uit te vissen wie er achter die overval stak. Jullie krijgen dat kennelijk niet voor elkaar.'

'De drie dode mannen hadden connecties met terreurbewegingen.'

'Maar er was ook bekend dat ze voor allerlei karweitjes ingehuurd konden worden. Jullie hebben nog geen enkel aanknopingspunt kunnen vinden.'

'Daar wordt aan gewerkt.'

'Dan moeten jullie nog maar wat harder werken. En breng Travis bij me.' Hij richtte zich tot de chauffeur. 'Stop hier maar, George.' Toen de limousine geruisloos tot stilstand was gekomen, boog hij zich naar voren en deed het portier open. 'Ik laat George wel even doorbellen waar je opgepikt moet worden. Ik wil binnen vierentwintig uur iets positiefs van je te horen krijgen.'

Danley stapte uit de auto. 'Ik zal mijn best doen, meneer de president.'

'Dat is niet genoeg.' Hij smeet het portier dicht en leunde achterover. God, hij hoopte echt dat hij Danley het vuur na aan de schenen had gelegd. Er zat iets helemaal fout als ze er zo lang over deden om één man op te sporen.

'Naar Juniper, meneer de president?' vroeg George.

'Ja.' Hij moest nu naar de vredige schoonheid van dat oude huis op het platteland om naast Cassie te zitten, die zich in een wereld bevond waarin hij nooit zou kunnen doordringen. Cassie, die iedere dag dieper scheen weg te zinken.

Hij knipperde snel toen hij tranen in zijn ogen voelde branden. Jessica Riley had gezegd dat de toestand van Cassie niet verslechterd was, maar God mocht weten waar ze dat op baseerde. Maar misschien kon ze het toch ergens uit opmaken. Misschien had ze een zesde zintuig gekregen voor kinderen als Cassie, omdat ze al vaker dat soort patiëntjes had gehad. Het was zijn vrouw, Chelsea, geweest die erop had aangedrongen dat hij het met Jessica Riley zou proberen. Ze had een boek gelezen dat Jessica had geschreven over haar werk met haar jongere zusje, Melissa, die meer dan zes jaar lang in dezelfde staat had verkeerd als Cassie nu. Melissa zat nu op Harvard en was kennelijk volkomen genezen. Hij had navraag naar Jessica gedaan en ontdekt dat ze bijzonder goed aangeschreven stond, maar dat haar behandelwijze af en toe onorthodox en controversieel was.

Nou ja, misschien moest dit wel op een onorthodoxe manier aangepakt worden. In feite had hij geen enkel vertrouwen in psychiaters, maar hij was tot alles bereid als hij daarmee Cassie terug kon krijgen.

Om ervoor te zorgen dat haar nooit meer zoiets zou overkomen. Maar als hij dat voor elkaar wilde krijgen, had hij inlichtingen nodig, inlichtingen die Michael Travis hem misschien zou kunnen geven.

Waar zou die verdraaide Travis toch uithangen?

2

Werd hij gevolgd?
Travis voelde zijn hart in zijn keel kloppen toen hij achter zich in het donker een schimmige gestalte zag.
Hij liep via de Kerkstraat naar de Leidsestraat, schoot een steegje in en rende vervolgens twee straten verder naar het noorden. Zwaar ademhalend dook hij weg in een portiek en bleef wachten. Niemand.
Hij liep haastig de straat uit. Tien minuten later klom hij de trap op naar zijn appartement. Hij controleerde de deur op boobytraps en smeet hem open.
Duisternis.
Hij liet altijd het licht aan. Hij draaide zich met een ruk om en stoof de trap weer af.
'Behandel jij je oude vrienden altijd zo?' Sean Galen hing over de leuning. 'Ik zou bijna gaan denken dat ik niet welkom ben.'
'Verdomme nog aan toe, jij hebt het licht uitgedaan.' Travis kwam weer naar boven.
'Ik wilde mijn ogen rust geven. Ik heb een lange dag achter de rug.' Hij grinnikte. 'Bovendien wilde ik weten hoe scherp je bent. Ik krijg de indruk dat je een beetje zenuwachtig bent.'
'Een beetje.' Hij liep achter Galen aan het appartement binnen en sloot de deur. 'Wat doe jij in Amsterdam? Ik dacht dat je terug zou gaan naar Californië.'
'Ik stond net op het punt uit Parijs te vertrekken, toen me iets ter ore kwam. Aangezien jij na Vasaro voortdurend op pad en *incommunicado* bent geweest, heeft het me bijna een week gekost voordat ik wist waar je uithing.' Zijn glimlach verdween. 'Er zit bloed op je slaap.'

'O ja?' Hij liep naar de badkamer en waste zijn gezicht. 'Het is maar een schrammetje.'

'Toch niet toevallig van een kogel die iets te dicht langs je heen vloog?'

Hij gaf geen antwoord, maar droogde zijn gezicht af aan de handdoek. 'Hoe heb je me gevonden?'

'Maak je geen zorgen, niemand weet iets van deze plek af... nog niet. Als je oude vriend Van Beek me niet had geholpen, zou ik je nooit opgespoord hebben. Mijn god, Michael, wat heb je jezelf op de hals gehaald?'

'Een bijzonder winstgevend zaakje, maar het moet wel met fluwelen handschoentjes aangepakt worden.'

'Ik heb gehoord dat zowel de Russen als de Zuid-Afrikanen achter je aan zitten.'

'Dat klopt. Maar met een beetje mazzel breken ze hun nek over elkaar terwijl ze proberen me te pakken te krijgen.'

'Daar zou ik maar niet op rekenen. Je neemt te veel risico.'

'De pot verwijt de ketel dat hij zwart ziet. Kwam je me dat vertellen?'

'Ik kwam om je vertellen dat de CIA weet dat je in Amsterdam zit.'

Travis verstijfde. 'O, is dat zo?'

'Ik heb tegen je gezegd dat je dat kind achter moest laten en moest maken dat je wegkwam uit Vasaro voordat Andreas terugkwam.'

'Ik stond voor het blok.'

'Net als toen je de keus had om wel of niet naar Vasaro te gaan.'

'Je weet maar nooit wanneer je de hulp van de president nodig hebt.'

'Gelul. Je wist dat je daardoor in de problemen zou komen.'

'Jij bent ook meegegaan.'

'Ik stond bij je in het krijt. Dat is nog steeds het geval. Jij was zo vriendelijk om die keer in Rome mijn huid te redden en ik hecht bijzonder aan mijn leven. Maar ik heb niet met Andreas zitten kletsen. We hadden mazzel dat we je nog op konden pikken. Het wemelde in dat huis van agenten van de geheime dienst en van de Franse politie en die hadden er allemaal de pest over in dat ze de zaak zo in het honderd hadden laten lopen.'

'Maar jij hebt me daar toch weggehaald.'

'En vervolgens ging je naar Moskou en liep regelrecht het hol van de leeuw binnen.'

Travis lachte. 'Maar hij zag er zo vriendelijk uit.'

'Volgens mij haak je naar de dood.'

'Nee, ik haak naar het leven, maar uitsluitend en alleen het soort leven dat ik wil leiden. Het gaat me echt schatten opleveren, Galen,' voegde hij eraan toe. 'En wat mij betreft mag je er ook een deel van hebben.'

Galen trok zijn wenkbrauwen op. 'En wat moet ik daarvoor doen?'

'Niets, je hebt al genoeg gedaan. Van Beek voert de onderhandelingen. Ik zou het gewoon leuk vinden als je ook een graantje meepikt. Je bent altijd een puike vriend voor me geweest.'

'Verdomd als het niet waar is.' Hij schudde zijn hoofd. 'Maar ik wil geen geld waar ik niets voor hoef te doen en tegenwoordig vind ik het niet echt lollig meer om op het randje van de afgrond te balanceren.'

'Ik ook niet.'

'Maak dat de kat wijs. Het is de enige manier van leven die je kent.'

'Ik ben van plan om er iets bij te leren.'

'Zorg dan dat je uit Amsterdam wegkomt.'

'Dat is ook precies de bedoeling.'

'Heb je hulp nodig? Ik kan wel iets voor je regelen.'

Dat was misschien niet zo'n gek idee. Galen hield zich voornamelijk bezig met het opknappen van allerlei moeilijke klussen, maar als hij in de nesten zat, kon hij zich als geen ander uit de voeten maken. Travis dacht even na, maar schudde toen zijn hoofd. 'Nee.'

'Zoals je wilt. Kan ik iets anders voor je doen?'

'Ja. Wie heeft de leiding over die CIA-operatie?'

'Een hoge ome. Ben Danley.'

'Wat weet je van hem?'

'Niet veel. Hoezo?'

'Ik ben gewoon op zoek naar een uitweg.'

'Wat dacht je van het dichtstbijzijnde vliegveld?' Galen keek hem plotseling met samengeknepen ogen aan. 'Ik kan de radertjes zien draaien. Wat ben je van plan?'

'Doe me een lol en stuur de CIA hiernaar toe.'

'Wat?'

'Zorg dat de CIA erachter komt waar ik zit. Ik heb niet veel tijd meer. Ik wil dat ze hier binnen een paar uur binnenvallen.'

'Wat wil je daarmee bereiken?'

'Ik heb me zitten afvragen hoe ik uit Amsterdam weg kon komen. Wat een mazzel dat Andreas me naar Washington wil halen, hè?'

'Misschien wil hij je wel een kopje kleiner laten maken.'

Travis schudde zijn hoofd. 'Dat geloof ik niet. Als het om een afrekening ging, had ik dat wel gehoord. Geef me twee uur om wat voorbereidingen te treffen en nog een paar dingen na te trekken, en laat ze dan maar hier komen om me op te pakken.'

'Kan ik je dat niet uit je hoofd praten?'

'Het is echt de beste manier.'

'Vooruit dan maar.' Galen draaide zich om maar bleef bij de deur staan. 'Hoe wist je dat die overval op Vasaro gepleegd zou worden?'

'Ik heb zo m'n bronnen.'

'En verdomd goeie ook. Ik heb zelfs geen vage geruchten gehoord.'

'Dacht je dat ik het wist omdat ik er zelf de hand in had?'

'Dat is wel bij me opgekomen.'

'Een vrij logisch idee voor een vent die zo cynisch is als jij. Maar waarom zou ik dan al die moeite hebben gedaan om er een stokje voor te steken?'

'Hoe moet ik dat weten? Ik heb nog nooit iemand ontmoet die zulke ingewikkelde intriges kan bedenken als jij.' Hij wachtte even. 'Maar ik krijg het niet te horen.'

'Ik betrek gewoonlijk geen kinderen in mijn plannen.'

'Maar je zegt niet dat je dat dit keer ook niet hebt gedaan.' Hij trok de deur open. 'In Vasaro werd een bijzonder vuil spelletje gespeeld. Ik zou het geen leuk idee vinden als je mij bij zoiets smerigs had betrokken. Vertel me nou maar van wie je het hebt gehoord.'

'Je kent me toch? We zijn al zeven jaar met elkaar bevriend. Als dat niet voldoende is, kun je denken wat je wilt.'

Galen vloekte zacht. 'Verdomme nog aan toe. Geef me één tip.'

'Voor uitleg of excuses ben je bij mij aan het verkeerde adres. Je moet me nemen zoals ik ben.'

'Dus ik moet je maar blindelings vertrouwen?'

Travis gaf geen antwoord.

Galen zuchtte. 'Je zult maar opgescheept zitten met zo'n vriend als jij, Michael. Ik geloof niet dat jij bij dat gedonder in Vasaro betrokken was, maar de CIA kan er best een andere mening op na houden. Ik hoop dat je weet waar je aan begint.'

Dat hoopte hij ook, dacht Travis toen de deur achter Galen dichtviel. De toestand hier was behoorlijk link en hij wist niet hoe lang hij nog op vrije voeten zou kunnen blijven. Hij moest een veilig toevluchtsoord hebben waar hij een manier kon verzinnen om in leven te blijven en toch de volle buit op te strijken.

En er tegelijkertijd voor te zorgen dat die buit niet in handen zou vallen van de CIA. Hij zou met een paar goeie smoezen aan moeten komen en met nog betere trucjes als hij zichzelf in een positie wilde manoeuvreren waarin hij met Andreas kon onderhandelen.

Maar goed, dat was toch niets nieuws? Hij had zijn leven lang niets anders gedaan. Bedrog, geknoei, goocheltrucjes en op het randje van de afgrond balanceren, dingen waarvan Galen naar zijn eigen zeggen schoon genoeg had. Hij wist eigenlijk niet of hij daar zelf nog wel zin in had. God, wat was hij moe.

Dat moest hij van zich afzetten. De adrenaline zou vanzelf weer gaan bruisen als de CIA over de drempel stapte. Denk eens aan die uitdaging. Een man kreeg niet iedere dag de kans om uit te proberen of hij slimmer was dan de leider van de vrije wereld.

Juniper

De verpleegster die de deur opendeed, was een vrouw van middelbare leeftijd. Haar rode haar was doorschoten met grijs. 'Dokter Riley is bij uw dochter, meneer de president. Ik ben bang dat ze een slechte nacht heeft.'

'Hoe erg is het?'

'Alleen maar een nachtmerrie.'

Hij kende die nachtmerries en de afwerende, haast catatonische toestand die erop volgde. 'Ik ga meteen naar haar toe, Teresa. Wil je er alsjeblieft voor zorgen dat mijn chauffeur en de agenten van de geheime dienst in de andere auto een kop koffie krijgen?'

'Die is al gezet. Zal ik u ook een kopje brengen?'

'Graag.' Hij liep de eiken trap op naar de eerste verdieping. Het huis ademde niet alleen de sfeer uit van de dagen van weleer, maar ook de chique warmte die zo kenmerkend was voor zijn eigen huis in Charleston. Als Cassie weer terugkwam, zou deze plek haar misschien herinneren aan alle weekends die ze daar had doorgebracht.

Als? Natuurlijk kwam ze terug. Iets anders weigerde hij te accepteren.

Zonder te kloppen gooide hij de deur van Cassies kamer open. 'Hoe gaat het met haar?'

Jessica Riley keek op. 'Prima. Ze heeft het even moeilijk gehad, maar dat is weer voorbij en nu rust ze lekker uit. Zo is het toch, hè Cassie?'

Hij liep met grote passen naar het bed. 'God, ze ziet eruit...'

'Ze ligt uit te rusten,' onderbrak Jessica hem, terwijl ze opstond. 'En ik denk dat we haar best even alleen kunnen laten om een kopje koffie te gaan drinken.' Ze draaide zich om naar het kleine meisje. 'We zijn zo terug, Cassie.'

'Ik wil niet...'

'We gaan een kop koffie drinken.' Jessica's stem klonk kil en vastberaden. 'Nu.'

Hun blikken kruisten elkaar voordat hij zich met een ruk omdraaide en achter haar aan de kamer uitliep. 'En?'

'Ik heb dit al eerder tegen u gezegd. Ze is niet doof en ze ligt niet in coma, dus u mag ook niet doen alsof dat wél het geval is.'

'Ze ligt erbij als een dood vogeltje. Ze wil niet praten, ze reageert nergens op en u zegt dat ze...'

'Als u deze toestand accepteert, zal dat haar alleen maar aanmoedigen. Ik sta niet toe dat u mijn werk bemoeilijkt door...'

'Hoezo, dat staat u niet toe? Wie denkt u verdorie wel dat u bent?'

'De arts van uw dochter. En wie denkt u verdorie wel dat u bent?' Ze zweeg even en er verscheen een flauw glimlachje om haar mond. 'De president van de Verenigde Staten?'

Zijn boosheid ebde plotseling weg. 'Voor zover ik weet wel, maar dat maakt op u kennelijk weinig indruk.'

'Het maakt wel degelijk indruk op me. U bent een goede president geweest. Maar dat betekent nog niet dat u meer weet van de toestand waarin uw dochter verkeert dan ik. Als u wilt dat ik haar behandel, zult u naar mij moeten luisteren.'

Hij keek haar nadenkend aan. Ze was vrij klein en met haar korte, krullende, blonde haar en haar stralende huid zag ze er veel jonger uit dan haar tweeëndertig jaar. Maar die bruine ogen sprankelden van intelligentie en haar scherpe, krachtige manier van doen was allesbehalve kinderlijk. 'Ik ben er niet aan gewend om de tweede viool te spelen, dokter Riley.'

Ze glimlachte en haar agressiviteit verdween als sneeuw voor de zon. 'Dat weet ik. Het is allemaal heel moeilijk voor u. Maar u zult zich erbij moeten neerleggen.'

'Hoe weet ik dat u gelijk hebt? Hoe weet ú dat u gelijk hebt?'

'Dat weet ik niet. We kunnen erop studeren, we kunnen raden, we kunnen allerlei mogelijkheden overwegen, maar het brein blijft nog steeds een mysterie voor ons. Maar ik heb dit al ettelijke keren meegemaakt en ik heb veel meer kans dan u om de juiste oplossing te vinden.'

'Dus u denkt dat ze volledig bij bewustzijn is?'

Ze knikte. 'Meer dan dat. Ik heb ontdekt dat bij dit soort gevallen de zintuigen extra scherp zijn. Het is net alsof het feit dat ze zich van de buitenwereld afsluiten en helemaal in zichzelf gekeerd raken vermogens vrijmaakt die anders onderdrukt worden.'

'Die andere doktoren hebben daar nooit iets over gezegd.'

'Ik kan u alleen vertellen wat mijn ervaringen zijn.'

'Met uw zuster?'

'Met Mellie en met anderen.' Ze wreef over haar slaap. 'U wist dat ik min of meer een buitenbeentje was toen u mijn hulp inriep. Ik kan alleen maar mijn best doen op basis van wat ik heb geleerd. Als dat niet goed genoeg is, moet u maar met me kappen. Maar probeer niet om het heft in handen te nemen. Onenigheid kan voor Cassie een reden zijn om zich nog verder in zichzelf terug te trekken.'

Hij hield even zijn mond en zei toen nors: 'Het... was niet mijn bedoeling om daarbinnen uw instructies in de wind te slaan. Maar u hebt er geen idee van hoe ze is veranderd. Ik heb nooit zo'n sterk kind gezien als mijn Cassie. Ze was de laatste van wie je zou verwachten dat ze op deze manier het hoofd in de schoot zou leggen. Ze was echt geen kasplantje, ze was een knokker. Toen ik haar daar zo opgekruld zag liggen... toen werd ik zo verdomd kwaad dat ik...'

'Ik weet het.' Weloverwogen voegde ze eraan toe: 'Bovendien hebt u niet veel vertrouwen in mij.'

'Als het om Cassie gaat, heb ik in niemand vertrouwen. Ik ben haar vader en ik zou zelf in staat moeten zijn om haar te helpen in plaats van een of andere...'

'Zielenknijper?' Ze knikte. 'Dat ben ik roerend met u eens. Maar af en toe liggen de zaken gewoon anders. Af en toe willen ze niets te maken hebben met de bekende en vertrouwde dingen. En dan moet de zielenknijper er wel aan te pas komen. Goed, bent u van plan om mee te werken of wilt u iemand anders zoeken?'

'Het lijkt wel alsof u in uw eentje het voogdijschap over haar opeist.'

'Nee. Ik wil alleen niet dat u me aan banden legt.'

'En doe wat u tegen me zegt.'

'Dat klopt.'

Hij bleef strak naar Cassies deur kijken terwijl hij daarover stond na te denken. 'Oké. We zullen eens kijken hoe u het eraf brengt als opperbevelhebber.'

'En als ik onder de maat blijf, kan ik meteen mijn biezen pakken?'

'Precies. Goed, als dat alles is, ga ik nu weer bij mijn dochter zitten.'

'Er is nog iets. Ik heb wat meer inlichtingen nodig.'

'Waarover?'

'Over Vasaro.'

'We hebben u toch verteld wat daar is gebeurd.'

'Vond uw dochter het leuk in Vasaro voordat de overval plaatsvond?'

'Ze vond het er heerlijk. Wie niet? Op Vasaro worden bloemen geteeld voor de parfumhandel en elk kind is toch dol op het buitenleven? Velden vol lavendel en lelies, ver van alle muggenzifterij in D.C.'

'Had ze er al eerder gelogeerd?'

Andreas knikte. 'Al heel vaak. Caitlin Vasaro is haar peetmoeder en ze zijn erg aan elkaar gehecht. Cassie mag van haar meehelpen op de velden en bloemen plukken voor de parfum.' Hij kneep zijn lippen op elkaar. 'Het is verdomd jammer dat Cassie daar nu nooit meer naar toe kan.'

'Hoezo?'

'Als u haar die avond had gezien, zou u dat niet vragen. Ze zat onder het bloed en de smurrie. Die schokkende ervaring heeft haar in deze toestand gebracht. Als we haar terug kunnen halen... als we haar weer terug hebben... pieker ik er niet over om haar ooit weer naar Vasaro te laten gaan.'

'O.'

Hij keek haar strak aan. 'Waarom wilt u meer weten over Vasaro?'

'U hebt zelf al gezegd dat ze door de gebeurtenissen van die avond in deze toestand is geraakt en al die dingen speelden zich in Vasaro af. Daarom moet ik precies weten hoe het daar is en wat er is gebeurd. U was toch in Vasaro omdat u het standbeeld had uitgeleend aan Caitlin Vasaro, die het wilde gebruiken bij de lancering van haar nieuwe parfum?'

'In feite had ik de Winddanser voor een paar maanden uitgeleend aan het Musée d'Andreas. Daarom waren mijn vrouw en ik die avond in Parijs. Wij hadden het idee dat iedereen door de publiciteit waarmee die uitlening gepaard ging automatisch zou moeten denken aan Caitlins eerste parfum, dat ze naar de Winddanser had vernoemd.'

'Dus de Winddanser was niet in Vasaro?'

'Nee, het beeld was per koeriersdienst naar het museum gestuurd.' Hij trok een gezicht. 'Cassie was zo teleurgesteld dat we het hologram moesten neerzetten dat Caitlin jaren geleden heeft gekocht. Dat is echt heel bijzonder en Cassie was er tevreden mee. Waarom bent u zo nieuwsgierig naar dat standbeeld?'

'Ik heb in het fotoalbum zitten bladeren dat u me hebt toegestuurd en er een paar foto's uit gehaald om te zien hoe Cassie daarop reageerde. Volgens mij toonde ze een reactie op de foto van haar met de Winddanser in de bibliotheek in uw huis in Charleston.'

Hij verstijfde. 'Wat voor soort reactie? Wat deed ze?'

'Het was niets lichamelijks. Niets waarop ik zo een, twee, drie mijn vinger kan leggen.'

Zijn opwinding ebde meteen weg. 'Hoe weet u dan dat ze reageerde?'

'Dat was gewoon... een gevoel.'

'Denkt u dat ze bang was?'

'Dat weet ik niet zeker. Was ze dan bang voor het standbeeld?'

'Voor die avond helemaal niet. De Winddanser is al vanaf de dertiende eeuw in het bezit van mijn familie. Ze is met het standbeeld opgegroeid en ze vond het altijd heerlijk als ze in de kamer mocht spelen waar het stond.'

'Ze heeft vast gedacht dat het toverkracht had. Een gouden Pegasus is voor een kind echt iets om van te dromen. Alleen al de gedachte aan een paard dat door de lucht vliegt...'

'Ze verzon er altijd verhalen over.'

'Wat voor soort verhalen?'

'O, avontuurlijke dingen. Haar eigen sprookjes over vliegtochten op de rug van de Pegasus waarbij ze dan een prins bevrijdde die door een draak gevangen werd gehouden en zo.'

'Ze moet een levendige fantasie hebben.'

'Ja, geweldig. Ze was heel intelligent.'

'Ze is heel intelligent.'

'Ja, natuurlijk, dat bedoel ik ook.' Hij trok de deur open. 'Ik ben bereid alles te proberen wat u zegt, tot ik het idee krijg dat het niet werkt. Hoe moet ik me tegenover haar gedragen?'

'U moet met haar praten. Vragen stellen. Haar laten merken hoeveel u van haar houdt.'

'Maar u zei net dat ze zich verzet tegen bekende en vertrouwde dingen.'

'Het kan nooit kwaad om mensen te laten merken dat je van hen houdt. Maar u moet er wel voor zorgen dat ze niet doorheeft dat u het naar vindt dat ze geen antwoord geeft. Want dan sluit ze zich nog meer af.'

'Dat is een heel moeilijke opdracht.'

'Maar daar bent u aan gewend.' Ze zweeg even. 'Ik ga wel een kop koffie voor u halen. Hoe lang kunt u blijven?'

'Twee uur.' Hij ging in de stoel naast Cassies bed zitten en voelde een steek in zijn hart toen hij naar haar keek. Kom alsjeblieft weer bij me, schattebout. 'Ik moet om zeven uur weer in het Witte Huis zijn.' Hij pakte Cassies hand en begon zachter te praten. 'Maar ik heb genoeg tijd om je precies te vertellen wat er allemaal is gebeurd, Cassie. Ik mis je heel erg. Je zusje, Marisa, heeft uit Santiago opgebeld en ze zei dat ik je eraan moest herinneren dat je had beloofd dat je bij haar zou komen logeren om haar te helpen bij het africhten van het nieuwe baby-dolfijntje. Ze kan bijna niet wachten om je te laten zien wat ze nu allemaal al kunnen. En je moet natuurlijk ook de groeten van mama hebben. Ze houdt ontzettend veel van je en ze was vanavond vast meegekomen als de dokter niet had gezegd dat ze in bed moest blijven. Maar dat weet je best, hè? En je weet toch ook nog wel dat je volgende maand een broertje krijgt? Hij is momenteel een beetje opstandig en de dokter wil niet dat hij te vroeg geboren wordt. Het is kennelijk een stevige knul die zo gauw mogelijk een plaatsje in ons gezin wil krijgen. Hij doet me een beetje aan jou denken en aan de manier...' Hij zweeg even om zijn stem weer in bedwang te krijgen. 'Je mama zegt dat ze je hard nodig heeft. Ze wil met je overleggen hoe we je broertje zullen noemen. Daar moet je dus maar even goed over nadenken, misschien heb je wel een idee als je weer terugkomt. Twee avonden geleden hebben een paar acrobaten van het Cirque du Soleil een voorstelling voor ons gegeven. Weet je nog dat we samen met jou...'

Jessica bleef in de deuropening staan en ze kreeg een brok in haar keel toen ze naar Andreas keek. Lieve hemel, wat was hij dol op zijn kind.

Ze had vanavond wel wat vooruitgang met hem geboekt, maar ze had nog een lange weg te gaan voordat hij haar volkomen vertrouwde. En wie kon hem dat kwalijk nemen? Als Cassie haar kind was geweest, zou ze precies hetzelfde gevoel hebben. Maar in zekere zin was Cassie ook een kind van haar. Eigenlijk waren het allemaal haar kinderen, tot ze terugkwamen en ze hen weer af moest staan. Ze luisterden naar haar stem en als ze geluk had, kwam er een moment waarop ze hen zover kon krijgen dat ze hun verzet opgaven.

Toch was overredingskracht niet altijd voldoende. Af en toe had ze iets anders nodig om vooruitgang te kunnen boeken. Maar die hindernis wenste ze pas te nemen als ze het volledige vertrouwen van Andreas had gewonnen.

Ze kon zich levendig voorstellen dat hij zou ploffen van woede als ze hem nu zou vertellen dat het misschien noodzakelijk was om Cassie terug te brengen naar Vasaro.

'We hebben hem, meneer,' zei Danley. 'We hebben hem gevonden in een flat aan de Amstel.'

'Jullie hebben hem toch geen letsel toegebracht?'

'We hebben ons aan uw instructies gehouden. In feite was hij behoorlijk mak. Hij heeft ons geen problemen bezorgd.'

Mak was niet bepaald een woord om de man die hij in Vasaro had ontmoet te beschrijven, dacht Andreas. Michael Travis was rustig en vol respect geweest, maar onmiskenbaar op zijn hoede. Andreas had de indruk gekregen dat Travis geen katje was om zonder handschoenen aan te pakken. 'Wat vreemd.'

'Hij wist dat hij tegenover een overmacht stond. Wilt u dat ik hem naar Langley breng?'

'Nee, naar het ministerie van justitie. Ik wil niet dat iemand iets over hem te horen krijgt. Morgenavond om middernacht kom ik daarnaartoe via de tunnel vanuit het Witte Huis. Zorg dat hij er is.'

'Ja, meneer de president.' Het was even stil. 'Hij heeft gevraagd of we u een boodschap wilden doorgeven. Hij zei dat als u zijn medewerking wilt, hij op zijn beurt ook op medewerking rekent.'

'In welk opzicht?'

'Hij wil dat u *Air Force One* hiernaar toe stuurt om hem op te halen,' zei Danley. 'Die smeerlap schijnt niet door te hebben dat hij niets te vertellen heeft.'

Air Force One. Waarom zou Travis met het presidentiële vliegtuig opgehaald willen worden? Pure arrogantie? Om zich in een machtspositie te manoeuvreren? Hij had eigenlijk het idee gehad dat de man veel te intelligent was om zich verwaand of arrogant te gedragen en uit zijn boodschap was op te maken dat hij best bereid was om mee te werken. Hij kon hem beter zijn zin geven, misschien voelde hij zich dan meer op zijn gemak. 'Waar is het vliegtuig?'

'Hier, en klaar om te vertrekken.'

'Geef de piloot dan maar opdracht om Travis op te pikken en hierheen te brengen.'

'Dat is helemaal niet nodig, meneer. Met alle respect, maar u hoeft echt niet te doen wat die klootzak vraagt.'

'Die "klootzak" heeft het leven van mijn dochter gered. We kunnen niet aantonen dat hij er ook in ander opzicht bij betrokken is geweest. Stuur het vliegtuig naar hem toe.'

3

Parijs

'Heb je hem nog steeds niet gevonden?' vroeg Edward Deschamps. 'Het is inmiddels al bijna acht maanden geleden. Ben je echt zo'n sufferd, Provlif?'
Provlifs vingers verkrampten om de hoorn van de telefoon. Hij wenste dat het Deschamps keel was. Geduld. Tot nu toe had hij er flink aan verdiend en niemand wist beter dan hij hoe levensgevaarlijk Deschamps kon zijn als iemand hem de voet dwarszette. 'Ik heb een heel goed aanknopingspunt. Hij heeft een contactpersoon in Amsterdam. Een zekere Jan van Beek.'
'Waarom zei je dat niet meteen?'
'Je vroeg om concrete inlichtingen. Ik heb heel diep moeten graven om Jan van Beek te vinden. Ze hebben vroeger samengewerkt, maar Travis is inmiddels al jarenlang zelfstandig.'
'En wat ben je over Cassie Andreas te weten gekomen?'
Stilte.
'Niets?'
'We hebben ons uiteraard geconcentreerd op Travis.'
'Verdomme, ik heb toch tegen je gezegd dat ik wil weten waar ze is.'
'Je bent toch niet van plan om nog een keer te proberen of je haar te pakken kunt krijgen? Dan zou je stapelgek zijn.'
'Dat gaat je geen barst aan, Provlif. Jij hoeft alleen maar uit te zoeken waar ze zit.'
'Maar het gaat niet om een gewoon kind. De president heeft haar omringd met een ondoordringbaar net van veiligheidsmaatregelen. We zijn er eindelijk in geslaagd om haar spoor te volgen naar een ziekenhuis in Connecticut, maar daar heeft de president haar al een maand geleden weer weggehaald. We zijn nog steeds aan

het uitzoeken bij wie ze nu onder behandeling is en waar ze...'
'Ik hoef niet te weten waar ze een maand geleden zat. Ik moet weten waar ze nu uithangt.'
'Ik heb drie man op dat onderzoek gezet.'
'Neem er dan meer in dienst.'
'Dan heb ik meer geld nodig.' Hij moest zijn nek niet te ver uitsteken, dacht Provlif. Deschamps was een van koelste en briljantste kerels die hij ooit had ontmoet, maar dat betekende nog niet dat hij zichzelf altijd in de hand had. Hij had al een paar keer meegemaakt dat hij een aanval van razernij kreeg. En het gerucht ging dat Deschamps nog onberekenbaarder was geworden sinds hij zo fanatiek op zoek was naar Travis.
'Je krijgt je geld heus wel,' zei Deschamps zacht.
'Ik vertrek meteen naar Amsterdam.'
'Nee. Pak maar een vliegtuig naar Washington en zorg dat je Cassie Andreas vindt. Ik ga zelf wel naar Amsterdam om Jan van Beek op te sporen.'
'Maar het zal niet gemakkelijk zijn om hem...'
'Provlif, je bent vast nog niet vergeten dat ik, toen ik pas begon, een prima reputatie heb opgebouwd met betrekking tot het opsporen van mensen.'
O ja, dat wist Provlif nog heel goed. Opsporen en vervolgens om zeep helpen. 'Ik wilde je niet beledigen, Edward.'
'Pak dan het vliegtuig maar en zorg dat je dat kind vindt.'

De vuile smeerlap.
Deschamps verbrak de verbinding en liep met grote stappen naar de kast. Hij gooide een koffer op het bed en begon er kleren in te smijten.
De lul. Waar haalde Provlif het lef vandaan om over geld te gaan zeuren? Had hij dan echt zo weinig inzicht?
Wat Provlif ook mocht denken, het plan was prima en de uitslag stond bij voorbaat vast. Maar dan moest hij wel Cassie Andreas hebben. Het hele plan draaide om haar.
En op dezelfde manier vormde Jan van Beek de spil van zijn speurtocht naar Michael Travis.
Hij gooide de koffer met een klap dicht en deed hem op slot. Over een uur zat hij aan boord van een vliegtuig naar Amsterdam.

Nee, wacht even. Eerst ging hij naar de kamer.
Daarna zou hij klaar zijn om naar Amsterdam te vertrekken.

'Ik wil naar huis komen om je weer eens te zien,' zei Melissa de volgende ochtend zodra Jessica de telefoon had opgepakt. 'Is dat goed?'
'Ik dacht dat je voor een paar examens zat en stevig moest blokken.'
'Dat kan ik thuis ook.'
'Je hebt altijd tegen me gezegd dat je in je appartement veel beter kon studeren. Hoe gaat het trouwens met je kamergenootjes?'
'Prima. Maar ik ben tot de slotsom gekomen dat ik wat meer privacy wilde hebben, daarom ben ik naar een studentenflat verhuisd.'
'En ik dacht dat je het zo leuk vond om met Wendy en Karen samen te wonen.'
'Dat is ook zo. Ik zie ze nog elke dag. Het zullen wel groeistuipen zijn.' Ze was even stil. 'Ik wil naar huis komen.'
'Er is iets mis.'
'Omdat ik graag weer even bij je wil zijn? Verdorie, je bent toch mijn zusje. Ik vind het best leuk om af en toe dat kindersmoeltje van jou te zien.'
'Wat is er aan de hand?'
'Mag ik nu wel of niet komen?'
'Ik heb je verteld wat de stand van zaken hier is. Als je komt, zul je niets anders kunnen doen dan studeren. En ik heb Cassie jouw kamer gegeven.'
'Dat maakt niet uit. Dan neem ik de blauwe kamer wel, ook al vind ik die kleur echt walgelijk saai. Misschien schilder ik 'm in mijn vrije tijd wel oranje.'
'Heb niet het lef.'
'Het was maar een grapje.'
'Wanneer ben je van plan te komen?'
'Ik kan niet voor het weekend weg. Pas over vier dagen... tijd genoeg voor al die agenten van de geheime dienst om te controleren of ik wel betrouwbaar ben.' Ze was even stil. 'Ze zijn er toch nog steeds, hè?'
Jessica verstrakte. 'Ja natuurlijk.'
'Mooi zo.'

'Je zult wel anders piepen als je straks niet eens in de tuin kunt wandelen zonder dat zo'n vent je op de hielen zit.'

'Daar kan ik best mee leven. Ik zie je zaterdagochtend.'

'Mellie.'

'Ik moet ervandoor.'

'Wat is er aan de hand?'

'Ik mis je gewoon.'

Jessica liet haar tong over haar lippen glijden. 'Zijn het weer die dromen?'

'Ik zie je zaterdag.' Ze verbrak de verbinding.

Jessica legde langzaam de telefoon neer. Alles zou wel in orde zijn. Mellie was nu helemaal genezen. Er bestond geen gevaar dat ze weer in zou storten.

Dus geen reden om in paniek te raken. En trouwens, als er echt iets mis was, dan wist ze wel wat haar te doen stond.

Tenzij het om die dromen ging.

Hoe moest ze verdorie die dromen aanpakken?

Ministerie van justitie

Michael Travis zat op de leren bank te lezen toen Andreas het kantoor binnenkwam. 'Die wetboeken zijn wel droge kost,' zei Travis. 'Geen wonder dat er aan de meeste advocaten een steekje loszit. Hun hersens moeten tijdens hun studie volkomen uitgedroogd zijn.'

Andreas liep naar het bureau en ging in de stoel erachter zitten. 'Heb je een goeie vlucht gehad, Travis?'

'Uitstekend. Dank u wel.' Hij glimlachte. 'Beter dan met de Concorde. Hoeveel heeft het de belastingbetalers gekost?'

'Geen cent. Ik heb alle onkosten uit mijn eigen zak betaald.'

'Bijzonder ethisch. Maar ik had van u ook niets anders verwacht. U bent een van die rare, ouderwetse fenomenen: een man van eer. Maar u had het de regering best in rekening mogen brengen. Uw leven is niet alleen van waarde voor uzelf en uw gezin, het is van essentieel belang voor het soepele verloop van het landsbestuur.'

'Daar ben ik me volledig van bewust. Maar ik had de *Air Force*

One niet hoeven te sturen om je op te halen. Ik had Danley ook opdracht kunnen geven je op de gebruikelijke manier hierheen te brengen.'

'Maar u wilde me niet voor het hoofd stoten, ook al was het een onredelijke eis. U wilde de onderhandelingen niet bij voorbaat torpederen.'

'Onderhandelingen?' Andreas schudde zijn hoofd. 'Ik hoef met jou niet te onderhandelen. Ik kan een aanklacht tegen je indienen wegens medeplichtigheid aan een poging tot moord op de president en je in de gevangenis laten smijten.'

'Maar dat doet u niet. Ik zei al, u bent een man van eer. U zou nooit een man straffen die uw dochter heeft gered.'

'Dat zou ik wel doen als ik dacht dat de kans bestond dat je in de toekomst een bedreiging voor haar gaat vormen. Hoe wist je dat die overval plaats zou vinden?'

'Dat heb ik u al verteld, ik heb mijn eigen bronnen.'

'Wie zijn dat?'

'Zodat Danley en zijn mannen als een zwerm sprinkhanen op hen neer kunnen strijken? Bronnen moeten beschermd worden. Op die manier voorzie ik in mijn levensonderhoud.'

'Ik heb begrepen dat je je daarnaast nog met andere kwalijke zaakjes bezighoudt.'

'Dat klopt. Ik ben een kei op het gebied van kwalijke zaakjes. Maar het enige punt dat hier ter discussie staat, is mijn vermogen om aan inlichtingen te komen, nietwaar?' Hij boog zich voorover. 'U wilt weten wie er achter Vasaro stak.'

'En dat zal ik ook te weten komen.'

'Niet van mij. Niet nu. Ik heb u de waarheid verteld. Ik wist niets van die overval, alleen wanneer het zou gebeuren.'

Andreas bestudeerde hem nadenkend. Travis zat hem recht aan te kijken en zijn stem had volkomen oprecht geklonken. Maar een man die van leugens en bedrog leefde, had zich natuurlijk bepaalde trucjes eigen gemaakt en was ongetwijfeld in staat iedereen om de tuin te leiden. Maar verdorie, Andreas voelde instinctief dat Travis hem inderdáád de waarheid had verteld. Een golf van teleurstelling welde in hem op.

'U had liever gehad dat ik u iets op de mouw had gespeld,' zei Travis. 'Het spijt me.'

'Het zou best kunnen dat je nu ook zit te liegen.'

'Ja, daar ben ik heel goed in.' Travis lachte. 'Maar u had het nooit zover geschopt als u niet op uw eigen oordeel had kunnen vertrouwen.'

Andreas knikte. 'Misschien wist je op dat moment niet wie de persoon achter die overval in Vasaro was, maar daarna ben je wellicht iets meer te weten gekomen.'

'Ik heb het nogal druk gehad en het stond niet bepaald boven aan mijn lijstje van prioriteiten.'

'Wel op het mijne.'

'Dat weet ik. Daarom ben ik hier.'

'Je bent hier omdat ik Danley opdracht heb gegeven je in je kraag te vatten.'

Travis glimlachte.

In feite was hij behoorlijk mak.

Andreas had dat toen al een vreemde omschrijving gevonden en als hij nu naar Travis keek, klopte er echt helemaal niets van. De man zat volkomen op zijn gemak, maar toch was hij waakzaam, op zijn qui-vive.

'Danley is een intelligente vent,' zei Travis. 'Hij had me misschien over een week of twee in m'n kladden kunnen grijpen. Maar ik was tot de conclusie gekomen dat we er allebei baat bij zouden hebben als er een beetje vaart achter gezet werd.'

'Hoezo?'

'Ik moest een tijdje uit beeld verdwijnen. U hebt meer inlichtingen nodig.'

'Waar jij me volgens je eigen zeggen niet aan kunt helpen.'

'Nog niet. Dat betekent niet dat ik er niet aan kan komen als ik er wat moeite voor doe. Het zal alleen wat tijd kosten.'

Andreas verstijfde. 'Hoeveel tijd?'

Travis haalde zijn schouders op. 'De tijd die ik ervoor nodig heb. Volgens mij is er voor u geen enkel nadeel aan verbonden. Danley is nog niets te weten gekomen, hè?'

'En wat levert het jou op?'

'Bescherming. Ik zit momenteel een beetje in de knel. Ik moet minimaal een maand op een plek zitten waar de veiligheidsmaatregelen waterdicht zijn.'

'Waar moet ik je voor beschermen?'

'De naweeën van een van mijn "kwalijke" zaakjes.'

'Welk zaakje?'

'Wilt u dat ik uitzoek wie de overval op Vasaro heeft gepleegd?'

'Ik kan Danley opdracht geven om erachter te komen wat je hebt uitgespookt.'

'Dan wens ik u veel succes.'

Andreas zat even zwijgend na te denken. 'Je beseft toch wel dat als ik je omring met mannen die je moeten beschermen, diezelfde mannen ook als bewakers zullen optreden? Ik zou er in ieder geval voor zorgen dat ze weten dat je een verdacht persoon bent. En geen moment aarzelen om je als een ellendige wurm te vermorzelen als ik erachter kwam dat jij iets te maken had met Vasaro.'

'Dat begrijp ik.'

'Mooi.'

'Dus u gaat ermee akkoord?'

'O ja.' Andreas glimlachte. 'Ik weet een perfecte plaats... De portierswoning van een oud landgoed in Virginia dat bijzonder streng bewaakt wordt. En mocht een stel smeerlappen het lef hebben om daar binnen te dringen, dan zul jij de eerste zijn die ze de keel afsnijden.'

'Echt waar? Goh, ik vraag me af waarom ze daar binnen...' Zijn ogen werden smalle spleetjes. 'Cassie. Dus daar houdt u haar verborgen. Ik veronderstel dat ik het als een eer moet beschouwen dat u me voldoende vertrouwt om me daarheen te sturen.'

'Ik vertrouw je helemaal niet. Ik weet niet wat je van plan bent. Maar je hebt haar het leven gered en ik geloof niet dat je haar kwaad zou doen. Toen je Cassie in Vasaro in mijn armen legde, wist ik instinctief wat ik aan je had. Ze had verschrikkelijke dingen meegemaakt, maar toch was ze niet bang voor jou. Je mag dan een ongelooflijke smeerlap zijn, maar je hebt je nek geriskeerd om haar te beschermen. En volgens mij zul je dat opnieuw doen.' Hij zweeg even. 'En als je me in andere opzichten belazert, zul jij...'

'De eerste zijn die ze de keel afsnijden,' maakte Travis zijn zin af.

'Dat zal ik goed onthouden. Wanneer ga ik daarnaar toe?'

'Morgennacht. Rond deze tijd. Danley zal voor vannacht een hotel voor je regelen.' Andreas schoof zijn stoel achteruit en stond op. 'Ik neem je mee als ik bij Cassie op bezoek ga.'

'Hoe gaat het met haar?'

'Slecht.' Zijn mond verstrakte. 'Zo slecht dat mijn zogenaamde eergevoel me er niet van zou weerhouden om die vuilakken op de brandstapel te zetten als ik ze in mijn vingers krijg. Ik zal tegen Danley zeggen dat je klaar bent om met hem mee te gaan.'

'Nog niet.' Hij pakte zijn telefoon uit zijn zak. 'Ik moet een paar mensen opbellen.'

'Dat kun je ook in het hotel doen.'

Hij schudde zijn hoofd. 'Ik weet zeker dat deze kamer volledig vrij is van afluisterapparatuur en ik heb dringend behoefte aan dat soort privacy.' Hij glimlachte. 'U hebt me immers niet verteld waar u me precies naar toe brengt. Er zijn vast duizenden oude huizen in Virginia.'

'Dat klopt. Wie ga je bellen?'

'Een vriend. Ik vind het geen prettig idee om van de aardbodem te verdwijnen zonder dat iemand weet dat u daar de hand in hebt gehad. Het lijkt me toch beter om me een beetje in te dekken.'

'Maar je hebt zelf gezegd dat ik zo'n eerbare man ben.'

'Ik zou me kunnen vergissen. Zeg maar tegen Danley dat ik binnen vijf minuten bij hem ben.'

'Je kunt bellen wie je wilt.' Hij liep naar de deur. 'Maar ik zal er verdomd goed voor zorgen dat we morgennacht niet gevolgd worden, Travis.'

'Ik zou wel heel stom zijn als ik zoiets zou proberen, hè?' Hij begon een nummer in te toetsen. 'Ik wil me alleen indekken. Welterusten, meneer de president.'

'Jessica!'

Melissa ging met een ruk rechtop in bed zitten. Haar hart bonsde.

Ze had pijn in haar kaken en ze wist dat ze had liggen schreeuwen.

O god. O god.

Het T-shirt dat ze droeg, was kletsnat van het zweet, maar ze was ijskoud. Ze zwaaide haar benen over de rand van het bed en sloeg haar handen voor haar gezicht.

Zodra dat beven ophield zou ze Jessica bellen en dan was er niets meer aan de hand. Nee, ze moest eens ophouden om meteen hulp te zoeken bij Jessica. Ze moest sterk zijn.

Ogen van smaragd die omlaag staarden naar de plas bloed op de grond.

Ze sprong op, liep de badkamer in en drong een glas water in vier grote slokken leeg. Nadat ze haar badjas had aangeschoten deed ze alle lampen in het flatje aan en krulde zich op in de versleten fauteuil naast het raam.

Het kwam allemaal weer in orde. Ze had het nog steeds koud, maar haar hart begon wat regelmatiger te kloppen. Ze zou het wel redden. Nog maar drie nachtjes, dan was ze weer thuis bij Jessica.

Plassen bloed op de grond...

Niet schreeuwen. Niet schreeuwen.

Ogen van smaragd...

Niet schreeuwen.

'Aardig optrekje.' Terwijl ze door de hekken reden, keek Travis aandachtig naar het roodstenen huis met pilaren dat een eindje van de weg af stond. 'Dat doet me aan Tara denken.'

'Wat weet jij van Tara?' vroeg Andreas. 'Uit de rapporten die ik van Danley over jou heb gekregen blijkt dat je nooit lang in de vs hebt gezeten.'

'Mijn vader heeft zichzelf altijd als een Amerikaan beschouwd, ook al verbleef hij liever in het buitenland. Hij had ontdekt dat hij zijn zaken veel gemakkelijker buiten de landsgrenzen kon afwikkelen.'

'Smokkelpraktijken?'

Travis glimlachte. 'Niet zo grof alstublieft. Hij was een romanticus. Hij heeft zichzelf tot op de dag van zijn dood als een piraat beschouwd.'

'Maar jij hebt nooit het idee gehad dat je iets anders was dan een misdadiger.'

'Hij was nog een jonge vent toen hij voor die "carrière" koos, hij was dol op al die opwinding. Ik ben opgegroeid met het besef dat het spel ook kwetsbare kanten heeft.'

'En niet met de opwinding?'

'O jawel. Per slot van rekening ben ik de zoon van mijn vader.'

Hij bleef naar het landhuis staren. 'Dus Cassie is daar? Wie zorgt er voor haar?'

'Twee verpleegsters en haar dokter, Jessica Riley.'

'Maar ze gaat niet vooruit?'

'Nog niet.' Andreas draaide zich om en keek hem aan. 'Waarom zou jij je daar druk over maken?'

'Vindt u dat zo vreemd? Laten we het er maar op houden dat ik een bepaalde betrokkenheid voel. Ik houd niet van half werk.'

'Blijf uit de buurt van mijn dochter. Ik wil niet dat ze herinnerd wordt aan dingen die betrekking hebben op die avond.'

'Als ze daaraan herinnerd moest worden, zou u geen dokter nodig hebben.'

'Je hebt gehoord wat ik zei.' De limousine kwam tot stilstand bij het portiershuis. 'Je blijft bij Cassie uit de buurt. Ik zal dokter Riley precies vertellen wie je bent en wat je hier doet. En ik zal haar opdracht geven om je weg te houden bij mijn dochter.'

Travis wierp zijn handen in de lucht. 'U zegt het maar. Ik vind het prima om aan mijn lot overgelaten te worden.' Hij stapte uit de limousine. 'Nog één zakelijk puntje. Ik weet dat het heel verleidelijk is om mijn telefoongesprekken af te luisteren, maar dat zou ik als een inbreuk op onze afspraak beschouwen. Ik ben trouwens van plan om maar met één persoon te bellen. Met Jan van Beek in Amsterdam. Hij zal als contactpersoon optreden tussen mij en al mijn bronnen en als ik van hem te horen krijg dat uw mensen op welke manier ook hun neus in onze zaken steken, is onze afspraak van de baan.'

'Waarom begin je tegen mij dan over Van Beek?'

'U denkt dat ik hem verraad.' Hij schudde zijn hoofd. 'Ik vertel u dat alleen om hem in bescherming te nemen.'

Andreas zweeg even. 'Je telefoon zal niet afgetapt worden.'

'Dank u. Dan neem ik wel weer contact met u op.'

'Nee, ik neem contact met jou op.' Andreas gebaarde dat zijn chauffeur door moest rijden. 'Reken maar.'

Travis keek de auto na terwijl de wagen over de cirkelvormige oprit reed. Er brandde licht op de bovenste verdieping van het landhuis. Cassies kamer? Maar dat ging hem niets aan. Hij draaide zich om en trok de deur van het portiershuis open. Zolang hij uit de buurt bleef van Cassie en in staat was om Andreas af en toe wat inlichtingen door te spelen, zou hij in deze veilige omgeving mogen blijven zitten. Dat was het enige dat telde.

Het portiershuis bevatte een zitkamer, een keuken en een slaapkamer en het was gezellig ingericht. Hij besteedde de eerste dertig minuten aan het zoeken naar afluisterapparatuur en vond vijf microfoons. Er waren nog geraffineerdere manieren om iemand te bespioneren, maar daarvoor had je karrenvrachten apparatuur nodig en hij betwijfelde of de agenten van de geheime dienst die zouden laten aanrukken als ze erachter kwamen dat de microfoons vernield waren. Het had alleen zin om iemand te bespioneren als de persoon in kwestie niet wist dat hij in de gaten werd gehouden.

Hij controleerde als laatste de boeken in de ingebouwde kasten aan weerszijden van de schoorsteen en vond nog twee microfoons. Hij moest lachen toen hij zag dat een van de twee verstopt zat achter een boek van dr. Jessica Riley, *Op zoek naar het licht*. Niet echt slim. Een boek dat geschreven was door de eigenares van Juniper trok automatisch de aandacht.

Hij ging in een stoel zitten, pakte zijn mobiele telefoon en belde Van Beek op. 'Ik ben er. Is alles geregeld?'

'Alles is voor elkaar.'

'Begin dan maar met de onderhandelingen.'

'Ben jij veilig?'

'Je hoeft je niet als een moederkloek te gedragen, Jan. Jij bent degene die met de zware jongens te maken krijgt. Ik word omringd door de trots van Amerika.'

'Moet ik me nou gerustgesteld voelen?'

'Mij kan niets gebeuren, Jan.'

'Zorg dat het zo blijft.'

'Ik bel je morgen weer.' Hij verbrak de verbinding en leunde achterover in zijn stoel. Alles was geregeld. Hij had zijn best gedaan. Maar zou dat genoeg zijn?

In ieder geval had hij Jan die in Amsterdam de onderhandelingen voor zijn rekening nam. Hij kon de mensen die hij echt vertrouwde op de vingers van één hand tellen. Wanneer had hij zich voor het laatst door een vriendelijk gezicht laten inpakken? Waarschijnlijk toen hij Cassies leeftijd had. Toen had hij nog niet geweten wat cynisme was en dat hebzucht iemand volkomen kon verblinden. In die tijd, toen Jan en zijn vader hem meegenomen hadden op hun reisjes naar Algiers, was het leven één en al opwinding geweest.

Hij liep naar het venster en keek omhoog naar het verlichte raam van het landhuis. Hij kon zich de uitdrukking op Cassies gezicht, die avond in Vasaro, nog vaag herinneren. Zij zou nooit meer blindelings in iets of iemand vertrouwen. Aan haar jeugd was met geweld een eind gemaakt.

Maar dat ging hem niets aan. Ze werd verzorgd door deskundige mensen, door die dr. Riley. Dat hij nu toevallig geplaagd werd door het zeurderige gevoel dat hij half werk had geleverd, was geen reden om zijn positie hier in gevaar te bengen.

Hij liep weg bij het venster. Hij ging douchen en dan kroop hij onder de wol.

Toen hij op het punt stond de slaapkamer in te lopen, bleef hij staan en ging terug om Jessica Rileys boek op te halen. Maar dat betekende niets. Hij las zichzelf vaak in slaap. Bovendien verdiende hij voornamelijk de kost met het verzamelen van inlichtingen en het kon geen kwaad om precies te weten waarin hij verzeild was geraakt.

Dat had niets met Cassie Andreas te maken.

4

'Dus u hebt me goed begrepen?' wilde Andreas weten.

'U hebt er geen doekjes om gewonden,' antwoordde Jessica terwijl ze met hem mee liep naar de deur. 'Geen enkel contact met de heer in het portiershuis.'

'Ik denk niet dat u hem echt een heer zou vinden.'

'U hebt zelf gezegd dat hij Cassie het leven heeft gered. Dat is een aanbeveling waar je moeilijk omheen kunt.'

'Met één enkele daad kan de onstandvastigheid van een heel mensenleven niet uitgewist worden.'

'Ik heb constant te maken met onstandvastigheid. Daar verdien ik mijn brood mee.'

'Nou ja, in dit geval hoeft u zich daar zeker niet in te verdiepen.' Andreas liep de treden van het bordes af. 'Negeer Travis maar. Hij zal hier niet lang blijven. U hebt uw handen vol.' Hij keek achterom naar Cassies raam. 'Geen nachtmerrie vannacht. Dat is een goed teken, hè?'

'Dat is het zeker. Ze gaat eraan kapot.' En Cassies nachtmerries werden steeds heftiger. Met als gevolg dat ze nog meer in zichzelf gekeerd raakte. Maar Jessica was niet van plan om dat tegen haar vader te zeggen. Hij had toch al zo weinig hoop. 'Komt u morgenavond ook?'

Hij schudde zijn hoofd. 'Ik moet met een handelsdelegatie naar Japan. Ik blijf bijna twee weken weg, maar mijn vrouw zal iedere dag opbellen om te horen hoe het gaat. U weet hoe u met mij in contact kunt komen.'

Jessica keek de auto na die langzaam over de oprit reed en richtte vervolgens haar blik op het portiershuis. Er brandde licht in de slaapkamer aan de achterkant van het huis. Kennelijk was de onstandvastige meneer Travis nog steeds wakker.

Zijn komst was een interessante ontwikkeling. Interessant en wellicht... veelbelovend. Misschien kon ze Michael Travis gebruiken.

God wist dat ze tot alles bereid was om te voorkomen dat Cassie nog dieper wegzonk in die duisternis.

'Ik ben er.' Melissa rende met twee treden tegelijk het bordes op en omhelsde Jessica stevig. 'Leg de loper maar uit. Laat de muziek beginnen.'

'Volgens mij is dat een tekst uit *Hello, Dolly!* En jij bent geen Barbra Streisand.' Op haar beurt knuffelde ze haar zusje enthousiast. 'Maar ik ben toch blij om je te zien. Goeie reis gehad?'

'Tot ik bij het hek aankwam.' Ze deed een stap achteruit en keek neer op Jessica. 'Ben je gekrompen? Ik ben te oud om weer twee centimeter gegroeid te zijn.'

'Bij zo'n lastpak als jij zou dat zomaar kunnen. Waarom ben jij de enige die in dat opzicht op papa lijkt?'

'Het is in ieder geval heel praktisch op een basketbalveld. Maar jij lijkt eerder zo'n zuidelijke schone die... Wie is dat?' Melissa's oog viel op de hardloper aan de andere kant van de oprit.

'Onze gast. Hij logeert in het portiershuis. Hij gaat iedere ochtend hardlopen.'

'Echt waar?' Melissa floot zacht. 'Je hebt me niets over hem verteld. Sexy.'

Was hij werkelijk sexy? Jessica bekeek hem aandachtig. Michael Travis was niet echt knap. Hij had een prachtig lijf – lang, slank en gespierd – maar een onregelmatig gezicht. Zijn neus was te groot, zijn mond was te breed en die lichtbruine ogen lagen net iets te diep. Maar ze wist waarom Melissa die opmerking had gemaakt. Hij straalde een haast zinderende energie uit en je kon je ogen maar met moeite van hem afhouden. Toen Jessica hem twee dagen geleden voor het eerst had gezien, had hij haar een gevoel bezorgd van... ja, van wat eigenlijk? Verbazing?

Melissa grinnikte. 'Jij denkt er net zo over.'

'Hij is veel te oud voor je. Hij moet minstens midden dertig zijn.'

'Goeie genade, ik ben zesentwintig. Jij beschouwt me nog steeds als een baby. Misschien ga ik wel even langs in het portiershuis.' Ze wierp Jessica een slinkse blik toe. 'Tenzij jij aanspraak op hem maakt.'

'Ik heb nog geen twee woorden met hem gewisseld.'
'Dan heb je gewoon te veel met kinderen opgetrokken.'
'De president heeft hem tot verboden terrein verklaard.'
'Geweldig. Verboden vruchten zijn het lekkerst.'
'Je hebt niet eens gevraagd waarom hij in het portiershuis logeert.'
'Ik dacht dat je met dat kind in de buurt je gigolo niet in huis wilde halen. Het portiershuis biedt veel meer privacy.'
'Mellie!'
Ze giechelde. 'Doe eens wat vrolijker.' Ze pakte haar koffer op en bracht hem naar binnen. 'Die breng ik meteen naar de walgelijke blauwe kamer. Zet jij even een kopje koffie? Na dat spitsroeden lopen bij het hek heb ik behoefte aan cafeïne. Ik verwachtte elk moment dat ze me zouden vragen of ik me wilde uitkleden, zodat ze me tot op de huid konden fouilleren. En als het nou die vent van jou uit het portiershuis was geweest...' Voordat Jessica daarop kon reageren, holde ze al naar boven.

Jessica voelde een golf van opluchting toen ze naar de keuken liep. Melissa maakte een volkomen normale indruk. Geen enkel teken van spanning. Opgewekt. De gebruikelijke half plagerige, half ondeugende manier van doen. Ze gedroeg zich zelfs nog uitgelatener dan gewoonlijk. Ze straalde bijna.

'Zal ik een paar boterhammen maken?' Melissa kwam de keuken binnenstuiven. 'Ik heb honger.'

'Er ligt ham en kaas in de koelkast.' Ze schonk twee koppen koffie in. 'Ik doe het wel.'

'Nee, ik moet iets doen. Ik heb geen zin om stil te zitten.'

Melissa had nooit zin om stil te zitten, dacht Jessica. Ze was constant in beweging, ze bleef praten en lachen. Ze had een keer gezegd dat ze al die verloren jaren in moest halen en dat wilde Jessica best geloven. Ze kende niemand die zo vol levenslust zat als Melissa. Behalve de man in het portiershuis.

Wat raar dat die vergelijking haar door het hoofd was geschoten. Ze leken totaal niet op elkaar. Melissa was net zo'n opvallende schoonheid als hun moeder was geweest. Hoge jukbeenderen, glanzend kastanjebruin haar en blauwe ogen die een tikje schuin stonden. Wat zij en Travis gemeen hadden, waren eigenlijk alleen dat lange, atletische lichaam en die uitstraling van koortsachtige energie.

Koortsachtig.

Michael Travis was helemaal niet koortsachtig, elke beweging was beheerst en weloverwogen. En die beschrijving paste normaal gesproken ook niet bij Melissa. Maar toch maakte ze vandaag een rusteloze en koortsige indruk.

'Waar zit je naar te kijken?' Melissa stond haar over haar schouder aan te kijken. 'Mankeert er iets aan me?'

'Ik zou het niet weten. Jij?'

'O, onzin, je zit me weer te analyseren.' Ze zette een boterham voor Jessica neer en ging tegenover haar aan tafel zitten. 'Ik voel me prima. Ik wilde je gewoon weer even zien. Kijk je daar van op?'

'Niet als het echt waar is.'

'Waarom zou het niet waar zijn? Hoe gaat het met dat kind?'

'Niet goed. De nachtmerries worden steeds erger.' Het was duidelijk dat Melissa haar niet in vertrouwen wenste te nemen. Ze moest het onderwerp maar even laten rusten, dan kon ze er later op terugkomen. 'Ik maak me zorgen over haar.'

'En terecht.'

Jessica verstarde. 'Waarom zeg je dat?'

'Dat weet je best. Ik heb het zelf ook meegemaakt. Ik heb je al eerder verteld dat ik bijna had besloten om nooit meer terug te komen. Die nachtmerries dreven me steeds dieper dat zwarte gat in tot ik...'

'Maar je bent wel teruggekomen.'

'Jij hebt me teruggehaald. Je liet me geen moment met rust, tot ik de eerste stap had gezet. Af en toe haatte ik je gewoon omdat je me dwong rechtsomkeert te maken. Het drong geen moment tot me door wat jij allemaal moest opofferen en hoe hard je moest werken om me te genezen.' Ze glimlachte stralend. 'Heb ik je weleens verteld hoeveel ik van je hou, Jessica?'

'Ach, hou toch op. Je zou hetzelfde voor mij hebben gedaan.'

'Ik wil alles voor je doen,' zei ze rustig. 'Maar je moet me wel de kans geven.'

'Oké.' Ze stond op. 'Was jij maar af, dan ga ik even kijken hoe het met Cassie gaat.'

'Nu voel je je niet meer op je gemak.' Ze dronk haar koffie op.

'Sorry, maar ik moest het zeggen. Er zijn veel te veel mensen die dat soort dingen hun hele leven voor zich houden. Na mijn terugkomst was ik het liefst naar iedereen toe gehold om hun te vertellen dat ze niets als vanzelfsprekend moesten beschouwen, omdat ze ieder moment weg konden gaan om nooit meer terug te komen.'

'Maar dat heb jij niet gedaan.'

'Jij gaf me gewoon de kans niet. Jij mocht wel van mensen houden en hen van dienst zijn, maar je wilde nooit dat ik...' Ze haalde haar schouders op. 'Maar goed, dat maakt niets uit. Het heeft alleen even geduurd voordat ik doorhad hoe ik je moest aanpakken.'

'En nu weet je dat wel?'

'Laten we het hopen.' Ze pakte haar bord en liep naar het aanrecht. 'Vooruit, ga nou maar naar dat kind kijken.'

'Waarom heb je nu ineens je hart uitgestort?'

'De tijd was er rijp voor.' Ze zette de borden in de afwasmachine. 'Denk je dat het verbod van de president met betrekking tot dat lekkere stuk in het portiershuis ook voor mij geldt?'

'Zeker weten.'

'Jammer.'

Jessica liep lachend naar boven. Het was moeilijk om niet te lachen als Mellie in de buurt was. Haar levenslust was gewoon aanstekelijk. Met haar aanwezigheid kon ze een kamer en zelfs de hele wereld opvrolijken.

Haar glimlach ebde weg toen ze Cassies kamer bereikte. Kom terug, schattebout. Dan zul je zelf zien hoe fijn het leven kan zijn.

De kreet sneed als een mes door de nacht.

Jessica had erop zitten wachten. De nachtmerries waren al drie nachten achter elkaar teruggekomen.

'Alles is in orde, Cassie.' Ze trok het meisje tegen zich aan. 'Ik ben bij je. Je bent veilig.'

Ze bleef schreeuwen.

'Wakker worden, liefje.'

Ze bleef schreeuwen.

O god.

'Cassie.'

Het geschreeuw hield niet op.

'Zal ik een kalmeringsmiddel pakken?' vroeg Teresa.

Maar Jessica wilde geen kalmerende middelen gebruiken. Dat had ze ook bij Mellie geprobeerd en die had haar later verteld dat ze daardoor af en toe helemaal vast kwam te zitten in de nachtmerrie en er letterlijk door werd verscheurd. Als Jessica de psychische schok nog groter maakte, kon Cassie daardoor verder wegzakken. 'Nog niet.'

'Cassie.' Ze wiegde haar in haar armen. 'Word wakker, Cassie.'

Vijf minuten later schreeuwde Cassie nog steeds. Daarna werd ze plotseling helemaal slap.

Daar schrok Jessica nog meer van.

Het kind lag stil, maar haar ogen waren open.

'Cassie?'

Ze controleerde haar hartslag en haar bloeddruk. Haar polsslag was te hoog, maar ze was niet in gevaar – nog niet.

Hoe kwam ze daar nu bij? Het hele gebeuren was vol gevaar geweest.

'Ik dacht dat het gebeurd was,' fluisterde Teresa.

Dat ze haar verstand of haar leven had verloren? Jessica had voor allebei gevreesd.

'Je moet iets doen,' zei Teresa.

'Dat wéét ik.'

Er ging een halfuur voorbij en Cassies kleur kwam langzaam maar zeker terug.

'Ga maar even wat frisse lucht happen,' zei Teresa. 'Je bent nog bleker dan dat kind. Ik blijf wel bij haar.'

'Heel even dan.' Jessica stond op en strekte haar rug om haar verstijfde spieren te ontspannen. 'Roep me meteen als er een verandering optreedt.'

Ze bleef in de gang staan en leunde achterover tegen de deur.

'Is alles goed met haar?' vroeg James Fike. 'Ze heeft me de doodsschrik op het lijf gejaagd.'

'Mij ook. Maar ze is nu rustig.'

'Al dat geschreeuw en gesnik...'

Ze knikte en liep de gang in. Gesnik? Cassie had niet gesnikt.

Maar er lag wel iemand te snikken, zacht, gebroken, nauwelijks hoorbaar. Maar zij hoorde het wel, en het kwam niet uit Cassies kamer.

De blauwe kamer.

Ze liep langzaam naar de deur. 'Mellie?'

Geen antwoord.

Ze klopte en deed de deur open. 'Mellie, is alles...'

'Ik voel me best. Ga weg.'

'Ik pieker er niet over.' In het duister kon ze Melissa in het grote bed zien liggen. 'Wat is er aan de hand?'

'Wat denk je? Ik heb er de pee in, omdat ik van jou niet achter dat stuk in het portiershuis aan mag.'

'Als dat zo belangrijk is, kun je hem op een presenteerblaadje van me krijgen.' Ze liep de kamer door en ging op de rand van het bed zitten. 'Je ontkomt er toch niet aan, dus vertel me de waarheid maar.'

'Ik haat deze stomme blauwe kamer.'

'Mellie.'

Ze stortte zich in Jessica's armen. 'We hebben zo ontzettend veel verdriet,' fluisterde ze. 'We waren bijna dood, Jessica.'

'Wat?'

'Ze zitten voortdurend achter ons en we kunnen niet weg. En al dat bloed... We moeten steeds dieper de tunnel in, maar we kunnen toch niet ontsnappen. Er is maar één uitweg.'

Jessica verstijfde. 'Mellie. Wat zeg je nu?'

'Iets wat je niet wilt horen. We gaan dood, Jessica. We kunnen niet verder, er is geen andere manier om eraan te...'

'Mellie, hou je mond, je jaagt me de stuipen op het lijf.' Ze stak haar hand uit en deed de lamp aan. 'Je slaat wartaal uit.'

Mellie keek niet op.

'Je lag gewoon te dromen, hè?'

'Ja... we droomden.'

'Waarom heb je het steeds over *wij*?'

'Volgens mij weet je dat best.' Ze ging rechtop zitten en streek haar haar uit haar ogen. Haar lippen trilden toen ze probeerde te glimlachen. 'Per slot van rekening is dit niet de eerste keer.'

Jessica's tong gleed over haar lippen. 'Cassie?'

'Ze is een sterke kleine meid. Het kostte haar geen moeite om mij haar tunnel binnen te trekken. Heel anders dan Donny Benjamin. Hij heeft het ook geprobeerd, maar toen slaagde ik erin om bui-

ten zijn kleine grot te blijven staan, hoewel hij wanhopig eenzaam was en ik eigenlijk naar binnen wilde om hem gezelschap
te houden.' Ze haalde diep adem. 'Als ik dat had gedaan, was hij
er waarschijnlijk nooit uit gekomen. Maar hij kwam wel terug.
Jij hebt hem teruggehaald. Net zoals je mij hebt teruggehaald.'
Ze liet haar tong over haar lippen glijden. 'Maar toen je mij te-
rugbracht, is er nog iets anders meegekomen, hè?'
'Denk je dat je telepathisch contact had met Cassie?'
'Dat weet ik zeker.' Ze wreef met de rug van haar hand over haar
natte wangen. 'Maar dat wil je gewoon niet geloven, net zomin
als je dat bij Donny wilde geloven. Het maakt je bang.'
'Verdorie, ja. Maakt het jou niet bang?'
'Gewoonlijk niet. Maar vanavond wel. Ik wil leven.'
'En Cassie niet?'
'Als ze die nachtmerries heeft, is ze bang en in de war. Dan wil
ze alleen maar ontsnappen. En er is maar één plek nog veiliger
en verder weg dan haar tunnel.'
'Mellie.'
'Het spijt me. Ik weet dat je er zenuwachtig van wordt.' Ze stapte uit bed en liep naar de badkamer. 'Ik ga m'n gezicht wassen.
En daarna kunnen we misschien het best naar beneden gaan, een
glas limonade pakken, op de veranda gaan zitten en dit allemaal
vergeten. Goed?'
Jessica vroeg zich af hoe ze dit in vredesnaam zou moeten vergeten. Toen ze Donny Benjamin behandelde, had ze zich verzet
tegen het idee dat Melissa telepathisch contact had met het jongetje. Ze had het toegeschreven aan haar verbeelding en aan het
feit dat Melissa nog niet zolang daarvoor zelf was teruggehaald.
Per slot van rekening had Jessica Donny en zijn genezingsproces
vaak met Melissa besproken. Precies zoals ze nu met haar zusje
over Cassie had gepraat.
Maar in die dromen van Donny was geen sprake geweest van
doodsangst en verdriet. Melissa had gewoon kalm en vol medeleven over het jongetje gepraat en had vervolgens haar mond gehouden toen ze zag hoe verbijsterd en geschrokken Jessica daarop reageerde.
'Hou eens op met dat gepieker,' zei Melissa toen ze de badkamer
uit kwam. 'Daarvoor ben ik niet naar huis gekomen. Als jij niet

mijn privéterrein was binnengedrongen en me op een zwak moment had betrapt, had je je ook niet druk hoeven te maken over die hallucinaties van me.'

'Maar je gelooft zelf niet dat het hallucinaties zijn.'

'Jawel hoor. Stel je voor dat het iets anders zou zijn, dan werd jij stapelgek van bezorgdheid. Per slot van rekening ben ik zes jaar lang in dromenland geweest, dus het zou wel raar zijn als ik niet af en toe last had van hallucinaties.'

'Je jokt.'

'Dat zou best kunnen.' Ze liep naar de deur. 'Maar ik heb wel degelijk behoefte aan een glas limonade. Ga je mee?'

'Wat een mooie avond. Dit vind ik heerlijk. Ik weet nog dat we dit ook altijd deden toen we nog klein waren.' De schommelbank wiegde langzaam heen en weer. 'Zit je hier vaak, Jessica?'

'Daar heb ik geen tijd voor.' Jessica nam een slokje limonade. 'Als ik niet met één speciale patiënt werk, ben ik meestal in het opleidingsinstituut voor autistische kinderen.'

'O ja, dat heb je me verteld. Maar dat is toch ontzettend deprimerend. Vergeleken bij het werken met autistische kinderen moeten die zes jaar met mij één groot feest zijn geweest.'

'De behandeling vertoont bepaalde overeenkomsten en we hebben een paar belangrijke successen behaald.'

'En dat is het enige waarvoor je leeft.' Melissa was even stil. 'Komt dat door mij? Is dat mijn schuld?'

'Schuld? Ik weet niet waar je het over hebt.'

'Ik kan me nog herinneren hoe je was toen ik klein was, voordat mama en papa stierven.' Ze glimlachte. 'Miss Allemansvriend, het meest geliefde meisje op school, dat met iedereen kon opschieten. En voorzien van een gezonde dosis egoïsme.'

'Toen was ik jong.'

'Je bent nog steeds jong en er is niets mis met egoïsme. Volgens mij ben je dat vergeten.' Ze nam weer een slokje limonade. 'En waarschijnlijk is dat mijn schuld. Je zat opgescheept met de zorg voor een zombie en daardoor ben je een heilige geworden, Sint-Jessica.'

'Doe niet zo gek. Jij kon er toch niets aan doen dat je bij mama en papa in de auto zat toen ze de dood vonden? Zo is het leven nu eenmaal, dat moeten we gewoon onder ogen zien en onze eigen weg kiezen.'

Melissa hief haar glas op. 'Zei ik het niet? Sint-Jessica. In jouw plaats zou ik het op een krijsen hebben gezet en mij in een inrichting hebben gestopt.'

'Welnee. Nu zit je een beetje stoer te doen. Jij zou precies hetzelfde hebben gedaan.'

'Goeie genade, bedoel je dat ik Sint-Melissa zou zijn geworden?' Ze schudde haar hoofd. 'Nee hoor, dat klinkt lang niet zo goed.'

'Maar je hebt wel besloten om medicijnen te gaan studeren. Dat is niet bepaald het meest egoïstische beroep dat je had kunnen kiezen.'

'Denk je soms dat ik jouw voorbeeld wilde volgen?'

'Ik denk dat je veel liever en zorgzamer bent dan je wilt toegeven.'

'Is het weleens bij je opgekomen dat ik medicijnen ben gaan studeren omdat ik antwoord wil hebben op bepaalde vragen?'

'Daarom gaan we allemaal studeren.'

'Nee, ik zoek naar het antwoord op míjn vragen. Ik wil weten waarom ik zes jaar lang de hele wereld heb buitengesloten.' Ze keek in haar glas. 'En ik wil weten hoe dat met Donny Benjamin kon gebeuren.'

'Melissa, je was destijds hyperactief en je fantasie maakte overuren.'

'En jij wilt er niet aan dat je kleine zusje geschift is.'

'Je bent niet geschift. Als je echt zou hebben gedacht dat je bepaalde helderziende gaven had ontwikkeld, was je wel colleges parapsychologie gaan volgen.'

'O, je kunt een hele bibliotheek vullen met al die boeken over buitenzintuiglijke waarnemingen die ik heb gelezen. Maar eigenlijk hoopte ik dat ik de antwoorden op mijn vragen daarin niet zou vinden. Geloof me, ik zou het liefst een of andere simpele lichamelijke reden willen vinden voor wat mij is overkomen.'

'Je hebt gelijk. Dat met Donny Benjamin was een op zichzelf staand fenomeen en de verklaring ervoor is heel eenvoudig.'

'En Cassie?'

'Daar geldt hetzelfde voor. Ik heb die twee gevallen uitgebreid met je besproken en je bent op dat terrein uiterst gevoelig voor suggestie.'

'Op het terrein van dromenland?'

'Noem het zoals je wilt. Er is nog steeds een volkomen logische verklaring voor het feit dat jij...'

'Hou op.' Melissa schoot in de lach. 'Het enige waar ik inmiddels van overtuigd ben, is dat wat mij is overkomen helemaal niets met logica te maken heeft. Het is geweldig dat je iedere keer opnieuw uitvluchten weet te verzinnen om te voorkomen dat ik in een gekkenhuis terechtkom, maar ik ben wat ik ben.'

'En wat ben je dan?'

'Een gedrocht.' Ze stak haar hand op om Jessica's protest in de kiem te smoren. 'Een aardige zonderling, een intelligente en charismatische speling van de natuur. Maar toch een gedrocht. En zit me nu niet aan te kijken alsof je me het liefst in bed zou willen stoppen, met een nat washandje op mijn koortsige voorhoofd. Ik weet dat je een fantastisch boek hebt geschreven over mij en de manier waarop we er met veel moeite in zijn geslaagd om mij weer volkomen normaal te maken, maar in één opzicht zat je er goed naast. Ik ben niet normaal.'

'Dat ben je wel.'

'Ik weet niet eens wat dat inhoudt. Ik ken niet veel mensen die volkomen normaal zijn. Jij bent zelf ook niet normaal, want jij bent sint Jessica.' Ze stond op. 'Ik ga naar bed. Ik heb je voor één nacht al meer dan genoeg overstuur gemaakt.'

'Ja dat klopt.'

'Maar je bent nu al op zoek naar een oplossing. Of moet ik zeggen: een manier om me te genezen?'

'Waarom heb je dit soort dingen nooit eerder tegen me gezegd? Waarom begin je daar vanavond over?'

'Het was eigenlijk mijn bedoeling om me er weer uit te draaien, want ik hou van je en ik wil dat je respect voor me hebt. Maar terwijl we hier zaten, moest ik steeds aan Cassie denken. Ik mag dan een egoïst zijn, maar ik kan mijn ware aard niet verborgen houden als dat betekent dat Cassie sterft.' Ze keek haar ernstig aan. 'De volgende keer zal het nog erger zijn. Je moet een manier vinden om het tegen te houden. Je moet op de een of andere manier een spaak in het wiel steken. Alles is goed, als je maar zorgt dat er een eind komt aan die droom.'

'Maar hoe kan ik in vredesnaam...'

'Dat weet ik niet. Jij bent de psychiater.' Ze liep naar de voordeur. 'Maar je moet het voor elkaar krijgen.'

'Mellie?'

Ze keek om.

'Ben je daarom thuis gekomen? Omdat je over Cassie droomde?' 'Nee.' Ze wendde haar gezicht af en trok de deur open. 'Tot vanavond had ik nog nooit over... met Cassie gedroomd.'

'Je had langer moeten wegblijven,' zei Teresa toen Jessica de kamer in liep. 'Je hebt het hard nodig.'

'Hoe is het met haar?'

'Nog hetzelfde.' Teresa stond op. 'Ik ga even beneden een kop koffie drinken en dan kom ik weer terug om jou naar bed te sturen. Je begint eruit te zien als een van je eigen patiënten.'

'Ik voel me prima.' Dat was gelogen. Ze voelde zich helemaal niet goed. Ze was doodmoe en misselijk van angst. Ze wist niet om wie ze zich de grootste zorgen maakte: om Cassie of om Melissa. Het kind was buiten bereik, maar het was best mogelijk dat haar zuster, van wie ze had gedacht dat ze helemaal genezen was, ook weer hard achteruitging.

Toch was Melissa volkomen helder geweest. Maar hoeveel patiënten had Jessica niet behandeld die geestelijk een gezonde indruk maakten tot ze een aanval kregen?

Melissa was niet geestesziek. Ze was gewoon...

Wat?

Ze slaakte een zucht en leunde achterover in de stoel. Dit kon er niet meer bij, ze had al problemen genoeg. Ze weigerde te accepteren dat er op de een of andere manier een geestelijk contact had plaatsgevonden. Dat druiste in tegen elke vorm van logica. Wat er vanavond ook was gebeurd, de verklaring ervoor moest even simpel zijn als de veronderstelling die ze tegenover Mellie had geuit.

Ze legde haar hand over die van Cassie. 'Je moet nu gauw terugkomen. Die nachtmerries zijn niet goed voor je. Ik dacht dat we nog wel even konden wachten, maar het is... Kom uit die tunnel, meiske. Dan zul je echt veel gelukkiger zijn. Dat beloof ik je. Je zult je mama en papa terugzien en die zullen zo...'

Tunnel? Hoe kwam ze daar nu bij?

Ze verstijfde. Melissa had gezegd dat Cassie in de tunnel zat. Het zou veel logischer zijn geweest als ze Cassie in dat geestelijke bos had gezien waar ze zelf die zes jaar had doorgebracht. Maar daar had ze het niet over gehad.

Ze is een sterke kleine meid. Het kostte haar geen moeite om mij haar tunnel binnen te trekken.

Ze voelde een rilling over haar rug lopen. Had Melissa dat gefantaseerd of...?

Ze wilde geen geloof hechten aan dat soort rare dingen. Ze moest haar verstand gebruiken met betrekking tot Cassie... en Melissa.

Ze wist niet of het frêle lichaampje van Cassie nog zo'n nacht als deze zou kunnen doorstaan.

De volgende keer zal het nog erger zijn. Je moet een manier vinden om het tegen te houden.

Jezus.

5

'Karlstadt wil alleen met jou onderhandelen,' zei Van Beek zodra Travis de telefoon beantwoordde. 'Hij wil de spullen zien.'
'Heb je hem het monster laten zien?'
'Hij zegt dat één zwaluw nog geen zomer maakt.'
'Wat poëtisch. Dat had ik niet van Karlstadt verwacht.'
'Hij wil dat je hiernaar toe komt.'
'Vertel hem maar dat ik begrip heb voor zijn wensen, maar dat je in de zomer ook een zonnesteek op kunt lopen en dat ik geen zin heb om dat te riskeren tot ik een aantrekkelijk bod heb.'
'En wat is volgens jou aantrekkelijk?'
'Vijfentwintig miljoen klinkt me wel prettig in de oren.'
Van Beek snoof. 'Zet dat maar uit je hoofd, Michael.'
'Nee, dat betalen ze heus wel. Het is echt een koopje. Probeer het maar voor elkaar te krijgen.' Hij veranderde van onderwerp. 'Heb je al contact gehad met iemand die ons iets kan vertellen over die overval op Vasaro?'
'Ik ga op bezoek bij Henri Claron in Lyon. Ik heb gehoord dat hij misschien iets weet. Maar hij is verdacht rustig en je weet dat Henri nooit zijn mond houdt.'
'Integendeel zelfs.'
'En ik heb nog iets interessants ontdekt. Henri's vrouw, Danielle, is in hetzelfde dorp opgegroeid als Jeanne Beaujolis, het kindermeisje van Cassie Andreas.'
'Dat is interessant.'
'Maar ik zei al, Henri werkt niet echt mee.'
'Bang?'
'Ik heb hem een behoorlijke som geld aangeboden. Er is heel wat voor nodig om hem zo bang te maken dat hij zo'n buitenkansje laat glippen. Je hoort wel van me.' Hij verbrak de verbinding.
Verdomme. Travis stopte de telefoon weer in zijn zak en liep on-

gedurig naar het raam. Het ging niet zo vlot als hij had gehoopt. Hij zat hier al een week en hij was nog geen steek opgeschoten. Nou ja, beter hier dan in een houten jas onder de groene zoden. Hij was er gewoon niet aan gewend om opgesloten te zitten. De computer hing hem na een paar uur de keel uit en voor lezen gold hetzelfde. En het enige boek dat hem echt had geboeid was dat van Jessica Riley. Het was best spannend om terug te gaan in het verleden en in de gedachtewereld van Jessica Riley en haar zuster, Melissa, te duiken. Dat maakte het een stuk interessanter als hij af en toe een glimp van hen opving in de tuin. Hij had het gevoel dat hij hen beter had leren kennen dan de andere mensen die hij kende. De meeste mensen lieten zich zelfs tegenover hun beste vrienden niet zo openlijk uit over hun gedachten en gevoelens, maar Jessica had alles zo helder beschreven dat het een schrijnend en ontroerend verhaal was geworden. In haar verslag van het gevecht dat ze had moeten leveren om haar zusje over de psychische schok te helpen die ze had gekregen nadat hun ouders voor de ogen van het kind levend waren verbrand, was geen spoor van een ego te bekennen. Uit elk woord sprak een diepe genegenheid.

Door de regen zag hij dat het licht in de slaapkamer op de eerste verdieping van het grote huis weer aan was. Dat was al de derde keer deze week. Het ging kennelijk niet goed met Cassie. Arm kind.

En arme Jessica Riley. Als het klopte wat hij in haar boek tussen de regels had gelezen, zou ze net zo lijden als haar patiëntje.

Maar dat ging hem niets aan. Hoe vaak had hij zichzelf dat sinds zijn aankomst op Juniper al ingeprent? Uit pure verveling was hij aan het speculeren geslagen en normaal gesproken was hij daar niet tevreden mee. Hij had liever de touwtjes in handen. Hij moest uitkijken, want als hij erin dook en zou proberen om de toestand recht te zetten kon hij binnen de kortste keren fluiten naar zijn prettige, veilige rol van toeschouwer. Het was duidelijk dat hij zo gauw mogelijk zijn eigen leven weer moest oppakken, zodat hij Cassie Andreas en de mensen om haar heen uit zijn hoofd kon zetten.

Cassie begon weer te schreeuwen.

'Nee, meiske.' Jessica wiegde haar heen en weer. 'Alsjeblieft. Word wakker. Zo kun je niet doorgaan, dan...'

Cassie sperde haar mond wijd open en bleef schreeuwen. Zonder ophouden.

Snelle polsslag. Klamme huid.

'Injectie?' vroeg Teresa.

'Ik heb haar bij die vorige aanval al een spuitje gegeven en dat had nauwelijks invloed. Als ik haar nu te veel geef, kan het haar dood zijn.'

Ze vroeg zich zenuwachtig af wat dan wel zou werken. Deze aanval duurde nu al meer dan twintig minuten. Het was de ergste die Cassie tot nu toe had gehad en ze kon het kind toch niet...

'Pas jij maar even op haar,' zei ze tegen Teresa. Ze sprong op en rende de kamer uit, langs Cassies bewaker de gang in. Ze rukte Melissa's deur open. 'Het gaat heel slecht met Cassie. Ik weet niet wat jij kunt doen, maar als er een kans is dat...'

Melissa gaf geen antwoord.

Jessica deed het licht aan.

Melissa lag in bed met haar ogen open.

'Mellie?'

Snelle polsslag. Klamme huid.

'Shít.'

De tranen rolden over Jessica's wangen toen ze de kamer uit rende. Wat kon ze in hemelsnaam doen? Het was te gek voor woorden. Er klopte geen barst van. Waarom zou dat schattige kind moeten sterven?

En Melissa. O god, Melissa.

Lieve heer, wat moest ze doen? Er was niets...

Je moet een manier vinden om dat tegen te houden. Je moet op de een of andere manier een spaak in het wiel steken.

Ze holde de trap af, naar buiten, de regen in.

Tegenhouden. Een spaak in het wiel.

Ze wist wie haar daarbij kon helpen. Dat wist ze al sinds de avond dat Andreas haar had verboden om in contact te komen met Michael Travis.

Hij kon barsten. Ze kon niet werkloos blijven toekijken tot er iets verschrikkelijks gebeurde.

Ze bonsde op de deur van het portiershuis. 'Doe open, verdomme.'

Travis deed de deur open. 'Wat is er voor de donder...'
'Vooruit.' Ze greep zijn arm vast. 'Ik heb je nodig. Nu.'
'Wat is er gebeurd?'
'Hou op met die vragen. Ga maar gewoon mee.' Ze trok hem
naar buiten. 'Ik ben Jessica Riley en...'
'Ik weet wie je bent. Maar ik weet niet wat je hier komt doen.'
'Dat leg ik je straks wel uit. Ga nou maar mee.'
'Ik kom al.' Hij holde samen met haar over de oprit. 'Het kind?'
'Ja. Volgens mij verkeert ze in levensgevaar.' Jessica probeerde
haar stem in bedwang te houden. 'Ze heeft een nachtmerrie en
ik krijg haar niet wakker.' Ze waren bij het landhuis en ze trok
hem mee de hal in. 'Je moet me helpen.'
'Ik ben geen dokter.'
'Spreek me niet tegen. Doe maar gewoon wat ik zeg.' Ze hoorde
het geschreeuw toen ze naar boven rende. Een golf van opluchting sloeg daar haar heen. Als Cassie schreeuwde, was ze nog
steeds in leven.
James Fike ving haar boven aan de trap op en keek strak naar Travis. 'Hij mag niet naar binnen, dokter Riley. Ik heb mijn orders.'
'Hij gaat wél naar binnen,' zei ze fel. 'Fouilleer hem maar. Je kunt
meegaan naar de slaapkamer en naast hem blijven staan. Maar
hij gaat naar binnen. Ik heb hem nodig.'
'Ik heb mijn orders.'
'En leg jij de president dan uit waarom je hebt geweigerd mij de
kans te geven zijn dochters leven te redden?'
'Ik heb mijn...' Hij zweeg en keek strak naar Cassies deur. 'Ga
in een spreidstand staan, Travis, met je handen tegen de muur.'
Ze keek ongeduldig toe terwijl Fike Travis fouilleerde. 'Schiet op.
Alsjeblieft, ze is...'
Fike gebaarde dat Travis de slaapkamer in kon lopen, maar volg-
de hem op de hielen.
Jessica vloog naar het bed. 'Hoe is het met haar, Teresa?'
'Iets slechter, lijkt me.' Ze keek naar Travis. 'Wat komt hij hier
doen?'
'Dat wil ik ook zo graag weten,' zei Travis. 'Wat kom ik hier
doen?'
'Ik weet het niet. Ik moest toch iets...'
Weer zo'n schreeuw.

Travis maakte een sprongetje van schrik en deed een stap naar voren. 'Kunnen jullie daar geen eind aan maken? Het kan toch niet goed voor haar zijn om...'

'Als ik haar kon laten ophouden, had ik jou niet nodig.' Ze haalde even diep adem en probeerde na te denken. 'Ze heeft een nachtmerrie en ik kan haar daar niet uit wakker schudden. Volgens mij droomt ze over Vasaro en ze probeert ergens voor weg te lopen. Maar ze kan er niet aan ontsnappen, dus blijft die nachtmerrie maar doorgaan. Iemand moet dat patroon doorbreken.'

'Ik?'

'Jij hebt in Vasaro haar leven gered. Misschien moet je dat vanavond nog een keer doen.'

'Is het zo erg met haar?'

'Ik weet het niet. Die nachtmerrie moet ophouden.'

'Daar heb je verdomme gelijk in.' Travis ging op het bed zitten en pakte Cassies handen vast. Hij was even stil en zei toen: 'Je bent veilig, Cassie. Ik ben er. Het is voorbij. We gaan nu naar de keuken, weet je nog wel, en daar wachten we op je mama en je papa.'

Cassie schreeuwde.

'Luister naar me, Cassie.' Zijn stem klonk zacht en dringend. Zijn ogen waren strak op haar gezicht gevestigd. Jessica kon bijna voelen hoe hij het kind zijn wil oplegde. 'Het is voorbij. Je bent veilig. Hij is weg.'

Cassies geschreeuw stopte abrupt.

'Niemand kan je iets doen. Hij kan niemand meer iets doen. Je bent veilig.'

Cassie lag hem met grote ogen aan te kijken.

'Hij is weg. Ze zijn allemaal weg. Je bent veilig.'

Ze zuchtte diep.

De minuten tikten voorbij. Ten slotte vielen haar ogen dicht.

Goddank. Jessica liep naar het bed en nam Cassies polsslag op. Die werd langzaam maar zeker regelmatiger.

'Is alles goed met haar?' vroeg Travis.

'Voorlopig wel. Ze is in diepe slaap verzonken.'

'Ze krijgt toch niet weer een nachtmerrie?'

'Dat lijkt me onwaarschijnlijk. Ze heeft er nog nooit twee in één nacht gehad.' Ze keek Teresa aan. 'Hou haar goed in de gaten.'

'Dat zal ik doen.' Teresa zat naar Travis te staren. 'Ik zou hem maar bij de hand houden.'

Jessica knikte moe. 'Ik ben zo terug.' Mellie. Ze moest eerst kijken hoe het met Mellie ging. Ze liep de deur uit en rende door de gang naar de blauwe kamer.

'Mellie?'

Geen antwoord.

Ze liep naar het bed. Melissa lag kennelijk ook vast te slapen. Ze nam haar polsslag op. Bijna normaal.

Melissa's oogleden gingen langzaam open. 'Dat was... heel erg. Je had ons... haast verloren.'

'Hoe voel je je?'

'Alsof we onder... een vrachtwagen hebben gelegen.' Ze keek over Jessica's schouder. 'Dank je... wel.'

Jessica draaide haar hoofd om en zag Michael Travis op een metertje afstand staan.

'Waarvoor?' vroeg hij.

'Later... slaap...' Haar oogleden zakten trillend dicht. 'Bedankt...'

'Dat lijkt me een goed idee. Ga maar lekker slapen.' Jessica stopte het laken om de schouders van haar zusje in. 'Ik kom over een paar uur nog even naar je kijken.'

'Hoeft... niet. We voelen ons... best.'

'Ik kom toch even langs.' Jessica gebaarde dat Travis achter haar aan moest lopen. 'Welterusten, Mellie.'

Melissa gaf geen antwoord. Ze sliep.

Op de overloop draaide Jessica zich om naar Travis. 'Waarom ben je achter me aan gelopen?'

'Wat moest ik anders doen? Jij had me kennelijk bij die kleine meid niet meer nodig en als die vent van de geheime dienst me nog langer met die priemogen had aangekeken, was er nu alleen nog een hoopje as van me over.'

'Je had het recht niet om zomaar de slaapkamer van mijn zusje binnen te stormen.'

Hij haalde zijn schouders open. 'Je had de deur open laten staan en toen ik zag dat je haar pols opnam, dacht ik dat je me misschien nodig had.'

'Ik had je helemaal niet nodig. Mellie was... ze was... alleen moe.'

'O?'

'Maar bedankt, alles is nu weer in orde. Je kunt wel weer gaan.'
Hij schudde zijn hoofd. 'Ik ben doorweekt en ik ga niet weer naar
buiten tot ik me heb afgedroogd en een warme kop koffie heb
gedronken. Daarna zal ik je alleen nog aan je kop zeuren om een
paraplu voor de terugweg.' Hij liep de trap af. 'Wil je me even
wijzen waar de keuken is? Je hoeft niet mee te gaan. Ik ben gewend om voor mezelf te zorgen.'
Dat was duidelijk te zien. Hij gedroeg zich zo ontspannen dat het
bijna leek alsof dit zijn eigen huis was. Maar het was waar dat
hij ontzettend nat was geworden. Ze was zo overstuur geweest,
dat ze dat niet eens had gemerkt. 'Het spijt me.' Ze liep snel naar
beneden. 'Heb je het koud? Ik had je natuurlijk de kans moeten
geven om in het portiershuis een paraplu te pakken, maar daar
heb ik helemaal niet aan gedacht.'
'Volgens mij drong het niet eens tot je door dat het regende.' Hij
liep achter haar aan de keuken in. 'En jij bent net zo nat als ik.
Of heb je dat ook niet gemerkt?'
Dat had ze inderdaad niet. 'Ik pak wel een paar handdoeken nadat ik het koffiezetapparaat heb aangezet.'
'Dat doe ik wel. Zeg maar waar ik ze kan vinden.'
'In de kast in de toiletruimte links vooraan in de hal.'
'Oké.'
Toen hij terugkwam, had ze het koffiezetapparaat gevuld en kop-
jes klaargezet op de tafel.
'Wat een leuk huis.' Hij gooide haar een grote witte handdoek
toe en begon zijn haar te drogen met het andere exemplaar dat
hij had meegebracht. 'Je komt niet vaak zo'n mooie antieke kast
in een toiletruimte tegen. Je moet af en toe het gevoel hebben dat
je in een andere tijd leeft.'
'Soms wel.' Ze gebruikte de handdoek eerst voor haar gezicht en
hals en begon daarna haar haar droog te wrijven. 'Vooral als er
een stroomstoring is.' Ze gooide de handdoek aan de kant. 'Gebruik je suiker en melk?'
Hij schudde zijn hoofd. 'Hebben jullie hier vaak stroomstoringen?'
'Nee, mijn ouders hebben alle leidingen laten vernieuwen toen ik
nog klein was, maar af en toe gaat er nog weleens iets mis.' Ze
schonk de koffie in. 'Volgens de president woon je in Europa,
dus je zult wel meer oude huizen kennen.'

'Alleen in achterbuurten.' Hij ging zitten en legde zijn beide handen om het kopje. 'De huizen waarin ik ben opgegroeid stortten meestal in voordat het antieke monumenten konden worden. Toen ik volwassen werd, gaf ik meestal de voorkeur aan moderne huizen met alle gemakken, omdat ik zo'n druk leven leidde.' Zijn ogen sprankelden. 'En ik had geen tijd om allerlei nukken van elektrische leidingen te repareren.'

'Wie wel? Het is een keuze die je maakt.' Ze ging tegenover hem zitten. 'Ik wil je nog eens bedanken voor je hulp met Cassie. Ik weet dat ik me als een krankzinnige gedroeg toen ik daar op je deur stond te bonzen.'

'Je overviel me wel een beetje.'

'Maar je bent toch meegegaan. Daar zal ik je altijd dankbaar voor blijven. Ik was doodsbang.'

'Dat was te zien.' Hij nam een slokje koffie. 'Vertel eens wat er met Cassie aan de hand is.'

'Iedereen weet dat ze aan een posttraumatisch stresssyndroom lijdt.'

'Maar niet iedereen weet dat ze die nachtmerries heeft. Praat ze erover?'

'Ze praat helemaal niet.'

'Maar hoe weet je dan dat ze over Vasaro droomt?'

Ze tuurde in haar kopje. 'Dat lijkt me logisch, jou niet?'

'Ja.'

'En jij slaagde erin om haar eruit los te rukken omdat jij ook in Vasaro was.'

'Dat lijkt me al even logisch. Waarom dacht je dat ze op mij zou reageren?'

'Jij was een nieuw element. Dat gooide de hele structuur van die nachtmerrie overhoop. Toen de pesident me vertelde wie je was, had ik al een vaag vermoeden dat je ons misschien zou kunnen helpen.'

Hij lachte spottend. 'Ik ben blij dat ik je van dienst kon zijn. Maar ik denk niet dat Andreas me als de ideale kandidaat voor die klus beschouwt.'

'Je bent de enige kandidaat die Cassie wil accepteren. Hij accepteert alles waar zijn dochter baat bij heeft.'

'Maar als je van plan bent me dit vaker te laten doen, kun je be-

ter de telefoon pakken om hem dat te vertellen. Ik durf te wedden dat die kerels van de geheime dienst het zullen rapporteren.'
'Wat?'
'Bel hem nou maar en zeg dat je mij nodig hebt. Hij zal niet veel koppiger zijn dan die vent van de geheime dienst die je bijna bent aangevlogen om mij Cassies kamer binnen te krijgen.'
Ze was zo moe en versuft geweest dat ze alleen maar aan die laatste aanval had kunnen denken. Maar het was duidelijk dat Michael Travis wel verder had gedacht. 'Misschien heb ik je niet meer nodig.'
'Durf je dat risico te nemen?'
Nee, absoluut niet. 'De kans bestaat dat het de tweede keer niet lukt.'
'Maar het tegendeel is ook best mogelijk.'
Ze keek hem strak aan. 'Waarom ben je er zo happig op om me te helpen?'
'Waarom denk je? Mijn vriendelijke, edelmoedige inborst?'
'Ik weet niets van je, behalve wat Andreas me heeft verteld.'
'Dat zou voldoende moeten zijn. Maar eigenlijk is het niet helemaal eerlijk, want ik heb sinds mijn aankomst op Juniper een grondige studie van je gemaakt.'
'Wat?'
Hij grinnikte. 'Maak je niet ongerust. Ik ben geen gluurder. Ik heb je boek gelezen. Dat was heel onthullend.'
'O.'
'Ik had niets anders te doen. Ik heb me de hele week stierlijk zitten vervelen. Dit is het meest opwindende voorval dat ik heb meegemaakt sinds ik uit Amsterdam vertrok.'
'Je klinkt wel erg opgewekt. Wat fijn voor je dat je zoveel genoegen hebt geschept in dat voorval met Cassie.'
'Genoegen? Nee, maar ik moet toegeven dat het me wel een kick heeft gegeven dat ik dat kind kon helpen. Het spijt me als dat je tegen de borst stuit, maar zo zit dit beestje nu eenmaal in elkaar. Ik begrijp best dat ik volgens jou even ernstig en onbaatzuchtig hoor te zijn als jij kennelijk bent, maar dan ben je bij mij aan het verkeerde adres. Emotioneel doet het me niets.'
'Waarom bied je dan aan om me te helpen?'
'Ik vind het altijd prachtig om heilige huisjes omver te schoppen.

Het boeit me om dingen overhoop te gooien die andere mensen als muurvast beschouwen.'

'Wat ontzettend... cool.'

'Je bedoelt kil.' Hij glimlachte. 'Ik ben niet kil, dokter Riley. En af en toe kan het geen kwaad om de zaken flink op de kop te zetten. Je vond het ook niet erg toen ik dat bij Cassie deed.'

En hij was zeker niet kil geweest toen hij tegen Cassie zat te praten. Zijn gedrevenheid en zijn wilskracht hadden Cassie weggerukt uit die dodelijke nachtmerrie.

'De meeste dingen zijn niet alleen maar zwart of wit.' Hij zag aan haar gezicht wat ze dacht. 'Ik beloof je dat ik jouw Cassie geen kwaad zal doen.'

'Ze is niet mijn Cassie.'

'O nee?'

Hij keek dwars door haar heen. 'Ik wil haar genezen.'

'En in tegenstelling tot mij raak jij daar wel emotioneel bij betrokken.'

'Dat geldt voor de meeste mensen.' Ze keek hem aandachtig aan. Kracht. Intelligentie. Een vleugje roekeloosheid. Wat ging er nog meer achter dat gezicht schuil? 'Waarom wil je Cassie helpen? Niet alleen uit verveling.'

Hij grinnikte. 'Jij hebt mij er met de haren bij gesleept. Ik vergat nog te zeggen dat ik ook altijd het liefst zelf de touwtjes in handen heb.'

Ze verstijfde. 'Ik ben degene die bepaalt wat er met Cassie gebeurt.'

'Cassie is degene die bepaalt wat er met Cassie gebeurt.' Zijn glimlach ebde weg. 'Je hebt me nodig, maar ik laat me niet als voetveeg gebruiken.'

'Je zou nooit werkloos toe kunnen kijken hoe dat kleine meisje sterft.'

'Dat weet je niet zeker. Je weet helemaal niets van me af. Ik kan van alles zijn. Durf je het risico te nemen geen beroep meer op me te doen?'

Verdomme, dat was onmogelijk en dat wist hij.

Hij schudde zijn hoofd. 'Ik zal niet te hard van stapel lopen. Voorlopig zal ik braaf doen wat jij zegt. Ik wil alleen dat je begrijpt waar je aan begint.'

Ze dacht even na en knikte toen kort.

'Mooi.' Hij dronk zijn koffie op en stond op. 'Nu ga ik terug naar het portiershuis en jij gaat meteen Andreas bellen. Oké?'

'Ik zal er eens over denken.'

'Je moet het zelf weten. Het zal alleen een stuk moeilijker worden als hij jou belt nadat hij door de bewakers hier op de hoogte is gebracht.' Hij liep naar de deur en woof. 'Tot ziens.'

Ze bleef nog een hele tijd aan de tafel zitten. Ze was er niet aan gewend om gecommandeerd te worden en de suggestie van Travis had gevaarlijk veel op een bevel geleken. Kennelijk had hij de waarheid gesproken toen hij zei dat hij het liefst zelf de touwtjes in handen had.

Maar dat kon hij vergeten. Ze was niet van plan om ook maar een millimeter in te leveren van haar supervisie over het genezingsproces van Cassie. Het was haar wel opgevallen dat hij veranderde op het moment dat hij op de rand van Cassies bed ging zitten. Door de uitdaging raakte hij kennelijk zo gespannen als een veer, het leek alsof de energie uit elke porie straalde. Die wilskracht kon haar misschien helpen, maar ze liet zich niet op haar kop zitten.

Jammer genoeg had Travis gelijk met zijn opmerking dat ze Andreas moest bellen. Ze kwam wel in de verleiding om zijn voorstel in de wind te slaan, gewoon omdat hij het had gezegd, maar daar schoot ze niets mee op. Daarom moest ze nu meteen Andreas bellen, dan kon ze daarna rustig nadenken over de manier waarop ze gebruik kon maken van Michael Travis.

Het regende nog steeds, maar dat merkte Travis nauwelijks toen hij terugholde naar het portiershuis. Hij zinderde nog steeds van energie na zijn strijd met Cassie... en met Jessica Riley.

Fascinerend.

Eerst die worsteling met Cassie en daarna dat interessante onderonsje tussen Jessica en haar zuster, Melissa, waarvan hij getuige was geweest. Allemaal stukjes van een puzzel die hij bijzonder interessant vond.

Maar wel gevaarlijk.

Kennelijk had hij er nog steeds niet genoeg van om af en toe op het randje van de afgrond te balanceren.

6

Andreas zweeg even nadat Jessica hem het hele verhaal had verteld.

Toen hij ten slotte begon te praten, klonk zijn stem gesmoord. 'Denkt u dat ze dood had kunnen gaan?'

'Ik had Travis nooit in huis gehaald als ik die kans niet heel groot had geacht.'

'Christus.' Het bleef weer even stil. 'Wat is er verdomme met haar aan de hand?'

'Dat probeer ik nu juist uit te zoeken.'

'Ik wil bij haar zijn. Ik vind het vreselijk dat ik nu op duizenden kilometers afstand zit.'

'U kunt haar toch niet helpen, meneer.'

'Maar Travis wel.'

'Volgens mij staat het zo vast als een huis dat hij haar leven heeft gered.' Ze hield even haar mond. 'Het kan zijn dat ik hem opnieuw nodig heb.'

'En ik wilde juist niet dat hij bij haar in de buurt kwam. Ik dacht dat de nachtmerries daardoor nog erger zouden worden.'

'Ze kunnen niet nog erger worden.'

Er viel opnieuw een korte stilte. 'Maak dan maar gebruik van hem. U moet alle middelen aanwenden die u nodig vindt. Ik zal hem laten weten dat hij zich naar uw wensen moet schikken.'

Dat zou Travis leuk vinden. 'Dank u wel, meneer. Dat zal vast helpen.'

'Ze gaat achteruit.' Zijn stem klonk onvast. 'Waarom kunnen we daar niets tegen doen? Waarom blijven we gewoon afwachten terwijl zij...'

Het verdriet in zijn stem was bijna ondraaglijk. 'Ik weet hoe u zich voelt. Ik vroeg me af of... of u misschien zou willen overwegen haar terug te brengen naar Vasaro.'

'Nee! Absoluut niet. Ik mag dan wanhopig zijn, maar ik ben niet gek.'

'Volgens mij zou dat...'

'Nee.'

Ze zuchtte. Ze had niet verwacht dat hij het ermee eens zou zijn, maar ze had met het voorstel moeten komen. Het was rigoureus en zelfs gevaarlijk, maar zij was net zo wanhopig als Andreas. 'Ik zou toch graag willen dat u erover nadenkt.'

'Dan ga ik veel liever een andere dokter voor mijn dochter zoeken.' Hij zei iets tegen iemand die bij hem stond en kwam toen weer aan de lijn. 'Ik moet weg. Er is een of andere verdomde receptie in het koninklijk paleis. De volgende keer dat u belt, wil ik betere berichten horen, anders vlieg ik naar huis en ga op zoek naar iemand die Cassie wel kan helpen.' Hij verbrak de verbinding.

Jessica maakte zich niet druk over dat dreigement. Ze wist dat de hopeloze toestand hem verschrikkelijk dwarszat. Als zij echt dacht dat iemand anders meer succes met Cassie zou hebben, zou ze die persoon er meteen zelf bij halen.

Maar hij had gelijk... de laatste tijd hadden ze gewoon afgewacht en de dingen op hun beloop gelaten.

Ik vind het leuk om dingen overhoop te gooien.

Misschien was het verstandig om Travis er meer bij te betrekken. En misschien ook niet. In ieder geval moest er iets veranderen. Cassie kon zo niet doorgaan. Jessica moest hemel en aarde bewegen om haar terug te brengen.

Ze liep doodmoe naar boven. Het was hoog tijd om nog even naar Cassie te kijken en dan naar bed te gaan.

Ze bleef bij de deur van de blauwe kamer staan.

Elke mogelijkheid.

Melissa.

Melissa was even uitgeput geweest als Cassie. Omdat ze in de geest bij elkaar waren geweest?

Het was een waanzinnig idee, onmogelijk, angstaanjagend, spottend met alle logica.

Elke mogelijkheid.

Niet nu. Ze moest eerst aan het idee proberen te wennen.

Morgen...

'Wat ruikt er zo heerlijk?' vroeg Melissa toen ze de keuken binnenkwam. 'God, ik rammel van de honger.'
'Boerenomelet.' Jessica keek even om. 'Maar je bent een spelbreker. Ik had je ontbijt op bed willen brengen.'
'Je weet best dat ik het vervelend vind om in bed te blijven liggen.' Ze liep naar de koelkast en pakte een pak sinaasappelsap.
'Hoe is het met Cassie?'
Jessica legde twee saucijsjes op het bord met de boerenomelet.
'Vertel jij het maar.'
Melissa's gezicht betrok. 'Ik heb geen flauw idee. En als ik een gok doe, geloof je me toch niet.'
'Ik weet niet meer wat ik moet geloven.' Ze schonk een glas sinaasappelsap in en ging aan tafel zitten. 'Ga maar eten.'
'Dat hoef je geen twee keer te zeggen.' Melissa ging zitten en begon te eten. 'Heerlijk. Morgen maak ik het ontbijt wel klaar.'
'Je kunt niet eens koken.'
'Jawel, hoor. Sinds ik ben gaan studeren, heb ik er een heleboel bijgeleerd. Als je op jezelf woont, ben je ineens tot veel meer in staat.' Ze dronk wat sinaasappelsap. 'Ik had het wel eerder willen leren, maar jij leek het leuk te vinden om de baas te spelen en alles voor mij op te knappen.'
'Dat kwam gewoon omdat ik eraan gewend was om...'
'Dat weet ik wel.' Melissa grinnikte. 'En ik blijf altijd het kleine zusje dat in het bos verdwaald is geraakt. Mij best, hoor. Als dat jou gelukkig maakt.'
Jessica schrok op. Melissa's stem klonk bijna toegeeflijk. 'Het is nooit mijn bedoeling geweest om je te behandelen alsof...'
'Je behandelt me prima.' Ze nam weer een hap. 'En je hebt een zalig ontbijt klaargemaakt. Maar hoe gaat het nu met Cassie?'
'Goed. Niet zo goed als met jou, maar zo normaal als tegenwoordig mogelijk is.' Ze leunde achterover in haar stoel en keek Melissa aan. 'Gisteravond was ik bang dat jullie allebei dood zouden gaan.'
'Dat weet ik.' Ze pakte haar sinaasappelsap. 'Ik wist dat je bang was toen je die eerste keer mijn kamer binnenkwam, maar ik kon je op dat moment niet helpen. Ik was bijna kapot.'
'Mij helpen? Ik had jou juist...' Ze haalde diep adem. 'Wat is er vannacht met je gebeurd?'

Melissa keek in haar glas. 'Wat moet ik daarop zeggen? Als je leugens wilt horen, dan wil ik best liegen. Ik weet niet of je tegen de waarheid opgewassen bent.'

'Ik zal moeten accepteren wat je me te vertellen hebt. Misschien weet je dat niet meer, maar ik kwam naar je toe om te vragen of je kon helpen.'

'Ik weet alleen dat je ontzettend bang was. Op dat moment werd mijn aandacht door iets anders opgeëist.' Ze hief haar hoofd op en keek Jessica recht aan. 'Als je me om hulp kwam vragen, moet je me toch tot op zekere hoogte geloofd hebben.'

'Ik weet niet meer wat ik moet geloven. Ik weet alleen dat iemand me moet helpen. Andreas heeft een keer tegen me gezegd dat hij zelfs een dansende derwisj om hulp zou vragen als zijn dochter daardoor beter werd. Ik zou al hetzelfde willen doen om haar alleen maar in leven te houden.'

'Ik ben geen dansende derwisj en bovendien weet ik niet eens of ik wel kan helpen. Ik had gehoopt dat ik de toestand beter in de hand zou kunnen houden, maar het leek alsof ik meegezogen werd door een tornado. Ze sleepte me gewoon mee.' Ze huiverde. 'Als Travis er niet was geweest...'

'Wist je dat hij hier was?'

'Daar ontkwam ik toch niet aan? Hij was even sterk als Cassie. Hij ging tussen haar en de monsters staan.'

'De monsters?'

'Voor haar zijn het monsters. Ze hebben ogen maar geen gezichten.'

'De overvallers in Vasaro hadden bivakmutsen op.'

Melissa knikte. 'Dat zal de verklaring zijn.'

'Vertel me eens wat er gebeurt.'

'Doodsangst. Verdriet. We zitten in een lange, donkere tunnel en we voelen ons daar heel prettig, maar dan zijn de monsters er plotseling in geslaagd om binnen te dringen. Ze zitten achter ons aan en we weten dat ze ons te pakken zullen krijgen als we niet vinden wat we zoeken.'

'Wat zoeken jullie dan?'

'Dat weet ik niet. Ze is zo bang dat ze niet helder kan denken. Wat ze ook zoekt, ze kan het niet vinden. En er is maar één andere manier om aan hen te ontsnappen.'

'Om de donder niet. Ze kan ook bij ons terugkomen.'
'Wij zien dat niet als een reële mogelijkheid.'
'De helft van de tijd heb je het over *zij* en voor de rest zeg je *wij*.
Je hebt nu toch geen contact meer met haar?'
Ze schudde haar hoofd. 'Maar de band was heel sterk en dat
geldt ook voor de herinnering. Ik probeer wel om niet meer... Je
kijkt me aan alsof ik stapelgek ben.'
'Waarom zou ik je ervan beschuldigen dat je gek bent? Ik ben
dokter dus ik accepteer wat je me vertelt.'
'Dat doe je helemaal niet. Je neemt alles met een korreltje zout
en je probeert er een logische verklaring voor te vinden. Zo zit je
nu eenmaal in elkaar.' Ze glimlachte. 'Dat klopt, hè?'
'Ik geef heel veel om je.' Jessica stak haar hand uit en legde die
over Mellies hand. 'Ik word bang bij het idee dat jij misschien...'
'Het enige waar je bang voor moet zijn, is dat we misschien niet
kunnen voorkomen dat er iets met Cassie gebeurt... en met
mij. Ik ben niet gek. Ik zit gewoon midden in die tornado te hopen dat er op de een of andere manier een eind aan komt.' Ze
kneep even in Jessica's hand. 'Tegen het eind, toen Travis op-
dook, voelde ik me wat sterker, en ik kon ineens nadenken in
plaats van alleen maar voelen. Misschien lukt het me wel om
de tornado een halt toe te roepen als ik wat meer te vertellen
krijg.'
'God, dat hoop ik van harte.'
'Maar dan moet ik Travis erbij hebben, Jessica. Ik ben niet sterk
genoeg om het in mijn eentje tegen Cassie op te nemen. Hij moet
als een buffer fungeren.'
'Het klinkt net alsof hij een soort medium is.'
'Ik weet niet waarom hij Cassie wel kan helpen. Jij hebt hem naar
Cassie toe gebracht, omdat ik tegen je had gezegd dat je op de
een of andere manier een spaak in het wiel moest steken. En dat
lukte. Hij kreeg het voor elkaar. Misschien redden we het later
wel zonder hem, maar op dit moment nog niet. Zorg dat je hem
zover krijgt, Jessica.'
'O, dat is al gebeurd. Zo moeilijk was dat niet. Hij vindt de hele toestand bijzonder interessant en hij zit zich momenteel toch
te vervelen.' Ze trok een gezicht. 'Maar het zal moeite kosten om
hem onder de duim te houden.'

'Dat had ik al begrepen.' Ze stond op. 'Nu ga ik eerst een eind hardlopen voordat ik met mijn neus in de boeken duik.' Ze drukte een lichte kus op Jessica's voorhoofd. 'Arme Jessica. Ik weet hoe moeilijk dit voor je is. Maar alles zal wel weer in orde komen.'

Melissa behandelde haar alsof ze een kind was. Nou ja, ze voelde zich ook als een verward kind. Alles wat Melissa had gezegd ging haar begrip te boven, maar ze had geen andere keus dan haar te laten begaan. 'Nog één vraag. Wat zou er met jou zijn gebeurd als ik Travis er vannacht niet bij had gehaald?'

Melissa bleef even stil. 'Dat weet ik niet. Ik snap niet precies hoe alles in zijn werk gaat. Maar ik geloof niet dat ik me aan het eind los had kunnen rukken.'

'Het eind?'

Ze liep haastig naar de deur. 'Als Cassie was gestorven, had ze mij meegenomen.'

Melissa klopte op de deur van het portiershuis. 'Het zonnetje schijnt en de problemen zijn uit de wereld. Kom je buiten spelen, Michael Travis?'

Travis gooide de deur open. 'Pardon?'

'Voor het geval je me niet herkent als die vaatdoek die je gisteravond in mijn slaapkamer hebt gezien, ik ben Melissa Riley.'

'O, ik weet best wie je bent.'

'Ga je dan maar gauw omkleden en kom naar buiten om samen met mij een eind te gaan hardlopen. Dat doe je toch meestal rond deze tijd?'

'Ja.'

'Ik wacht wel.' Ze liep het huis in en viel op de bank neer. 'Dit is een gezellig huisje. Toen we nog klein waren, speelden Jessica en ik hier vaak. Schiet je wel op? Ik wil snel terug zijn, want ik moet studeren.'

Hij glimlachte. 'Ik zal je niet lang laten wachten.' Hij verdween in de slaapkamer.

Mellie keek om zich heen. Een openstaande laptopcomputer op de eettafel, stapels boeken op de salontafel. Maar voor de rest was hij heel netjes. Ze had niet anders verwacht. Alles keurig op zijn plaats.

Ze boog zich voorover en bekeek de titels van de boeken. Ze glimlachte. Slim. Heel slim.

Ze liep naar het raam en keek omhoog naar het landhuis. Hoe vaak had hij hier staan kijken naar het verlichte slaapkamerraam van Cassie?

'Klaar.' Hij kwam de slaapkamer uit in shorts en een T-shirt van de universiteit van Oxford. 'Of bent u van gedachten veranderd, mevrouw Riley?'

Hij wist niet wat hij van haar moest denken. Dat was prima. Dat hield in dat ze hem net een stapje voor was. 'Geen denken aan. En zeg maar Melissa tegen me, of Mellie. Zo noemt Jessica me altijd.' Ze sprong op en draafde naar buiten. De zon streelde haar gezicht en ze bleef even met gesloten ogen staan. 'Is het geen heerlijke dag vandaag? En ruik dat gras eens. Ik heb het altijd zalig gevonden om 's ochtends na een regenbui naar buiten te gaan. Dan schiet ik zo vol dat ik het bij wijze van spreken... bijna niet droog kan houden.'

'Je kunt je tranen nauwelijks bedwingen?'

'Precies.' Haar ogen vlogen open en ze wipte het trapje af. 'Wie het eerst bij de vijver achter het huis is.'

Ze klopte hem met vier meter en leunde tegen de wilg om weer op adem te komen. 'Heb je me laten winnen?'

'Waarom denk je dat?'

'Je hebt een goeie conditie en ik heb je zien hardlopen.'

'Er is ook niets mis met jouw vorm.'

Ze grinnikte. 'Als een andere man dat had gezegd, zou ik denken dat hij me probeerde te versieren.'

'Waarom denk je dat niet van mij?'

'Omdat jij op dit moment niet in seks bent geïnteresseerd. Je vraagt je af wat ik in vredesnaam van je wil.'

'En kom ik dat te weten?'

Ze knikte. 'Zodra ik op adem ben.' Ze liet zich op de grond zakken. 'Wat denk je wat ik van je wil?'

'Moet ik het woord doen tot jij weer adem genoeg hebt om te praten?'

'Goed geraden.'

'Laat me eens kijken.' Hij viel een metertje verderop neer. 'Het is niet gemakkelijk om je bedoelingen te raden, aangezien ik je nu voor het eerst ontmoet. Van wat ik uit de verte heb kunnen zien, lijken je zuster en jij bijzonder aan elkaar gehecht. Heeft zij je gestuurd om een boodschap over te brengen?'

'Als Jessica je iets te vertellen heeft, doet ze dat zelf wel. Ik breng alleen mijn eigen boodschappen over.'

'En wat is jouw boodschap?'

Ze keek hem recht in de ogen. 'Heb niet het lef om mijn zuster kwaad te doen.'

Hij trok zijn wenkbrauwen op. 'Dat ben ik ook helemaal niet van plan.'

'Ik geloof je. Maar er kan ook iets gebeuren zonder dat je dat wilt. De beste bedoelingen kunnen in de knel raken als er persoonlijk gewin in het geding komt. Jij geeft niets om Jessica. En ik waag het te betwijfelen of je iets om Cassie geeft. Dat zou ik niet zo een, twee, drie kunnen zeggen.'

'Nee? Maar je weet vast wel dat ik haar de afgelopen nacht geholpen heb.'

'Dat weet niemand beter dan ik.' Ze zweeg even. 'En dat besef je volgens mij drommels goed.'

Hij keek haar onderzoekend aan.

'Op de salontafel lagen drie boeken over parapsychologie. Een daarvan heb ik de vorige keer dat ik thuis was hier laten liggen. Ik heb het in het portiershuis gelezen, omdat ik niet wilde dat Jessica het in het landhuis zou zien liggen. De andere twee heb ik nooit gelezen. Waar heb je die midden in de nacht opgeduikeld?'

'Ik heb een van de geheime agenten bij het hek gevraagd om die voor me op te halen bij een boekhandel in D.C. die vierentwintig uur per dag open is. Ze wilden me best van dienst zijn, zolang ik maar op het landgoed bleef. Ik heb er een paar uur in zitten lezen.' Hij glimlachte. 'En aangezien ik de hele nacht niet had geslapen, was ik van plan om mijn gebruikelijke ochtendloop maar te laten schieten.'

'Moet ik nu medelijden met je hebben?'

'Goeie hemel, nee. Je hebt al genoeg problemen.'

Ze keek hem strak aan. 'Dan mag ik dus aannemen dat je in die boeken hebt gevonden wat je zocht?'

'Ik heb gehoord wat je vannacht in de slaapkamer tegen je zuster zei. Dat was genoeg om me nieuwsgierig te maken.' Hij glimlachte. 'Dus ben ik het internet opgegaan en vervolgens met een paar boeken op de bank gaan zitten.'

'En zo kwam je erachter dat ik een zonderling ben.'

'Maar niet de enige. En zelfs niet de eerste.'

'Wat?'

'Dacht jij dat je het enige geval was dat bij terugkomst met iets extra's opgezadeld bleek te zijn? Professor Hans Dedrick heeft vier gevallen ontdekt die sprekend op het jouwe lijken. Eén in Griekenland, één in Zwitserland en twee in China.'

'Dedrick?'

Trauma, geheugen en de weg terug. Het is in 1999 geschreven. Heb je dat niet gelezen?'

Ze schudde verbijsterd haar hoofd. 'En ik heb echt alle bibliotheken doorgespit om iets te vinden, wat dan ook...'

'Het is door een universiteitsuitgeverij in Groot-Brittannië gepubliceerd. Zoals je gemerkt zult hebben, ben ik bijzonder goed in het vergaren van inlichtingen. Je mag het wel van me lenen als je dat graag wilt.'

'Ik probeer het zelf wel te pakken te krijgen als ik weer terug ben op de universiteit. Heeft Jessica je iets over mij verteld?'

'Geen woord. Maar het is heel natuurlijk dat ze probeert je in bescherming te nemen. Ze heeft heel wat jaren voor je moeten zorgen. Jouw gave is vrij "ongewoon" en ze wil voorkomen dat je verkeerd wordt begrepen.'

Jezus, hij was echt heel slim. Hij had hen gadegeslagen, geluisterd en de legpuzzel van hun leven en onderlinge relatie keurig opgelost. 'En kun je er begrip voor opbrengen?'

'Bedoel je of ik erin geloof? Dat zou best kunnen. Ik heb als kind lang in het Verre Oosten gewoond en ik heb wel vreemdere dingen gezien. Ik word er in ieder geval niet zenuwachtig van.'

Ze keek hem aandachtig aan. 'Nee, je vindt het gewoon interessant. Jessica heeft me verteld dat je inlichtingen verkoopt en ik kan me best voorstellen dat je daar goed in bent. Je verzamelt, je spit, je analyseert... En dat vind je heel opwindend, hè?'

'Ja. Aangezien ik van nature grenzeloos nieuwsgierig ben, zou je het een verslaving kunnen noemen.'

'En helpen met Cassie is een lekker tussendoortje om een paar saaie weken door te komen?'

'Zo ongevoelig ben ik nou ook weer niet. Ik zou dat aardige kind nooit alleen maar gebruiken om de verveling te doorbreken. Ik help haar en zij helpt mij.' Hij grinnikte. 'Hoewel ik pas toen jij op het toneel verscheen, doorkreeg hoe boeiend de komende weken misschien wel zullen worden. Wanneer besefte je dat je over die bizarre gave beschikte? Je zuster heeft er in haar boek niets over gezegd.'

'Ze wist het ook niet. Ze was zo gelukkig dat ze me weer terug had gebracht, dat ik haar blijdschap niet wilde bederven. Ik zou het haar nooit hebben verteld als we dit probleem met Cassie niet hadden gehad. Ze is niet zoals jij. Zij raakt er helemaal overstuur van.'

'Ik begrijp wel waarom. Ik krijg de indruk dat ze een bijzonder ernstige, pragmatische dame is.'

'Ze moest wel pragmatisch zijn. Maar ze heeft wel degelijk een groot gevoel voor humor. Ze heeft alleen niet veel kans gehad om...'

'Oké, oké, ik wilde haar niet beledigen. Ze is kennelijk een heel zorgzaam type.' Hij veranderde van onderwerp. 'Maar je hebt geen antwoord op mijn vraag gegeven. Wanneer drong het tot je door dat jij op een andere golflengte zat?'

'Ongeveer vijf maanden nadat ik terug was gekomen. Het joeg me de stuipen op het lijf.' Ze stond op. 'En verder kun je wat mij betreft de boom in met je nieuwsgierigheid. Meer krijg je van mij niet te horen.'

'Dat weet je maar nooit. Ik ben nog niet eens begonnen.' Hij kwam ook overeind. 'Laten we er geen doekjes om winden. Is dit een waarschuwing om uit de buurt van je zuster en Cassie te blijven?'

'Hoe kom je daar nu weer bij? Cassie heeft je nodig.'

'En heb jij me ook nodig, Melissa?' vroeg hij zacht.

'Ja, maar ik zal m'n uiterste best doen daar verandering in te brengen.' Ze bukte zich en knoopte de veter van haar linker sportschoen opnieuw vast. 'Dus ik zou maar niet al te veel waarde aan dat idee hechten als ik jou was. Ik vind wel een vervanger.' Ze richtte zich op. 'Jessica is het liefste mens dat er op aarde rondloopt. Ik wil niet dat iemand haar kwetst.' Ze stak haar hand op toen hij iets wilde zeggen. 'Het kan me niet schelen dat je dat ook helemaal niet van plan bent. Op dit moment draait haar hele leven om haar pogingen Cassie weer beter te maken. Als Cassie sterft, zal ze volkomen kapot zijn. Dus moet jij ervoor zorgen dat ze niet doodgaat. Je neemt niet de benen als er plotseling iets interessanters aan de horizon opduikt. Je blijft hier tot Cassie op de weg terug is, ook al duurt dat een paar jaar.'

'Ben je klaar met me te vertellen wat ik moet doen?'

'Nee, je moet eerst beloven dat je Jessica in bescherming zult nemen. De president heeft je hier ondergebracht omdat je op een veilige plek moest zitten. Ik wil niet dat zij ook maar enige hinder ondervindt van al dat rumoer om jouw persoon.'

'Is dat alles?'

'Voorlopig wel.'

'Mooi. Dan zullen we nu eens kijken wie het eerst weer bij het portiershuis is.' Hij keek om. 'En dit keer zul je niet winnen, Melissa.'

Hij had niets beloofd, maar daar had ze ook niet echt op gerekend. Het was genoeg dat hij wist wat ervan hem verwacht werd. 'Daar maak ik me niet druk om.' Ze holde achter hem aan. 'Maar ik zal m'n uiterste best doen om daar verandering in te brengen.'

Ik zal m'n uiterste best doen om daar verandering in te brengen. Travis stond in de deuropening en keek Melissa na die over de oprit rende. Dat ene zinnetje was Melissa Riley ten voeten uit. Dapper in tegenspoed en vastberaden haar eigen weg te gaan, hoeveel inspanning haar dat ook zou kosten. Maar het zou ook kunnen dat dat ene zinnetje niet alle aspecten van haar persoonlijkheid omvatte. Hij had nog nooit iemand gezien met zo'n zinderende levenslust. In haar boek had Jessica ook iets gezegd over de eerste maanden na Melissa's terugkomst. Haar zusje had niet alleen getoond over een bijzonder goed verstand te beschikken, ze had ook met volle teugen van het leven genoten. Jessica had dat toegeschreven aan de wens om de verloren tijd in te halen. Volgens haar zou die uitwerking in de loop van de volgende paar jaar wel langzaam afnemen.

Nou, die paar jaar waren inmiddels voorbij en hij had het idee dat Jessica zich vergist had. Melissa Riley was een vaatje buskruit en misschien wel veel complexer dan iedereen in haar omgeving zelfs maar durfde te denken. Jessica had hem een voorstel gedaan en hem op een verstandige en volwassen manier bejegend. Melissa had geen enkele poging gedaan om het met hem op een akkoordje te gooien. Ze had een analyse gemaakt van zijn karakter en hem vervolgens een uitdaging voor de voeten gegooid... en een dreigement.

Wat had ze tijdens zo'n korte ontmoeting een adembenemend scherpe kijk op hem gekregen.

Interessant...

'Wat spookte je daar uit bij de vijver met Travis?' Jessica's stem klonk afkeurend. 'Dat was niet zo'n goed idee, Mellie.'

'Hij is geen verboden terrein meer,' zei Melissa lachend en keek even om voor ze de trap op liep. 'Bovendien is hij nog veel interessanter dan ik aanvankelijk dacht. Hij is heel schrander en intelligentie is supersexy.'

'De president heeft misschien gezegd dat hij geen verboden terrein meer is, maar ik niet. In vredesnaam, Mellie, hij is een misdadiger.'

'En jij wilt dat ik een advocaat zoek, of een dokter, of misschien een computerdeskundige. Wat zou je zeggen van een bankier?'

'Dat lijkt me een goed idee.'

Melissa lachte. 'Oké, zodra ik weer op de universiteit ben, ga ik meteen op zoek.'

'Ik maakte geen grapje, Mellie.'

'Dat weet ik wel. Jij denkt dat ik iemand nodig heb die voorkomt dat ik op hol sla. Je zult wel gelijk hebben. Maak je maar niet ongerust, ik heb niet gevraagd of hij met me naar bed wilde. We zijn gewoon samen een eindje gaan hardlopen.'

Jessica liet haar tong over haar lippen glijden. 'Ik dacht echt niet dat je... ik zou je nooit vragen of je...'

'Maar ik had het je toch wel verteld.' Haar glimlach ebde weg. 'Ik zal nooit iets doen waar jij je zorgen over moet maken. Als je liever wilt dat ik niet meer met Travis ga hardlopen, dan hou ik er meteen mee op.'

'En nu vind je me natuurlijk een bemoeizuchtig kreng.'

'Ik weet dat je van me houdt en bezorgd voor me bent. Ik zit er niet echt over in dat ik niet meer met hem kan gaan hardlopen.

Ons wedstrijdje van vanochtend was een heel vrijblijvend onderonsje.'

'Daar zag het niet naar uit. Jullie leken verdomd intens.'

En zo had het ook gevoeld. Gedurende die paar minuten dat ze samen hadden gerend, was Melissa zich bewust geweest van een vreemd soort intimiteit. En toen ze bij de vijver met elkaar hadden zitten praten, had ze bijna de vonken kunnen voelen die van elk woord leken af te spatten en de verborgen emoties die eronder schuilgingen. Het was... opwindend geweest. Híj was opwindend geweest.

Nou ja, gevaar was altijd opwindend, maar Travis zou van het ene moment op het andere in een vijand kunnen veranderen.

Nou en? Stoeien met de vijand kon ook heel stimulerend zijn.

Maar goed, dat wilde nog niet zeggen dat het onder deze omstandigheden de verstandigste aanpak was. Ze liep naar boven.

'Nee hoor, Jessica, ik ga absoluut voor die bankier.'

Amsterdam

'Er is iets heel interessants gaande,' zei Provlif toen hij Deschamps aan de telefoon had.

'Heb je Cassie Andreas gevonden?'

'Nee, maar terwijl mijn contactpersoon bij de CIA aan het rondsnuffelen was om haar verblijfplaats te vinden, ontdekte hij bij toeval een ander interessant gegeven. Een paar weken geleden heeft Andreas in het grootste geheim de *Air Force One* naar Amsterdam gestuurd.'

'Met zijn dochter aan boord?'

'Nee, ze moesten iemand ophalen. Ze hebben Michael Travis opgepikt en hem naar de Andrews Air Force Base gebracht.'

'Travis?' Deschamps snapte er niets van. Dat klopte helemaal niet met de inlichtingen die hij zelf had verzameld. 'Is hij door de CIA opgepakt?'

'Ze hebben hem opgepikt en bij de president afgeleverd. Daarna zijn ze samen met onbekende bestemming vertrokken.'

'Weet je dat zeker?'

'Mijn bron bij de CIA is volkomen betrouwbaar.'
'Waarom kunnen ze je dan niet vertellen waar dat meisje zit?'
'De CIA en de geheime dienst nemen elkaar zelden in vertrouwen.'
'Zorg dat je hen vindt.'
'Zeg maar wat je wilt. Zoals je weet, heb ik me alleen volledig geconcentreerd op het zoeken naar Cassie Andreas omdat jij dat tegen me had gezegd.'
'Ik wilde dat je er alles aan zou doen. Zorg dat je dat kind te pakken krijgt. Zoek uit waar Travis zit.'
Het was even stil. 'En moet hij dan gedood worden?'
'Nee, dat wil ik zelf doen. En trouwens, voorlopig zal hij levend van grotere waarde blijken te zijn.' Hij verbrak de verbinding.
Travis en Andreas. Travis werd zeker niet tegen zijn wil vastgehouden. Verdraaid nog aan toe, wat was er aan de hand? Na zijn aankomst hier was hij op een aantal raadselachtige en winstgevende mogelijkheden gestuit die hij niet had verwacht. Maar nu werd de hele toestand nog ingewikkelder.
En nog veelbelovender?
Hij was altijd van mening geweest dat een slimme man iemand anders de kolen uit het vuur liet halen om ze vervolgens zelf in te pikken. Travis was ijverig in de weer, trok aan de touwtjes en was met Andreas kennelijk in de hoogste versnelling geschakeld...
Heb je een cadeautje voor me, Travis?

7

'Je moet komen,' zei Jessica toen Travis twee avonden later de telefoon oppakte. 'Meteen.'
'Ik kom eraan.'
Ze stond op de veranda te wachten toen Travis even later arriveerde. 'Hoe lang is het al aan de gang?' vroeg hij.
'Een kwartier.'
'Waarom heb je me niet eerder gebeld?'
'Ik wilde haar de kans geven om zelfstandig wakker te worden.'
Hij liep achter haar aan naar binnen. 'Zodat je mijn hulp niet nodig zou hebben.'
'Precies.'
'Dat kan ik best begrijpen. Maar dat kwartier uitstel was misschien niet zo goed voor Cassies gezondheid.'
'Ben jij dat dan wel?'
'Ik ben de beste gok die jij kunt nemen.' Ze liepen de trap op en toen ze bij Cassies kamer aankwamen, knikte Travis tegen Fike. 'Goedenavond. Hetzelfde verhaal?'
'Het spijt me.'
'Ik had niet anders verwacht.' Hij leunde tegen de muur terwijl Fike hem fouilleerde. 'Als het in dit tempo doorgaat, zullen we nog boezemvrienden worden.' Hij deed de deur open. 'Ligt ze al vanaf het begin zo te schreeuwen?'
Fike knikte. 'Het arme kind. Ik heb nog nooit zoiets gehoord. Af en toe jaagt ze me de doodsschrik op het lijf.'
'Hou op met dat geleuter en ga haar helpen, Travis,' zei Jessica kortaf. 'Als je dat kunt.'
Travis ging op de rand van het bed zitten. 'Ik zal mijn best doen.' Hij pakte Cassies handen vast. 'Luister naar me, Cassie. Ik ben het, Michael. Ik ben bij je en er kan je niets overkomen. Je hoeft niet op de vlucht te slaan.'

Cassie schreeuwde.

'Ik heb ze al eerder tegengehouden. Dat kan ik nu ook. Laat me je nou maar helpen, dan vinden we samen wel een manier...'

Goddank.

Michael was daar ergens in het donker van de tunnel. Melissa kon hem niet zien, maar ze kon hem wel voelen. En dat betekende dat Cassie hem ook kon voelen.

Of misschien zag zij hem wel. Melissa was zo bang dat ze dat niet zeker wist.

De monsters. Lieve heer, de monsters. Zo meteen krijgen ze ons te pakken en dan schieten ze ons hoofd aan flarden.

Vlucht.

Vlucht.

Vlucht.

Ga op zoek.

Vlucht.

Probeer het te vinden voordat ze zo dichtbij zijn dat...

Vlucht.

De adem schuurde in hun keel. Hun hart leek op springen te staan.

Nee, rustig aan.

Michael was hier. De monsters konden hun niets doen zolang hij tussen hen in stond.

Wat zei hij daar?

Dat maakte niet uit.

Hij was hier.

Cassie begon haar greep op Melissa te verliezen. Ze zweefde langzaam weg...

Cassies wanhoop was bijna tastbaar. 'Kom terug. Ik mis je,' *zei het kleine meisje tegen haar.*

Het verzoek was even verleidelijk als de lokroep van een sirene. Niet toegeven. Blijf bij haar uit de buurt.

'Je bent een deel van mij,' *zei Cassie.*

'Nee.'

'Zo alleen.'

'Ga dan met me mee terug.'

Ze voelde hoe Cassie begon te rillen van angst. 'Eng.'

'Nu niet meer.'

'Zo alleen. Hier is het veilig. Geen monsters. Samen kunnen we het vinden. Kom terug.'

Melissa voelde zich ook alleen. Waarom zou ze niet blijven en toestaan dat ze... Ze begon weer naar Cassie toe te zweven. Met een enorme wilskracht slaagde ze erin zichzelf weer los te rukken. 'Nee, ik ga weg. Vaarwel, Cassie.'

'Zo alleen...'

'Melissa.'

Ze deed haar open en zag Jessica's gezicht dat zich over haar heen boog. Ze was zo moe dat ze bijna niet kon praten. 'Hoi. Alles is... weer in orde, hè?'

Jessica knikte. 'Slaapt Cassie al?'

'Nee, nog niet. Maar dat zal niet lang meer duren. De nachtmerrie is voorbij.' Ze pakte Jessica's hand. 'Kijk niet zo bezorgd. We maken het allebei prima. Waar is Travis?'

'Buiten in de gang.' Ze was even stil. 'Heeft hij... geholpen?'

'Ik weet dat je het liefst zou willen dat ik dat ontken, maar zonder hem hadden we het nooit gered.' Haar ogen vielen dicht. 'En je had hem niet op de gang hoeven laten staan. Hij... weet alles van me af.'

Jessica verstijfde. 'Wat weet hij?'

'Dat ik een gedrocht ben.'

'Heb je hem dat verteld?'

'Daar was hij zelf al achter gekomen. Hij maakt zich daar helemaal niet druk over. Anders dan jij. Arme Jessica...'

'Arme Mellie.'

'Nee. Ik begin langzaam maar zeker te begrijpen... Het is niet wat ik dacht. Er is nog veel meer aan de hand met Cassie. Ik had het rare gevoel dat ze iets verbergt.'

'Wat?'

'Dat weet ik niet, maar het is kennelijk toch anders dan ik dacht. En ze is zo alleen, Jessica. Het doet me ontzettend veel verdriet dat ze zo alleen is.'

'Je zei dat Donny ook eenzaam was.'

'Maar niet zo erg als zij.'

'Was jij niet eenzaam toen je in dat bos van je zat?'

'Nee, want ik had jou. Ik wist dat jij bij me was. Ik kon je weliswaar niet zien, maar je liet me nooit alleen.'

'Cassie heeft ook mensen die van haar houden.'

'Maar ze is bang om ze binnen te laten. Ze is bang dat de monsters ook binnenkomen als ze iemand in haar tunnel laat.' Ze pakte Jessica's hand nog steviger vast. 'De monsters zijn echt vreselijke, afschuwelijke wezens. We kunnen hen niet binnenlaten.'

'Cassie kan hen niet binnenlaten.'

Melissa deed een poging tot glimlachen. 'Deed ik het weer? Ik ben net zo bang voor die monsters als zij en daardoor kreeg ik eigenlijk een soort terugslag.'

'We moeten Cassie zover krijgen dat ze ons binnenlaat, zodat we haar terug kunnen brengen.'

Melissa knikte. 'Alleen...'

'De monsters?'

'Denk aan de ergste nachtmerrie die je als kind hebt gehad en vermenigvuldig die honderd keer, dan zul je beseffen hoe Cassie zich voelt.' Ze sloot haar ogen. 'Welterusten, Jessica. Ik heb geen zin meer om te praten. Ga alles eerst maar rustig doorpraten met Travis. Hij zal wel aan de deur staan te luisteren. Ik zie je morgenochtend weer.' Ze hoorde iemand aan de andere kant van de deur grinniken en riep: 'Welterusten, Travis. Je hebt vanavond goed werk gedaan.'

'Het is bijzonder onbeleefd om gesprekken af te luisteren,' zei Jessica tegen Travis.

'Zij vond het niet erg.'

'Maar ik wel. Als ik je erbij had willen hebben, had ik je wel gevraagd om mee naar binnen te gaan.'

'En als ik bij het soort werk dat ik doe altijd netjes op een uitnodiging had gewacht, had ik nooit een cent verdiend. Je komt niet aan inlichtingen door beleefd op je beurt te blijven wachten. Ik wilde weten wat er precies met Melissa was gebeurd, dus heb ik staan luisteren.' Hij pakte haar bij haar elleboog. 'Kom, dan zal ik een kop koffie voor je zetten.'

'Ik heb geen zin in koffie.' Ze beet op haar lip. 'Ik wil het over Mellie hebben. Ik weet zeker dat wat zich op dit moment afspeelt iets tijdelijks is. Ze is niet echt...'

'Moet ik je soms beloven om niet meteen het plaatselijke gek-

kenhuis op te bellen en tegen ze te zeggen dat ze maar gauw hierheen moeten komen met een dwangbuis voor je zuster?'
'Er is niets mis met haar.'
'Daar ben ik van overtuigd.' Hij keek haar aan. 'Jij ook?'
'Natuurlijk.' Ze wreef over haar slaap. 'Ik kan hier niet zo goed tegen. Dat spiritistische gedoe is niets voor mij.'
'Laat het dan maar aan mij over.'
'Ik mag barsten als ik dat doe. Mellie is mijn zuster. Het enige dat ik van jou vraag, is dat je haar geen kwaad doet.'
'Dat klinkt me bekend in de oren,' mompelde hij. 'Jullie verschillen niet zoveel van elkaar als ik dacht. Wees maar niet bang. Ik zal de dingen die ik in dit huis te horen krijg heus niet gebruiken om Melissa kwaad te doen.'
Ze bleef hem argwanend aankijken.
'Waarom zou ik? Daar heb ik geen enkel belang bij.'
Ze knikte langzaam. 'Dat is waar. Niemand van ons is voor jou van belang.'
'En ik moet in ieder geval proberen dat zo te houden.' Hij glimlachte. 'Maar dat wil nog niet zeggen dat ik geen bewondering voor jullie beiden heb. Ik heb zelfs het idee dat ik jullie aardig begin te vinden.'
'Hoe bestaat het.'
'Ja, het is heel vreemd. Zal ik nu toch maar een pot koffie zetten? We hebben er allebei behoefte aan en aangezien je toch met me opgescheept zit, kunnen we net zo goed een wapenstilstand sluiten.'
Ze bleef hem zwijgend aanstaren. Zijn principes waren niet bepaald zuiver op de graat en hij verschilde in alle opzichten van de mensen met wie zij omging. Maar de manier waarop hij haar onomwonden de waarheid zei, vond ze vreemd genoeg toch geruststellend. 'Je sluit alleen een wapenstilstand als je in staat van oorlog bent. Als jij Cassie blijft helpen, is er van oorlog geen sprake.' Ze liep naar beneden. 'Eén kopje koffie dan.'

Je moet gaan slapen, hield Melissa zichzelf voor. Alles was in orde. Cassie was ook in slaap gesukkeld.
Het was beter gegaan dan de laatste keer. Nadat Travis was gekomen, had zij zich van Cassie los kunnen maken en iets afstan-

delijker naar haar kunnen kijken. Het was nog niet veel, maar alle beetjes hielpen.

En Cassie was gedwongen te erkennen dat Melissa een op zichzelf staande persoon was en dat was een grote stap vooruit. Maar ze werd nog steeds geplaagd door het idee dat er iets niet helemaal klopte, dat de toestand anders was dan ze aanvankelijk had gedacht.

En waar was Cassie naar op zoek?

Samen kunnen we het vinden.

Ze had Cassie moeten vragen wat ze probeerde te vinden. Die kans had ze laten lopen, omdat het haar zo'n moeite had gekost om weg te komen.

De volgende keer...

'Mag ik binnenkomen?' vroeg Travis vanaf de drempel. 'Als je te moe bent, ga ik wel weg.'

'Ik ben moe.' Ze deed het licht aan. 'Maar volgens mij ben ik zo opgefokt dat ik toch niet kan slapen, dus kom maar binnen. Ga zitten, Travis, en vertel maar wat je van me wilt.'

Hij glimlachte. 'Misschien wil ik wel helemaal niets van je. Misschien kom ik gewoon voor de gezelligheid langs.' Hij ging in de stoel naast haar bed zitten. 'Per slot van rekening hebben we vanavond een vrij unieke ervaring gedeeld.'

'Je zou nooit stiekem weer naar boven zijn geslopen na je gesprek met Jessica als je alleen maar even gezellig met me wilde babbelen.'

'Dat klinkt alsof ik een geveltoerist ben.'

'Ben je dat weleens geweest?'

Op die vraag gaf hij geen antwoord. 'Jessica weet inderdaad niet dat ik hier ben. Ik wil niet dat ze overstuur raakt. Ze probeert je in alle opzichten in bescherming te nemen.'

'Waarom ben je dan hier?'

'Ik vond dat we elkaar beter moesten leren kennen.' Hij grinnikte toen ze haar wenkbrauwen optrok. 'Nee, niet in vleselijk opzicht. Ik ben niet van plan om misbruik van je te maken nu je...'

'... helemaal afgerost ben en zwetend op stal sta?'

'Goeie genade, wat een stuitende vergelijking.'

'Maar zo voel ik me wel op het moment. Cassie maakt het me niet gemakkelijk.' Ze propte nog een kussen onder haar hoofd.

'Oké, dus je wilt me niet neuken. En ik betwijfel of je van plan was om me iets over jezelf te vertellen, dus dat beter leren kennen slaat voornamelijk op mij. Klopt dat?'

'Dat klopt.'

'Waarom?'

'We hadden al vastgesteld hoe nieuwsgierig ik ben.'

Die nieuwsgierigheid stond op zijn gezicht te lezen. Hij keek haar opmerkzaam en onderzoekend aan. 'Ben je uit Jessica's boek niet genoeg over me te weten gekomen?'

'Alleen haar gezichtspunt. Maar dat soort informatie kan gekleurd zijn.'

'Jessica is ontzaglijk eerlijk.'

'Maar niet iedereen ziet de dingen op dezelfde manier. Heb jij nooit de neiging gevoeld om te vertellen hoe jij erover dacht?'

Eigenlijk moest ze hem wegsturen. Met dat soort dingen had hij niets te maken. Maar ze besefte plotseling dat ze niet wilde dat hij wegging. 'Wat wil je weten?'

'Wat wil je aan me kwijt?'

'Hé, kom me nou niet aan met dat soort gelul. Ik ben ouderejaars psychologie.'

Hij lachte. 'Sorry. Ben je hier op Juniper opgegroeid?'

Ze knikte. 'Het is een heerlijk huis om in op te groeien. Ik was het nakomertje en werd door mijn ouders en Jessica ontzettend verwend. Zij was mijn idool en ik liep haar als een hondje achterna.' Ze wendde haar blik af. 'En na het ongeluk werd ik echt een zware last voor haar.'

'Je hoeft niet over dat ongeluk te praten.'

'Maar door dat ongeluk is alles veranderd. Je kent dat soort foto's wel: vóór en ná de behandeling. Dit was net zoiets. Ik wil best over het ongeluk praten. Jessica zegt dat het zelfs goed voor me is. Volgens mij is ze bang dat ik ontplof of zo als ik het probeer te verdringen.'

'Hoe oud was je?'

'Veertien. Mijn vader reed met mijn moeder en mij naar huis nadat we hadden gegeten in een van zijn lievelingsrestaurants in Georgetown. Ik zat achterin.' Ze liet haar tong over haar lippen glijden. 'Een auto reed ons van de weg en we schoten van een helling af. Toen volgde een explosie. Ik kon het portier niet open krijgen. Ik wist dat mijn vader dood was, maar mijn moeder zat op haar stoel voorin te gillen. Ze stond in brand. En die lucht van brandend vlees...'

'Zo is het genoeg.'

'Ten slotte slaagde ik er toch in om uit de auto te komen. Ik trok het rechterportier open, sleepte mama naar buiten en probeerde de vlammen te doven. Maar ik kreeg het vuur niet uit en zij bleef maar schreeuwen...' Ze slikte. 'En toen was ze ineens stil.'

'En daarna ben jij naar je bos gegaan.'

'Ja, dat leek me op dat moment eigenlijk het beste.' Ze haalde even diep adem. 'Ik was een egoïstisch kreng. Ik had Jessica tot steun moeten zijn in plaats van haar met een loden last op te zadelen.'

'Volgens mij had je daar alle reden toe.' Zijn hand sloot zich nog vaster om de hare. 'En ik durf te wedden dat Jessica het met me eens is.'

Ze had niet eens gemerkt dat hij haar hand had gepakt. Eigenlijk moest ze die lostrekken. Ach, barst. Daar had ze helemaal geen zin in. Zijn vingers waren warm en sterk en bezorgden haar een veilig gevoel. Het was raar dat een volkomen vreemde haar zo op haar gemak kon stellen.

'Maar goed, toen ik weer terug was, wilde ik niet langer van Jessica's goedgeefsheid profiteren. Ik heb de middelbare school afgemaakt, privélessen genomen en me daarna laten inschrijven bij de universiteit.'

'Ik had het logischer gevonden als je eerst was gaan reizen en een tijdje alleen maar plezier had gemaakt.'

'Ik heb plezier gemaakt. Ik ging hardlopen, ik heb getennist en ik heb mijn vliegbrevet gehaald. Ik heb veel goede vrienden gemaakt.' Ze glimlachte. 'Ik heb eigenlijk altijd plezier. Dat is het enige wat telt als je weer in het volle leven staat. Dat je van ieder moment geniet. Maar ik moest Jessica het gevoel geven dat ik een standvastig en betrouwbaar lid van de maatschappij zou worden. Ik kan je niet vertellen hoe teleurgesteld ze is over wat zich nu met Cassie afspeelt.' Ze keek hem recht in de ogen. 'En denk je dat je nu genoeg over me weet, Travis?'

Hij schudde zijn hoofd. 'Ik heb zo'n flauw idee dat ik nog niet eens door de vernislaag ben.' Hij liet haar hand los en stond op. 'Maar het was wel boeiend. Ik had niet verwacht dat je zo openhartig zou zijn.'

'Het kost me veel te veel moeite om raadselachtig te doen. Dat laat ik liever aan jou over.' Ze nestelde zich weer in de kussens. 'Doe nou het licht maar uit en laat me slapen.'

'Ik ben al weg.' Hij deed de lamp uit en liep naar de deur. 'Welterusten, Melissa.'

'Travis.'

'Ja.'

'Waarom ben je nou wérkelijk weer naar boven gekomen?'

'Waarom denk je?'

'Heb je het idee dat jouw rol als biechtvader ons dichter bij elkaar zal brengen, zodat ik meer vertrouwen in je zal krijgen?'

'Denk je echt dat ik zo geslepen ben?'

'Als jij tegenover mij even openhartig zou zijn als ik tegenover jou, zou ik daar vanzelf achter komen.'

'Je ziet wel een van de meest interessante redenen over het hoofd.'

'Welke dan?'

'Ik heb nooit gezegd dat ik je niet wilde neuken. Ik heb alleen gezegd het niet mijn bedoeling was.'

Ze barstte in lachen uit. 'Complimentjes uitdelen om te vermijden dat je antwoord moet geven! Jezus, je bent écht zo sluw als de pest. Maak dat je wegkomt, Travis.'

Ze lag nog steeds te lachen toen hij ervandoor ging. Hij was gewoon onmogelijk... en veel te opwindend. Ze voelde het bloed door haar aderen bruisen, haar hersens werkten op volle toeren en ze was klaarwakker. Het was heel goed mogelijk dat hij naar boven was gekomen omdat hij om de een of andere manier haar argwaan had willen sussen.

Maar het kon ook best dat hij de deur op een kier had willen zetten voor een seksueel avontuurtje. Zijn laatste opmerking was zowel provocerend als grappig geweest, en als ze anders had gereageerd had hij zich misschien omgedraaid en was hij teruggekomen.

Dat idee was bijzonder intrigerend. Wat voor soort minnaar zou Travis zijn? Ze zette die gedachte meteen van zich af toen ze voelde hoe haar lichaam erop reageerde. Ze had zich al eerder voorgenomen dat ze Jessica niet nog ongeruster wilde maken en ze was niet van plan om haar te besodemieteren.

Het was verstandiger om te denken aan hoe veilig ze zich had gevoeld toen hij haar hand had vastgehouden. Dat was een prettige, platonische gedachte. Als Travis vriendschap met haar wilde sluiten was dat prima. Seks was iets waardoor niet alleen je hersens maar ook je gevoelens overhoop kwamen te liggen en op dit moment had ze al problemen genoeg.

Travis trok de deur van het landhuis rustig achter zich dicht en liep de verandatrap af. Hij had een boeiende avond achter de rug en zijn onderhoud met Melissa Riley was zeker niet het minst interessante aspect daarvan geweest. Ze had gedacht dat zijn bezoek gepland was, maar daarin vergiste ze zich. Het was een spontane inval geweest en hij was bepaald geen impulsief type.

Was het nieuwsgierigheid geweest?

Ja, gedeeltelijk wel en hij was meer te weten gekomen dan hij had verwacht. Hij kende niemand anders die even openhartig en recht door zee was als zij.

En haar hartelijke lach was even sensueel geweest als een hand die hem streelde.

Jan had een keer tegen hem gezegd dat een man een vrouw eerst moest horen lachen om te kunnen bepalen hoe ze in bed zou zijn.

Nou ja, waarschijnlijk kwam hij nooit te weten hoe goed Melissa Riley in bed was. Gezien de beschermende houding van haar zuster zou hij zich alleen maar in de nesten werken als hij iets in die richting ondernam.

Maar sommige dingen waren het waard om je problemen op de hals te halen.

Vergeet het maar. Hij had Melissa Riley eerder in gedachten met een vaatje buskruit vergeleken en hij had geen behoefte aan nog meer vuurwerk. De toestand was al explosief genoeg.

8

'Karlstadt zegt dat hij bereid is je twintig miljoen te geven,' zei
Jan van Beek. 'En geen dollar meer.'
'Als hij tot twintig wil gaan, gaat hij ook tot vijfentwintig. Hou
maar gewoon vol.'
'Dat is gemakkelijker gezegd dan gedaan. Karlstadt is geen doetje.'
'Dan moet je maar wat meer moeite doen om je dertig procent
te verdienen.'
'Zijn mensen zouden er geen been in zien om me mee te nemen
naar een stil plekje en te proberen jouw verblijfplaats uit me los
te krijgen.'
'Wat een mazzel dat je niet weet waar ik zit, hè?'
'Mazzel voor jou.'
'Wat ben je van Henri Claron te weten gekomen?'
'Niets definitiefs. Ik ben hem nog steeds aan het bewerken.'
'Dus hij weet wel iets?'
'O ja. Henri is geen goeie acteur en hij is heel bang. Bijna net zo
bang als zijn vrouw. Aan haar gezicht te zien scheen ze te den-
ken dat ik Henri zat te martelen.'
'Als hij zo zenuwachtig is, snap ik niet waarom ze hem niet uit
de weg hebben geruimd.'
'Misschien heeft hij zich op de een of andere manier ingedekt.'
Hij veranderde van onderwerp. 'Karlstadt begint knap zenuw-
achtig te worden. Hij heeft iets over de Russen gehoord en hij
denkt dat je misschien ook met hen onderhandelt.'
'Het kan geen kwaad dat hij zich zorgen maakt.'
'Ja, dat kan het wel, vooral als ik daar het slachtoffer van word.'
'Ik beloof je dat ik je niet in de steek zal laten.'
'Als hij tot vijfentwintig miljoen wil gaan, kun je er maar beter
voor zorgen dat dit zaakje snel afgerond wordt.'
'Dan moet je meer druk op Henri Claron uitoefenen.'

'Houdt het een dan verband met het ander?'

'In alle opzichten. Maar dat moet eerst bewezen worden voor ik terugkom naar Amsterdam. Kom op, Jan, dat krijg je best voor elkaar.'

'Ik heb al genoeg te stellen met Karlstadt. Ik heb gewoon niet genoeg tijd. Misschien kan ik iemand anders vinden die Henri de duimschroeven kan aanleggen.' Hij zuchtte. 'Ik zal mijn best doen, Michael.'

'Er is nog iets. Kun je iets meer te weten komen over de Winddanser?'

'Wat? Ik ga je níét helpen dat standbeeld te stelen, Michael.'

'Ik wil het helemaal niet stelen. Ik wil alleen weten welke veiligheidsmaatregelen ervoor genomen zijn en of het binnenkort misschien ergens anders tentoongesteld zal worden.'

'Dat klinkt me allemaal heel verdacht in de oren. Vergeet het maar. Ik heb meer dan genoeg te doen.'

'Nou ja, dan wachten we daar maar even mee.' Travis stopte zijn telefoon weer weg en ging bij het raam staan. Karlstadt was niet de enige die nerveus begon te worden. Hij had nog nooit meegemaakt dat Jan zich zoveel zorgen maakte en de Nederlander was niet iemand die zonder reden over zijn toeren raakte. Misschien had hij niet over de Winddanser moeten beginnen. Maar omdat hij Cassie aan de voet van het standbeeld had aangetroffen, was hij plotseling op het idee gekomen dat het de moeite waard kon zijn om ook in die richting te gaan zoeken. Normaal gesproken zou Jan nauwelijks bezwaar hebben gemaakt, maar nu had hij die opdracht kortaf geweigerd. Het was duidelijk dat hij bijzonder bezorgd was.

Maar ze hadden nog tijd genoeg. Zolang er nog onderhandeld werd, zou Jan niets overkomen. Karlstadt zou pas gevaarlijk worden als de deal rond was. Als het zover was, zou Travis razendsnel moeten reageren, om te voorkomen dat Karlstadt het idee kreeg dat hij bij de neus was genomen.

Vanavond brandde er geen licht in Cassies kamer. Hij was deze week al drie keer bij haar geweest. Inmiddels had Jessica zich aangewend om meteen te bellen als de aanvallen begonnen en de laatste keer was het hun gelukt om er binnen een kwartier een eind aan te maken.

Wat zou er met Cassie Andreas gebeuren als hij weg was?
En hoe moest hij hier in vredesnaam wegkomen als hij er niet in slaagde om Henri Claron die inlichtingen over Vasaro te ontfutselen? Anders zou Andreas er niet over piekeren om hem te laten gaan. Hij had bepaalde plannen gemaakt voordat hij hier was gekomen, het werd tijd om die wat beter uit te werken.
En Cassie?
Hij wilde niet weg voordat hij zeker wist dat het kind veilig was. Maar wat zou hij doen als hij echt voor de keus werd gesteld? Zover hoefde het niet te komen. Hij moest gewoon een manier zien te vinden om het kind weer normaal te krijgen, dan was dat probleem uit de wereld. Misschien zou Andreas dan wel zo dankbaar zijn dat hij zijn pogingen op zou geven om uit te vinden wie achter de overval op Vasaro zat. Dat zou de allerbeste oplossing zijn als...
De telefoon rinkelde.
'Je moet meteen komen,' zei Jessica gespannen. 'Het is weer begonnen.'
Hij wierp een blik op het huis. Hij was zo in gedachten geweest, dat hij niet eens had gezien dat het licht in de slaapkamer aan was gegaan. 'Ik kom eraan.'

'Blijf,' smeekte Cassie. 'De monsters blijven toch niet lang meer, Melissa.'
'Ze zouden helemaal niet komen opdagen als jij terugging en Jessica de kans gaf om je te helpen.'
'Ik ben bang. Het is hier veel fijner.'
'Nee, dat is niet waar. Buiten is het heerlijk. Weet je nog wel? Ik kan je zoveel fantastische dingen laten zien.'
'Bang. Hier is het ook mooi. Ik zal je iets laten zien... alleen kan ik het niet vinden.'
'Wat kun je niet vinden?'
Cassies opwinding nam toe. 'Ik kan het niet vinden. Het moet hier ergens zijn, maar ik weet niet waar.'
'Wat?'
'Het had hier ook moeten zijn.'
Melissa was bang dat ze Cassie weer een nachtmerrie zou bezorgen als ze aandrong. Kon ze zich weer bij het kind binnendrin-

gen om erachter te komen waar ze aan dacht? Dat was heel ris-
kant. De laatste paar keer had het haar niet zoveel moeite gekost
om zich van haar los te rukken, maar ze wist niet wat er zou ge-
beuren als ze Cassie haar zin gaf.

Ach barst.

Behoedzaam kroop ze naar haar toe, steeds dichterbij. Ze voel-
de Cassies opwinding in golven over haar heen slaan.

Nog dichterbij.

Ik moet het vinden.

Wat moet je vinden?

Een gedachte laaide op als een vlam en likte langs Melissa.

O god.

'Nee!' In paniek rukte ze zich los en tolde de duisternis in. Maak
dat je wegkomt. Weg. Weg.

'Kom terug! Zo alleen...'

Melissa had het gevoel dat haar hart uit haar borst zou springen.
Word wakker. Zorg dat je jezelf weer in de hand krijgt. Jessica
en Travis konden ieder moment binnenkomen om te vragen of
ze hun iets bijzonders over deze aanval kon vertellen.
Liegen. Ze moest liegen. Ze kon niets over die verschrikking zeggen. Ze moest diep ademhalen en proberen weer tot rust te komen. Ze zou hun vertellen hoe goed alles was gegaan. Dat de
band tussen Cassie en haar steeds sterker werd, ook al waren ze
niet bij elkaar. Dat ze goede hoop had dat ze Cassie zou kunnen
overhalen om terug te komen. Als ze dat hoorden, zouden ze zo
blij zijn dat ze haar angst misschien zouden aanzien voor haar
gebruikelijke vermoeidheid.
En anders zou ze moeten liegen.

Travis stond de volgende middag om vier uur voor de deur van
het landhuis. 'We moeten praten,' zei hij tegen Jessica. 'Waar is
Melissa?'
'Die zit op haar kamer te studeren. Wat is er aan de hand?'
'We verspillen tijd. We moeten een manier vinden om Cassie weer
gezond te maken.'
'Waar zijn we volgens jou dan mee bezig?'
'Maar het gaat niet snel genoeg.' Hij liep naar de trap en brulde:

'Melissa!'

'Weet je wel hoe weinig kans ze heeft gehad om te studeren sinds ze hier is?'

'Ze is intelligent genoeg om dat later in te halen. Verrek, ze is slim genoeg om ons allemaal voor gek te zetten.' Hij liep naar boven. 'Ze heeft me niet gehoord. Ik vergat hoe dik die eiken deuren zijn. Kom op, dan gaan we naar haar toe.'

'En wat gaan we dan doen?' Ze liep achter hem aan. 'We boeken vooruitgang. Je hebt zelf gehoord wat Mellie gisteravond zei.'

'Ja, ze liep echt over van enthousiasme.' Hij klopte op de deur van de blauwe kamer. 'Zie je nou hoe beleefd ik ben?'

Melissa deed de deur open. 'Ik zit te studeren.'

'Dat kan straks ook.' Hij liep naar binnen en ging in een stoel zitten. 'Je hebt me verteld dat Andreas Cassie allerlei spullen heeft meegegeven. Wil je die even ophalen, Jessica?'

'Ik sta ervan te kijken dat je dat als een verzoek weet in te kleden. Maar je vergat wel alsjeblieft te zeggen.' Jessica liep de kamer uit.

'Jessica vindt het niet leuk om gecommandeerd te worden.' Melissa ging op het bed zitten en sloeg haar benen over elkaar. 'Je mag van geluk spreken dat ze doet wat je zegt. Wat ben je van plan, Travis?'

'Cassie. We moeten het geval eens grondig doorpraten. Het gaat allemaal veel te langzaam.'

Ze keek hem strak aan. 'Wat is er aan de hand?'

'Wil jij dan niet dat Cassie zo gauw mogelijk beter wordt?'

'Wat is er aan de hand?'

Hij glimlachte. 'Laten we het er maar op houden dat ik geen jaren kan wachten tot Cassie weer bij ons terugkomt en jij hebt tegen me gezegd dat ik pas weg mocht als ze weer beter was.'

'Je houdt iets achter.'

'Datzelfde geldt voor jou. Dat was gisteravond maar al te duidelijk.'

Ze verstijfde. 'Jessica heeft niets gemerkt.'

'Omdat ze je wil geloven. Wil je er met mij over praten?'

Ze gaf geen antwoord.

'Dan moet je ook ophouden mij het hemd van het lijf te vragen, Melissa.'

'Hier is alles.' Jessica kwam weer binnen met vier fotoalbums en een paar aantekenboekjes. 'Maar ik heb al die dingen al grondig bestudeerd.'

'Dan hoeven we niet in herhaling te vallen.' Hij bladerde door een van de albums. 'Vertel eens wat je met deze dingen hebt gedaan.'

'Niet veel. Ik heb bepaalde foto's uitgezocht die ik haar heb laten zien om te kijken hoe ze daarop reageerde.'

'Met welk resultaat?'

'Geen enkel bij haar familieleden. Maar bij een van de foto's...' Ze bladerde verder tot ze de foto vond. 'Cassie en het standbeeld van de Winddanser. Ik dacht dat die een soort... trilling veroorzaakte.'

'Ik heb haar in Vasaro bij de Winddanser aangetroffen. Is dat de enige foto die ze herkende?'

'Dat weet ik niet. Het is de enige waarbij ik instinctief het gevoel kreeg...' Ze haalde hulpeloos haar schouders op. 'Het is moeilijk uit te leggen.'

'Dan is het best mogelijk dat je je hebt vergist,' zei Melissa. 'Wie weet nu wat Cassie precies voelt? Was er sprake van spierspanning of een veranderde gezichtsuitdrukking?'

'Zoiets. Heel licht. Maar het was niet meer dan... een indruk.'

'Dus de kans bestaat dat je het mis had.' Ze stak haar hand uit en sloeg de bladzijde om. 'Welke foto's heb je haar nog meer laten zien?'

Travis bladerde weer terug. 'Laten we nog even bij de Winddanser blijven, goed?'

Melissa kneep haar lippen op elkaar. 'Waarom? Het is maar een standbeeld.'

'Maar wel een schitterend kunstwerk. Het wordt beschouwd als een van de meest waardevolle voorwerpen ter wereld. De familie Andreas beweert dat er historische aanwijzingen zijn waaruit blijkt dat het standbeeld in handen was van Alexander de Grote tijdens zijn eerste veldtocht in Perzië, dat het later in het bezit was van Karel de Grote en dat het in de loop der tijden aan een aantal beroemde historische personen heeft toebehoord. Er zijn legenden die verhalen dat mannen en naties hun opkomst en ondergang te danken hadden aan het feit dat het standbeeld ter plekke was.'

'Belachelijk.'
'Dat zijn de meeste legenden.' Hij lachte. 'Maar dat voorkomt niet dat de meeste mensen ze heel boeiend vinden en ik weet zeker dat al die verhalen de waarde van het standbeeld nog fors opgedreven hebben. Onze cultuur is dol op sprookjes.'
'Ik niet. Wat wil je nu eigenlijk zeggen?'
'Ik weet niet of ik echt iets specifieks te zeggen heb. Ik weet alleen dat Cassie die avond vanuit haar slaapkamer rechtstreeks naar de Winddanser moet zijn gehold.'
'Wat een onzin.' Melissa stond op van het bed. 'Iedereen weet dat ze naar haar kindermeisje is gerend om bescherming te zoeken.' Ze sloeg haar armen over elkaar en wierp hem een boze blik toe. 'Je moet wel heel stom zijn om ervan uit te gaan dat ze op een dergelijk moment naar een levenloos voorwerp zou rennen.'
'Dat zou ik niet durven zeggen.' Jessica fronste. 'Haar vader heeft gezegd dat ze er echt stapelgek op was. Ze verzon altijd allerlei verhalen over dat standbeeld en speelde vaak in de bibliotheek waar hij het had staan.'
'Het is wel stom,' zei Melissa fel. 'Het standbeeld heeft hier helemaal niets mee te maken.'
'Hoe weet je dat?' Travis keek haar onderzoekend aan. 'Heeft ze je bij een van jullie onderonsjes tijdens die nachtmerries in vertrouwen genomen?'
'Het is gewoon een kwestie van logisch nadenken. Jullie schijnen geen van tweeën te begrijpen hoe belangrijk...' Ze liep met grote passen naar de badkamer. 'Excuseer me alsjeblieft.'
Jessica knipperde met haar ogen toen de deur achter Melissa dichtsloeg.
'Nou, je kunt in ieder geval niet zeggen dat mijn zuster er geen uitgesproken mening op na houdt.'
'Heb je het weleens met haar over de Winddanser gehad?'
'Alleen maar tussen neus en lippen door. Ik heb haar natuurlijk precies verteld onder welke omstandigheden Cassie die psychische schok heeft opgelopen.' Ze schudde haar hoofd. 'Ik weet zeker dat het niet haar bedoeling was om zo uit te vallen. Ze heeft de laatste tijd behoorlijk onder druk gestaan en ze vond het niet prettig dat ze bij haar studie gestoord werd.'

'Ik voel me heus niet gekwetst.' Hij leunde achterover. 'Heb je weleens overwogen om terug te gaan naar Vasaro en Cassie weer met de omstandigheden daar te confronteren?'
'Alleen als het niet anders kan. Dat zou veel te traumatisch zijn. Het zou kunnen dat het middel in dat geval erger is dan de kwaal.'
'Maar je hebt er dus wel over nagedacht?'
'Ik heb alle mogelijke maatregelen overwogen. Maar ook al zou ik Cassie mee willen nemen naar Vasaro, dan weigert haar vader toch pertinent daar toestemming voor te geven.'
'O, dat zou een probleem zijn.' Hij zat even na te denken. 'En hoe zit het met de Winddanser? Dat beeld speelde ook een rol.'
'Andreas heeft het uitgeleend aan het Musée d'Andreas in Parijs.'
'Ik probeer na te gaan of het standbeeld binnenkort misschien ergens anders naar toe wordt gestuurd.'
'O ja?' Ze keek hem verbaasd aan. 'Dan denk jij dus dat er een verband bestaat.'
'Ik weet het niet. Ik grijp me aan elke strohalm vast, maar als we haar mee zouden kunnen nemen naar Parijs en regelen dat ze...'
'De president zal nooit toestemming geven dat ze ergens naar toe gaat voordat de mensen die de overval op Vasaro hebben gepleegd zijn opgepakt.' Ze keek hem veelbetekenend aan. 'Daar moet jij toch voor zorgen?'
'Ik doe m'n uiterste best.' Hij glimlachte toen hij bedacht dat Melissa dat zinnetje ook had gebruikt. 'Misschien kunnen we Melissa vragen om het onderwerp van de Winddanser aan te snijden als Cassie weer een aanval krijgt.'
'Na die reactie van haar?'
'Jij moet haar maar zien over te halen.' Hij stond op. 'De tijd dringt. Als we niet snel een doorbraak forceren, kunnen we weleens gedwongen worden tot het nemen van radicale maatregelen.'
'Radicale maatregelen? Maar het gaat juist heel goed. Ik wil het een beetje rustig aan doen.'
Hij wierp haar een ernstige blik toe. 'Zet de sokken erin, Jessica.'

Ze moest overgeven.
Nee, daar hoefde ze niet aan toe te geven, hield Melissa zichzelf

voor. Het was immers niet de eerste keer dat haar dit overkwam. Ze moest er niet denken en gewoon haar gang gaan. Ze boog zich over de wasbak en plensde koud water over haar gezicht. Maar eigenlijk was haar dit nog nooit overkomen. Niet op deze manier. Dromen waren dromen. Dit was de werkelijkheid. Die verdomde vent. Ze had kunnen weten dat Travis net zo lang zou wroeten tot hij een aanknopingspunt had gevonden. Maar hij zou er niets mee opschieten. Ze zou hem tegenhouden en dan bleef het hier gewoon bij.

Ogen van smaragd die haar aanstaarden...

Lieve heer...

Ze holde naar de wc en gaf over.

'Wat ben je bleek.' Jessica fronste bezorgd toen ze naar Melissa keek die de trap af kwam. 'Voel je je wel goed?'

'Ik voel me prima.' Melissa glimlachte. 'Ik zal wel te diep met mijn neus in de boeken hebben gezeten. Ik zit al de hele dag in die kamer opgesloten. Als je medelijden met me hebt, schenk dan een glaasje fris voor ons in en kom gezellig bij me op de veranda zitten. Ik moet een frisse neus halen voordat ik weer ga zitten blokken.'

'Daar heb ik zelf ook wel zin in.' Ze liep naar de keuken. 'Ga maar vast naar buiten. Ik kom zo bij je.'

Melissa ging op de schommelbank zitten en zette hem langzaam in beweging. Het was een warme, drukkende avond en in de vijver achter het huis hoorde ze de kikkers kwaken. Zomergeluiden. Levende geluiden. Heerlijk...

'Zit je te dagdromen?' Jessica overhandigde haar een glas en ging naast haar zitten. 'Je ziet er een stuk beter uit.'

Melissa lachte. 'Ik weet niet of dat wel een compliment is. Het is hier knap donker.'

'Maar de maan schijnt.'

Melissa keek omhoog. 'Ja, dat is waar.'

Stilte.

'Mellie, waarom heb je vanmiddag eigenlijk je geduld verloren?' vroeg Jessica aarzelend.

'Ik vroeg me al af wanneer die vraag zou komen. Ik heb je aan het schrikken gemaakt, hè? Je vond dat ik me onredelijk gedroeg en gezien het feit dat je nog steeds niet zeker weet of ik wel echt zo evenwichtig ben, was...'

'Dat is niet waar. Ik weet heel goed dat er niets mis is met je. Ik vroeg me alleen af waarom je zo overstuur raakte.'

'Je zult Travis wel allerlei verklaringen aan de hand hebben gedaan voor mijn plotselinge inzinking.'

'Ja, natuurlijk. En sommige daarvan waren misschien nog terecht ook.' Ze nam een slokje limonade. 'We hebben nooit geheimen voor elkaar gehad. Vertel het me nou maar, Mellie.'

Dat was niet waar. Sinds ze terug was van die andere plek had ze een groot aantal geheimen voor Jessica gehad, maar ze was blij dat Jessica zich nooit bewust was geworden van dat gebrek aan vertrouwen. 'Je zou me toch niet geloven als ik je vertelde dat ik in feite...' Ze schudde haar hoofd. 'Goed, ik wil niet dat Travis te veel belangstelling krijgt voor de Winddanser.'

'Waarom niet?'

'Hij is net een stoomwals. Als hij eenmaal zijn zinnen ergens op heeft gezet, is hij niet meer te houden.'

'Dat is niet per definitie een slechte eigenschap.'

'Soms wel. Soms sleep je daardoor mensen mee in situaties die ze niet aan kunnen. Dan is er maar één zetje nodig om de bal aan het rollen te brengen.'

'Maar wat heeft dat met de Winddanser te maken?'

'Dat is waar Cassie in die tunnel naar op zoek is.'

Jessica verstarde. 'Weet je dat zeker?'

'Nou en of.'

'Maar het is toch mooi dat we dat weten? Daar kunnen we op voortbouwen. Misschien was het idee van Travis om de Winddanser te gebruiken zo gek nog niet. Als we een manier kunnen bedenken om...'

'Nee.' Melissa probeerde de scherpe toon uit haar stem te weren. 'Je begrijpt het niet. Het is geen... het is een akelig... gevoel. Door daarop in te haken zou je Cassie kwaad kunnen doen.'

'Is ze er bang voor?'

Ze gaf geen rechtstreeks antwoord op die vraag. 'Je moet je niet in dat mierennest steken.'

'Ik weet dat je je zorgen maakt over Cassie, maar je begrijpt niet alle psychologische gevolgen die haar toestand met zich meebrengt. Je zult erop moeten vertrouwen dat ik daar een oplossing voor vind.'

'Vergeet dat standbeeld.'

'Als het iets is waarmee Cassie geholpen kan worden, mag ik dat niet vergeten. En jij ook niet, Mellie. Je moet meewerken.'

'Maar als ik je iets over Cassies nachtmerries vertel, geloof je me maar half.'

'Nou ja, met dat soort dingen heb ik toch nog wat moeite. Maar ik geloof je wel als je zegt dat Cassie op zoek is naar de Winddanser, want toen ik haar die foto liet zien heeft ze...'

'Je hebt me zelf verteld dat je niet echt een reactie hebt gezien.' Ze glimlachte spottend. 'Wou je beweren dat je net zo'n griezel bent als ik?'

'Dat is niet eerlijk. Ik heb jou nooit een griezel genoemd.' Ze zweeg even. 'De Winddanser is ons enige aanknopingspunt. Daar moeten we op doorgaan, Mellie. Je moet me beloven dat je Cassie niet tegen zult houden als ze over dat onderwerp begint.'

Melissa zei niets.

'Alsjeblieft.' Jessica slaakte een zucht. 'We moeten Cassie helpen en ik weet gewoon niet welke kant ik op moet.'

Ach, wat maakte het ook uit, dacht Melissa vermoeid. De sneeuwbal was al aan het rollen gebracht en die kon ze niet meer tegenhouden door net te doen alsof ze niets zag. 'Ik zal haar niet aanmoedigen, maar ik zal me er ook niet tegen verzetten. Is dat genoeg?'

'Dat is genoeg.' Jessica boog zich naar haar toe en drukte een kus op haar wang. 'Dank je wel.' Ze stond op. 'Nu ga ik nog even naar Cassie kijken en dan naar bed. Ga je mee naar binnen?'

'Ik kom zo.'

'Blijf niet te lang studeren.'

'Nee hoor.' Ze leunde achterover op de schommelbank. 'Slaap maar lekker.'

'Laten we hopen dat dat voor ons allemaal geldt.' Jessica liep naar binnen.

Het gesprek was op een volslagen fiasco uitgelopen, dacht Melissa wanhopig. Ze had gegokt dat Jessica onmiddellijk bakzeil zou halen als ze er maar op zinspeelde dat de Winddanser Cassie misschien in gevaar kon brengen. Maar ze had geen rekening gehouden met het dwangmatige verlangen van Jessica om Cassie terug te halen. Als Melissa het onderwerp gewoon had laten rusten, zou Jessica's belangstelling misschien niet eens zijn gewekt. Of was het gewoon het noodlot? Het noodlot kon barsten. Dat was een defaitistische gedachte. Travis zou zijn lot nooit van het toeval laten afhangen. Hij was al op zoek naar een manier om van twee walletjes te eten. En omdat Melissa zo'n stomme streek had uitgehaald, bestond de kans dat Jessica nu zijn partij zou kiezen. In haar hart zou Jessica Melissa altijd blijven zien als het afhankelijke kind dat ze al die jaren was geweest.

Er brandde licht in het portiershuis. Vaak bleef het de hele nacht aan. Het was haar de afgelopen paar dagen opgevallen dat Travis zelden meer dan vier uur per nacht sliep en dat hij ontzettend veel las. Zat hij nu die stapel boeken door te spitten die gistermiddag bij hem afgeleverd was? Een onverzadigbare nieuwsgierigheid en een onlesbare dorst naar kennis konden bij een vijand gevaarlijke eigenschappen zijn.

Het was de eerste keer dat ze bereid was te erkennen dat Travis een tegenstander zou kunnen worden. Ze was voor hem op haar hoede geweest, maar ze had niet het idee gehad dat hij haar boven het hoofd zou kunnen groeien. Op een of andere rare manier had ze een soort band met hem gevoeld. Idioot. Dat was waarschijnlijk de weerslag van het feit dat Cassie zo'n vertrouwen in hem had en hem als haar redder beschouwde. Maar ze had het leuk gevonden om zich in geestelijk opzicht met hem te meten en ze had bewondering gehad voor zijn scherpe verstand en zijn intuïtie.

Daar was nu echter een eind aan gekomen. Hij had intuïtief op het juiste paard gewed en de Winddanser aan het licht gebracht. Ze zou zich er wel uit redden. Ze moest die paniekgevoelens gewoon onderdrukken. Als ze niet sterk genoeg was, zou ze zich nog meer concentreren, meer te weten zien te komen en zich verder ontwikkelen.

Ze hoopte alleen dat ze genoeg tijd zou hebben.

9

Lyon

'Niet opendoen,' zei Danielle Claron.
Er werd opnieuw gebeld. Henri liep naar de deur.
'Wees niet zo stom,' zei ze tegen hem.
'Als het Van Beek is, zou het juist stom zijn om niet open te doen.
We hebben het hier uitgebreid over gehad, Danielle. We moeten
weg uit Lyon en ik ben niet van plan om hier platzak vandaan te
gaan.'
'Geef je dan de voorkeur aan een ritje in een lijkwagen?'
'Ik heb toch altijd goed voor je gezorgd? De afgelopen tien jaar
heb je altijd meer dan genoeg te eten gehad, maar nu hebben we
een kans om te leven op de manier die we verdienen.'
'Die kans heb je aan mij te danken. En ik zeg je dat je niet moet...'
De bel ging opnieuw.
'Goed, ga dan maar opendoen. Maar kijk wel uit.' Danielle liet
haar tong over haar lippen glijden. 'We hadden hier nooit bij betrokken moeten raken. We hadden dat extra geld helemaal niet
nodig.'
'Daar heb je nooit eerder over geklaagd. Dit is precies hetzelfde,
alleen belangrijker. Laat de onderhandelingen nou maar aan mij
over.'
Ze liep naar de slaapkamer. 'Geloof me, ik heb helemaal geen
behoefte om erbij te zijn.'
'Mooi zo. Je bent veel te doorzichtig. Ik heb wel gezien hoe Van
Beek naar je zat te kijken toen hij hier...' Hij verstijfde plotseling
toen hij door het kijkgaatje keek. Het was Van Beek helemaal
niet. Deze man was lang, blond, krachtig gebouwd en hooguit
achter in de dertig.
'Ja?'

'Meneer Claron?' De man glimlachte. 'Ik ben Jacques Lebrett. Jan van Beek heeft me gestuurd. Ik heb iets voor u.'

'Waarom is hij zelf niet gekomen?'

'Hij heeft het heel druk. Ik dacht dat hij tegen u had gezegd dat hij misschien iemand anders zou sturen.'

Van Beek had het daar wel over gehad, maar Claron was nog steeds niet gerustgesteld. 'Zeg maar tegen Van Beek dat als hij de...'

'Hij is momenteel bezig met bijzonder gevoelige onderhandelingen.' Lebrett maakte zijn koffertje open en hield het omhoog zodat het door het kijkgaatje te zien was. 'Maar hij heeft het niet te druk om u toepasselijk te belonen voor de inlichtingen die u hem kunt geven.'

Geld. Stapels en stapels franken. Zoveel geld had hij nog nooit gezien.

'Kunnen we met elkaar praten, meneer Claron?'

Al dat geld.

Henri haalde de deur van het slot en deed hem open. 'Kom binnen.'

'Dank u wel.' De man glimlachte. 'Ik weet zeker dat we het eens zullen worden.'

De vrouw was ontsnapt.

Geen nood. Edward Deschamps had de auto die op de oprit stond buiten werking gesteld en het huis lag op kilometers afstand van de weg. Henri Claron was veel te gemakkelijk gestorven maar het opsporen van zijn vrouw zou een uitdaging zijn. Hij had echt behoefte gehad aan deze moord. Hij was al zo lang op jacht naar Travis dat zijn zenuwen tot het uiterste gespannen waren. Toen duidelijk werd dat de Clarons uit de weg geruimd moesten worden, had hij die kans met beide handen aangegrepen.

Deschamps spoelde het bebloede mes af, veegde zorgvuldig zijn vingerafdrukken van het aanrecht en maakte daarna een ronde door het huis. Niet dat die voorzorgsmaatregelen hem veel zouden helpen. Met al die forensische proeven van tegenwoordig werd het een man wel heel moeilijk gemaakt zijn werk goed te doen. Maar toch hield hij zich nog steeds aan alles wat hij als jongen had geleerd. Vaste gewoontes waren moeilijk te doorbreken.

Hij liep het huis uit en bestudeerde de tuin en de aangrenzende bossen. Welke kant was ze op gegaan? Over de akkers die haar uiteindelijk bij de grote weg zouden brengen? Nee, naar het bos. Ze dacht vast dat ze zich daar wel tussen de bomen zou kunnen verstoppen.

Maar hij zou haar wel vinden. Dit was het spel dat hij tot in zijn vingertoppen beheerste. Hij had geweten dat Claron de deur open zou doen. Aan geld konden ze nooit weerstand bieden. Een paar echte bankbiljetten op een stapel oude kranten en de man had zich meteen rijk gerekend. Wat een sufferd.

Hij liep de trap af naar het erf en stak de lont die hij had meegebracht aan met behulp van zijn aansteker. Hij gooide de lont op de met benzine doordrenkte planken van de veranda.

Het huis stond meteen in lichterlaaie.

'Henri Claron is dood,' zei Van Beek.

'Wat?' Travis klemde zijn vingers om de telefoon. 'Hoe?'

'Zijn huis is tot de grond toe afgebrand, maar de politie denkt dat hij al dood was voordat de brand uitbrak. Ze hebben zijn vrouw nog niet gevonden.'

'Is zij ontkomen?'

'Dat zou kunnen. Maar in dat geval is ze ondergedoken en dan komt ze nooit meer te voorschijn.'

'Als ze nog leeft, moet ik weten waar ze is. Je zei dat ze even zenuwachtig was als haar man. Dan is de kans groot dat ze net zoveel wist als hij. Of misschien zelfs nog meer.'

'Denk je dat ze het risico zal willen lopen dat iemand haar de keel afsnijdt na wat er met Henri is gebeurd?'

'Soms kunnen angst of wraak een grotere drijfveer zijn dan geld. Probeer haar te vinden, Jan.'

'Daar ben ik al mee bezig.' Hij zweeg even. 'Gisteren heb ik twee microfoons in mijn appartement gevonden. Die zaten er drie dagen geleden nog niet. Toen heb ik het huis voor het laatst gecontroleerd.'

Travis verstijfde. 'Karlstadt?'

'Dat zou kunnen. Of misschien de CIA. Maar de microfoons waren van Chinese makelij. Dat lijkt me geen standaardapparatuur van de CIA.'

Het beviel Travis totaal niet. De zaken begonnen een vervelende keer te nemen en de druk nam toe.

'Hoe gaat het met de onderhandelingen met Karlstadt?'

'Hij zit nu op drieëntwintig. Je bent zeker niet bereid om daarmee akkoord te gaan?'

'Ik zal er eens over nadenken.'

'Mooi zo. Wat er met Claron gebeurd is, bevalt me helemaal niet. Ik vind het heel vreemd dat hij nog voordat ik onze overeenkomst af kon ronden is vermoord. Daardoor begin ik me af te vragen of er misschien een onbekende mededinger rondloopt, die veel dichterbij zit dan me lief is.' Hij was even stil. 'En ik heb het idee dat ik word gevolgd.'

'CIA?'

'O, die ook. Twee kerels in een groene Porsche. Die had ik al drie dagen nadat jij uit Amsterdam was vertrokken in de gaten. Maar ik heb het vermoeden dat er nog iemand anders is.'

'Heb je iemand gezien?'

'Nee, maar ik voel zo'n rare kriebel in mijn nek.'

'Een onweerlegbaar bewijs.'

'Mij zegt het genoeg. Zoals je weet, heeft dat me al een paar keer het leven gered. De spanning wordt me een beetje te groot. Ik denk dat ik mijn aandeel maar opstrijk en vervolgens een ontzettend lange cruise ga maken. Bel me maar als je tot een besluit bent gekomen. Tot ziens, Michael.'

'Wacht even.' Drieëntwintig miljoen was genoeg en de manier waarop de toestand rond Jan zich begon te ontwikkelen beviel hem helemaal niet. 'Neem het bod maar aan.'

'Mooi.' Jan slaakte een zucht van opluchting. 'Je weet dat Karlstadt de goederen meteen in ontvangst zal willen nemen.'

'Hou hem maar even aan het lijntje.'

'Dan kan ik net zo goed proberen een cobra die op het punt staat toe te slaan aan het lijntje te houden. Hij heeft er een hekel aan om te moeten bedelen voor...'

'We hebben geen keus. Ik zit een beetje in mijn maag met de toestand hier.'

'Niet meer dan vier dagen. Anders ontploft Karlstadt. Ik heb je gewaarschuwd.'

'Ik bel je nog wel.'

Jan moest plotseling grinniken. 'Ik had niet gedacht dat je Karlstadt z'n zin zou geven. Begin je af te takelen, Michael?'
'Dat zou best kunnen. Je zeurt me constant aan m'n kop dat Karlstadt zo'n gevaarlijke klant is.'
'O, ik geloof nooit dat jij bang bent voor Karlstadt. Ik denk eerder dat je bezorgd bent voor mij. Dat stel ik op prijs.'
'Waarom zou ik bezorgd zijn voor jou? Jij hebt die wonderbaarlijke kriebel in je nek om ervoor te zorgen dat je geen gevaar loopt.' Hij verbrak de verbinding.
Vier dagen.
Hoe moest hij het in godsnaam voor elkaar krijgen om hier binnen vier dagen weg te komen? De hindernissen waren bijna onoverkomelijk. Cassie. Andreas. De geheime dienst.
En Jessica en Melissa Riley. De twee vrouwen zouden hem nog weleens de meeste last kunnen bezorgen.
Nou ja, hindernissen waren er om uit de weg geruimd te worden. Hij had al een vaag idee hoe hij erin kon slagen om zich uit de voeten te maken, maar hij had geprobeerd om iets anders te verzinnen.
Want dit was een rotmanier. Een smerige streek.
Maar dat gold ook voor de toestand in Amsterdam en dat was zijn echte leven, niet dat interval hier in Juniper. Jan was niet gek en als hij het gevoel had dat er gevaar dreigde, dan was dat ook zo. Zijn leven stond misschien wel op het spel. De afspraak was dat Travis er niet alleen voor zou zorgen dat ze het geld te pakken kregen, maar ook dat ze daarna niets meer te vrezen zouden hebben van de Russen en Karlstadt en dat zou hij doen ook.
Het was ironisch dat Jan had gezegd dat hij begon af te takelen. Hij zou wel van gedachten veranderen als hij hoorde hoe Travis van plan was om hier weg te komen.
Wat een vuile streek…

De zon ging net onder toen Jessica de deur opendeed voor Travis.
'Kan ik je even spreken?' vroeg hij.
Ze trok verbaasd haar wenkbrauwen op. 'Kom binnen. Is er iets aan de hand?'

'Niets onoverkomelijks. Ik kom liever niet binnen. Zullen we even naar de vijver lopen?'

'Ik moet zo terug naar Cassie. Ik had alleen een korte etenspauze ingelast.'

'Ik zal mijn best doen om het kort te houden.'

Ze aarzelde. 'Een kwartiertje dan.' Ze liep achter hem aan de treden van het bordes af. 'Ik had ook met jou willen praten. Ik heb gisteravond een gesprek gehad met Mellie. Ze vertelde me dat Cassie in de tunnel op zoek was naar de Winddanser. Ze schijnt het idee te hebben dat het Cassie kwaad zal doen als we gebruik maken van dat aanknopingspunt.'

'En hoe denk jij erover?'

'Ik denk dat we ons aan elke strohalm moeten vastklampen als we haar willen helpen. Ik heb Mellie laten beloven dat ze Cassie niet uit de buurt van het standbeeld probeert te houden.'

'Ik kan me zo voorstellen dat ze ze zich niet zonder slag of stoot gewonnen heeft gegeven,' mompelde hij.

'Ze heeft ermee ingestemd.' Ze keek hem even aan. 'Verbaast je dat niet?'

'Volgens mij weten we allebei heel goed dat die reactie van je zuster niet bepaald normaal was.'

'Waarom ben je er dan niet op doorgegaan?'

'Waarom zou ik? Ik wist dat jij dat wel zou doen en jij zou het alleen maar vervelend hebben gevonden als ik haar ergens van had beschuldigd.'

'Ja, dat is zo.' Ze bleef staan toen ze bij de vijver waren aangekomen. 'Ze bedoelde het niet kwaad. Ze maakte zich alleen zorgen om Cassie.'

'En dat weegt voor jou ook heel zwaar.'

'Natuurlijk.'

'Je houdt heel veel van je zuster, hè?'

'Dat is geen geheim.'

'En je zou niet willen dat haar iets naars overkwam.'

Ze verstrakte. 'Mijn god, wou je Mellie bedreigen?'

'Ja, ik denk dat het daar wel op neerkomt.' Hij draaide zich om en keek haar aan. 'Ik moet hier binnenkort weg. Ik moet terug naar Amsterdam. Ik zou jou, Melissa en Cassie graag mee willen nemen. Het is de enige manier die ik kan bedenken om hier zonder gewetensbezwaren vandaan te gaan.' Zijn mond vertrok. 'En ik moet toegeven dat het voor mij een stuk gemakkelijker wordt om hier weg te komen als ik het hele stel meeneem.'

Ze werd bekropen door een gevoel van paniek. 'Maar je kúnt niet weggaan.'

'Ik kan echt niet anders.'

'Je zult verdomme wel moeten. Andreas laat je nooit gaan.'

'Ik ga wel, Jessica.'

'Dan gaat Cassie dood.'

'Niet als jullie meegaan.'

'En Mellie ook.'

'Ze is al een stuk sterker geworden. Zij zal het misschien wel overleven, ook al haalt Cassie het niet.'

'Wat ben jij een vuile smeerlap.' Ze drukte haar bevende hand tegen haar lippen. 'Het is waanzin. In godsnaam, wat je bedoelt, is dat je Cassie wilt ontvoeren. Ze zullen je ongetwijfeld weer oppakken en dan verdwijn je voorgoed achter de tralies.'

'Niet als we erin slagen om haar te genezen.'

'Wij? Dacht je echt dat ik aan dat soort misdadige waanzin mee wil werken?'

'Heb je dan een keus? Je bent stapelgek op Cassie en Melissa. Je wilt toch niet dat hun iets overkomt?'

'Er zal hun niets overkomen.' Ze keek hem woedend aan. 'Jij blijft, en we gaan gewoon op dezelfde manier verder.'

'Ik denk het niet.'

'Wat bedoel je?'

'Als Cassie weer een nachtmerrie heeft, kom ik niet naar jullie toe om haar te helpen.'

'Wat?' Ze staarde hem ongelovig aan. 'Maar je moet komen.'

Hij schudde zijn hoofd.

'Je mag dan een vuilak zijn, maar je kunt niet weigeren om Cassie te helpen als ze zo'n aanval heeft.'

'Jij bent degene die beslist wat er moet gebeuren en het is jouw verantwoordelijkheid. Ik heb tegen je gezegd dat ik bereid ben om haar te helpen... op mijn voorwaarden.'

'Je bluft. Zo ongevoelig ben je niet.'

'Als het nodig is, kan ik ongevoeliger zijn dan jij je zelfs maar kunt voorstellen.' Hij keek haar recht in de ogen. 'Denk je echt dat ik bluf, Jessica?'

O god, ze was bang dat dat niet het geval was. Zijn gezicht was uitdrukkingsloos, maar zijn ogen... Maar ze had hem de afgelopen weken toch leren kennen, hij was gewoon niet in staat om Cassie niet te helpen als ze zo'n nachtmerrie had. 'Je bluft.'

'Het spijt me. Ik had gehoopt dat het voor ons allemaal een stuk gemakkelijker zou gaan. Ik zou dit maar niet aan Melissa vertellen. Dan raakt ze alleen maar overstuur. Per slot van rekening neem je ook een gok met haar gezondheid.'

'Ik doe precies wat ik zelf wil.'

'Nee, je doet wat het beste is voor de mensen die je onder je hoede hebt. Daar ga ik in ieder geval van uit.'

Ze stond hem met gebalde vuisten na te kijken toen hij wegliep. Hij blufte. Dat kon niet anders.

De volgende avond ging het licht aan in Cassies kamer.

De telefoon in het portiershuis rinkelde.

'Je moet komen,' zei Jessica. 'Nu meteen.'

'Een nachtmerrie?'

'Ja.'

Hij verbrak de verbinding.

Hij belde niet terug.

Hij ging niet naar het landhuis.

Hij moest dat kleine meisje gewoon uit zijn hoofd zetten.

Hij liep terug naar het raam.

En wachtte.

Een halfuur later zag hij Jessica over de oprit hollen. Hij deed de deur open en wachtte haar op.

'Vuile rotzak.' De tranen stroomden haar over de wangen. 'Klootzak.' Ze greep zijn arm vast. 'Je gaat mee.'

'Nee.'

'Je moet komen...'

'Ik moet helemaal niets. Ik kan doen wat ik wil.'

'Ik roep Fike. Die sleept je wel mee.'

'Dan ga ik gewoon in de stoel naast haar bed zitten en hou m'n mond.'

'Dat kun je niet...' Ze keek hem vol ongeloof aan. 'Ja, je kunt het wel. Mijn god, je laat Mellie en Cassie gewoon...' Ze draaide zich om en rende weer terug naar het huis.

Jezus, hij voelde zich doodziek.

Maar hij mocht niet toegeven. Hij had de eerste stap gezet. Als hij vanavond toegaf, zou hij het morgen of overmorgen opnieuw moeten proberen.

Vijf minuten.

Tien minuten.

De telefoon ging over.

'Goed dan, klootzak.' Jessica's stem trilde. 'Ik zal alles doen wat je wilt. Maar zorg dat je hier komt.'

'Ik kom er meteen aan.' Hij rende met een noodgang over de oprit.

Christus, het was nog erger geweest dan hij zich had kunnen voorstellen.

'Wat is er gebeurd, Jessica?' Melissa's stem klonk zwak. 'Het duurde zo verschrikkelijk lang...'

Jessica gaf geen antwoord toen ze haar polsslag opnam. 'Hoe voel je je nu?'

'Belazerd. Hij kwam niet... Het duurde zo lang...'

'Je hartslag is nog een beetje onregelmatig, maar zo meteen is alles weer normaal.' Ze stopte het dekbed om Melissa's schouders in. 'En met Cassie is alles ook in orde.'

'Ze was helemaal niet in orde. Ze is echt afhankelijk van hem geworden. Ik heb geprobeerd afstand te nemen en met haar te praten, maar ze wilde... niets van me weten. Als ik een met haar ben, deel ik die doodsangst... dan kan ik geen redding bieden.' Ze liet haar tong over haar lippen glijden. 'Ze beschouwt alleen hem... als de redder in de nood.'

'Een fijne redder.' Ze streek het haar van Melissa's voorhoofd. 'Is het in orde als ik je nu alleen laat en weer naar Cassie ga?'

'Tuurlijk. Waar was hij, Jessica?'

'Het duurde even voordat hij hier was.'

'Vreselijk...' Haar ogen vielen dicht. 'Het was echt vreselijk. We waren zo bang. Hij had er veel eerder moeten zijn.'

'Het was heel erg.' Jessica liep naar de deur. 'Maar het zal niet weer gebeuren. De volgende keer is hij meteen hier.'

'Goed. We... snakten naar adem en we hadden zo'n pijn in ons hart...'

'Het zal niet weer gebeuren,' zei Jessica opnieuw en trok de deur achter zich dicht.

De vuile rotzak. Ze knipperde met haar brandende ogen en liep door de gang naar Cassies kamer.

Fike die tegen de muur leunde, ging rechtop staan. 'Goh, ik begon eigenlijk al te hopen dat het een beetje beter ging met de kleine meid. Zo erg heb ik haar nog nooit tekeer horen gaan.'

'Ze is nu weer in orde.'

'Meneer Travis is nog steeds bij haar binnen. Meestal kan hij haar wel helpen, hè?'

'Meestal wel.'

'Hij zei tegen me dat jullie haar dit keer bijna hadden verloren. Ik zal duimen dat ze weer bijkomt.'

'Dank je wel, James. Maar ik weet zeker dat ze wel weer bij bewustzijn komt.' Ze deed de deur open en liep de slaapkamer in. Travis zat op de rand van Cassies bed en keek naar haar op. 'Hoe gaat het met Melissa?'

'Wat denk je?'

Hij kneep in Cassies handen. 'Welterusten, lieverd. Ik kom gauw weer terug.' Hij stond op en ging buiten gehoorsafstand van Cassie staan. 'Melissa is waarschijnlijk moe en heel zwak. Klopt dat?'

'Had je dan iets anders verwacht?' Ze balde haar vuisten. 'Je had ze wel dood kunnen laten gaan.'

'Zover had jij het nooit laten komen.'

'Daar rekende jij gewoon op. Je hebt erop gegokt dat ik zou toegeven om te voorkomen dat ze verschrikkelijk moesten lijden en misschien wel dood zouden gaan. Hoe kon je?'

'Het was noodzakelijk.'

'Ik geloof er geen barst van.'

'Je mag denken wat je wilt. We hebben allemaal onze eigen prioriteiten.'

'Waarom moest je je dan zo nodig met die van ons bemoeien?'

'Dat heb je me zelf gevraagd. En durf je in alle eerlijkheid te zeggen dat je niet heel blij was met mijn hulp? Toen ik vanavond weigerde om hier te komen, heb ik gewoon de oude toestand hersteld.'

'Alleen maar om je zin te krijgen.'

'Om mijn zin door te zetten.' Hij keek haar recht aan. 'Ik hoop dat je me niet zult dwingen om dat nog eens te doen. Want dan zal ik weer geen moment aarzelen, Jessica.'

'Dat weet ik best.' Ze sloeg haar armen over elkaar om te voorkomen dat ze bleven trillen. 'En zodra ik het zonder jouw hulp kan stellen, vertel ik iedereen precies wat er is gebeurd. Ik hoop dat ze je dan voor de komende honderd jaar in de gevangenis smijten.'

'Dan moet je er wel eerst verdomd zeker van zijn dat Cassie is genezen. Anders zou je het vast niet leuk vinden als ik niet meer bij haar kon komen. Wat heb je tegen Melissa gezegd?'

'Alleen maar dat het niet weer zou gebeuren. Als ze weer een beetje opgeknapt is, zal ze niet tevreden zijn met dat antwoord.'

'Dan moet je haar maar aan het lijntje houden. Melissa is heel goed in staat om mij te dwarsbomen en dat zou heel vervelend zijn voor ons allemaal.'

'Ik ben niet van plan om tegen haar te liegen.'

'Wil je dan liever dat we haar hier achterlaten, zodat je haar niet meer in het oog kunt houden? Ik weet niet of ze nog steeds zo'n sterke band met Cassie zal hebben als we ver weg zitten, maar ik zou niet het risico willen nemen dat we haar niet in de gaten kunnen houden.' Hij zweeg even. 'Maar misschien durf jij dat wel aan.'

'Klootzak.'

'Nee, dat dacht ik al.' Hij liep naar de deur. 'Kijk zelf maar hoe je het aanpakt.'

'Wacht even.'

Hij keek om.

'Je gaat ons dit niet aandoen zonder dat we er iets voor terugkrijgen. Ik ben bereid om met je mee te werken, maar dan moet je me wel beloven dat je ons niet in Amsterdam laat zitten als we erin slagen om hier weg te komen.'

'Ik heb je al gezegd dat ik dat niet zal doen.'

'En ik wil dat je me nog iets belooft. Ik wil dat jij regelt dat we met Cassie naar de Winddanser toe kunnen en dat je er ook voor zorgt dat ze een tijdje bij het standbeeld kan zijn.'

'Dat zal niet gemakkelijk gaan. En waarom zou ik dat doen? Ik ben al als overwinnaar uit de strijd gekomen, Jessica.'

'Omdat je ons dat verschuldigd bent, smeerlap.'

Hij was even stil. 'Daar zit iets in. Oké, dat beloof ik. Maar je moet goed beseffen dat als we in het museum betrapt worden ze mij zonder pardon kunnen neerschieten of in de gevangenis smijten. In beide gevallen zal iedereen daar de kwalijke gevolgen van ondervinden.'

'Dat zou ik er bijna voor over hebben.'

Hij schudde zijn hoofd. 'Dat meen je niet.'

Hij had gelijk. Daar meende ze helemaal niets van. Ze was absoluut niet bereid om Cassie en Melissa op te offeren, zodat Travis zijn verdiende loon zou krijgen. Ze wierp hem een wanhopige blik toe. 'Dit is echt te gek voor woorden. Zet het alsjeblieft uit je hoofd. Je komt hier nooit weg.'

'O jawel. Maar je zult de manier waarop ik dat voor elkaar krijg helemaal niet leuk vinden.'

Ze verstarde. 'Wat bedoel je?'

'Als ik je dat zou vertellen, vlieg je me eerst in de haren en vervolgens ga je zitten piekeren tot het zover is.'

'Ben je van plan iemand te vermoorden?'

'Alleen als ze proberen mij te doden. Vlak voordat we vertrekken, zal ik je precies vertellen wat de bedoeling is.' Hij liep de kamer uit.

Lieve god, wat had ze zich op de hals gehaald? Als ze niet doodgeschoten werden, zouden ze als een stel misdadigers opgejaagd worden. Want dan waren ze écht misdadigers en ze kon zich niet voorstellen dat Jonathan Andreas zijn hand over zijn hart zou halen als het om zijn dochter ging.

En als ze er niet in slaagden te ontsnappen, zou het allemaal voor niets zijn geweest. Dan zou zij in de gevangenis belanden en dan waren Cassie en Melissa waarschijnlijk ten dode opgeschreven.

Ze moesten dus wel ontsnappen. Anders was de prijs die ze moesten betalen veel te hoog. Zou Travis echt doen wat hij had beloofd en haar helpen Cassie beter te maken? Daar kon ze zich later wel zorgen over maken. Net zoals ze ze nu inzat over zijn plan om van Juniper te ontsnappen.

Jezus, ze hoopte echt dat niemand gewond zou raken.

10

Twee nachten later begon de telefoon in het portiershuis om zeventien minuten over twaalf te rinkelen.

'Kom meteen hierheen. Ze heeft weer een aanval,' zei Jessica toen Travis de telefoon oppakte. 'En geen fratsen vanavond, Travis.'

'Fratsen zijn niet meer nodig. Ik kom eraan.'

James Fike stond bezorgd te fronsen toen hij Travis een paar minuten later door de gang zag aankomen. 'Het klinkt alsof dit weer een zware aanval is. Het beste ermee.'

Travis knikte grimmig. 'Daar moeten we maar op hopen.'

Cassies geschreeuw snerpte door de kamer toen hij de deur opendeed.

'Hoe lang al?' vroeg Travis toen hij naar het bed van het kind liep.

'Tien minuten,' zei Jessica. 'God zij dank ben je meteen gekomen.'

Hij pakte Cassies handen vast. 'Kom eens hier, Jessica.'

Jessica kwam naast hem staan. 'Wat is er?'

Hij keek haar niet aan toen hij binnensmonds mompelde: 'Stuur Teresa met een smoes de kamer uit.'

Ze keek hem met grote ogen aan.

'Vooruit.'

Ze wendde zich tot Teresa die bij de deur stond. 'Ga een injectiespuit voor me halen uit de medicijnkast beneden.'

'Denk je dat je die nodig...'

'Ik hoop het niet. Ik wil alleen op alles voorbereid zijn. Schiet nou maar op.'

Teresa holde de kamer uit.

'Hoe lang doet ze daarover?' vroeg Travis.

'Geen idee. De laatste keer dat ik in die kast moest zijn lagen er geen injectiespuiten in. Ze zal even zoeken en dan naar de kast op de tweede etage lopen.'

Cassie schreeuwde.
'Doe iets. Praat tegen haar.'
Travis liet Cassies handen los en stond op.
'Wat doe je nou? Zég iets tegen haar.'
'We gaan weg, Jessica.'
Ze verstijfde. 'Je moet haar eerst helpen.'
Hij knoopte zijn colbert open, haalde zijn laptopcomputer te voorschijn en liet die in Jessica's dokterstas vallen.
Cassie schreeuwde.
'Praat nou met haar. Je ziet toch dat ze pijn heeft? Ze ligt te krijsen, verdomme.'
Hij keek haar aan en zei rustig: 'Ze moet schreeuwen, Jessica.'
'Wat?'
'Ik kan haar niet helpen. Ze moet blijven schreeuwen.'
'Wat is dit voor machtsvertoon? Ik heb toch tegen je gezegd dat je gewonnen hebt.'
Hij deed de dokterstas dicht. 'Het is geen machtsvertoon.'
'Ze heeft pijn. En Mellie ook.'
'Hol naar de gang en zeg tegen Fike dat dit een noodgeval is. Cassie heeft een toeval en er moet een ambulance komen om haar naar het ziekenhuis te brengen. Geef hem dit maar.' Hij overhandigde haar een stukje papier. 'Dat is het nummer van de spoedeisende hulp van Shenandoah General, het dichtstbijzijnde ziekenhuis.'
'Dat kun je Cassie niet aandoen.'
'En zeg tegen Fike dat hij de president moet waarschuwen.'
'Praat tegen haar.'
'Nog niet. Hoe sneller jij haar in die ambulance hebt, des te eerder kan ik haar helpen.' Hij gaf haar een duwtje. 'Ga nou maar met Fike praten.'
'Ellendeling.' Ze holde snikkend de gang op.
Cassie schreeuwde. In die ene kreet lag alle pijn en angst opgesloten die een kind kon voelen.
Hij kon er een eind aan maken. God, hij wilde niets liever.
Hij liep naar het raam en staarde zonder iets te zien naar het ijzeren hek waardoor de ambulance binnen moest komen.

Hij was net bezig Cassie in een deken te wikkelen toen Jessica weer binnenkwam. 'Fike?' vroeg hij.

'Hij heeft het ziekenhuis gebeld. Nu heeft hij Andreas aan de lijn. De ambulance is binnen tien minuten hier.'

'Ga je zuster halen, neem haar mee naar beneden en breng haar naar de ambulance.'

'Hoe moet ik haar in beweging krijgen? Ze verkeert waarschijnlijk in dezelfde shocktoestand als Cassie.'

'Dat is jouw probleem.' Hij tilde Cassie op. 'Ik heb al meer dan genoeg te doen.'

'Het lukt je nooit. Je kunt misschien het hek uitkomen, maar bij het ziekenhuis zal een legertje geheime agenten staan te wachten.'

'Het lukt me wel,' zei hij terwijl hij langs haar heen liep. 'Breng Melissa naar beneden.'

Fike stond buiten op de gang. 'Kan ik iets doen?' Zijn gezicht vertrok toen Cassie opnieuw begon te schreeuwen. 'Christus, dat arme kind.'

Travis knikte. 'Je kunt ervoor zorgen dat er voldoende bewaking bij het ziekenhuis is.' Hij liep de gang in. 'En dat er een auto vol collega's van je achter de ambulance aan rijdt.'

'Voor het ziekenhuis is al gezorgd.' Fike rende voor Travis uit de trap af. 'En je kunt er donder op zeggen dat ik in de auto zit die achter het kind aan rijdt.'

'Mooi.'

'Wat is de bedoeling daarvan?' fluisterde Jessica verbijsterd.

'Dat ze het idee krijgen dat we aan dezelfde kant staan.' In de verte klonk het gejank van een sirene. 'Daar is de ambulance. Ga Melissa halen.'

Cassie was al in de ambulance gelegd toen Jessica het bordes af kwam met Melissa, die ze half ondersteunde en half droeg.

'Jezus,' mompelde Fike toen hij het verwarde en betraande gezicht van Melissa zag. 'Wat is er met haar aan...'

'Je weet toch dat ze ontzettend gehecht is geraakt aan Cassie.' Jessica duwde Melissa de ambulance in. 'Ze wil mee naar het ziekenhuis.' Ze keek Teresa aan terwijl ze meteen na Melissa in de ambulance stapte. 'Ik bel je zodra we op de spoedeisende hulp zijn.'

De broeder sloeg de deur dicht en rende om de auto heen naar de plaats naast de bestuurder. Met loeiende sirene raasde de am-

bulance de oprit af, gevolgd door de auto van de geheime dienst.
Jessica wendde zich met een ruk tot Travis. 'Schiet op en ga haar helpen,' zei ze fel.
'Dat was ik ook zeker van plan.' Travis knielde naast Cassie neer, pakte haar handen vast en begon tegen haar te praten.
Binnen vijf minuten begon ze al rustiger te worden en Jessica voelde de spanning wegebben. Wat er ook met de rest van hen zou gebeuren, Cassie en Melissa waren tot rust gekomen.
Travis keek op zijn horloge. Hij brak midden in een zin af, stond op en keek door de achterruit naar de auto van de geheime dienst die achter hen aan reed. 'Veel te dichtbij,' mopperde hij.
Hij was nog niet uitgesproken toen de ambulance nog sneller begon te rijden. Jessica viel opzij toen het voertuig met piepende banden een bocht in de weg nam.
Een hoge heuvel aan de ene kant. Een steil aflopende helling aan de andere kant.
Travis keek opnieuw door de achterruit. Nu lagen ze zeker tweehonderd meter op de auto voor. De ambulance stoof de heuvel op. Voor hen liep een wat meer glooiende helling omlaag naar een groepje bomen.
'Kom op, kom op,' mompelde hij. 'Nu.'
De snelweg achter hen kwam tot ontploffing. Vijftig meter beton werd de lucht in geslingerd. De auto met hun bewakers week uit om het gapende gat in het asfalt te vermijden, schoot vervolgens van de weg af en hobbelde over de steile helling naar beneden.
De ambulance stoof over het meer glooiende terrein naar de bomen toe.
'Hou je zuster vast.' Travis drukte Cassie stevig tegen zich aan terwijl de ambulance over de hobbelige grond bonkte.
Jessica sloeg haar armen om Melissa heen.
De ambulance kwam met piepende remmen tot stilstand en de achterdeur vloog open.
'Ik begon me al zorgen te maken,' zei Travis terwijl hij zich oprichtte en Cassie losliet. 'Dat was wel heel erg op het nippertje, Galen.'
'Ik voel me diep gekwetst. Het was echt niet gemakkelijk om die springstofladingen aan te brengen en het verkeer om te leiden. Meestal hoef ik me niet druk te maken over onschuldige passan-

ten.' Een man in een spijkerbroek en een T-shirt begon de brancard uit de ambulance te trekken. 'Is dit de kleine meid die mij de kop kan kosten?'

'Dat zal zeker gebeuren als je er niet voor zorgt dat we binnen twee minuten opstijgen.' Travis sprong uit het voertuig en hielp Melissa uitstappen. 'Die agenten van de geheime dienst zijn geen slome duikelaars. Ik schat dat we ongeveer vier minuten voorsprong hebben.'

Galens ogen waren op Melissa gevestigd. 'Wat is er met haar aan de hand?'

'Dat is een lang verhaal. Neem jij Cassie maar mee.' Hij tilde Melissa op en droeg haar naar de helikopter. 'Schiet op, Jessica.'

Jessica sprong uit de ambulance en rende naar de helikopter. De bestuurder van de ambulance en de broeder waren al in het vliegtuig geklommen. De man die Travis Galen had genoemd legde Cassie voorzichtig in de helikopter en hees toen Jessica naar binnen. Hij zwaaide naar de piloot. 'Wegwezen.'

De helikopter steeg op en schoot over de bomen heen toen de auto van de geheime dienst de open plek op stoof. Jessica spande haar spieren toen ze zag dat Fike uit de auto sprong en zijn pistool trok.

'Maak je geen zorgen,' zei Travis. 'Ze gaan heus niet in het wilde weg aan het schieten terwijl ze weten dat de dochter van de president aan boord is.'

Hij had gelijk. Er werd geen enkele kogel afgevuurd en een paar seconden later waren ze buiten schot.

Cassie schreeuwde.

Galen maakte een sprongetje van schrik. 'Godallemachtig.'

'Ze zit weer midden in die nachtmerrie. Ik had niet genoeg tijd om haar helemaal wakker te krijgen.' Travis kroop naar Cassie toe. 'Hoe veel tijd hebben we nog?'

'Tien minuten tot we op het vliegveld landen en in een ander vliegtuig moeten overstappen.' Galen trok een gezicht toen Cassie opnieuw schreeuwde. 'Doe daar alsjeblieft iets aan. Dat kind klinkt echt afschuwelijk.'

'Ik ben bezig. Ik hoop dat ik genoeg heb aan tien minuten.' Hij begon tegen Cassie te praten.

Met Mellie in haar armen keek Jessica toe. Vriendelijkheid.

Kracht. Vastberadenheid. Hoe kon hij van het ene op het andere moment zo veranderen? Vanavond in Cassies slaapkamer had ze hem wel kunnen vermoorden. Die neiging voelde ze nog steeds. Hij had niet meer gedaan dan hij moest doen en alleen wanneer het hem uitkwam.

'De wonderen zijn de wereld nog niet uit, hè?' Galen zat ook naar Travis te kijken. 'Hij slaagt er echt in om tot haar door te dringen. Wat is zijn geheim?'

'Hij heeft een voorsprong omdat hij in Vasaro was.'

Galen knikte. 'Ja, dat klopt. Ik kan me nog herinneren dat hij met haar uit die studeerkamer kwam. Ik zei tegen hem dat we ervandoor moesten, maar hij wilde het kind niet alleen laten. Het heeft me verdomd veel moeite gekost om hem daar later weg te krijgen.'

'Was jij die avond ook in Vasaro?'

'Zeker weten.' Hij grinnikte. 'Je hebt misschien gehoord dat Travis de grote held was, maar in werkelijkheid was ik dat. Ik was alleen veel te bescheiden om te blijven plakken en al die complimentjes in ontvangst te nemen.' Zijn glimlach verdween als sneeuw voor de zon. 'Maak je maar niet ongerust, we krijgen jullie wel veilig weg. Ik heb alles geregeld.'

'Waarom zou ik me niet ongerust maken? Ik weet niet eens precies wat er vanavond is gebeurd. Hoe wist je dat we een ambulance zouden bellen?'

'Toen Travis wist dat Andreas van plan was om hem op een veilige plek op te bergen, heeft hij mij gebeld en me opdracht gegeven zo gauw mogelijk een wagen met geluidsapparatuur te regelen.'

Ze fronste verbaasd. 'Om het telefoontje naar het ziekenhuis te onderscheppen?'

'O, dat kwam pas later. Hij wilde dat ik zijn verblijfplaats in Juniper zou opsporen met behulp van het signaal van zijn telefoon. En hij wist niet zeker of die jongens van de geheime dienst wel gehoor zouden geven aan het bevel van de president om zijn gesprekken niet af te luisteren. Hij wilde dat mijn jongens af en toe het signaal van hun satellietontvanger zouden verstoren als ik een bepaald codewoord tegenover Van Beek gebruikte. Niet constant natuurlijk, anders zouden ze het door hebben gehad.'

'Van Beek?'

'Laat maar zitten. Ik denk dat ik mijn mond toch al voorbij gepraat heb.'

'Ja, dat denk ik ook. En al dat technische gedoe is toch voor niets geweest.' Ze schudde haar hoofd. 'Andreas zal alle opsporingsdiensten in het land achter ons aan sturen.'

'Ik geef toe dat het een hele uitdaging is.'

Ze keek hem verbijsterd aan.

'Oké, misschien loop ik wat meer risico dan gewoonlijk het geval is.' Hij haalde zijn schouders op. 'Maar Travis heeft me beloofd dat het de moeite waard zal zijn.'

'Hij zal ervoor zorgen dat de ontvoering van de dochter van de president de moeite waard zal zijn?'

Hij trok een gezicht. 'Dat hoef je me niet onder de neus te wrijven. Zolang het maar stapje voor stapje gaat, heb ik er geen moeite mee. Toen hij me voor het eerst vertelde wat hij van plan was, had ik hem het liefst de nek omgedraaid. Ik had bij onze laatste ontmoeting tegen Travis gezegd dat ik geen zin meer had om constant op de rand van de afgrond te balanceren.'

'Maar toch doe je dit voor hem. Waarom?'

'Ik sta bij hem in het krijt.' Hij haalde zijn schouders op. 'Maar toch, als dit een normaal karwei was geweest, had ik tegen hem gezegd dat hij maar iemand anders moest zoeken. Deze klus betekent heel veel voor hem.'

'Geld?'

'O ja, dat ook, maar er komt nog iets anders bij kijken. En bovendien,' voegde hij eraan toe, 'mag ik hem graag. God mag weten waarom. Hij is geen man die gemakkelijk vrienden maakt. Je moet echt dwars door muren heen om hem te bereiken.'

'Dan had ik me die moeite maar bespaard.' Ze wendde haar blik af van Travis. 'Naar welk vliegveld zijn we op weg?'

'Een privévliegveld ten noorden van Baltimore. Daar stappen we over in de jet en als alles goed gaat, zijn we morgenochtend in Antwerpen. Vandaaruit rijden we naar Amsterdam.' Hij trok een gezicht. 'Dat is de eerste plek waar ze hem zullen zoeken en dat heb ik ook tegen hem gezegd, maar hij zei dat het niet anders kon.'

Ze schudde verbijsterd haar hoofd. 'Je klinkt alsof het doodsimpel is om de halve wereld rond te reizen. Ik heb niet eens mijn paspoort bij me.'

'Dat geeft niet. Ik heb allerlei papieren voor jullie. Dat is allemaal in de prijs inbegrepen. Natuurlijk moet je wel aan je nieuwe naam wennen. Ik geloof dat het Mary is, of Marilyn, zoiets. Je zult er niet vaak gebruik van hoeven te maken. We laten meestal de douane en zo links liggen. Fluitje van een cent.'

Valse papieren. Illegaal een land binnenkomen. Een fluitje van een cent? Door de luchtige manier waarop hij erover sprak, kreeg ze het idee dat criminele praktijken voor hem aan de orde van de dag waren. Voor haar was dit alles volkomen nieuw en angstaanjagend. 'Dat kan ik nauwelijks geloven.'

'Je merkt het vanzelf wel.' Zijn blik viel op Melissa. 'Ze ziet er wat beter uit. Ze krijgt weer wat kleur in haar gezicht. Gebruikt ze drugs?'

'Nee.'

'Is ze ziek?'

'Nee.' Ze legde haar arm nog iets steviger om Melissa's schouders. 'Ze knapt zo wel weer op.'

Melissa werd wakker toen ze uit de helikopter stapten.

'Jessica...' Ze keek versuft om zich heen. 'Wat is er in jezusnaam...'

'Alles is in orde.'

'Nee, dat is niet waar. Alles gaat mis vannacht. Kapot. Ik ben echt kapot...'

'Kun je lopen?'

'Ik zal het proberen... wel langzaam dan. Ik loop echt te tollen... en m'n knieën knikken.'

'Langzaam gaat niet.' Galen tilde haar op en begon naar de kleine privéjet te rennen. 'Hou je maar goed vast, dan zijn we er zo.'

Melissa keek fronsend naar hem op. 'Wie ben jij?'

'Sean Galen.'

'Alles is in orde, Mellie.' Jessica rende met hem mee. 'Ik zal het je straks wel uitleggen.'

'Dat is je geraden.' Haar ogen vielen dicht. 'Ik ben nu nog te moe om na te denken. Waar is Travis?'

'Bij Cassie.'

'Mooi.'

Plotseling vlogen haar ogen weer open en ze staarde Galen aan.

'Nee. Niet doen.'

Hij keek op haar neer.

'Niet...' Haar ogen zakten weer dicht. 'Jessica, laat hem niet...'

Ze sliep weer.

Galen rende de vliegtuigtrap op en legde Melissa op een leren bank. Hij knikte naar het gordijn dat het vliegtuig in tweeën deelde. 'Travis is voorin met het kind. Ga zitten en maak jullie veiligheidsriemen vast.' Hij ging op weg naar de cockpit. 'We vertrekken meteen.'

'Wacht even.'

Hij keek om.

'Ik ga Andreas bellen.'

Hij bleef abrupt staan. 'Dat zou ik maar eerst met Travis overleggen.'

'Het kan me niet schelen wat Travis ervan vindt. Ik bel Andreas om hem te vertellen dat Cassie in veiligheid is. Maak je geen zorgen,' voegde ze er droog aan toe, 'ik zal de zaak heus niet verraden.'

'Hij gelooft je vast niet, maar ik denk niet dat het kwaad kan. Zorg dat het niet langer dan twee minuten duurt. Ik zeg het wel tegen Travis.' Hij verdween achter het gordijn.

Ze haalde even diep adem en toetste het nummer van Andreas in.

'Gemeen kréng.'

'Ik snap best dat u dat zegt.'

'Hoeveel geld heb je gekregen om mijn dochter te ontvoeren?'

'Het ging niet om geld. Ik had geen keus. Ik was bang dat Cassie iets zou overkomen en ik wist niet hoe ik het anders moest oplossen.'

'Je zei dat het beter met haar ging.'

'Het gíng ook beter met haar, maar dat was iets tijdelijks en...'

Travis stond voor het gordijn dat het gangetje afsloot en gebaarde dat ze het gesprek niet te lang mocht maken.

'Ik moet ophangen. Ik wilde alleen maar tegen u zeggen dat we geen van allen uw dochter kwaad willen doen.'

'Wat wil je van me?'

'Niets.'

'Ik wil met Travis praten. Geef me die smeerlap.'

'Hij wil dat ik nu de verbinding verbreek.'

'Zeg tegen hem dat we hem aan het kruis zullen nagelen als hij haar ook maar met een vinger aanraakt. En dat geldt ook voor jou.'

'Ik heb het idee dat ik er precies zo over zou denken. U moet doen wat u goed acht. Maar Cassie is in veiligheid en we zullen ons best doen om dat zo te houden.' Ze verbrak de verbinding en keek Travis aan. 'Dat moest ik doen. Ik kon hem niet door die hel laten gaan.'

'Je zult mij niet horen protesteren. Het enige dat ik wilde, was dat je zou ophangen voordat ze het gesprek konden traceren.' Hij draaide zich om. 'Maak je riem vast.'

Tokio

Andreas draaide zich met een ruk om en keek Keller aan. 'Kon je vaststellen waar ze zitten?'

De man van de geheime dienst schudde zijn hoofd. 'Ze heeft te snel opgehangen. Als we maar dertig seconden langer hadden gehad...'

Andreas balde zijn vuist zo stijf dat zijn knokkels wit werden. 'Wat schieten we in jezusnaam op met al die Star Wars-technologie als jullie niet eens een simpel telefoontje kunnen traceren? Als jullie niet eens een kind kunnen vinden dat...' Hij moest even ophouden en wachten tot hij zijn stem weer in bedwang had. 'Je had me beloofd dat ze op Juniper veilig zou zijn. Zorg er verdomme nu maar voor dat je mijn Cassie vindt.'

'Ja, meneer, ik heb Danley al op de hoogte gebracht.'

'Hebben ze die contactpersoon van Travis in Amsterdam opgepakt?'

Hij schudde zijn hoofd. 'Vijf minuten nadat we wisten wat Travis had gedaan, waren ze in de flat van Van Beek in Amsterdam. Maar hij was hun al tussen de vingers door geglipt.'

'Zeg dan tegen Danley dat hij hem opspoort.'

'Danley stapt over twintig minuten in D.C. op een vliegtuig. Moeten we de media op de hoogte brengen van de ontvoering?'
'God, nee. Als de hele wereld weet dat Cassie ergens zonder bewaking uithangt en kwetsbaar is, kan ze ook het doelwit worden van andere groeperingen. En hoe weten we verdomme dat Travis niet terugbelt om eisen te stellen? Ik heb alleen dat kreng van een psychiater gesproken. We weten eigenlijk nog niets en tot we zeker weten waar we aan toe zijn, zorg jij er maar voor dat niemand te horen krijgt dat Cassie wordt vermist. Gaan júllie maar naar haar op zoek.'
'Als Travis op weg is naar Amsterdam is de kans groot dat we internationale hulp nodig hebben.'
'Stuur de foto's van Travis en Jessica Riley maar naar alle politiekorpsen in Europa. Met de mededeling dat de regering van de Verenigde Staten hun medewerking bij de aanhouding van dat stel bijzonder op prijs zou stellen. Verzin maar een of andere reden. Noem ze... terroristen of zoiets. Maar geen woord over Cassie.'
'Goed, meneer de president.'
'Ik ga terug naar Washington. Verzin een of ander excuus en laat de vice-president hier komen om me te vervangen. Zeg maar dat ik griep heb of zo.'
'Ja, meneer.'
'En Keller.'
'Ja, meneer?'
'Mijn vrouw mag het niet te weten komen.' Zijn stem klonk onvast. 'Tot jullie mijn dochter terugbrengen, mag ze niet te horen krijgen dat Cassie niet veilig op Juniper zit.'

11

Melissa werd pas weer wakker toen ze boven de Atlantische Oceaan vlogen.

Getril. Het geronk van motoren. Een vliegtuig...

Een vliegtuig?

Jessica. Waar was Jessica? Ze ging met een ruk rechtop zitten. 'Sst. Alles is in orde.' Jessica dook plotseling naast haar op. 'Niets aan de hand, Mellie.'

'Daar geloof ik geen barst van.' Ze keek om zich heen. Het was inderdaad een vliegtuig en ze lag op een leren bank. 'Ik heb het idee dat alles goed mis is. Cassie?'

'Zij ligt voorin te slapen. Travis is bij haar. Ik wilde bij jou blijven.'

'Is alles goed met haar?' Ze groef in haar geheugen. 'Er was een ambulance...'

'Die had Travis geregeld.'

'En dit vliegtuig?'

'Ook Travis, met zijn vriend Sean Galen.'

'Waar gaan we naar toe?'

'Naar Amsterdam. Via Antwerpen.'

'Amster...' Ze haalde even diep adem en zei langzaam: 'Volgens mij heb je me wel het een en ander uit te leggen. Ik val in slaap op Juniper en als ik wakker word, ben ik op weg naar Amsterdam?'

'Wil je een kop koffie?'

'Nee, ik zou graag precies willen weten wat je allemaal voor mij verborgen hebt gehouden.'

Jessica zuchtte. 'Mij best, maar ik dacht dat je misschien wat cafeïne kon gebruiken voordat ik je het hele verhaal voorschotel.'

Het kostte haar een paar minuten om precies te vertellen met welk dilemma Travis haar had geconfronteerd.

Melissa begon te vloeken. 'Ik geloof het gewoon niet. Ik heb je eergisteravond nog gevraagd wat er aan de hand was en toen heb je gewoon tegen me gelogen.'

'Nee, niet waar. Ik heb je alleen niet alles verteld. Nou ja, goed, ik heb tegen je gelogen.'

'Waarom?'

'Ik was degene die moest beslissen of ik wel of niet op het voorstel van Travis in zou gaan en jij zou alleen maar voor complicaties hebben gezorgd.'

'Moest jíj dat beslissen? Ik heb er anders ook behoorlijk veel mee te maken. Ik vind dat je mij ook het recht had moeten geven een duit in het zakje te doen.'

'Cassie is mijn patiënt.'

'En je beschouwt mij ook nog steeds als een patiënt. Dus heb jij automatisch de leiding, hè? Nou, ik ben geen patiënt meer en zo mag je me ook niet meer behandelen. Ik ben niet ziek en ook niet geschift, dus ik kan best voor mezelf beslissen.'

'Die indruk kreeg ik gisteravond anders niet.'

'Dat is een rotopmerking.'

'Maar wel je verdiende loon. Je bent dan misschien geen patiënt van me, maar zo lang die band tussen Cassie en jou bestaat, is het gevaar voor jou even groot als voor haar. Denk je soms dat ik zal toestaan dat jou iets naars overkomt, omdat ik bang ben om jou op je teentjes te trappen?'

Melissa zat haar even aan te kijken en zei toen met tegenzin: 'Verdomme, je had me best voor deze ene keer gelijk kunnen geven, Sint Jessica. Ik loop over van volkomen terechte verontwaardiging en jij maait me gewoon al het gras voor m'n voeten weg.'

Ze schudde haar hoofd. 'Maar je had het me toch moeten vertellen. Samen hadden we misschien een manier gevonden om Travis buiten spel te zetten. Dat hele plan van hem is ronduit waanzinnig.'

'Denk je soms dat ik dat niet weet? Maar ik zag geen enkele uitweg. We hebben hem nodig.'

Melissa besefte geërgerd dat ze daar niets tegen in kon brengen. 'Maar waarom Amsterdam?'

'Travis moet daar voor zaken zijn.' Ze aarzelde. 'Wat ik je nog niet heb verteld, is dat ik hem heb laten beloven dat hij iets voor me zou regelen. Namelijk... de Winddanser.'

Melissa verstijfde. 'Waarom?'

'Ik heb hem zover gekregen dat hij me heeft beloofd dat hij een manier zou vinden om Cassie en dat standbeeld weer samen te brengen.'

'Nee.'

'Ja.' Ze keek neer op Melissa's gebalde vuisten die op de deken lagen. 'Ik wist dat je daar overstuur van zou raken, maar je vergist je echt. Ik geloof dat dit de kans is om haar te helpen. Ik weet niet of ik erop kan rekenen dat Travis woord houdt, maar ik zal mijn best doen om hem geen kans te geven eraan te ontkomen. Ik ben niet van plan om aan deze hele waanzinnige toestand mee te werken zonder er zelf ook profijt van te hebben.'

Melissa voelde hoe haar maag in opstand kwam. 'Hoe moet ik je er in godsnaam van overtuigen dat je een grote fout maakt?' jammerde ze.

'Dat lukt je toch niet. Het is mijn patiënt. En mijn beslissing.' Ze kneep even in haar hand. 'Ik ben bang dat je je daar dit keer maar gewoon bij neer moet leggen.' Ze stond op. 'Ik denk dat ik nu maar eens koffie ga zetten en een paar broodjes ga maken. Als je die nachtpon uit wilt trekken vind je schone kleren en een tandenborstel in de badkamer. Daar staat een weekendtas, voorzien van een keurig labeltje met jouw naam.' Ze liep door het gangpad naar het achterste stuk van het vliegtuig. 'Galen schijnt overal voor gezorgd te hebben.'

Galen. Melissa moest plotseling weer denken aan de man die haar naar de jet had gedragen. Donker haar, donkere ogen, vlug, sterk...

En gevaarlijk. Heel gevaarlijk.

Dezelfde indruk had ze destijds van Travis gekregen. Hij was waarschijnlijk nog gevaarlijker dan Galen. In ieder geval gevaarlijker voor haar, want hij was degene die Jessica de Winddanser had beloofd. Ze moest met Travis praten en tegen hem zeggen dat hij dat verdomde standbeeld uit zijn hoofd moest zetten.

Ogen van smaragd...

Niet nu. Niet aan denken. Ze was overstuur, ze trilde van top tot teen en ze moest helder kunnen nadenken als ze het tegen Travis opnam.

Jezus, de Winddanser. Alsof de toestand al niet erg genoeg was...
Ze stond op en liep naar de badkamer.

'Ik wil met je praten.'
Travis keek op van zijn aantekenboekje. 'Hoe voel je je, Melissa?'
'Des duivels.' Ze wierp een blik op Cassie. Haar ogen waren gesloten en ze lag waarschijnlijk te slapen. Maar ze kon beter geen risico nemen. 'We moeten praten. Onder vier ogen.'
'Dat verbaast me niets.' Hij stond op en liep het gangpad in. 'We kunnen haar hiervandaan ook in het oog houden.'
'Je bezorgdheid is gewoon roerend als je nagaat wat je haar allemaal hebt aangedaan.'
'Ik kon geen andere oplossing bedenken. Ik weet dat het voor haar heel moeilijk is geweest... net als voor jou.'
'Je weet er geen zak van.' Haar stem trilde. 'We vertrouwden jou en je hebt ons laten stikken. En alsof dat nog niet erg genoeg is, heb je Jessica ook bij deze stommiteit betrokken. Als ze niet de gevangenis indraait, wordt ze geheid uit haar ambt ontzet. Ik zou je het liefst de nek omdraaien.'
'Ik zal wel zorgen dat Jessica er geen schade van ondervindt.'
'En Cassie? Jessica heeft me verteld dat jij haar hebt beloofd dat je de Winddanser regelt. Dat mag je niet doen. De Winddanser brengt ongeluk.'
'Als Cassie bang is geworden voor dat standbeeld, moet ze misschien gewoon die angst onder ogen zien.'
'Het brengt ongeluk.'
Hij keek haar aandachtig aan. 'Als Cassie op zoek is naar dat standbeeld kan ze er toch niet echt zo slecht over denken?'
Ze gaf geen antwoord. 'Als het in het Musée d'Andreas is, hoe moet je het dan in handen krijgen? Er zullen vast allerlei veiligheidsmaatregelen voor getroffen zijn.' Ze haalde haar schouders op. 'Ach, waar maak ik me ook druk over? Je zult die belofte aan Jessica toch niet waar kunnen maken. We worden in Amsterdam vast meteen opgepakt.'
'Vind je dat een prettig idee?'
'Ja. Waarom gaan we trouwens naar Amsterdam toe? Is dat niet de eerste plaats waar ze jou zullen zoeken?'

'Ja. Maar ik heb daar iets te doen. Ik heb een afspraak met mijn vriend.'

'Heb je een vriend? Hij kent je vast nog niet lang.'

'Hij heeft me mijn hele leven gekend. Hij was de partner van mijn vader. Ze hebben me samen opgevoed.' Hij glimlachte. 'Hij zegt dat hij me graag mag, maar ik denk dat hij gewoon niet wil toegeven dat ik niet bepaald een succes ben geworden.'

'Dat zit er dik in.' Ze keek hem strak aan. 'Ik zal ervoor zorgen dat je dit niet ongestraft kunt doen, Travis. Ik wil niet afhankelijk zijn van zo'n smeerlap als jij en wat mij betreft geldt dat ook voor Cassie. En als ik een manier kan vinden om ons uit jouw handen te bevrijden, bel ik Andreas op en dan laat ik je oppakken voor je zelfs maar met je ogen kunt knipperen.'

'Ik mag dan een smeerlap zijn, maar ik heb jullie tenminste niet in de steek gelaten. Ik had jullie allemaal kunnen laten barsten en er in mijn eentje in die helikopter vandoor kunnen gaan. Dan zou er lang niet zo fel jacht op me worden gemaakt.'

'Het verbaast me dat je dat niet hebt gedaan.'

'Ik had Jessica een belofte gedaan.' Hij trok een gezicht. 'En je zult me wel niet geloven, maar ik kon het idee niet verdragen dat het kind onder al dat gedoe zou lijden.'

'Je hebt gelijk, ik geloof je niet.' Ze draaide hem de rug toe.

Hoezo kalmte en overredingskracht? Ze had haar geduld niet mogen verliezen, dan had ze hem misschien zover kunnen krijgen dat hij van gedachten veranderde. Dus moest ze zich concentreren op waar ze hem mee gedreigd had. Ze moest een manier vinden om zich van hem los te maken. Cassie was de band die hen bij elkaar hield. Als die werd doorgesneden, konden ze allemaal hun eigen weg gaan.

Maar hoe moest ze dat voor elkaar krijgen?

Ze had zelf iets meer afstand van Cassie kunnen nemen tijdens de laatste vier nachtmerries, maar het ging ontzettend langzaam. Daar had ze zich nauwelijks zorgen over gemaakt, omdat ze had gedacht dat ze tijd genoeg had.

Maar nu kwam ze echt in tijdnood. Hoe snel na de landing in Amsterdam zou Travis zijn aandacht kunnen richten op de Winddanser? Eigenlijk zou hij niet in staat moeten zijn om iets aan dat standbeeld te doen, maar verdomme, hij had het ook klaargespeeld om hen van Juniper weg te krijgen en de kans dat hij daarin zou slagen was ook piepklein geweest.

'En? Heb je al je woede over het hoofd van mijn arme vriend uitgestort?'

Ze keek om en verstarde. Hij was langer dan ze zich herinnerde, maar in die ogen kon ze zich niet vergissen. 'Jij bent Sean Galen.'

'Die eer is geheel aan mij.' Ze bespeurde iets van een Brits accent toen hij vervolgde: 'Ik ben gevleid dat je toch iets van mijn sprankelende persoonlijkheid hebt opgevangen. Ik had moeten weten dat ik zelfs op iemand die zwaar verdoofd is een onvergetelijke indruk maak.'

'Wie heeft gezegd dat ik verdoofd was? Jessica?'

'Nee, maar de symptomen waren onmiskenbaar.'

'Ik was niet verdoofd.' Ze ging op de bank zitten. 'En dat betekent dat jij de plank behoorlijk mis kunt slaan, hè? Hoe wist je trouwens dat ik ruzie had met Travis? Ik heb je niet gezien.'

'Ik was in de cockpit en ik deed net de deur open toen jij hem onder handen nam. Aangezien ik beroemd ben om mijn discretie heb ik me gedeisd gehouden tot jij ervandoor ging. Zal ik een een kopje koffie voor je uit de kombuis halen?'

'Nee, ik wil even rusten.'

'Je ziet er anders heel uitgerust uit.'

'Maar we hebben net al geconstateerd dat jij het niet altijd bij het rechte eind hebt.'

'Au.' Hij trok een gezicht. 'Aangezien ik natuurlijk niet bereid ben mijn ongelijk te bekennen, moet ik er wel van uitgaan dat je probeert van me af te komen.'

'Dat lijkt me een redelijke veronderstelling.'

Hij hield zijn hoofd schuin en keek haar vragend aan. 'Waarom? Doorgaans staan de mensen in de rij om van mijn gezelschap te mogen genieten.'

'Voordat je ze doodschiet?'

Zijn glimlach verdween als sneeuw voor de zon. 'Hé, dat is echt iemand onderuithalen. En ik dacht nog wel dat we zo goed met elkaar konden opschieten. Waarom zei je dat?'

Ze wendde haar blik af. 'Je bent een vriend van Travis. Jessica zei dat je ook in Vasaro was en hem hebt geholpen van Juniper te ontsnappen. Ik kan heel goed twee bij twee optellen.' Ze leunde achterover op de bank. 'Als je het niet erg vindt, zou ik nu graag willen rusten.'

'Ik ga al.' Hij hurkte naast haar neer. 'Maar ik wil je nog één ding vragen.'

'Wat zou je nog moeten vragen? Ik weet zeker dat je mijn hele gesprek met Travis afgeluisterd hebt, terwijl je jouw beroemde discretie in de praktijk bracht.'

'Ja, dat was heel boeiend. Ik zal Travis straks wel vragen wat het allemaal precies te betekenen had. Maar deze vraag heeft niets met hem te maken.' Hij keek haar strak aan. 'Toen ik je naar het vliegtuig droeg, keek je naar me op en zei: "Niet doen. Jessica, laat hem dat niet doen." Wat bedoelde je daarmee?'

'Hoe moet ik dat weten? Ik bazelde maar wat.' Ze moest hem af-bluffen. 'Per slot van rekening kun je niet van iemand die zwaar verdoofd is verwachten dat ze zinnige taal uitslaat.'

'Die zit.' Hij stond op. 'Mijn verdiende loon. Moet ik maar geen intieme vragen aan een vreemde stellen.'

'Dat was helemaal geen intieme vraag.'

'O nee?' Hij glimlachte. 'Ik had het idee van wel. Maar dat doet er niet toe, we komen er later nog weleens op terug.'

Ze keek hem na toen hij wegliep. Haar eerste indruk was juist geweest. Galen was een bijzonder gevaarlijk man en hoe minder ze met hem te maken had des te beter het was. Ze moest hem uit haar hoofd zetten.

En in plaats daarvan aan Cassie denken.

De band verbreken.

Maar hoe?

Er moest een manier zijn om voor elkaar te krijgen dat Cassie bij die nachtmerries niet langer het heft in handen had. Het meisje was sterk, maar het was iedere keer opnieuw hartverscheurend duidelijk dat ze ontzettend eenzaam...

Mijn god.

Waarom zou ze het pas op het slechtst denkbare moment tegen Cassie opnemen? Ze hoefde toch niet te wachten tot ze meege-sleept werd in een van die nachtmerries, ze kon ook proberen om binnen te dringen in een minder heftige droom of contact met haar te leggen als ze sliep.

Ze was stapelgek. Zoiets had ze nog nooit eerder geprobeerd en het vooruitzicht joeg haar angst aan. Ze had ook echt geen flauw idee of het mogelijk was. Maar als Cassie in staat was om Melissa mee te sleuren naar haar tunnel als ze vast in slaap was, waarom zou zij dan niet in staat zijn om daar uit eigen beweging naar toe te gaan?

Omdat ze bij dit soort dingen aan bepaalde regels gebonden was? Maar regels konden doorbroken worden.

Ze moest het gewoon proberen. En ze kon het best de daad bij het woord voegen, want nu lag Cassie te slapen.

Melissa sloot haar ogen. Hoe moest je in vredesnaam zoiets klaarspelen?

Concentratie...

Amsterdam

'Ik wil de spullen morgenochtend in ontvangst nemen, Van Beek.' Karlstadt keek uit over de gracht. 'En geen trucjes, alsjeblieft.'

'Ik ben niet van plan mijn reputatie te verpesten. U weet best dat ik er nog nooit van beschuldigd ben dat ik een van mijn klanten belazerd heb.'

'Jouw voorstel om de overdracht in een park plaats te laten vinden bevalt me niets. Goeie genade, er is daar zelfs een speelplaats. Er lopen vast veel te veel mensen rond. Ik kom morgen om negen uur wel naar je appartement toe.'

'Travis vindt het een prettig idee dat er veel mensen rondlopen. Het is veel gemakkelijker om in een menigte te verdwijnen. We doen het in het park of helemaal niet. Ik heb u verteld hoe het in zijn werk zal gaan en daar houden we ons aan.'

Karlstadts mond werd een dunne streep. 'Pas goed op dat je niet verdwijnt voor ik de spullen gecontroleerd heb.'

'Ik ben ervan overtuigd dat u van plan bent ons te laten volgen tot u alles gecheckt hebt.' Hij zweeg even. 'O, heb ik u eigenlijk al verteld dat u morgen maar de helft zult krijgen? De andere helft wordt u in Johannesburg toegestuurd.'

'Wat?'

'Gewoon een voorzorgsmaatregel. Natuurlijk maakt u vanavond

al de helft van het geld over naar het Zwitserse rekeningnummer dat ik u heb opgegeven. De andere helft krijgen we dan morgen in het park.'

'En als jullie nu besluiten om de helft van het geld in te pikken en mij laten zitten?'

'Dat risico moet u nemen. Maar we weten allebei heel goed dat Travis nog nooit zijn woord gebroken heeft als hij met iemand een afspraak heeft en het zou een stomme streek van hem zijn om u te belazeren. Hij weet dat u hem dan tot in alle uithoeken van de wereld op zult jagen en hij hecht te veel waarde aan een luxueus bestaan om de rest van zijn leven in een derdewereldland ondergedoken te zitten. De enige vraag die u zich zou kunnen stellen, is of Travis de spullen werkelijk in zijn bezit heeft.' Hij glimlachte. 'En ik weet zeker dat u dat allang hebt nagetrokken.'

'Hij heeft ze.' Karlstadts stem klonk ruw. 'Als dat niet zo was, zouden de Russen niet achter hem aan zitten.'

'Wat een mazzel dat u met Travis te maken hebt in plaats van met die onredelijke Russen, hè?' Hij draaide zich om. 'Dus ik zie u morgen, meneer Karlstadt, en ik zal vanavond de Zwitserse bankrekening controleren.'

'Van Beek?'

'Ja?'

'Er zijn me de laatste paar uur een paar vervelende geruchten ter ore gekomen met betrekking tot uw meneer Travis. Geruchten over bemoeienis van de Amerikaanse geheime dienst en de CIA.'

Die had hij ook gehoord, maar hij had gehoopt dat ze Karlstadt waren ontgaan. 'Ik ben ervan overtuigd dat daar niets van klopt.'

'Het kan me niet schelen op welke manier Travis zich de ergernis van de Amerikanen op de hals heeft gehaald. Ik wil u alleen duidelijk maken dat het geen invloed mag hebben op het nakomen van onze afspraak. Dat zou ik bijzonder irritant vinden.'

'Dat zal hij ongetwijfeld weten te vermijden.' Hij zweeg even. 'Goedenavond, meneer Karlstadt.' Hij liep haastig de brug over en de straat in. Hij voelde Karlstadts blik in zijn nek, maar hij keek niet om. Karlstadt hield van dat soort intimidatiespelletjes en hij zou het ontzettend leuk vinden als hij wist dat Van Beek zich niet op zijn gemak voelde.

En dát hij zich niet op zijn gemak voelde, stond vast. Er zaten te

veel bijkomstigheden aan deze zaak waarmee Travis hem had opgescheept. Hij kon Karlstadt wel aan, maar dat gedoe met Henri Claron maakte hem zenuwachtig. Hij werd te oud om zich met
zoveel dingen tegelijk bezig te moeten houden.
Hij keek naar de lucht. Travis zou over een paar uurtjes hier moeten zijn en dan kon hij de hele handel aan hem overgeven. Travis was even jong en scherp als Van Beek in de tijd dat hij met
de vader van Travis samenwerkte. God, wat leek dat lang geleden.
Nog een paar uurtjes...

'Je bent bij me.'
*In de duisternis die haar omgaf, waren Cassies blijdschap en op-
winding voor Melissa bijna tastbaar. 'Daar lijkt het wel op. Maar
ik heb er wel lang over moeten doen om hier te komen. Het duurt
even voor je het trucje doorhebt.'*
'Blijf je bij me?'
'Nee, ik kom alleen even op bezoek.'
'Oké.' Teleurstelling. 'Ik ben zo alleen.'
*'Daar hebben we het al eerder over gehad. Je hoeft helemaal niet
alleen te zijn.'*
*'Niet als jij blijft.' Het was even stil. 'We zijn niet... samen. We
horen samen te zijn.'*
*'Nee, helemaal niet. We zijn vrienden en dat kunnen we net zo
goed zijn zonder helemaal in elkaar op te gaan.'*
'Samen is beter.'
*Melissa kon voelen hoe het kind zich inspande om haar dichter-
bij te sleuren en haar te absorberen. Jezus, wat had ze een kracht.*
'Hou daarmee op, anders ga ik weg.'
'Je gaat toch weg.' Verdrietig. 'Dat heb je zelf gezegd.'
'Maar als je zorgt dat ik het niet naar vind, kom ik weer terug.'
*'Samenzijn is niet naar.' Maar de poging om zich met haar te ver-
smelten werd zwakker en hield ten slotte op.*
*'Voor mij wel. Ik wil vriendjes met je worden, net als je mama
en je papa.'*
'Weg.'
'Dat hoeft helemaal niet.'
'Ze kunnen niet in de tunnel komen.'

'Maar jij kunt wel naar buiten komen.'
'Weg.' Melissa kon Cassies paniek voelen, als een fladderend vogeltje in gevangenschap. 'Ze kunnen niet binnen komen.'
En Cassie wilde niet eens overwegen om naar buiten te komen. Maar ze kon haar geleidelijk aan het idee laten wennen. Jessica dacht dat het hielp als je constant op een bepaald punt bleef hameren en ze maakte daar bij haar therapie vaak gebruik van. 'Samen.' Cassie wendde opnieuw al haar kracht aan om haar naar zich toe te sleuren.
Melissa kon haar pas na een paar slopende minuten afweren. Toen ze zich uiteindelijk losmaakte, voelde ze zich zo slap als een vaatdoek. 'Zo is het mooi geweest. Ik heb je gewaarschuwd. Vaarwel, Cassie.'
'Nee.' Verdriet. Paniek. 'Blijf. Ik zal het nooit meer doen.'
'Goed, dan blijf ik nog heel eventjes. Maar het is hier wel saai in die tunnel. Geen bomen, geen vijvers. Niets moois...'
'Veilig.'
'Saai.'
'Niet als we de Winddanser vinden. Hij zal ervoor zorgen dat alles... Wat is er? Je bent bang.' Paniek. 'Komen de monsters er aan?'
'Nee.' Melissa probeerde haar angst te verhullen. 'Geen monsters. En we hebben de Winddanser helemaal niet nodig. Zal ik je eens iets vertellen over Juniper, het huis waar ik ben opgegroeid? Jij hebt er maar een kamer van gezien, maar er is nog veel meer. Een vijver, wilgen en een prieeltje dat helemaal begroeid is met paarse clematis...'

'Mellie.' Melissa besefte slaperig dat Jessica haar wakker probeerde te schudden. 'Word eens wakker. We landen over een paar minuten.'
Daardoor was ze meteen klaarwakker. Ze ging rechtop zitten en deed haar ogen open. 'In Amsterdam?'
'Nee, in Antwerpen. Op een of ander afgelegen vliegveldje dat volgens Galen altijd door drugshandelaren wordt gebruikt.'
'Geweldig. Dat is precies het soort mensen waar ik altijd dolgraag kennis mee heb willen maken.
'Hij heeft een personenbusje geregeld waarin we naar Amster-

dam kunnen rijden.' Jessica stond haar fronsend aan te kijken. 'Je sliep ontzettend vast. Het kostte me de grootste moeite je wakker te krijgen.'

Dat verbaasde haar helemaal niet. Ze was volslagen uitgeput geweest toen het haar eindelijk was gelukt om bij Cassie weg te komen. Ze was nog steeds helemaal leeg. 'Ik heb een zware nacht gehad.' Ze stond op en liep naar de badkamer. Waarom had ze Jessica niet verteld dat ze erin was geslaagd Cassie te bereiken? Ze had het altijd vervelend gevonden om dingen voor Jessica te verbergen, maar de laatste tijd scheen ze niets anders meer te doen. Nou ja, dat kon later ook nog. Ze had eigenlijk nog niets bereikt en Jessica had al genoeg moeite met het feit dat Melissa betrokken was bij Cassies nachtmerries. Melissa kon zich goed voorstellen dat ze helemaal gek zou worden als ze haar vertelde dat ze gewoon even bij Cassie op bezoek was gegaan terwijl ze lag te slapen.

Gewoon? Het zou haar nog moeite genoeg kosten voordat ze zover was dat ze het in een handomdraai kon klaarspelen. Alleen de poging om bij haar contact met Cassie het heft in handen te nemen was al een gigantische inspanning geweest.

Travis en Sean Galen zaten te wachten toen ze uit de badkamer kwam.

'Ga zitten,' zei Travis. 'We zijn al aan het dalen.'

'Waar is Jessica?' Ze ging zitten en maakte haar veiligheidsriem vast.

'Voorin, bij Cassie. Ze wilde bij haar zijn voor het geval het kind wakker werd en tekenen van angst vertoonde.'

Alsof Jessica wist wanneer Cassie bang was, dacht ze treurig. Melissa zelf had alleen instinctief aangevoeld dat er iets met de Winddanser was. Haar zuster tastte in feite volkomen in het duister. 'Oké, vertel me maar eens hoe je dit denkt klaar te spelen, Travis. Ik neem aan dat je maatregelen hebt getroffen om te voorkomen dat we zonder pardon worden neergeschoten.'

'Nee, dat heb ik aan Galen overgelaten. Als je neergeschoten wordt, mag je hem daarvan de schuld geven.'

'Ach, barst toch.' Ze leunde achterover in haar stoel. 'Galen?'

'Ik heb voor jullie drieën onderdak geregeld in een boerderijtje in de buurt van Amsterdam. Ik heb contact opgenomen met een paar kerels met wie ik altijd samenwerk als ik in Holland ben en zij komen ons afhalen en zullen als bewakers fungeren. Wij gaan mee naar de boerderij om jullie te beschermen terwijl Travis zijn eigen zaken opknapt.'

'Hoe lang gaat dat duren, Travis?'

'Als het me meer dan acht uur kost, komen we allemaal in de problemen. De CIA zal heus niet op z'n lauweren rusten. Het zou me niets verbazen als ze elk vliegveld in Holland in de gaten houden.'

'Nog meer problemen,' verbeterde Melissa hem. 'En wat gebeurt er daarna?'

'Dan ga ik eens kijken of het me lukt om de Winddanser weg te halen uit het Musée d'Andreas.'

'Dat red je nooit.'

'Galen?' vroeg Travis.

'Moeilijk,' mompelde Galen. 'Het zal geld kosten. Veel geld. Wil je het standbeeld echt stelen?'

'Lenen is al goed genoeg. Ik heb het zeker vier uur nodig om Cassie de kans te geven op het standbeeld te reageren.'

'Vergeet het maar. Dat red je nooit,' zei Melissa onomwonden.

'Ik weet hoe jij erover denkt.' Travis keek haar aandachtig aan. 'Ik snap alleen niet waarom.'

'Dat heb ik je toch verteld.'

Hij glimlachte. 'Ik zei toch dat ik er niets van snapte. Maar ik weet zeker dat het me later wel zal dagen.'

12

Het stenen boerderijtje stond een paar kilometer van de weg, omringd door bomen. Het interieur bestond uit een grote woonkeuken, een badkamer en twee kleine slaapkamers, allemaal Spartaans gemeubileerd, maar brandschoon.

'Breng Cassie maar naar de voorste slaapkamer,' zei Jessica. 'Zodra ik haar in bed heb gelegd, zal ik iets te eten voor haar moeten maken.'

'Dat doe ik wel.' Melissa liep naar de keuken.

Travis legde Cassie op het bed en keek op haar neer. Zoals gewoonlijk wist hij niet zeker of ze sliep of wakker was. 'Hoi,' zei hij zacht. 'Je zult dit allemaal wel heel eng vinden, maar het komt allemaal in orde. Dat beloof ik je.'

'Beloof geen dingen die je niet waar kunt maken.' Jessica kwam weer terug uit de badkamer met een bak water en een washandje. 'En zeker niet nu ze kennelijk voor jou op de tweede plaats komt.'

'Ik kan die beloften wel waarmaken.' Christus, hij hoopte dat het echt waar was.

Toen hij terugliep naar de keuken kwam Galen net door de voordeur naar binnen. 'Alles veilig?'

'Voor zover ik kan nagaan wel. Een paar van mijn jongens zoeken nu de omgeving af om daar helemaal zeker van te zijn en niemand heeft ons vanaf het vliegveld gevolgd.' Hij ging aan de tafel zitten. 'Maar ik zou me wel aan die tijdslimiet van acht uur houden als ik jou was. Ze zijn zo fanatiek naar je op zoek dat het niet veilig is om lang op één plek te blijven. Je moet er meteen vandoor.'

'Dat was ik ook van plan.'

Hij toetste het nummer van Jan van Beek in terwijl hij naar de huurauto liep die de mannen van Galen mee hadden gebracht naar het vliegveld. 'Ik ben onderweg naar het park,' zei hij toen Jan opnam. 'Heb je nog moeilijkheden gehad?'

'Nee, ik ben meteen uit het appartement weggeglipt toen Galen me vertelde dat het niet lang zou duren voor je op weg ging en ik zit nu in de nieuwe flat. Jij bent degene die in de problemen zit. Dat is zelfs Karlstadt ter ore gekomen. Het gerucht gaat dat je iets hebt meegenomen waar je niet aan had mogen komen. Wat heb je uitgespookt, Michael?'

'Het werd allemaal nogal ingewikkeld.'

'Ik kan me nog herinneren dat je dat ook vaak zei toen je nog een jochie was. En dan zei ik altijd tegen je dat het je eigen schuld was en dat je de dingen simpel moest houden.'

Het was inderdaad zijn eigen schuld dat de toestand in Juniper zo ingewikkeld was geworden, dacht hij treurig. Jessica had hem er weliswaar met de haren bijgesleept om Cassie te helpen, maar hij had zich er niet met zijn hele ziel en zaligheid op hoeven te storten. 'Staat het geld al op de Zwitserse rekening?'

'Het is overgemaakt. Ik heb tegen Karlstadt gezegd dat hij morgen maar een deel van de spullen krijgt en dat de rest naar Johannesburg wordt opgestuurd. Anders zou hij misschien op het idee zijn gekomen om ons in het park om zeep te brengen.'

'Slim.'

'Natuurlijk. Ik verheug me op mijn cruise en als ik doodga, kan ik daarnaar fluiten. Je hebt zeker geen zin om met me mee te gaan? Net als in die goeie ouwe tijd?'

'Misschien kom ik je later gezelschap houden. Voorlopig heb ik het nog een beetje te druk.'

Van Beek zuchtte. 'Daar kan ik me wel iets bij voorstellen. Denk erom, maak het niet te ingewikkeld.'

Hij grinnikte. 'Ik doe mijn best. Ga maar vast pakken. Ik zie je op z'n laatst om acht uur in het park.' Hij verbrak de verbinding.

'Hoe gaat het met haar?' vroeg Melissa aan Jessica toen ze uit de slaapkamer kwam.

'Ik zie geen verandering.' Jessica ging op de stoel tegenover Galen zitten. 'Ik geloof niet dat ze schade heeft ondervonden van de reis.' Ze wreef vermoeid over haar slapen. 'Maar wat weet ik er eigenlijk van? Af en toe krijg ik het idee dat ik die kinderen helemaal niet kan helpen. Hoe zou ik dat kunnen als ik niet eens...'

'Wat een gelul.' Melissa zette een kop soep voor Jessica neer. 'Je bent gewoon moe. Natuurlijk heb je hen wel geholpen. Je hebt mij ook teruggebracht, weet je nog wel? En wat dacht je van Donny en Eliza Whitcomb en Pat Bellings en Darren Jenk...'

'Oké, al goed,' viel Jessica haar in de rede en stak haar hand op. 'Ik begrijp wat je bedoelt. Ik ben gewoon fantastisch.'

'Je bent verdomme een kanjer.' Ze aarzelde. 'Maar ik heb me wel afgevraagd of je niet een beetje te veel geduld met Cassie hebt.'

'Hoe bedoel je?'

'Ze lijkt niet op de andere kinderen die je hebt behandeld. Ze is zo sterk... Misschien moet je haar juist stevig aanpakken.'

'Jij was ook sterk.' Jessica fronste een beetje ongerust. 'Vind je dan dat ik met jou ook te geduldig was?'

'Nee, natuurlijk niet. Je deed alles precies goed. Ik vroeg me gewoon af... Weet je nog dat ik je heb verteld dat ze iets verborgen hield? Denk je dat ze de monsters misschien als een excuus gebruikt om in die tunnel te blijven zitten?'

'Dat maakt het wel heel ingewikkeld. Ze is pas zeven, Mellie.'

'Je hebt me zelf verteld dat haar vader heeft gezegd dat ze een geweldige fantasie heeft. Tel dat op bij een enorm sterke wil en dan zou je... Ach, ik weet het ook niet. Je moet er maar eens over nadenken. Eet die soep op voor je weer naar Cassie gaat.' Ze keek Galen aan. 'Wil jij ook een kop?'

Hij schudde zijn hoofd en stond op. 'Ik ga even rondlopen en een paar mensen bellen. Zodra Travis dat zaakje met Van Beek rond heeft, gaat hij mij aan m'n kop zeuren om ervoor te zorgen dat jullie bij de Winddanser kunnen komen. Ik blijf hem liever een stapje voor.'

'Mooi.' Jessica begon te eten. 'Volgens mij is dat het enige voordeel dat deze hele puinhoop oplevert. Ik wil de kans krijgen om Cassie te helpen voor ze ons allemaal in de kraag vatten en voor een vuurpeloton zetten.'

'Niet zo pessimistisch.' Galen lachte. 'Als Travis niet op mijn onschatbare hulp kon rekenen zou je je misschien zorgen moeten maken, maar ik heb de reputatie dat ik wonderen kan verrichten.'

'God weet dat we wel een wondertje kunnen gebruiken,' mompelde Jessica terwijl hij wegliep.

'Nee, we moeten het met Andreas op een akkoordje gooien en een eind aan deze waanzin maken,' zei Melissa. 'Hij kan Travis dwingen om Cassie te helpen.'

Jessica schudde haar hoofd. 'Ik heb je verteld wat er gebeurde toen ik hem zijn zin niet wilde geven. Ik wil jou en Cassie niet nog eens in gevaar brengen.'

'De klootzak.' Ze was even stil. 'Je hoeft je over mij geen zorgen te maken. Ik geloof dat ik de toestand aardig onder controle begin te krijgen.'

'Maar dan is Cassie er ook nog.'

Ze kneep haar lippen op elkaar. 'En je wilt met haar geen risico lopen.'

'Dat zou jij ook niet willen.'

'O nee? Af en toe moet je dingen doen die je eigenlijk liever had gelaten.' Ze liep naar de deur. 'Eet jij de rest van die soep maar op. Ik ga met Galen praten. Ik hoop van harte dat die telefoontjes van hem geen barst opgeleverd hebben.'

Vlak bij de veranda stond Galen tegen een boom geleund. Hij zette zijn telefoon uit toen ze naar buiten kwam. 'Ik had je al verwacht.'

'Waarom?'

'Als iets jou niet bevalt, ben je niet het type om het erbij te laten zitten.'

'Hoe weet je dat?'

'Mijn onfeilbare intuïtie. En die vertelt me nu dat je me stevig aan de tand wilt voelen om erachter te komen of ik iets ben opgeschoten.'

'Dan kunnen we die fase overslaan. En?'

'Het ziet er veelbelovend uit. Als Travis tenminste met de poen over de brug kan komen. Een miljoen dollar is geen kattenpis.'

'Voor de Winddanser?'

'Hoe kom je erbij? Voor het privilege om in alle rust vier uur bij het standbeeld door te brengen.'

'Een miljoen dollar voor die paar uur? Daar trapt hij nooit in.'

'Dat hoop je.'

'Cassie zou er niets mee opschieten.'

'Zou de schok haar niet kunnen helpen?'

'Geen denken aan.' Ze balde haar vuisten. 'En ik wil ook niet dat het gebeurt. Je mag Travis dat voorstel niet doorgeven.'

'Pardon?'

'Ik weet niet wat je van hem krijgt, maar ik ben bereid om je meer te betalen.'

'Heb je dan zoveel geld?'

'Mijn ouders hebben een behoorlijke erfenis nagelaten. Ik heb een trustfonds.'

'En dat wil je gebruiken om mij om te kopen?'

'Ik zal je betalen wat je vraagt als je de Winddanser uit je hoofd zet. Als ik niet genoeg geld heb, zal ik wel een manier vinden om eraan te komen.'

Hij schudde zijn hoofd.

'Als het niet om geld gaat, zeg dan maar wat je wel wilt. Ik ben tot alles bereid.'

Hij hield zijn hoofd schuin. 'Is dat een aanbod om met me naar bed te gaan?'

'Dat zou ik meteen doen als ik dacht dat ik er iets mee opschoot. Maar je voelt je niet op die manier tot mij aangetrokken. We lijken te veel op elkaar.'

'O ja?'

'Ja. Dat moet jij ook voelen. Het zou net zijn alsof je met je zuster tussen de lakens kroop.'

Hij lachte. 'En incest is echt niets voor mij.'

Ze probeerde de wanhoop uit haar stem te weren. 'Zeg nou maar wat je wilt, dan zal ik ervoor zorgen. Ik ben niet dom en ik ben ongelooflijk gedreven. Daardoor krijg ik vrijwel alles voor elkaar.'

Zijn glimlach verdween. 'Als we echt zoveel op elkaar lijken, moet je ook weten dat ik nooit een vriend zal verraden. Ik hou er ouderwetse principes op na.'

Ze wist best dat de kans klein was, maar ze moest het toch proberen. 'Ik meen het. Ik ben tot alles bereid. Denk er maar eens goed over na. Er is vast wel iets waar je niemand anders voor kunt strikken. Zo'n aanbod zul je niet vaak krijgen.'

'Ik zal er inderdaad goed over na moeten denken.' Hij keek haar strak aan. 'Ik weet nu in ieder geval dat ik je goed in de gaten moet houden. Je bent wel erg hardnekkig in dit opzicht. Je zou zomaar kunnen besluiten om Andreas op te bellen.'

Jezus, hij was echt schrander. 'Als je met Travis hebt gepraat, moet je weten dat die mogelijkheid uitgesloten is.'

'Dat zou ik niet durven beweren...' Hij haalde zijn schouders op. 'Ga maar weer naar binnen. Ik wil niet het risico lopen dat iemand jou ziet. Mensen kunnen zich een knappe vrouw altijd herinneren. Ik moet de ronde doen langs mijn jongens in het bos.'

Ze onderdrukte haar wanhoop en keek hem na. Ze had nauwelijks kans van slagen gehad, maar het was de moeite van het proberen waard geweest. Maar goed, ze was er niets mee opgeschoten, dus nu moest ze iets anders bedenken voordat Travis terugkwam.

Als hij tenminste terugkwam. Ze had de indruk gekregen dat de 'klus' van Travis niet van gevaar was ontbloot. Hij had nooit een veilig leventje geleid en ze had geen reden om aan te nemen dat daar plotseling verandering in was gekomen. Het was best mogelijk dat hij niet terugkwam. Misschien werd hij wel vermoord of zou hij op de vlucht moeten slaan. Dan maakte ze zich zorgen om niets. Als zijn leven op het spel stond, zou hij hen wel aan hun lot overlaten.

Nee, dat zou hij nooit doen. Ze mocht hem niet en ze was bang voor hem, maar ze wist dat hij zijn belofte aan Jessica zou houden. Christus, wat zou ze graag willen dat hij dat niet zou doen. De bal was aan het rollen gebracht en het zag ernaar uit dat ze er niets tegen kon doen.

Blijf weg, Travis. Kom niet terug.

Kom alsjeblieft niet terug.

'Eindelijk.' Van Beek omhelsde Travis stevig. 'Het werd hoog tijd dat je terugkwam en de teugels weer in handen neemt. Ik ben hier veel te oud voor.'

Travis schoot in de lach, begroette hem op dezelfde manier en stapte weer achteruit. 'Een half jaar geleden was je anders nog niet te oud om een oogje te hebben op dat knappe Italiaanse gravinnetje. Gaat zij met je mee op die cruise?'

'Die kans zit erin. Ze heeft ook een dochter, voor het geval je dat interesseert. Ze schijnt zelfs vrij intelligent te zijn, hoewel ik nooit

heb begrepen waarom jij dat noodzakelijk vindt. Domheid is minder veeleisend.' Hij ging op weg naar het speelterrein dat een eindje verderop lag. 'Waar zijn de spullen?'
'In mijn jaszak.' Hij liep met Jan mee. 'Ben je niet gevolgd?'
'Probeert de leerling de meester nu de les te lezen? Ik word nooit gevolgd als ik dat niet wil.' Hij keek even naar Travis die elke boom in de buurt bestudeerde. 'Je gelooft me niet. Dat vind ik een belediging.'
'Sorry. Macht der gewoonte. Ik heb de afgelopen maanden heel goed op m'n tellen moeten passen.'
'En dat is kennelijk nog steeds het geval. Die valse snor staat je absoluut niet.'
'Ik vond dat het geen kwaad kon. Een van Galens bronnen heeft hem verteld dat van hogerhand is bevolen dat iedere politieagent in Amsterdam een foto van mij op zak moet hebben. Laten we hopen dat ze dat nog niet voor elkaar hebben gekregen.'
'Nou ja, ze verwachten vast niet dat jij hier brutaalweg in het openbaar rondwandelt.' Hij dacht even na. 'Dat geloof ik tenminste niet.'
'Bedankt voor die geruststellende opmerking. Is dat de telefooncel waar we het pakketje voor Karlstadt moeten achterlaten?'
Jan knikte. 'Zodra we zeker weten dat het geld in de afvalbak zit.'
'Welke afvalbak?'
'Die rode, bij de ingang.' Hij grinnikte. 'Die zo onopvallend in het oog wordt gehouden door de man met de baard die bij de snoepkraam staat. Ik heb je toch gezegd dat Karlstadt zich zorgen zou maken.'
Travis wierp een blik op de man die Jan bedoelde. Knap, blond haar, rond gezicht, baard. Terwijl hij naar hem stond te kijken, vouwde de man achteloos zijn krant op en wandelde naar een bank bij de ingang. Hij fronste. 'Hij komt me bekend voor.'
'Ondanks dat struikgewas op zijn gezicht? Dat zal wel even vals zijn als jouw snor.'
'Ik weet het niet. Het is gewoon... iets.' Hij haalde zijn schouders op. 'Als hij een of andere huurling is, ben ik hem misschien eerder tegen het lijf gelopen.'
'Dat zal wel. Zit het je zo dwars dat je er liever vandoor gaat?'

Zat het hem dwars? Hij maakte zich altijd zorgen als er zich iets onverwachts voordeed tijdens de afwikkeling van een zaak. Maar dat de man hem bekend voorkwam, wilde nog niet zeggen dat hij hem echt herkende... 'Nee, dat geloof ik niet.'

'Mooi,' zei Jan. 'Ik wil de klus nu afmaken. Ik geloof niet dat die vent van Karlstadt ons tegen zal houden als hij ziet dat we ons pakje achterlaten. Bovendien weet Karlstadt dat jij de helft van de spullen achterhoudt.'

'Laten we dan maar opschieten, des te eerder kun jij aan die cruise beginnen.' Hij wachtte tot de menigte bij de ingang van de speeltuin wat was uitgedund en wandelde toen naar de rode afvalbak, terwijl hij de man op de bank met één oog in de gaten hield. 'Een boodschappentas van een warenhuis?'

'Dat klopt. Van De Bijenkorf.'

De boodschappentas zat aan de zijkant in de afvalbak. Bovenin waren oude kranten gepropt. Tot zover was alles in orde. Terwijl Jan voor hem ging staan, zodat niemand kon zien wat hij deed, trok hij de tas te voorschijn en liep haastig in de richting van de telefooncel. 'Kom op, Jan. Ik kan je bij wijze van spreken die loopplank al op zien lopen. Je hebt het helemaal voor el...'

Een zachte plof.

Een geluiddemper.

Shit.

Hij dook naar de grond en trok in de val zijn pistool. 'Liggen, Jan.'

'Te... laat.' Jan zakte in elkaar. 'Mijn... been. Vlucht, Michael.'

De blonde man kwam met getrokken pistool naar hen toe rennen.

Weer een schot.

De kogel floot Travis langs het oor terwijl hij door het gras rolde. Hij schoot terug.

De blonde man wankelde en het bloed spoot uit een wond in zijn schouder. Maar inmiddels was hij bij Jan aanbeland. Hij greep hem bij zijn kraag, rukte hem overeind tot hij op zijn knieën zat en drukte vervolgens zijn pistool tegen Jans slaap. 'Laat dat pistool vallen en gooi die tas met geld naar me toe, Travis.'

'Val dood. Laat hem los, anders schiet ik je een kogel in je kop voor je de trekker over kunt halen.'

'Doe wat ik zeg, dan zal ik hem niet doodschieten. In feite ben ik Van Beek dank verschuldigd. Hij is heel behulpzaam geweest. Geef me dat geld, dan mag hij blijven leven.' Zijn vinger spande zich om de trekker. 'En dan zal ik jou ook nog een tijdje in leven laten, hoewel je me een hoop moeilijkheden hebt bezorgd. Je kunt me nog steeds van dienst zijn.'

'Je liegt. Dat durf je niet. Het barst hier van de getuigen.'

'Ik ben niet dol op getuigen, maar dit keer zal ik me daar niets van aantrekken. Kijk me maar aan.'

Die kille klootzak zou hem vermoorden. Hij gooide hem de boodschappentas toe. 'Ik leg mijn pistool neer. Laat hem los en loop achteruit.'

'Heel verstandig.' De man keek achterom toen hij rumoer bij de ingang hoorde. Een paar bewakers renden naar hem toe. Hij glimlachte. 'Nou ja. Ik had het liever nog iets gerekt, maar het schijnt dat we bezoek krijgen. De volgende keer dan maar.'

Hij schoot Jan een kogel in het hoofd.

'Nééé!'

Travis voelde een scheut van pijn toen hij zag hoe Jans bloed en hersens op het gras spatten. 'Ján!'

Dood.

En de moordenaar schoot als een pijl uit de boog over het pad naar de straat.

Travis greep zijn pistool, sprong op en rende achter hem aan.

Weer een schot. Dit keer zonder geluiddemper.

Wie schoot er nu?

Dat deed er niet toe. Het enige dat telde was dat hij de man die voor hem uit holde te pakken kreeg zodat hij die smeerlap kon vermoorden.

Een snijdende pijn.

Iets warms en vochtigs sijpelde langs zijn zij.

Doorlopen.

De man had de straat bereikt en dook in een kleine Volvo.

Travis hief zijn pistool op, maar doordat de Volvo optrok, kreeg hij hem niet onder schot.

Weg. Een golf van woede sloeg door hem heen toen hij de auto met piepende banden om de hoek zag verdwijnen.

Achter Travis klonk geschreeuw. Er werd weer geschoten.

Hij moest maken dat hij wegkwam. Hij zou die smeerlap later wel opsporen.

Hij holde de straat over, dook een steegje in en sloeg opnieuw een hoek om. Zijn auto stond vier straten verderop geparkeerd. Daar moest hij naar toe. En terug naar de boerderij.

Opnieuw voelde hij die snerpende pijn door zijn lichaam schieten. Moord. Jans hoofd dat uit elkaar spatte.

Daar moest hij nu niet aan denken.

Hij moest terug naar de boerderij.

Jan...

13

'Pak een verbandkist voor me, Melissa.' Galen smeet de deur open en hielp Travis de keuken in. 'Die stomme klungel is tegen een kogel opgelopen. Zie je nou wel dat ik met hem mee had moeten gaan?'
'Een kogel?' Melissa's hart kromp samen. 'Is het erg?'
'Een schotwond is nooit lollig.' Galen liet Travis voorzichtig in een stoel zakken. 'De kogel is langs zijn ribben geschampt, maar hij heeft wel wat bloed verloren.'
'Wie heeft dat gedaan?'
Travis schudde zijn hoofd. 'Dat weet ik niet zeker. Daar moet ik eens goed over nadenken. Verbind me maar en geef me iets om mijn hoofd weer helder te maken.'
'De cia?'
'Dit had niets met Cassie te maken.'
'Hoe weet je dat nou als...'
'Kun je hem eerst even verbinden voordat je hem aan een kruisverhoor onderwerpt?' Galen schudde zijn hoofd. 'En dan te bedenken dat vrouwen zogenaamd zachtaardiger zijn dan mannen.'
'Hou je mond. Loop naar de slaapkamer en haal de dokterstas van Jessica op, maar zorg dat je haar niet wakker maakt. Ze heeft haar slaap hard nodig.'
'Zij is dokter. Misschien moeten we toch...'
'Ik kan dit zelf wel af. Ik wil niet dat jullie haar lastig vallen.'
'De hemel verhoede dat we je zuster lastig vallen,' mompelde Travis. 'Dat is het laatste wat we willen.'
'Inderdaad. Jullie hebben haar al ellende genoeg bezorgd.' Ze liep naar het aanrecht en vulde een bak met water. 'Doe je overhemd uit.' Ze zag hem worstelen en zei met strakke kaken: 'O, hou op. Je ziet eruit alsof je elk moment onderuit kunt gaan. Ik help je wel.' Ze zette de bak op tafel en pelde hem voorzichtig uit zijn

overhemd. 'Ik neem aan dat die "klus" van jou niet zo is verlopen als je had gehoopt.'

'Dat kun je wel stellen. Schiet een beetje op, alsjeblieft.'

'Ik doe mijn best. Of dacht je soms dat ik zin heb om je te vertroetelen?'

'Hier is de tas.' Galen zette de leren dokterstas op de tafel en maakte het slot open. 'Zal ik je helpen? Ik ben zelf ook vrij goed in het verlenen van eerste hulp.'

'Dat geloof ik onmiddellijk.' Melissa maakte handig de lange, kronkelende schram schoon. 'Al die oorlogsverwondingen...'

'Wat?'

'Niets. Geef me dat ontsmettingsmiddel maar aan.' Ze keek Travis even aan. 'Dit doet pijn.' Ze wachtte niet tot hij iets zei, maar bracht het ontsmettingsmiddel aan op de open wond. Hij vertrok geen spier. Het leek alsof hij niets voelde. Haar lippen krulden. 'Macho.'

'Ja, dat ben ik ten voeten uit.' Travis keek Galen aan. 'Pak je telefoon en zorg dat we een ander onderkomen krijgen. Ik ben onderweg niet gevolgd, maar we moeten ervoor zorgen dat de man die Jan heeft vermoord geen kans krijgt om...'

'Is Jan dood?' viel Galen hem in de rede. 'O god, Travis, wat vind ik dat erg.'

'Ja, ik ook.' Travis keek Melissa aan. 'Ben je klaar met me?'

'Ik wou dat het waar was.' Ze verbond de wond. 'Maar zo hou je het wel even uit.' Ze gaf hem drie aspirientjes. 'Je hebt niet genoeg pijn om iets sterkers te nemen.'

'O, ik verga van de pijn.'

Ze begreep dat hij het niet over lichamelijke pijn had en onderdrukte een opwelling van medeleven. 'Als je last hebt van je hoofd komt dat niet door die vleeswond.'

Hij nam de aspirientjes in en zei tegen Galen: 'Hij wist dat we een afspraak hadden en hij wist ook dat we de spullen kwamen afleveren. Hij kan de man van Karlstadt zijn geweest, maar ook iemand anders die van alles op de hoogte was. Hij zei dat Jan heel behulpzaam was geweest. Jan had vorige week twee microfoons in zijn flat gevonden. Ik dacht dat die van de CIA waren, maar...' Hij schudde zijn hoofd. 'Het kan een corrupte agent zijn geweest, maar op de een of andere manier klopt dat niet. Ik moet

er eens goed over nadenken. Zorg jij maar dat we hier wegkomen.'
'Naar Parijs?'
Travis haalde zijn schouders op. 'Waarom niet?'
'Prima.' Galen stond op en pakte zijn telefoon. Hij aarzelde. 'Het spijt me echt ontzettend. Ik weet dat je hem als een familielid beschouwde.' Hij liep met grote passen naar buiten.
Melissa had die laatste opmerking nauwelijks gehoord. 'Naar Parijs? Waarom Parijs?'
'Dat weet je best,' zei Travis vermoeid. 'Ik heb iets beloofd en die belofte wil ik zo gauw mogelijk inlossen.'
Ze sloot haar ogen. 'Shit.'
'Dat ben ik roerend met je eens.' Hij trok zijn overhemd aan. 'Ik weet dat je hoopte dat ik daar niet aan toe zou komen door Jans...' Hij stopte even. '... dood.'
Hij kon het woord nauwelijks over zijn lippen krijgen. Ze kon zijn schrijnende verdriet gewoon voelen. Maar dat wilde ze niet, verdomme. Haar ogen vlogen weer open en ze wierp hem een boze blik toe. 'Ik kan het niet helpen dat je vriend dood is. Hij moet stapelgek zijn geweest, anders had hij nooit partij voor jou gekozen. Eigenlijk zou dit een goeie les voor je moeten zijn, maar je hebt er niets van opgestoken. Je dendert gewoon als een blind paard op je doel af, zonder je erom te bekommeren dat je mensen pijn doen.'
'Ik wil niemand pijn doen.'
'Vertel dat maar aan je vriend Jan.'
Het was alsof ze hem een klap in het gezicht had gegeven. 'Wat zou jij het leuk hebben gevonden om dokter te zijn in de tijd dat mensen nog zonder verdoving behandeld werden.' Hij knoopte zijn overhemd dicht. 'Goed, als je het niet erg vindt, loop ik nu maar naar buiten om Galen op te zoeken. Ik heb frisse lucht nodig.'
Met gebalde vuisten keek ze hem na. Ze had hem gekwetst, maar ze barstte nog liever dan hem te laten merken dat ze daar eigenlijk spijt van had. Hij was sterk genoeg om de hele wereld aan te kunnen en zij moest even sterk zijn.
Ze bracht Jessica's dokterstas terug naar de slaapkamer en zette hem op de stoel naast het nachtkastje. Jessica lag naast Cassie op

het bed te slapen. Ze keek neer op het verwarde kind en haar zuster, die bereid was alles op te geven om haar patiëntje te beschermen. Ze lagen allebei vast te slapen en ze voelde plotseling een intense behoefte om ervoor te zorgen dat hun geen van beiden iets zou overkomen. Wat raar. Jessica was altijd degene geweest die overal voor had gezorgd, haar veiligheidsnet in een onzekere wereld.

Maar nu niet meer. Jessica wist niet waar ze aan was begonnen. Ach verrek, misschien gold dat net zo goed voor Melissa, maar daar kon ze geen rekening mee houden.

Ze moest in het diepe springen, ervoor zorgen dat niemand kopje onder ging en maar hopen dat ze niet zouden verdrinken.

Ze liep naar het andere nachtkastje, pakte Jessica's handtas en begon erin te snuffelen.

'Alles goed met je?' vroeg Galen toen hij naar Travis toe liep. 'Kun je niet beter gaan liggen?'

'Vanwege die wond? Ik kan me die keer nog herinneren dat jij in Tanzania een kilometer of zeven hebt gelopen met een hakmes in je been.'

'Ja, maar niet iedereen is zo'n superman als ik. En ik grijp wel elke mogelijkheid aan om me even lekker te ontspannen.' Hij keek op zijn horloge. 'Je hebt nog drie kwartier voordat we vertrekken. Ga maar weer naar binnen en neem het ervan.'

'Ik voel me hierbuiten meer op m'n gemak.'

Galen knikte. 'Ik snap wat je bedoelt. Ze wil absoluut niet dat je achter de Winddanser aan gaat.'

'Ze zal zich er toch bij neer moeten leggen.' Travis leunde tegen de deurpost. 'Heb je het al voor elkaar gekregen?'

'Ik heb iemand contact laten opnemen met Paul Guilliame, de assistent-conservator van het museum. Hij staat bekend als iemand die omgekocht kan worden.'

'De Winddanser is wel een geval apart.'

'Maar het feit dat Guilliame zo'n zwak karakter heeft, kan ons goed van pas komen. Als we maar genoeg geld bieden en hem kunnen overtuigen.' Hij glimlachte. 'En ik ben altijd heel overtuigend.'

'Je moet nog iets anders voor me doen.'

Galen keek hem vragend aan.

'Volgens mij heb ik de man die Jan heeft vermoord eerder ont-moet. Hij kende mij in ieder geval wel. Hij wilde míj doden, niet Jan.'

'Herkende je zijn gezicht?'

Hij schudde zijn hoofd. 'Zijn ogen kwamen me vaag bekend voor. Groen, een tikje schuinstaand... maar hij droeg een valse baard.'

'Maar wat moet ik dan voor je doen?'

'Je moet iemand vinden die mij toegang kan verschaffen tot de computerbestanden van Interpol. Ik wil politiefoto's bestuderen.'

'Dan moet je een aanknopingspunt hebben, anders ben je over vijftig jaar nog bezig.'

Dat wist Travis ook wel, maar hij moest ergens beginnen. 'Dan doe ik er maar vijftig jaar over. Zorg jij maar dat je een hacker voor me vindt.'

Galen knikte. 'Ik kan niet beloven dat hij op ons staat te wach-ten als we in Parijs aankomen, maar ik vind wel iemand.'

'Mooi.' Het was helemaal niet mooi. Op het ogenblik was niets mooi. Jan...

'Wil je over hem praten?' vroeg Galen rustig. 'Dat wil weleens helpen.'

Travis schudde zijn hoofd. 'Hij is dood.' Zijn mond vertrok. 'Er valt niets te zeggen.'

'Dat was jouw schuld niet. Jan zat al heel lang in het vak. Hij wist wat hij deed.'

'Dat weet ik best.'

'Maar jij leeft nog en je vriend is dood.' Galen haalde zijn schou-ders op. 'Jammer. Maar je moet ermee leren leven.'

'Dat komt wel. Zorg jij nu maar voor die hacker.'

'Komt in orde. Het schoot me ineens te binnen dat ik een vent ken, die dat misschien wel voor elkaar krijgt. Stuart Thomas. Nogal een vreemde vogel, maar hij weet echt alles van compu-ters.' Zijn telefoon ging over en hij nam het gesprek aan.

Hij bleef even luisteren en verbrak toen de verbinding. 'Volgens mij hebben we Guilliame te pakken. Hij zal het standbeeld uit de vitrine halen en naar de restauratieruimte achter in het museum over laten brengen onder het mom dat het schoongemaakt moet worden. Hij zegt dat er wel bewakers voor de deur moeten staan

omdat het anders een verdachte indruk zou maken. Hij kent een stel dat voor een bepaald bedrag wel bereid is om de andere kant op te kijken.'
'En wat is dat bedrag?'
'Alles bij elkaar, bedoel je? De prijs is omhooggegaan. Twee miljoen. Dat is wel heel duur voor vier uurtjes in één kamer met een verdomd standbeeld. Ik kan proberen af te dingen.'
'Daar hebben we geen tijd voor.'
'Heb je wel zoveel geld?'
'Ik heb iets anders in de aanbieding.'
'En dat is twee miljoen waard?'
'Volgens mij ziet Guilliame dat wel zitten. Dat was ook het geval met Karlstadt.'
'Wil je de spullen gebruiken die je aan Karlstadt hebt beloofd?' Hij floot zacht. 'Dat zou weleens gevaarlijk kunnen zijn.'
'Daar maak ik me dan later wel weer druk over.'
'Misschien krijg je daar de tijd niet voor.'
'Hij kan barsten. Het is ook best mogelijk dat Karlstadt verantwoordelijk is voor Jans dood.'
'Maar dat weet je niet zeker.'
'Nee, op dit moment ben ik nergens zeker van.' Zijn blik kruiste die van Galen. 'Hij kan barsten,' zei hij nog eens.
'Ik kijk wel zwaar uit om een man die op wraak zint te dwarsbomen. Ik heb ontdekt dat gezond verstand in zo'n geval schittert door afwezigheid.' Hij draaide zich om. 'Vannacht om twaalf uur zijn we in Parijs.'

'Neem meer mankracht in dienst,' zei Deschamps zodra Provlif de telefoon beantwoordde. 'En begin nou niet weer over geld. Ik heb meer geld dan jij ooit nodig zult hebben. Zorg dat je Cassie Andreas vindt.'
'Ik denk dat ik hier dan lang kan zoeken.'
'Hoezo?'
'Volgens mijn contactpersoon bij de CIA wordt er gefluisterd dat ze ontvoerd is door jouw oude vriend Travis.' Hij begon uit te leggen wat er gezegd werd.
Deschamps bleef even stil toen Provlif uitgesproken was. 'Dat lijkt me hoogst onwaarschijnlijk.'

'De president is vanuit Japan teruggevlogen naar Washington, zogenaamd omdat hij ziek was. Andreas is zo gezond als een vis.' Maar toen Deschamps er wat langer over had nagedacht, begon hij toch meer geloof aan het gerucht te hechten. Travis had het in zijn gesprekken met Van Beek nooit over het kind gehad, maar het was best mogelijk dat Andreas hem genoeg vertrouwde om hem te vragen zijn dochter te helpen. En Travis was slim genoeg om op die manier te ontsnappen. Een golf van opwinding sloeg door hem heen. Uiteindelijk kwam alles weer op het beginpunt terug: bij hem. Eerst Travis en nu misschien ook het kind.

'Deschamps?'

'Misschien is het toch waar.'

'Maar waarom zou hij dat kind meenemen?'

Om dezelfde reden als Edward haar in handen had willen krijgen? Dat was heel goed mogelijk. Misschien was Travis in Vasaro alleen maar tussenbeide gekomen omdat hij zelf iets dergelijks van plan was.

'Ik wil het telefoonnummer van Travis hebben.'

'Ik heb al eerder geprobeerd of ik dat te pakken kon krijgen.'

'Dan moet je nog beter je best doen. Je weet verdomd goed dat het bij de CIA bekend moet zijn als Travis in dat huis in Virginia zat.'

'Ik heb je al verteld dat ze niet in staat waren zijn gesprekken te traceren.'

'Die wil ik ook niet traceren. Maar de kans bestaat dat ik met hem wil praten.'

'Ik ga er wel achteraan.'

'Zorg dat je het te pakken krijgt. En stap daarna maar op een vliegtuig en kom terug. Misschien heb ik je hier nodig.' Hij verbrak de verbinding en leunde achterover in zijn stoel. Hij wilde dat telefoonnummer per se hebben. Om de een of andere vreemde reden had hij de behoefte om met Travis te praten. Dat had hij nog nooit gehad bij andere mensen op wie hij het had gemunt, maar Travis was een geval apart. Travis had hem vernederd en het feit dat hij hem dat geld had afgepakt was niet genoeg. En wat hij net had gehoord bewees dat Travis ook in een ander opzicht een gevaar was. Hij was niet alleen een bedreiging, hij was ook een concurrent. Ja, hij zou hem echt met het grootste genoegen om zeep brengen, hij zou met Travis spelen en hem laten zien dat hij hem altijd net een stap voor was.

Maar wat zou die volgende stap zijn? Als Provlif gelijk had, en er echt met man en macht naar Travis werd gezocht, moest hij ergens ondergedoken zitten. Maar Edward had zijn vriend vermoord, en Travis was sentimenteel genoeg om hem te willen wreken. Daarvoor moest hij echter eerst achter de identiteit van Edward komen en hem vervolgens opsporen. Het enige aanknopingspunt dat Travis had, was de moord op Henri Claron en het zat er dik in dat hij daarmee zou beginnen.

In Lyon dus?

Misschien.

Misschien ook niet.

Travis was beroofd van het geld dat hij had gedacht te vangen en het kon weleens een dure grap worden om Cassie Andreas verborgen te houden. De kans bestond dat hij tot het besluit kwam om eerst zijn belangrijkste plan te verwezenlijken.

Edward moest absoluut alles wat hij over Travis te weten was gekomen nog eens op een rijtje zetten en dan gewoon doen wat zijn instinct hem ingaf...

Parijs

Het bescheiden appartement bevond zich in een buitenwijk van Parijs, vlak bij een parkje met veel groen. Het lag bovendien maar vier straten van het Musée d'Andreas af.

'Leuk.' Galen zette de koffers neer en keek de zitkamer rond. 'Ouderwets, maar heel gezellig. Misschien iets te veel blauw. Blauw mag dan een neutrale kleur zijn, maar ik word er altijd een beetje somber van.'

'Dat maakt niet uit. We blijven hier niet lang genoeg zitten om in een depressie te raken.' Travis droeg Cassie naar de slaapkamer en legde haar neer voordat hij zich tot Jessica wendde. 'Sinds we uit Juniper weg zijn, heeft ze geen nachtmerrie meer gehad. Dat is toch een goed teken, hè?'

'Wil je soms van me horen dat het een goede therapie was om

haar te ontvoeren?' vroeg ze droog. 'Vergeet het maar, Travis.'

'Het heeft haar in ieder geval geen kwaad gedaan.'

'Nog niet.' Melissa kwam de kamer binnen en zette een koffer en Jessica's dokterstas voor de radiator onder het raam. Daarna liep ze naar de aangrenzende badkamer en sloeg de deur met een klap achter zich dicht.

Jessica trok een gezicht. 'Eigenlijk heeft ze gelijk. Ik weet niet welke uitwerking dit op de lange duur op Cassie zal hebben.'

'Daar kan ik ook niets aan doen.' Hij probeerde de ergernis in zijn stem te onderdrukken. 'Ik doe mijn uiterste best.' Hij liep naar de zitkamer en zag dat Galen op het punt stond de voordeur uit te lopen. 'Waar is Stuart Thomas?'

'In het appartement aan de andere kant van de gang. Hij houdt niet van gezelschap. En geloof me, je mag blij zijn dat hij niet op je lip zit. Als hij intensief bezig is met een bepaald project gunt hij zich geen tijd voor dingen als douchen en tandenpoetsen.'

'Is hij dan intensief bezig met dit project?'

'Tot op zekere hoogte. Hij zou het veel interessanter hebben gevonden als je hem had gevraagd je toegang te verschaffen tot de supergeheime computerbestanden van het Pentagon.' Hij deed de deur open. 'Ik ga even kijken wat hij uitspookt.'

'Ik ga met je mee.'

'Nee, geen sprake van. Je bent veel te gespannen en ik wil niet dat Stuart overstuur raakt. En het is trouwens al twaalf uur geweest. Ga maar slapen. Morgenochtend kun je naar hem toe.'

'Ik hoef niet...' Hij hield zijn mond toen Galen hem strak aankeek. Het had geen zin. Galens besluit stond vast en hij zou hem toch niet kunnen ompraten. 'Maak me maar wakker als het Thomas gelukt is.'

'Morgenochtend.' De deur viel achter hem dicht.

Verdomde Galen.

En de hemel zij dank voor Galen.

'Wanneer ben je van plan om Cassie mee te nemen naar de Winddanser?' Melissa stond aan de andere kant van de kamer.

'Overmorgen, 's avonds na sluitingstijd. Als alles goed gaat.'

'Het zal fout gaan.' Ze liep naar het raam en keek naar buiten. 'Maar je luistert toch niet naar me, hè?'

'Ik kan niet naar je luisteren.'

'Je bent gewond. Waarom wacht je niet tot je weer beter bent?'
'Toen je me hielp, heb je zelf gezegd dat het maar een schram is en nauwelijks de moeite van het verbinden waard. Waar of niet?' Ze was even stil. 'Ja. Ik wou dat hij jou had vermoord in plaats van je vriend.'
'Dan heb je dus geen geluk gehad.'
'Het zit er dik in dat we geen van allen geluk zullen hebben.' Ze wachtte even en zei toen: 'Ik wil dat je me een pistool bezorgt.' Hij verstijfde. 'Waarom?'
'Ik wil mezelf kunnen verdedigen, zonder volledig van jou afhankelijk te zijn.' Ze schonk hem een spottend glimlachje. 'Maak je geen zorgen, ik was niet van plan om jou neer te schieten, ook al is dat nog zo'n verleidelijk idee.'
'Weet je wel hoe je met een pistool moet omgaan?'
'Een tijdje geleden zijn op de universiteit een paar meisjes overvallen en verkracht. Daardoor werden mijn kamergenoten en ik een beetje zenuwachtig. We hebben allemaal een cursus zelfverdediging gedaan en nadat ik een Smith and Wesson .38 voor het appartement had gekocht hebben we schietlessen genomen.'
'Oké, ik zal zorgen dat Galen dat morgen voor je regelt.'
'Mooi.' Onderweg naar de slaapkamer bleef ze even staan en keek achterom. Hij was verbaasd toen hij de wanhopige blik in haar ogen zag. 'Ik wil niet dat jij doodgaat. Ik wil dat niemand doodgaat. Het leven is zo'n kostbaar geschenk dat je eigenlijk met volle teugen van elke minuut moet genieten en...'
'Denk je dat Cassie van haar leven geniet? Jessica doet haar uiterste best om daar verandering in te brengen.' Hij schudde vermoeid met zijn hoofd. 'En ik ook, denk ik.'
'Jessica begrijpt er niets van. Net zomin als jij.' Haar wanhoop klonk nu ook in haar stem door. 'Ik moet jullie tegenhouden.'
Travis keek peinzend naar de deur die ze achter zich had dichtgetrokken. Melissa begon steeds emotioneler te worden en dat kon gevaarlijk zijn.
Jezus, daar zat hij echt niet op te wachten. Hij wilde alleen maar doen wat hij Jessica had beloofd, zodat hij meteen daarna op zoek kon gaan naar de moordenaar van Jan.
Hij zat na te denken over de man in het park en probeerde zich elke minuut weer voor de geest te halen vanaf het moment dat

hij hem voor het eerst had gezien. Hij had tegen Jan gezegd dat hij hem bekend voorkwam. Waardoor had hij die indruk gekregen? Groene ogen... Maar toen hij dat tegen Jan zei, was hij te ver weg geweest om die ogen te kunnen zien.

Hij liet zich op de bank vallen. Hij moest goed nadenken. Alles tegen elkaar afwegen. Een aanknopingspunt vinden.

Washington D.C.

'Danley denkt dat hij Travis heeft gevonden, meneer de president,' zei Keller. 'Nou ja, hij weet niet precies waar hij uithangt, maar er heeft zich gisteren in een park in Amsterdam een incident voorgedaan. Jan van Beek is vermoord.'

'Door Travis?'

'Nee, de moordenaar sloeg op de vlucht, achtervolgd door Travis. Volgens ons is Travis bij die overval gewond geraakt.'

'Goed zo,' zei Andreas. 'Ik wou dat die smeerlap was gevierendeeld.'

'Niet voordat we uw dochter hebben gevonden,' zei Keller. 'Daarna willen we u dat plezier best doen, meneer de president. Danley denkt dat ze ook het bedrijf in Antwerpen hebben gevonden waar de personenbus is gehuurd waarin uw dochter is vervoerd. Het tijdstip klopt. We zitten hem al bijna op de hielen, meneer.'

'Hij heeft nog te veel voorsprong. Ik ga naar Amsterdam.'

'Dat zou niet verstandig zijn.'

'Ik ga toch. Zorg dat *Air Force One* klaarstaat voor vertrek. Dat vliegtuig is ingericht om de president in staat te stellen in een noodgeval vandaaruit het land te besturen. Nu zal het op de proef worden gesteld. Daarna moet je de dokter laten verklaren dat ik wat gezondheidsproblemen heb en voorlopig mijn kamer niet mag verlaten. Ik zal op het balkon verschijnen zodat de mensen met hun eigen ogen kunnen zien dat ik niet op sterven na dood ben.'

'Maar wat moeten we dan tegen de First Lady zeggen?'

Chelsea. Ze had meteen argwaan gekregen toen hij uit Tokio terug was gekomen. Ze kende hem veel te goed. De band tussen hen was zo sterk dat hij haar niet lang om de tuin zou kunnen leiden.

God, eigenlijk wilde hij haar niet vertellen wat er met Cassie was gebeurd.

Maar als hij naar Amsterdam ging, ontkwam hij daar niet aan.

Hij stond op. 'Ik ga wel naar haar toe. Over een uur vertrekken we, Keller.'

'Ja, meneer de president.'

Een paar minuten later deed Andreas de deur naar hun privévertrekken open. Ze zat in bed op haar laptop te werken.

'Noem je dat uitrusten?'

'Ik zit toch op mijn luie kont?' Ze schonk hem die stralende glimlach waarvoor hij meteen door de knieën was gegaan toen hij haar al die jaren geleden voor het eerst had ontmoet. En ze was nu nog mooier dan ze die dag was geweest.

Zijn geliefde, zijn partner, zijn beste vriendin...

Hij liep de kamer in. 'Ik moet je iets vertellen, Chelsea.'

14

'Fluitje van een cent,' zei Stuart Thomas. Hij stond op en gebaarde naar het computerscherm. 'Dit is het, meneer Travis. Ga uw gang.'

Travis zag de zweetplekken in het T-shirt van Thomas en besefte dat de jonge knul net zo onplezierig rook als Galen had gezegd. Hij vond het geen prettig idee dat hij in één ruimte met hem moest samenwerken. 'Waarom ga je niet een hapje eten? Ik piep je wel op als ik je nodig heb.'

'U vindt hem nooit als u al die bestanden door moet spitten. Waar wordt hij eigenlijk van verdacht?'

'Moord.'

'Wat voor soort moord? Heeft hij zijn geliefde vermoord, heeft hij als inbreker iemand om zeep gebracht of heeft hij iemand geholpen euthanasie te plegen? U moet een categorie hebben om gerichter te kunnen zoeken.'

'Ik zal mijn best doen.'

Thomas aarzelde. 'Kan ik dan nu vast mijn geld krijgen? Meestal krijg ik de helft vooruit en de andere helft als de klus geklaard is en ik niet meer nodig ben. Ik heb geen voorschot gevraagd omdat Galen een goeie vriend van me is, maar eigenlijk heb ik wel...'

'Hoeveel?'

'Vijfduizend.'

'Blijf maar even wachten.' Hij liet Thomas zitten en liep naar het appartement aan de andere kant van de gang.

'Problemen?' Galen stond op uit een stoel.

'Meer een vervelende bijkomstigheid. Thomas wil zijn geld hebben en ik zit even zonder contanten. Vijfduizend?'

Galen schudde zijn hoofd. 'Daar kan ik vanavond wel aan komen.'

'Hij wil het nu hebben. Maakt niet uit.' Hij liep naar zijn weekendtas, pakte zijn laptop, opende de cd-romdrive en haalde er een zakje uit. 'Je moet hem maar zover zien te krijgen dat hij ermee akkoord gaat in natura uitbetaald te worden in plaats van in contanten.' Hij schudde de helft van de inhoud van het zakje op de salontafel.

'Godallemachtig,' mompelde Galen. 'Diamanten?'

Travis zocht tussen de edelstenen. 'Zelfs de kleinste hiervan zal meer dan vijfduizend dollar opbrengen.'

Galen zat met grote ogen naar het hoopje diamanten te kijken.

'En die heb je in je laptop meegesmokkeld?'

'Dat leek me een prima schuilplaats, zolang ik niet gefouilleerd zou worden op een vliegveld.'

'Dus daarom heb je je door *Air Force One* laten oppikken.'

Hij knikte. 'Ik had geen zin om deze handel door de douane te laten inpikken na alle moeite die het me had gekost om ze te pakken te krijgen.'

'Andreas zal het niet leuk vinden dat je zijn vliegtuig voor je eigen doeleinden hebt gebruikt.'

'Op het punt waar we nu zijn aanbeland, zal hij de eerste zijn om toe te geven dat smokkelen wel de minste van mijn zonden is.' Hij pakte een van de stenen op. 'Ik ben geen expert, maar volgens mij zijn deze van bijzonder goede kwaliteit.'

'Topspul.'

'Ga je die gebruiken om de conservator van dat museum om te kopen?' Melissa was de kamer binnengekomen en staarde naar de diamanten die op de salontafel lagen te glinsteren. 'Die zullen wel van diefstal afkomstig zijn, hè?'

'Zo zou je het kunnen stellen.'

'En hiervoor is je vriend gestorven?'

'Dat zou je ook kunnen zeggen, ja.' Hij gaf de diamant die hij had uitgekozen aan Galen. 'Zeg maar tegen Thomas dat hij mazzel heeft. Elke taxateur in Parijs zal hem vertellen dat die steen twee keer meer waard is dan het bedrag dat hij van me krijgt.'

'Je kunt erop rekenen dat hij als de gesmeerde bliksem naar de diamantbeurs rent om die diamant te laten taxeren.'

'Hij gaat z'n gang maar. Die steen kan elk onderzoek doorstaan.' Hij deelde het hoopje in tweeën en schoof de helft naar Galen. 'Voor Guilliame. Ik weet zeker dat hij het spul nog voor vanavond zal willen laten taxeren.'

'Maar dit is veel meer waard dan de prijs die hij heeft genoemd, Travis.'

'Geef ze nou maar gewoon aan Guilliame en handel die zaak af.' Hij schoof de rest van de diamanten weer in het zakje en stopte dat terug in de weekendtas. 'Maar ik wil de garantie dat we minstens vier uur bij dat standbeeld kunnen blijven, anders ruk ik hem zijn hart uit zijn lijf.'

'Je bent echt op en top een heer, Travis,' zei Melissa.

'Ik ben niet beschaafd grootgebracht op een plantage in het zuiden. Ik heb geleerd dat stroopsmeren de weg kan effenen, maar dat je altijd een mes achter de hand moet houden.' Hij keek haar recht aan. 'Dat zou jou toch moeten aanspreken, Melissa. Jij kunt als geen ander iemand de doodsteek geven.'

'En ik word er steeds beter in.'

'Ik denk dat ik maar eens aan het werk ga,' zei Galen. 'De sfeer wordt mij hier een beetje te kil. Als ik moeilijkheden krijg, laat ik je dat wel weten, Travis.'

'Prima.' Hij bleef Melissa strak aankijken. 'Hoewel ik al problemen genoeg heb.'

'Dat kun je wel zeggen.'

'Geen wonder dat je ons zonder al te veel moeite half Europa door kunt slepen,' zei Melissa toen Galen weg was. 'Geld opent alle deuren, hè?'

'In ieder geval de deuren van het Musée d'Andreas.'

'En als ik Jessica nu eens vertel dat je Cassie met behulp van gestolen geld probeert te helpen?'

'Daar trekt ze zich toch niets van aan, dat weet je net zo goed als ik. Ze zou zelf ook zonder gewetensbezwaren gestolen goed gebruiken als het kind daarmee gered kan worden.' Hij glimlachte. 'Natuurlijk zou ze zich wel zorgen maken en er een vervelend gevoel aan overhouden. Dus ik hoop maar dat je haar dat niet zult vertellen.'

Ze gaf geen antwoord.

'Leuk geprobeerd, Melissa.' Hij stond op. 'Nu moet ik weer naar hiernaast om wat werk te verzetten. Als je iets nodig hebt, weet je waar je me kunt vinden.'

'Waar is Travis?' vroeg Jessica toen ze tien minuten later de keuken binnenkwam.

'Hiernaast.' Melissa glimlachte gedwongen. 'Ik heb net ijsthee gemaakt. Wil je een glas?'

'Alsjeblieft.'

'Hoe gaat het met Cassie?'

'Hetzelfde.' Ze ging aan de tafel zitten en wreef over haar slaap. 'Jezus, ik hoop dat ons plan met de Winddanser lukt.'

'Als je ook maar de geringste twijfel hebt, moet je het niet doen.' Melissa zette het glas voor Jessica neer. 'We boeken vooruitgang. Dat weet ik zeker. Als je me de kans zou geven haar iets steviger aan te pakken, kunnen we het misschien doordrukken.'

'Jij bent daar misschien zeker van, maar ik helemaal niet.' Jessica nam een slokje. 'Je mag van mij tot op zekere hoogte je gang gaan, maar al dat gedoe over een psychisch contact blijft toch een vraagteken voor me. Instinctief verzet ik me ertegen en het druist ook in tegen alles wat ik heb geleerd.'

'Dat weet ik wel. Dat is juist het probleem.' Melissa viel plotseling voor haar zusje op haar knieën en legde haar gezicht op haar schoot. 'Je moet echt proberen me te geloven, Jessica.' Haar stem klonk gesmoord. 'Ik hou van je en ik heb alleen het beste met je voor. Dat is altijd zo geweest. Ik heb je al zoveel ontnomen, geef me nu een kans om iets terug te doen.' Ze sloeg haar armen om Jessica's middel. 'Laat me je helpen. Luister naar me. Alsjeblieft.'

'Mellie?' Jessica tilde Melissa's kin op en keek op haar neer. Ze liet haar vinger over haar natte wang glijden. 'Je huilt...'

Haar mond vertrok. 'Echt een bewijs dat ik labiel ben, hè?'

'Helemaal niet.' Ze pakte Melissa bij haar schouders en schudde haar zacht door elkaar. 'En je hebt me niets ontnomen dat ik niet met liefde wilde geven. Iedereen heeft in het leven een bepaalde bestemming. Besef je dan niet dat ik dankzij jou de mijne heb gevonden? Ik heb geen minuut spijt gehad van al die jaren die ik aan jou heb besteed.'

'Ik wel.'

'Kap daar dan mee.' Ze trok een gezicht. 'En hou in godsnaam op met huilen. Je bezorgt me een brok in mijn keel.'

'Sorry.' Ze legde haar hoofd weer op Jessica's schoot. 'Ik wil je nog één ding vragen. Als ik je op mijn liefde voor jou bezweer

dat ik gelijk heb met betrekking tot de Winddanser, dat Cassie daardoor echt in gevaar zal komen, wil je me dan geloven?'
Stilte.
'O, Jezus.'
'Daar ben ik gewoon veel te nuchter voor, Mellie. Ik weet dat je echt denkt dat je gelijk hebt, maar mijn verstand gaat automatisch op zoek naar een logische verklaring voor alles wat er is gebeurd. En mijn verstand zegt dat ik misschien een doorbraak kan forceren als ik Cassie confronteer met iets dat altijd een gunstige invloed op haar heeft gehad.'
'Het is een risico, een veel te groot risico.'
'Maar het kan toch de moeite waard zijn.' Ze zweeg even. 'En ik moet het nemen, Mellie.'
'Dus ik kan je niet ompraten?'
'Nee. Maar als je het er niet mee eens bent, hoef je niet mee te gaan.'
'Om de donder wel.' Melissa ging op haar hurken zitten en wreef in haar ogen. 'Als jij ergens naar toe gaat, ga ik mee.' Ze stond op. 'Drink je thee op. Ik ga even mijn gezicht wassen en dan zal ik iets te eten voor je maken.'

14.45 uur

Hij schoot geen meter op.
Travis leunde achterover in zijn stoel en wreef in zijn ogen. Het doorzoeken van eindeloze bestanden op het computerscherm bleek even vermoeiend als frustrerend te zijn. Hij had geweten dat de kans heel klein was, maar hij had gehoopt dat hem op deze manier iets te binnen zou schieten, het deed er niet toe wat...
Af en toe klikte er iets, dan kreeg hij een flits van...
Niets.
Nou ja, wat had hij dan ook verwacht van de summiere gegevens waarmee hij moest werken?
Groene ogen, een tikje schuinstaand. Blond haar dat net zo goed geverfd kon zijn. Een baard die zijn gezicht als een masker had bedekt.

Een masker…
Hij ging langzaam rechtop zitten.
Een masker.
Hij had het gezicht van de man niet herkend. Hij kwam pas op het idee dat de man hem bekend voorkwam toen hij hem van de snoepkraam naar de bank had zien lopen.
Een masker.
'Christus.'
'Heb je al iets gevonden?'
'Rustig aan. Dit kost tijd.' Thomas bleef strak naar het scherm staren. 'Ik ben nog maar een paar uurtjes bezig.'
'Je zei dat het gemakkelijker zou zijn als ik hem in een categorie onder kon brengen,' zei Travis. 'Dat heb ik gedaan.'
'Ongeveer een meter vijfentachtig lang, tussen de vijfendertig en veertig jaar, Scandinavisch type, maakt het liefst gebruik van een 9mm pistool.' Hij klikte een stel andere schermen aan.
'En een verleden als terrorist,' zei Travis.
'Dat is de sleutel. Als u me dat eerder had verteld, zou ik al…'
'Daar ben ik nu pas achter. Hoe lang nog? Er kunnen niet zoveel mensen zijn op wie dat profiel van toepassing is.'
'Daar zou u van staan te kijken. We leven in een wereld vol geweld.'
Er kroop weer een uur voorbij.
'Bingo.' Thomas boog zich voorover. 'Kom maar eens kijken. Dit zou uw man weleens kunnen zijn.'
Dertig jaar, maar dit dossier was al tien jaar oud. Gladgeschoren, lichtbruin haar dat al iets van het voorhoofd week, maar de ogen klopten. Groen. Iets schuin staand.
Já.
'Print maar uit.'
Thomas drukte op een knop. 'Een lekkere kerel.' Thomas zat zijn voorgeschiedenis te lezen. 'Brandstichting, diefstal, moord… IRA, Rode Brigade, naziskinheads… Hij hangt niet echt één doelstelling aan, hè?'
'Dat komt wel vaker voor. Geld is het enige dat huurlingen interesseert.' Hij pakte de politiefoto uit de printer. 'Ik had het idee dat hij connecties met terreurbewegingen zou hebben, omdat dat ook gold voor twee van de doden in Vasaro.'

'Vasaro?'

'Laat maar zitten.' Hij pakte een potlood en begon een baard op de foto te tekenen. Geen enkele twijfel.

'Is hij het?' Thomas keek Travis strak aan. 'Heb ik het voor elkaar gekregen?'

'Dat klopt.' Hij schoof zijn stoel achteruit. 'Je bent geniaal, Thomas.'

'Genialiteit moet beloond worden.' Thomas grinnikte sluw. 'Vindt u niet dat ik wat extra's heb verdiend? Misschien nog een van die mooie steentjes?'

'Wees niet zo inhalig,' zei hij afwezig terwijl hij naar de politiefoto bleef staren. 'Kun je een voorgeschiedenis en een psychologisch profiel van hem voor me opduikelen?'

'Die zal de CIA wel hebben. Geef me nog een halfuurtje.'

Het duurde vijfenveertig minuten voor hij op de printknop drukte en de twee velletjes aan Travis overhandigde.

'Dank je wel.' Hij liep naar de deur.

Edward James Deschamps.

Hebbes.

15

16.15 uur

'Edward Deschamps.' Galen keek op van het dossier dat hij net had gelezen. 'Weet je het zeker?'
Travis knikte. 'Alleen als ik hem opnieuw onder ogen zou krijgen, zou ik het nog zekerder weten.'
'En jij denkt dat hij de leider was van die bende in Vasaro?'
'Dat is een logische conclusie. Hij kende me en zei iets dat erop wees dat ik hem in het verleden voor de voeten had gelopen. Hij kwam me bekend voor, maar ik kende hem niet van gezicht. Waarschijnlijk herkende ik zijn manier van lopen.'
'Ik stond buiten op de binnenplaats, dus ik heb hem niet gezien. Hoe bewoog hij zich dan?'
'Vrij opvallend. Snel, verend, op de bal van zijn voeten, net als een tennisser.'
'Dus Karlstadt had niets te maken met de moord op Jan?'
Travis schudde zijn hoofd. 'Dat zit er niet in. Die overval op Vasaro speelde zich af voordat ik met Karlstadt en de diamanten in de slag ging. Trouwens, Deschamps was alleen uit op het geld en niet op de diamanten, die voor Karlstadt juist het belangrijkst waren.'
'Dus nu zitten zowel de Russen, Deschamps als Karlstadt achter je aan?'
'En dan vergeet je de CIA en de geheime dienst nog,' zei Melissa vanuit de hoek waar ze opgerold in een stoel zat. 'Dat vind ik heel bemoedigend. Met zoveel achtervolgers zit het er dik in dat iemand je te pakken krijgt.'
'Daar mag je best op blijven hopen,' zei Travis. 'Maar als jij je zuster vertelt dat Deschamps weer op het toneel is verschenen, kan het best zijn dat ze bij nader inzien toch afziet van de Winddanser. Misschien vindt ze het risico dan wel te groot.'

'Ik ga het haar meteen vertellen.' Ze stond op. 'Maar ze verandert toch niet van gedachten, tenzij er direct gevaar voor Cassie bestaat.'

'Dus je hebt je er eindelijk bij neergelegd?'

'Om de dooie dood niet,' zei ze fel. 'Ik heb alleen de eerste stap geaccepteerd. Dat wil nog niet zeggen dat ik me niet tot het uiterste zal verzetten tegen elke volgende stap.'

'Daar twijfel ik geen moment aan. Dus je bent wel van plan om met ons mee te gaan?'

'Je hoopte vast dat ik dat niet zou doen. Sorry. Ik zou het voor geen geld ter wereld willen missen.'

Galen zat de politiefoto fronsend te bestuderen. 'Ik geloof dat ik hem ook een keer tegen het lijf ben gelopen. Ergens in Portugal. Zou dat kunnen?'

'Hij is nooit lid geweest van een Portugese bende, maar dat wil niet zeggen dat hij daar nooit iets heeft uitgespookt.' Travis zat de profielschets te lezen. 'Hij is Amerikaans staatsburger, maar hij is heel Euopa doorgetrokken. Hij is nogal een fijnproever. Gek op dure kleren... hij laat zijn pakken in Rome maken.' Hij sloeg een paar regels over. 'Zijn moeder is van zijn vader gescheiden en toen hij zes jaar was, ging ze samen met Edward naar Parijs. Daar trouwde ze met Jean Detoile, de eigenaar van een kunstgalerie. Detoile had geld en stuurde de jongen naar een dure kostschool. In het begin haalde hij prima cijfers en bleek over een zeer hoog IQ te beschikken. Maar toen hij twaalf jaar was, beschuldigde zijn stiefvader hem van diefstal en gaf hem aan bij de politie. Hij heeft twee jaar in de jeugdgevangenis gezeten.'

Hij keek snel de rest van de bladzijde door. 'Na zijn vrijlating ging hij de straat op... drugs, oplichting, diefstal. Dat leverde kennelijk niet genoeg op, want rond zijn twintigste werd hij huurmoordenaar. Hij werd een expert op het gebied van afluisterapparatuur.' Hij keek op. 'Dat klopt met wat Jan me vertelde over de microfoons die hij in zijn appartement had gevonden.' Hij richtte zijn blik weer op het dossier. 'Daarna zocht hij het hogerop en werd terrorist. Hij is lid geweest van verschillende groeperingen en heeft vervolgens zijn eigen beweging opgericht. Maar die was geen lang leven beschoren, want hij werkt eigenlijk het liefst alleen en de bende viel uit elkaar.'

'Wat is er met zijn ouders gebeurd?'
'Zijn moeder is overleden toen hij in de gevangenis zat. Zijn stief-vader werd vier jaar na de vrijlating van Deschamps vermoord.'
'Door Deschamps?'
'Waarschijnlijk wel. Maar dat is nooit bewezen. Er is geen spoor van bewijsmateriaal gevonden. Maar het was een bijzonder smerige moord.' Hij zweeg even. 'Het is wel interessant dat hij zijn stiefvader niet meteen na zijn vrijlating heeft vermoord. Hij wachtte, leerde er van alles bij en sloeg toen toe. Het is een koelbloedige smeerlap.'
'Maar wel bijzonder intelligent.'
'Niet echt. Hij heeft Jan uitsluitend vermoord om mij te kwetsen. Dat is een fout die hem duur zal komen te staan,' voegde hij er zacht aan toe.
'En jij zult met het grootste genoegen met hem afrekenen,' zei Melissa.
'Zeker weten. Zal ik je nog iets meer over Deschamps vertellen? Volgens mij ontdek je dan vanzelf dat ik er, vergeleken bij hem, nog redelijk goed vanaf kom.'
Ze liep naar de slaapkamer. 'Wat mij betreft, valt alleen de vergelijking met een massamoordenaar in jouw voordeel uit.'
Travis keek Galen aan toen de deur achter haar dichtviel. 'Heb je hier genoeg aan om hem op te kunnen sporen?'
'Als dat het geval was, hadden de CIA of Interpol hem al lang geleden in zijn kraag gevat.' Hij pakte het dossier van Travis aan en keek het snel door. 'Hij is drie keer in verschillende periodes in zijn leven in Parijs gearresteerd. Het schijnt hem hier goed te bevallen. Het is een aanknopingspunt. Ik zal meteen mijn voelhoorns uitsteken. Maar het kan wel even duren.'

00.35 uur

'We kunnen ieder moment vertrekken, schattebout,' fluisterde Jessica. Ze wikkelde Cassie in de dunne deken. 'Het wordt heel spannend. Je zult een oude vriend weerzien.' Ze keek Melissa aan. 'Travis zei dat we direct na het bezoek aan het museum uit Parijs vertrekken. Hij wil dat alles in de bus wordt gezet. Ga jij maar even kijken of ik echt alles uit de badkamer meegenomen heb, dan zet ik een kop koffie voor ons.' Ze trok een gezicht. 'Eigenlijk snap ik niet waarom ik zo'n behoefte heb aan cafeïne als ik toch al zo zenuwachtig ben.'

Melissa schudde haar hoofd. 'Jij bent nooit zenuwachtig.'

'Vanavond wel.' Jessica liep naar de zitkamer waar Travis en Galen zaten te wachten. 'Is het al bijna tijd?'

Travis knikte. 'Hoe gaat het met de kleine meid?'

'Ze is wakker.'

'Zorg dat ze wakker blijft. Anders zou het weleens een heel duur tukje kunnen worden. Waar is Melissa?'

'Aan het pakken.' Ze liep naar de keuken en schonk een kop koffie in. 'Waar gaan we straks naar toe?'

'Als Cassie hier baat bij heeft, breng ik jou en Melissa ergens op een veilige plaats onder. Dan kunnen jullie zelf met Andreas onderhandelen.'

'Waar zouden we veilig zijn?'

'Wat dacht je van de Rivièra?' vroeg Galen.

'Geen idee. Daar ben ik nog nooit geweest. Maar het lijkt me moeilijk om daar onder te duiken.'

'Dat zijn meestal de beste plaatsen.'

'Veel tijd zullen we toch niet meer hebben. Ik snap niet waarom Andreas ons nog steeds niet gevonden heeft.'

'We hebben niet lang op één plaats gezeten en we hebben Galen.'

'En wie moet voor jou onderhandelen?'

Travis schudde zijn hoofd. 'Ik denk niet dat Andreas bereid is om het met mij op een akkoordje te gooien.'

'Klaar.' Melissa kwam met de weekendtassen de slaapkamer uit. 'Laten we maar gaan, dan is het ook snel gebeurd.'

Arme Mellie. Ze was zo bleek en gespannen dat Jessica een steek in haar hart voelde.

'Ik rij de bus naar de achterkant en ik zal goed opletten dat er niemand in de buurt is.' Galen liep naar de deur. 'Als ik je niet bel, kun je Cassie over vijf minuten naar beneden brengen.'

Jessica gaf Melissa de kop koffie. 'Drink maar op. Je ziet er belabberd uit.'

'Ik heb er geen zin in.'

'Drink op, Mellie.'

Melissa glimlachte flauw. 'Jawel, mevrouw.' Ze nam een paar slokjes en gaf haar de kop terug. 'Ben je nu tevreden, Sint-Jessica?'

'Ja.' Ze keek Travis aan. 'Hoe krijgen we Cassie ongezien het museum binnen? Als we haar dragen, zal dat zeker iemand opvallen.'

'We zetten de bus in een steeg en gaan aan de achterkant naar binnen. Galen zegt dat de restauratieruimte aan het eind van de gang is.'

'Zijn er bewakers?'

'Twee, en die zijn allebei omgekocht. Eén bij de achteringang en één bij de deur van de ruimte. Daarbinnen is een deur die toegang geeft tot een trap naar de opslagkamers in de kelder. Voor alle zekerheid zal Galen die deur door een van zijn eigen mannen laten bewaken.'

'Christus, ik hoop dat alles van een leien dakje gaat.'

'Jessica...'

Jessica draaide zich om en keek Melissa aan. De ogen van haar zuster stonden glazig en ze zette een wankelende stap vooruit.

'Jessica...'

'Vang haar op, Travis,' zei Jessica.

Travis sprong naar voren toen Melissa's knieën begonnen te knikken en ze in elkaar zakte.

Melissa's ogen bleven vol afschuw op Jessica's gezicht gericht. 'Nee... Jessica.'

'Ssst.' Jessica schudde de kussens van de bank op. 'Maak je geen zorgen, Mellie.'

'Lieve hemel. Je weet niet wat...' Ze zakte bewusteloos in de armen van Travis in elkaar.

'Verrek, wat krijgen we nu?' mompelde Travis.

'Een verdovend middel in de koffie,' zei Jessica. 'Leg haar maar op de bank.'

'Heb je haar verdoofd? Waarom?'

'Dit zou veel te moeilijk voor haar worden. Je hebt toch zelf gemerkt hoe druk ze zich maakte over de Winddanser. Op deze manier wordt ze pas wakker als alles voorbij is.' Ze legde een plaid over Melissa. 'En het is best mogelijk dat ze van plan was tussenbeide te komen. Cassie verdient deze kans.'

Travis floot zacht. 'Je bent wel een harde.'
'Jij wist ook dat ze ons moeilijkheden kon bezorgen. Wou je me vertellen dat je zelf niet met dat idee hebt gespeeld?'
'Ik ben wel in de verleiding gekomen.' Hij keek op Melissa neer. 'Maar ik kon het niet opbrengen.'
'Waarom niet?'
'Het leek me zo'n smerige streek. Zo'n knokker als zij verdient het dat je haar met open vizier bestrijdt.' Hij streek het haar van Melissa's voorhoofd. 'Ik mag die feeks graag als ze me niet met haar giftige pijltjes bestookt. Ik ben tot de conclusie gekomen dat ik het probleem minder erg vind dan de oplossing.'
'En ik kwam tot de slotsom dat ik dat risico niet wilde lopen en zowel Mellie als Cassie in bescherming moest nemen.' Jessica keek op haar horloge. 'Het is tijd om Cassie naar beneden te brengen.'
'Hoe lang blijft Melissa onder zeil?' Hij liep naar de slaapkamer.
'Ze heeft maar een paar slokjes genomen.'
'Ik had niet anders verwacht. Ik heb haar een stevige dosis toegediend. Vier of vijf uur.' Ze drukte vol genegenheid een kus op Melissa's wang en fluisterde: 'Het is voor je eigen bestwil. Welterusten, Mellie.'

0.45 uur

Paul Guilliame was een slanke, elegante, donkerharige man van achter in de vijftig. Hij was bovendien bijzonder nerveus.
'Kom binnen. Kom binnen.' Hij knikte tegen de bewaker die voor de restauratieruimte stond en gebaarde driftig dat ze door moesten lopen. 'Ik ben stapelgek dat ik hieraan begonnen ben. Vier uur. Hooguit.'
'Meer vragen we niet. Zorg dat er een stoel komt voor de dame,' zei Galen. 'En ga dan maar een borrel drinken om je zenuwen in bedwang te houden.'
'Ik ga het gebouw niet uit,' zei Guilliame. 'En wat moet dat kind hier? Daar heb je me nooit iets over...'
'De klok tikt door. Als je ons zo gauw mogelijk kwijt wilt zijn, laat ons dan alleen en bemoei je met je eigen zaken,' zei Travis.

'Waar is de Winddanser?'

'Op de werktafel tegenover de sarcofaag.'

Jessica stond al naar het standbeeld te staren. 'Mijn god,' fluisterde ze. 'Ik heb er foto's van gezien, maar in werkelijkheid is het toch heel anders. Wat schitterend.'

'Waar wilt u die stoel hebben?' Guilliame had er een van de andere kant van de kamer gehaald.

'Op een paar meter van het standbeeld,' zei Jessica.

Hij zette de stoel neer op de plek die ze aanwees en liep haastig de restauratieruimte uit.

Jessica ging zitten en stak haar armen uit. 'Zet Cassie maar op mijn schoot, Travis.'

'Ik wil haar ook wel vasthouden.'

'Nee.'

'Ze vertrouwt me.'

'Maar ik ben degene die probeert haar zover te krijgen dat ze terugkomt. Jij bent alleen een veiligheidsklep. Ik wil dat ze beseft dat er iets veranderd is.'

Hij zette Cassie op Jessica's schoot, met haar gezicht naar de Winddanser. 'En nu?'

'We blijven gewoon zitten en wachten af.' Ze trok Cassie dichter tegen zich aan. 'Doe je ogen open, lieverd. Hij is hier. Hij is zo mooi, dat de adem me in de keel stokt. Ik begrijp waarom je zoveel van hem houdt. Doe alsjeblieft je ogen open...'

'Hij is hier.' Cassies kreet van blijdschap drong door de nevel die Melissa omgaf. 'Ik heb hem gevonden. Ze zegt aldoor dat ik mijn ogen open moet doen om hem te zien, maar ik weet dat hij hier is. Kom maar gauw, dan kunnen we samen naar hem kijken.' Duisternis. Een waas voor haar ogen. Dodelijke vermoeidheid. *'We kunnen hier wel blijven. Hij zal ervoor zorgen dat ons niets overkomt. Ze wil dat ik naar buiten kom, maar dat hoeft helemaal niet. We gaan nog dieper de tunnel in. Hij heeft me al eerder weggebracht. Dat kan hij nu weer doen. En dan gaat hij vast met ons mee. Dat weet ik zeker.'* Ze moest iets zeggen, maar ze kon niet denken. Waarom kon ze niet denken? Er hing een dichte mist om haar heen, het leek wel stroop. *'Waar heb je het over?'*

'Over de Winddanser, dommerd.'
Een flits van angst sneed door Melissa heen en scheurde de mist aan flarden. 'Wat?'
'Dat heb ik toch gezegd. Hij is hier. Ik heb hem gevonden.'
Haar hart ging als een moker tekeer. 'Waar?'
'Jessica heeft me naar hem toe gebracht.'
Jessica.
De koffie.
Néé!
'Melissa, kom nou hier. Ik heb hem gevonden, maar ik wil jou niet achterlaten. Ga met me mee.'
Ze moest haar ogen opendoen.
'Melissa.'
'Ga niet met hem mee, Cassie.'
Doe je ogen open. Doe je ogen open. Doe je ogen open.
Eindelijk kropen haar zware oogleden omhoog. Blauwe gordijnen. Het appartement. Wazig. Alles was wazig.
Ga zitten. Sta op.
Het kostte te veel inspanning.
Sta op.
Ze deed er vijf minuten over om te gaan zitten en nog eens vijf minuten om op te staan.
Eén ding tegelijk. Ze moest bij de deur zien te komen.
Maar stel je voor dat ze het niet haalde? Ze moest Jessica tegenhouden.
'Melissa, waar ben je?'
'Ik kom eraan. Wacht op me.'
Ze zocht in haar broekzak naar het nummer dat ze uit het adresboekje van Jessica had overgeschreven. Nu moest ze naar de telefoon toe.
Jezus, ze kon de cijfers niet eens onderscheiden. Ze moest drie keer opnieuw beginnen voordat ze het goede nummer had ingetoetst.
'Hallo,' zei Andreas.
'Cassie… Jessica. Musée d'Andreas.'
'Wat? Met wie spreek ik?'
'Melissa. Nu. U moet er meteen naar toe.' Ze verbrak de verbinding. Misschien kwamen ze niet op tijd. Misschien kwamen ze helemaal niet.

Haar handtas... daar zat het pistool in dat ze van Galen had gekregen. Naar buiten. Het museum was maar vier straten verderop. Dat redde ze best.

Stapje voor stapje.

'Melissa, ik ga mijn ogen opendoen. Ik wil hem weerzien. Hij is zo mooi.'

Een gevoel van paniek schoot door Melissa heen. Als Cassie die smaragdgroene ogen zag, zou Melissa ze ook zien. Ze wist niet of dat verschil zou maken, maar ze durfde het risico niet te nemen.

'Nee. Je mag je ogen niet opendoen. Wacht op mij.'

'Ik zal het proberen. Maar je moet wel opschieten.'

De eerste straat.

Ze haalde het gewoon niet. Ze was veel te moe.

'Ik kan niet meer wachten, Melissa.'

'Jawel, dat kun je best. Als je het maar echt wilt, dan kun je alles.'

Twee straten.

Ze wankelde en viel tegen de stenen muur van het gebouw naast haar.

Rechtop gaan staan. Verder lopen.

'Ik doe mijn ogen open.'

'Nee.'

'Ik kan niet anders.'

En toen zag Melissa het standbeeld.

Ogen van smaragd keken de wereld in met een blik vol oeroude wijsheid. Het standbeeld stond op een gehavende werktafel in een grote, volgepakte ruimte. Een loopbrug. Schilderijen. Travis stond opzij van de werktafel, naast een Egyptische sarcofaag.

'Zie je nou wel.' Cassies opwinding kolkte als een wolk vol statische elektriciteit om hen heen. *'Hij is hier. Hij is hier.'*

Nog een straat verder. Ze was bijna bij het museum.

De ogen van smaragd, maar geen plas bloed. Misschien ging het anders. Het moest gewoon anders gaan.

Ze liep de steeg in.

'Jessica is blij. Ze denkt dat ik terugkom, omdat ik mijn ogen open heb gedaan. Ze praat tegen me en ze zegt dat de Winddanser ook wil dat ik dat doe.'

'Ze heeft gelijk, Cassie.'

'Hoe weet jij dat nou? Hij heeft me zelf weggebracht. Hier is het veilig.'

'Maar daar kun je de Winddanser niet zien en nu wel.' Praatte ze nu onzin? Ze was zo bang dat ze niet goed na kon denken. Het enige dat ze zag, waren die smaragdgroene ogen. Maar geen plas bloed. Geen plas bloed. Laat het anders gaan. Alsjeblieft, geen plas bloed.

Ze hield zich aan de leuning vast terwijl ze de trap naar de achteringang op liep.

Wat was dat inspannend, zo'n lang stuk naar boven.

Ze leunde tegen de deur om haar krachten te verzamelen. Nog een minuut, dan was ze in de gang. Alles was in orde. Ze had het gehaald en er was niets gebeurd. Ze was niet eens door de bewakers tegengehouden.

De bewakers.

Waar waren de bewakers?

Ze duwde de deur open.

Bloed. Starende ogen. Twee lijken.

De bewakers.

'Waarom zeg je niets tegen me, Melissa?'

'Doe je ogen dicht, Cassie.' Ze zwalkte door de gang. Jezus, nog een lijk, naast de deur van de restauratieruimte. Een blauw pak, geen bewaker. Guilliame? 'Luister naar me. Ik wil dat je je ogen dicht doet.'

'Waarom? Dan kan ik niet meer naar het... Wat was dat voor geluid?'

'Welk geluid?'

'Een zacht plofje. Heb ik eerder gehoord. Heb ik eerder gehoord.' Melissa kon de paniek in haar stem horen. 'Michael rent naar beneden, naar de andere deur. Hij laat me alleen.'

'Doe je ogen dicht.'

'Winddanser. Ik kan hier niet blijven. Hij moet me meenemen.' Doodsangst. 'Melissa, ik val.'

'Waarom val je? Ben je gewond?'

'Dat weet ik niet. Ik lig op de grond. Ik doe mijn ogen dicht. Ik ga weg...'

'Waarom lig je op de grond?' Ze gooide de deur open. 'Wat is er aan de...'

En toen zag ze het.

De smaragdgroene ogen die omlaag keken.

De plas op de grond die steeds groter werd tot het bloed de schoen van het kind bereikte.

Melissa's keel werd schor van het schreeuwen.

Ze wist niet hoe ze aan de andere kant van de ruimte was gekomen, maar ze liet zich op haar knieën vallen. Ze moest het bloed stelpen. Het bloed dat uit Jessica's borst gutste.

'Mellie?' Jessica keek naar haar op. 'Help... Cassie.'

'Met Cassie is niets aan de hand.' Ze drukte haar handen op de wond. 'En met jou komt alles ook weer in orde.'

'Ze was bijna... terug. Ik weet het zeker. Het is me... gelukt, hè?'

'Ja, natuurlijk.' O god. Al dat bloed. 'Hou nu je mond maar.'

'Hij is prachtig...' Jessica keek omhoog naar de Winddanser. 'Ik kan best begrijpen waarom Cassie...' Een dun straaltje bloed sijpelde uit een van Jessica's mondhoeken. 'Schitterend...'

Haar hoofd viel opzij.

'Nee!'

16

'Het heeft geen zin, Deschamps is verdwenen,' zei Galen op de stoep van het museum tegen Travis. 'En wij kunnen ook maar beter maken dat we wegkomen. Die sirenes klinken angstig dichtbij. Waarschijnlijk is de klootzak daarom op de vlucht geslagen.' 'De vuile smeerlap.' Travis balde zijn vuisten. 'Hij kende dit gebouw als zijn broekzak. Hij wist precies waar hij naar toe moest toen hij van die loopbrug af sprong. Hoe is hij langs die bewakers gekomen?' 'Dat wil ik ook graag weten,' zei Galen grimmig. 'Dat ga ik wel uitzoeken terwijl jij kijkt of alles in orde is met Cassie en Jessica. Binnen twee minuten zijn we hier weg.' Travis holde het museum weer in en bleef met een schok staan toen hij de restauratieruimte bereikte. 'O shit.' 'Ze wil niet wakker worden.' Melissa keek op. Haar mond was besmeurd met Jessica's bloed. 'Ik krijg haar niet aan het ademen.' Ze drukte haar mond weer over die van Jessica. 'Melissa.' Hij knielde naast haar en legde zijn vingers tegen Jessica's keel. 'Het heeft geen zin. Ze is er niet meer.' 'Dat mag je niet zeggen.' Ze blies driftig haar adem in Jessica's mond. 'Ik wil niet hebben dat ze dood is.' Hij keek hoe het met Cassie ging. Geen verwondingen. Het kind was niet geraakt. Het was helemaal niet tot hem doorgedrongen dat een van hen was neergeschoten toen hij achter Deschamps aan was gerend. Hij had nog wel een blik op Jessica geworpen, maar ze had rechtop op de stoel gezeten, met het kind in haar armen. De sirenes werden luider. 'Melissa, we moeten hier weg.' Ze negeerde hem. 'Wegwezen.' Galen stond naast hem en tilde haastig Cassie op. Hij wierp een blik op Jessica. 'Dood?'

'Ja.'

'Nee,' zei Melissa tegelijkertijd.

Galen knikte. 'Dood. Ik heb de deuren op slot gedaan en ik breng Cassie via het souterrain naar buiten.' Hij droeg Cassie naar de trap. 'Als we niet snel maken dat we wegkomen, belanden we allemaal in de gevangenis. De bewakers zijn allebei dood en Guilliame ook. Een van mijn mannen, Cardeau, is ook vermoord. Ik heb hem in de kelder achter een stel kisten gevonden. Je kunt Melissa meenemen of haar hier achterlaten.'

'Ze gaat mee.' Travis trok Melissa bij haar zuster weg. 'Kom, Melissa. Je kunt haar niet meer helpen.'

'Wel waar. Ik kan dit laten ophouden.'

'Melissa, je houdt jezelf voor de gek. Jessica is dood en als je niet met me meegaat, ga je zelf ook dood of je komt in de gevangenis terecht. Dan zullen we het de man die haar dit heeft aangedaan nooit betaald kunnen zetten. Denk je dat het juist is als dat gebeurt?'

Ze keek hem met nietsziende ogen aan.

'Travis!' riep Galen.

'We komen eraan.'

'Dood?' fluisterde Melissa.

Travis knikte. Hij trok haar overeind. 'Kom nu maar, Cassie zal je nodig hebben.'

'Ze zei: "Help Cassie." '

'Dat klopt.' Hij duwde haar naar de trap. 'Maar dat kun je alleen als we hier weggaan.'

'Dood.' Ze bleef stokstijf staan en keek om naar Jessica. 'O god, het is echt waar.' Ze huiverde. 'Ik wilde dat het weer een droom was.' Er klonk een wereld van paniek in haar stem.

'Kom nu maar, Melissa.'

Haar blik gleed langzaam naar het standbeeld. 'Neem hem mee.'

'Wat?'

'Neem hem mee.'

'Nee.'

'Zonder hem ga ik ook niet mee. Pak hem op en neem hem mee.'

De sirenes klonken inmiddels alsof ze vlak voor de deur stonden. Hij wist dat ze vrijwel geen tijd meer hadden. 'Je denkt niet goed na. Ga nou maar gewoon met me mee, Melissa.'

Ze schudde zijn hand van haar arm en liep naar de Winddanser. 'Jezus.' Hij holde de ruimte door, greep het standbeeld op, pakte haar bij de arm en trok haar mee. 'Schiet op, verdomme. Ze kunnen elk moment de deur intrappen.'

'Is alles in orde met haar?' Galen zat in de achteruitkijkspiegel naar Melissa te kijken toen de auto de A6 opdraaide. 'Ze ziet eruit als een slaapwandelaarster.'

'Ze ís ook een slaapwandelaarster. Na de hoeveelheid verdovende middelen die Jessica haar heeft gegeven zou ze als een blok moeten liggen slapen. Ze had onmogelijk in staat moeten zijn om het appartement te verlaten. Ik weet niet wat haar op de been houdt.'

'Ja, dat weet je wel.'

'Dat zou best kunnen,' zei hij vermoeid. Hij pakte zijn zakdoek en poetste het bloed van Melissa's lippen. 'Het lichaam is tot verbijsterende dingen in staat als de wil sterk genoeg is.'

'Waarom heb je in godsnaam de Winddanser meegenomen? Vond je dat we nog geen moeilijkheden genoeg hadden?'

'Ze wilde niet weg als ik dat ding niet meenam.' Hij haalde zijn schouders op. 'En wat maakt het nou uit als...'

'... het de druppel is die de emmer laat overlopen?' maakte Galen zijn zin af. 'De Franse politie zal zich door deze diefstal zwaar in haar eer aangetast voelen. Ze hebben Andreas bezworen dat de bewaking van het standbeeld tot in de puntjes geregeld was. Als we een manier kunnen verzinnen om het standbeeld terug te geven, laten zij ons misschien met rust.'

'Nee,' zei Melissa.

De beide mannen keken haar aan. Het was het eerste woord dat ze sprak sinds hun overhaaste vertrek uit het museum. 'We moeten het houden.'

'Daar zullen we het later nog wel over hebben,' zei Travis. 'Op dit moment kun je kennelijk niet helder nadenken.'

'We moeten het houden.'

'Dat is heel gevaarlijk. Je hebt zelf gezien hoe de politie met man en macht naar het museum kwam. Hoe wisten ze dat wij daar waren? Iemand moet zijn mond voorbij hebben gepraat.'

'Ik heb Andreas opgebeld,' zei Melissa.

Galen begon te vloeken. 'Ik wist het. Ik wist dat ze dat zou doen.'
'Rustig aan, Galen. Het is maar goed dat ze hem heeft gebeld. Deschamps zat daar op die loopbrug met de bedoeling ons allemaal om zeep te helpen. Die sirenes hebben hem op de vlucht gejaagd.'
'Niet op tijd,' fluisterde Melissa.
'Nee, niet op tijd voor Jessica,' zei Travis zacht. 'Maar het was waarschijnlijk de redding voor de rest van ons.'
'Het kan me niet schelen wat er met de rest van jullie gebeurt.'
'Zelfs niet met Cassie?'
Ze sloot haar ogen. 'Help... Cassie.'
'Alles is in orde. Ze is er niet slechter aan toe dan ze hiervoor was.'
'Help... Cassie.'
'We zullen haar helpen, Melissa.' Travis trok haar hoofd tegen zijn schouder. 'Probeer nu maar een beetje te slapen. Ik maak je wel wakker als we bij het zomerhuisje aankomen.'
'Help Cas...'
Ze viel in slaap.

Het gesloten raam omlijstte een zonsondergang waarin lavendel en scharlaken de boventoon voerden.
Schitterend...
'Neem maar een slokje water.' Travis hield een glas tegen Melissa's lippen. 'Je bent een hele tijd buiten westen geweest, dus je zult wel dorst hebben.'
Ze had inderdaad dorst. Haar mond voelde gortdroog aan. Ze dronk het glas half leeg. 'Buiten westen? Waar heb je...'
Jessica.
Een scheut van pijn flitste door haar heen. Witgloeiend. 'Lieve god.'
Hij ving het glas op dat ze uit haar hand liet vallen en trok haar in zijn armen. 'Ik weet het. Ik weet het. Ik vind het zo erg, Melissa.' Zijn stem klonk gesmoord toen hij haar heen en weer wiegde. 'Christus, het spijt me zo.'
'Met spijt schieten we niets op. Ze is dood.' Ze drukte haar gezicht tegen zijn schouder. 'Ik kon haar niet helpen. Ik kon het niet voorkomen.'

'Niemand kon haar helpen. Zelfs als we haar binnen een paar minuten in een ziekenhuis hadden gehad, zou de wond toch dodelijk zijn geweest.'

'Ik kon het niet voorkomen. Ik had slimmer moeten zijn. Ik had kunnen weten dat ze zou proberen me te beletten mee te gaan.'

'Daar heeft ze mij ook mee verrast. En als je wel was meegegaan zou jij misschien ook neergeschoten zijn.'

'Nee, dan zou ik een manier hebben gevonden om haar te beschermen. Ik wist dat het zou gebeuren. Dan had ik er een stokje voor kunnen steken.'

Ze kon voelen hoe zijn lichaam tegen het hare verstarde. 'Wat?'

'Laat me los.' Ze duwde hem weg en zwaaide haar benen uit bed. 'Ik moet naar buiten.'

'Prima, het zal je goed doen om alleen te zijn.' Hij hielp haar overeind. 'En we hebben hier een verlaten strand van een kilometer of zes lang. Maar blijf wel een beetje in de buurt, goed?'

Ze gaf geen antwoord.

Ze liep de slaapkamer uit en holde naar buiten, waar haar voeten diep in het zachte zand zakten. Haar schaduw leek op een grote spin die voor haar uit over het strand kroop terwijl ze naar de duinen in de verte rende.

Jessica. Ze gleed aan de andere kant van een duin naar beneden en bleef ineengedoken op de grond liggen.

Jessica.

Zuster, moeder, vriendin, redster in de nood. Lieve heer, waarom Jessica?

Ze wiegde heen en weer terwijl ze verscheurd werd door verdriet. En eindelijk kwamen de tranen. Rauwe snikken pijnigden haar lichaam.

Jessica...

'Verdomd vervelend.' Galens blik volgde die van Travis naar de plek waar Melissa op het strand naar de zee zat te staren. 'Waren ze erg aan elkaar gehecht?'

'Je hebt ze samen gezien. Wat denk je zelf?'

'Ik denk dat het leven af en toe niet te verteren is.'

'Zoals nu. Alles loopt uit de klauw en het zal alleen maar erger worden.' Hij zweeg even. 'Je kunt ook afnokken. Dat zou ik je echt niet kwalijk nemen. Je hebt al meer gedaan dan ik van je gevraagd heb.'

'Ik weet nu eenmaal niet van ophouden. Ik blijf gewoon hier.'

'Ik heb geen...'

'Hou je bek, Travis. Dit gaat niet alleen jou aan. Die vuile smeerlap heeft gisteravond een van mijn mannen vermoord. Dacht je dat ik het bijltje erbij neer zou gooien voordat ik hem een kopje kleiner heb gemaakt?'

'Hij is van mij, Galen.'

'Daar hebben we het wel over als we hem in handen hebben.' Zijn ogen dwaalden weer naar Melissa. 'Maar haar moeten we goed in de gaten houden. Zodra ze over de eerste schok heen is, wordt ze zo hard als staal.'

Kijkend naar dat fragiele, eenzame figuurtje dat zo scherp tegen de lucht afstak, kon Travis zich dat nauwelijks voorstellen. 'Ik denk dat je je vergist.'

Galen schudde zijn hoofd. 'Ze heeft me een keer verteld dat we heel veel op elkaar leken. Als broer en zus. Volgens mij had ze gelijk.' Hij draaide zich om en liep naar het huis toe. 'Aangezien jij een oogje op Melissa houdt, ga ik wel even kijken hoe het met Cassie gaat. Ik ben een prima kinderoppas. Heb ik je weleens verteld dat ik als babysitter voor een wolf heb gefungeerd?'

'Nee, maar daar kijk ik helemaal niet van op.' Travis klonk afwezig, hij stond nog steeds naar Melissa te staren. Zoveel verdriet en ellende. Zo eenzaam. Hij wilde het liefst naar haar toe lopen, zijn armen om haar heen slaan en proberen haar wat troost...

Nog niet.

Verdriet moest je eerst alleen verwerken, voor je bereid was om troost te aanvaarden. Verrek, misschien zou ze nooit bereid zijn om zich door hem te laten troosten, ook al wachtte hij nog zo lang. Per slot van rekening had hij een belangrijk aandeel gehad in die afschuwelijke gebeurtenis in het museum.

Waarom wilde hij haar eigenlijk helpen? Bij al zijn ondernemingen was zijn uitgangspunt altijd geweest dat er geen emotionele betrokkenheid aan te pas mocht komen. Maar vanaf het moment dat ze voor het eerst bij hem op de stoep had gestaan, was Melissa erin geslaagd om... gevoelens bij hem op te roepen. Ze had

niet alleen zijn belangstelling gewekt, maar ook zijn woede, ver-
langen, plezier en bewondering en nu maakte ze zelfs nog diepe-
re emoties los.
Medelijden?
Ach, wat maakte het uit? Zelfonderzoek was lulkoek. Hij ging
op de drempel zitten en bleef naar Melissa kijken. Hij moest gewoon niet nadenken, maar haar alleen in de gaten houden. En
ondertussen kon hij dan misschien zelf ook een poging doen om
zijn verdriet te verwerken.

'Je hebt hier nu al een hele tijd gezeten,' zei Travis achter haar.
'Denk je niet dat het verstandiger is om binnen te komen? Het is
al bijna drie uur in de ochtend en de wind begint behoorlijk aan
te wakkeren, Melissa.'
'Ik wil niet naar binnen. Ik heb het niet koud.' Dat was gelogen.
Ze was ijskoud, maar dat kwam niet door de wind. 'Ik moet nog
over een paar dingen nadenken.'
'Over Jessica.'
'Nee, op het moment kan ik niet meer aan Jessica denken. Dat
doet te veel... pijn. Ik hield van haar...'
'Dat weet ik.'
'Dat kun je niet weten. Ze was alles voor me. Ze heeft me teruggehaald uit het duister en me geleerd hoe ik mijn leven weer
moest oppakken.' Ze wreef over haar slaap. 'Ze moest altijd lachen als ik haar Sint-Jessica noemde, maar dat was in zekere zin
terecht. Ze was zo verdomd... goed.' De tranen kwamen weer te
voorschijn en ze veegde ze weg. 'Zie je wel, ik kan niet eens aan
haar denken zonder weer te gaan janken. Daar moet ik mee ophouden, anders kan ik niet helder nadenken.'
'Ik heb zelf ook wel zin om te gaan janken,' zei Travis. 'Ik heb
haar niet lang gekend, maar lang genoeg om in te zien dat ze een
fantastisch mens was.'
'Je bent heel lief voor me.' Ze keek hem niet aan. 'Dat was ik niet
voor jou, toen jouw vriend vermoord werd. Ik kon niet toestaan
dat ik me milder tegenover jou ging opstellen. Jij was degene die
Jessica naar de Winddanser leidde.'
'En dankzij mij liep ze rechtstreeks in de val. Je vindt waarschijnlijk dat ik verantwoordelijk ben voor haar dood, hè?'

Ze schudde haar hoofd. 'Daar was ik zelf net zo goed verantwoordelijk voor. Zij heeft je zelf laten beloven dat je Cassie en het standbeeld bij elkaar zou brengen. Er was geen houden aan. Ik wist wat er zou gebeuren, maar ik kon niets doen om het te voorkomen.'

Hij wendde zijn blik af. 'Je... wist wat er zou gebeuren?'

'Ik heb er al wekenlang van gedroomd. Daarom kwam ik terug naar huis, naar Juniper. Het was altijd dezelfde droom. De Winddanser die omlaag staarde naar een plas bloed en Jessica die dood op de grond lag.'

'Heb je haar dat niet verteld?'

'Jessica heeft nooit echt geloofd in dingen die ze niet kon zien en aanraken. Ze zou toch niet naar me geluisterd hebben. Maar ze moest wel luisteren toen ik geestelijk contact kreeg met Cassie. Ik dacht dat Jessica wel uit de buurt van de Winddanser zou blijven als ik net deed alsof het standbeeld een bedreiging vormde voor Cassie.' Haar mond vertrok. 'En toen bood jij het haar op een presenteerblaadje aan. Ik kon je wel vermoorden.'

'Dus je geeft mij wel de schuld.'

Ze schudde vermoeid haar hoofd. 'Volgens mij heb ik nooit echt geloofd dat jij in staat was om het noodlot een halt toe te roepen, maar ik moest het toch proberen. Mijn enige hoop was dat ik zelf zou kunnen voorkomen dat het op een drama uitliep.' Ze balde haar vuisten. 'Als er een God bestaat, dan slaat het toch nergens op dat hij me wel die dromen bezorgt maar niet het vermogen om te voorkomen dat ze ook uitkomen?'

'Heb je weleens eerder dat soort dromen gehad? Niet over Jessica, maar over andere mensen?'

'Twee keer. De eerste keer was vlak nadat ik ging studeren. Dat ging om een jongetje dat naast ons appartement in Cambridge woonde, Jimmy Watson. Bruin haar, zo'n lieve glimlach... Ik bleef maar dromen dat hij de straat overstak en door een vrachtwagen werd overreden. En iedere keer werd ik huilend wakker. Ik dacht echt dat ik gek begon te worden.' Ze liet haar tong over haar lippen glijden. 'Maar het gebeurde. Hij rende achter een speeltje aan de straat op en werd overreden.'

'Was hij dood?'

'Nee, maar hij had inwendige verwondingen. Hij heeft weken-

lang in het ziekenhuis gelegen. Ik ben bij zijn moeder op bezoek geweest en die zal wel gedacht hebben dat ik niet goed wijs was. Ze troostte me en verzekerde me dat ik niets te maken had met Jimmy's ongeluk.'
'Maar je geloofde haar niet?'
'In mijn droom was het altijd een geel met zwarte bloemenauto. Hij werd overreden door een vrachtwagen van tuincentrum Bendix. Wat zou jij dan denken?'
'En het tweede geval?'
'Een oude man die op de universiteit als concierge werkte. Ik droomde steeds opnieuw dat hij uitgleed bij het zwembad en met zijn hoofd op de rand terechtkwam. Ik kon het bloed in het water zien.'
'En wat heb je toen gedaan?'
'Ik ben naar hem toe gegaan en heb hem verteld wat er aan de hand was. Het was een aardige man, maar hij geloofde me niet. Hij klopte me op m'n schouder en zei dat jonge mensen tegenwoordig veel te vaak naar de tv keken. Ik heb hem gevraagd of hij alsjeblieft in ieder geval altijd iemand mee wilde nemen als hij de kleedkamers en het zwembad schoon ging maken. Hij beloofde dat hij dat zou doen.'
'Maar daar heeft hij zich niet aan gehouden.'
Haar mond vertrok. 'Hoe weet je dat?'
'Zo zijn mensen nu eenmaal. Als hij je niet geloofde, zou hij gewoon zijn eigen gang gaan. Is het precies zo gebeurd als jij had gedroomd?'
'Hij is verdronken. Dat had niet hoeven gebeuren. Als ik hem aan zijn kop was blijven zeuren...' Ze schudde haar hoofd. 'Maar misschien had dat ook niet geholpen. Misschien is dit gewoon een of andere kosmische grap. Ik mag een blik in de toekomst werpen, maar ik krijg niet de kans om er iets aan te veranderen.'
Ze draaide zich om naar Travis en zei onvast: 'Wat zou dat lollig zijn, hè?'
'Nee, helemaal niet en volgens mij heb je het ook niet echt geprobeerd. De eerste keer geloofde je er zelf eigenlijk niet in. De tweede keer kon jij er ook niets aan doen dat die oude man zulke vastgeroeste gewoontes had dat hij geen voorzorgsmaatregelen nam.'

'En Jessica?'
'Zij heeft je een knockout-pil gegeven. Misschien had je kunnen voorkomen wat er is gebeurd als je jezelf was geweest.' Hij draaide zich om en keek haar aan. 'Maar als je liever denkt dat het puur een kwestie van noodlot is en dat je er toch niets aan kunt veranderen, moet je dat vooral doen. Dat maakt het allemaal een stuk simpeler. Dan kun je net doen alsof er niets aan de hand is en alles negeren.'
'Simpeler? Je weet niet waar je het over hebt. Er is niets simpels aan...' Ze keek hem plotseling strak aan. 'Hoe komt het dat je alles wat ik je heb verteld voor zoete koek slikt?'
'Ik heb al eerder tegen je gezegd dat ik niet overstuur raak van gaven die een beetje buiten de platgetreden paden vallen.'
'Mijn geestelijke band met Cassie zou je op die manier kunnen beschrijven. Maar dromen van dingen die in de toekomst plaatsvinden gaat nog een stuk verder.'
'Je overvalt me er niet echt mee. Het is wel vaker voorgekomen bij mensen die zijn hersteld van een zware psychische schok. Dedrick noemt twee gevallen waarbij sprake was van authentieke helderziendheid. Het eerste betrof een Grieks jongetje uit Athene en het andere was in Noord-Afrika. Als de eerste hinderpalen uit de weg zijn geruimd schijnt alles mogelijk te zijn.'
'Weer die Dedrick. Ik wou dat ik dat boek in handen had gekregen in die tijd dat ik het zo moeilijk had met Jimmy.'
'Dat wou ik ook. Dat had je misschien kunnen helpen.'
Ze was even stil. 'Jij probeert me nu ook te helpen. Waarom? We zijn tot nu toe niet bepaald de beste maatjes geweest.'
'Misschien voel ik me toch schuldig, ook al denk jij er niet zo over. Ik heb me laten verrassen door Deschamps. Na de diefstal en de dood van Jan was dit het laatste wat ik verwachtte. Ik heb het verband niet gelegd. Ik dacht dat hij alles al had waar hij op uit was, behalve dan mijn hoofd op een presenteerblaadje.'
'Maar hij wilde de Winddanser?'
'Hij zat op die loopbrug, dus hij kende de indeling van het museum. Misschien was hij zelf van plan om het standbeeld te stelen. In ieder geval moet hij zich grondig voorbereid hebben.'
'Is hij ons vanuit Amsterdam gevolgd?'
'Ik geloof dat hij al van tevoren wist dat we het op de Wind-

danser hadden voorzien. Hij heeft gewoon gewacht tot wij geregeld hadden dat hij erbij zou kunnen.'

'Maar hoe kon hij dat weten?'

'Jans telefoon is een tijdje afgeluisterd. Dat moet Deschamps zijn geweest.'

'En hij wilde de Winddanser zo graag hebben dat hij bereid was om zo'n risico te lopen. Waarom?'

'Daar kunnen zoveel redenen voor zijn. Hij is een huurling. Zijn hele carrière is gericht geweest op het binnenhalen van zoveel mogelijk geld.'

'Maar jij hebt gezegd dat hij al miljoenen van jou heeft gestolen.'

'Miljoenen betekenen tegenwoordig niet zoveel meer. Die kun je met één drugsdeal al verdienen. Je buurman kan dat soort bedragen binnenhalen met een handeltje op internet. Maar de Winddanser is onbetaalbaar. Iemand als Deschamps zou het als de ultieme buit kunnen beschouwen.' Hij haalde zijn schouders op. 'Maar het kan ook om iets totaal anders gaan. Hoe moeten we weten wat voor hem van belang is?'

'De Winddanser is voor hem van belang, anders zou hij niet in het museum zijn geweest. Maar hij krijgt het standbeeld niet in handen. Waar is het eigenlijk? Waar heb je het gelaten?'

'In de kast, in een oude doos die we in de schuur hebben gevonden. Maar wordt echt een molensteen om onze nek, Melissa. We moeten het teruggeven.'

'Nee.' Ze stond op. 'Waarom zouden we? Als Deschamps het echt op de Winddanser heeft voorzien, hebben wij het aas om hem in de val te lokken. Ik geef het standbeeld niet uit handen.' Ze keek hem recht aan. 'Jij wilt Deschamps net zo graag te pakken krijgen als ik. Je hebt me zelf verteld dat je meteen achter hem aan zou gaan zodra je je belofte aan Jessica had ingelost.'

'Dat ben ik ook van plan. De situatie is veranderd, maar zodra ik ervoor heb gezorgd dat jou en Cassie hier niets kan overkomen, ga...'

'Gelul. Ik ben niet van plan me te verstoppen voor die klootzak die Jessica heeft vermoord.'

'Ik verzeker je dat ik ervoor zal zorgen dat hij zijn straf niet ontloopt.'

'Nee, daar zal ik zelf wel voor zorgen.' Ze kneep haar lippen op

elkaar. 'En daar zal niemand me van weerhouden, Travis. Ga nu maar weg. Ik wil nog een poosje alleen zijn.'
En dan wordt ze zo hard als staal.
Galen had gelijk. Ze was nu al veranderd. Natuurlijk was ze altijd sterk geweest, maar nu kon je het staal bijna zien. 'Schiet op.' Ze draaide zich om en keek hem aan. 'Maak je geen zorgen, ik zal heus niet de zee in lopen om mezelf te verdrinken of zo. Ik moet dit eerst allemaal verwerken, anders kan ik niet helder nadenken.'
'Kom maar naar me toe als je zover bent, dan praten we verder.' Hij draaide zich om en liep terug naar het huis. Alsof ze met praten iets zouden opschieten.

'U had hier niet moeten komen, meneer.' Danley trok het portier van de limousine open zodra de wagen voor de hangar tot stilstand kwam. 'Het was de bedoeling dat ik direct nadat de kist in het vliegtuig was geladen naar u toe zou gaan om verslag uit te brengen.'
'Je hebt tegen me gezegd dat je niet aan de media hebt doorgegeven dat we haar lichaam hebben gevonden,' zei Andreas. 'Ik hoop voor jou dat dat inderdaad het geval is. Waar breng je het naar toe?'
'Naar Arlington.' Hij aarzelde. 'Zou u daar niet nog eens goed over na willen denken? Uit de rapporten die ik heb ontvangen, blijkt dat haar zuster bijzonder gehecht was aan de dode. Misschien wil ze haar nog een laatste groet brengen.'
'Hoe meer bewijzen er zijn van wat zich in het museum heeft afgespeeld, des te groter de kans dat de media achter de diefstal van de Winddanser komen. Het is best mogelijk dat Travis over het standbeeld wil onderhandelen. Heb je dat gedetailleerde rapport over die zuster al ontvangen?'
'Nog niet, meneer. Natuurlijk hebben we na de ontvoering van Cassie wel wat inlichtingen verzameld, maar we dachten dat zij van ondergeschikt belang was.'
'Nou, inmiddels is ze van het grootste belang.'
'De bus die ze in Antwerpen hebben gehuurd is wel gevonden. Die is op zestig kilometer van Parijs leeg aangetroffen, wat betekent dat ze in een ander voertuig zijn overgestapt. We trekken

nu alle autoverhuurbedrijven in de omgeving na. Maar met de contacten die Travis heeft, is de kans groot dat hij op een andere manier aan een vervoermiddel is gekomen.'

'Laten we maar hopen dat jullie meer geluk hebben dan tot nu toe het geval was.' Hij liep naar de kist. 'Maak open.'

'Pardon?'

'Maak die kist open. Ik wil haar zien.'

Danley maakte een gebaar naar de man die de doodskist bewaakte en het deksel werd eraf genomen.

Danley vond hem waarschijnlijk een luguber monster, dacht Andreas. Hij wist zelf niet waarom hij een laatste blik op het gezicht van Jessica Riley wilde werpen. Misschien alleen om er zeker van te zijn dat ze het echt was. De diefstal van de Winddanser was volslagen onbegrijpelijk en hij snapte niet wat dat te maken kon hebben met de ontvoering van Cassie. En waarom had Jessica's zuster opgebeld en hun die tip gegeven? Bij de vingerafdrukken in het museum waren ook die van Melissa aangetroffen; ze had het risico genomen dat ze net als Travis en haar zuster in de val zou lopen.

In ieder geval was dit Jessica, daar kon geen twijfel over bestaan. In de dood zag haar gezicht er even zacht en lief uit als het bij leven was geweest. Hij had ook altijd de indruk gehad dat Cassies dokter een lieve vrouw was. Hij was er nooit echt van overtuigd geweest dat haar aanpak de juiste was, maar hij had er nooit aan getwijfeld dat ze genegenheid koesterde voor zijn dochter.

Tot ze zijn dochter meegenomen had.

Nu werd hij geconfronteerd met een onbekende. Hoe kon hij er zeker van zijn dat Melissa Riley geen volslagen psychopaat was geworden na al die jaren waarin ze zich van de wereld had afgesloten? Hij was nog een beetje gerustgesteld geweest nadat Jessica Riley hem had gebeld om te zeggen dat Cassie in veiligheid was. Nu was daar geen spoor van over.

Hij draaide de doodskist de rug toe. 'Maak maar dicht.'

17

Het begon al licht te worden toen Melissa weer naar het zomerhuisje toe kwam.
Travis stond met een kop koffie bij de deur te wachten. Ze nam
een slokje en vroeg toen: 'Cassie?'
'Ik ben net nog bij haar geweest,' zei Galen vanuit de stoel aan
de andere kant van de kamer. 'Volgens mij slaapt ze.' Hij trok
een gezicht. 'Hoewel ik eigenlijk niet weet hoe je daar achter moet
komen.'
'Ik ga wel even kijken.' Ze deed de deur van de slaapkamer open.
Cassie lag opgekruld op het bed. 'Cassie.'
Ze voelde iets van afweer, alsof iemand zich haastig uit de voeten maakte. Melissa wist niet tot op welke hoogte Cassie zich bewust was van wat zich in het museum had afgespeeld, maar het
had haar zo bang gemaakt dat ze zich nog verder had terugge-
trokken. Hoe ver ze de tunnel in was gevlucht moest Melissa later maar uitvissen. 'Alles is in orde, Cassie. Rust maar lekker uit.
We praten straks wel.' Ze deed de deur dicht en ging terug naar
de woonkamer. 'Ze slaapt niet, maar op het ogenblik is er niets
met haar aan de hand.' Ze ging op de vensterbank zitten en leunde achterover. 'Hoe veilig zijn we hier?'
'Ik heb geregeld dat een paar van mijn mannen het strand in de
gaten houden, zodat we van tevoren gewaarschuwd worden als er
iemand in de buurt komt. Op een schaal van een tot honderd gok
ik op zestig,' zei Galen. 'Het was zeventig voordat jij Travis dwong
om de Winddanser mee te nemen. Het zal hooguit veertig zijn als
Andreas besluit om ruchtbaarheid te geven aan de diefstal.'
'Heeft hij dat nog niet gedaan?'
'Nog niet.' Travis ging op de bank tegenover Melissa zitten. 'Misschien wacht hij tot we contact met hem opnemen en proberen
het op een akkoordje te gooien.'

'Waarom zou hij dat doen?'

'Dat is de verstandigste manier om je te ontdoen van een kunstvoorwerp dat door iedereen ter wereld meteen zal worden herkend. Het enige alternatief is om het te verkopen aan een of andere stiekeme verzamelaar die het ergens in een kluis wil stoppen.'

'Zou Deschamps contact hebben opgenomen met Andreas?'

'Volgens mij is hij iets anders van plan.'

'Wat dan?'

'Het zou niet de eerste keer zijn dat een of andere idioot helemaal in de ban is geraakt van het standbeeld.'

'En als Andreas zich bereid verklaart om te onderhandelen, dan is dat waarschijnlijk alleen een poging om ons in de val te laten lopen?'

'Zo denk ik er wel over. Hij heeft de afgelopen maanden maar één drijfveer gehad, namelijk zorgen dat Cassie weer beter wordt. Het standbeeld is al eeuwen in het bezit van zijn familie, maar hij zou het onmiddellijk afstaan als hij op die manier Cassie terugkrijgt. Dat is het enige waar hij zich druk over maakt.'

Ze knikte langzaam. 'En hij wil de terrorist in handen krijgen die haar dit heeft aangedaan. Hij weet niet dat het om Deschamps gaat, hè?'

Travis schudde zijn hoofd.

'Maar is hij wel in staat om voor ons uit te zoeken waar Deschamps uithangt?'

'Dat denk ik wel. Maar daar zouden wij niets mee opschieten. Als wij hem vertelden dat Deschamps de man van de overval op Vasaro is, gaat hij zelf achter hem aan.'

'Dan moeten we hem dat gewoon niet vertellen. We kunnen hem ook alleen gebruiken om inlichtingen te krijgen.'

'Andreas gebruiken? Die zet je niet zo gemakkelijk naar je hand.'

'Je hoeft me niet telkens terug te fluiten.' Ze kneep haar lippen op elkaar. 'Jij bent degene die voor al die verdomde complicaties heeft gezorgd. Hebben we dan nog een andere keus? Ik neem aan dat je ook nog een paar van die diamanten kunt gebruiken om inlichtingen te kopen.'

Hij trok een gezicht. 'Liever niet.' Hij zweeg even. 'Ik ga zelfs proberen om die diamant terug te krijgen die ik aan Thomas heb gegeven.'

'Waarom?'

'Ik moet van Karlstadt af zien te komen. Als ik hem voortdurend moet ontwijken, zal ik daar knap last van hebben als ik op zoek ga naar Deschamps.'

'Maar ook al krijg je die diamant van Thomas terug, dan mis je nog steeds de stenen die je aan Guilliame hebt gegeven,' bracht Galen hem in herinnering. 'Die zijn nu waarschijnlijk door de Franse politie of door de CIA in beslag genomen.'

'Daar vind ik wel iets op. Karlstadt zal het niet leuk vinden, maar als de diamanten zich op een veilige plaats bevinden en niet in roulatie zijn, kan ik hem waarschijnlijk wel aan het lijntje houden en voorkomen dat hij een huurmoordenaar op me af stuurt.'

'Maar dan heeft hij ze nog niet in handen. Wat maakt het nu voor verschil of ze wel of niet in roulatie zijn?'

'Alle verschil van de wereld.' Hij nam een slokje koffie. 'De diamanten zijn niet precies wat ze lijken.'

Melissa zette grote ogen op. 'Zijn ze niet echt?'

'Dat hangt ervan af hoe je het bekijkt.'

'Ze zijn echt of ze zijn niet echt.'

'Daar kun je over van mening verschillen. De diamanten waar wij het over hebben, kunnen elke toets van de meest vakkundige juwelier doorstaan. Wetenschappers weten al een jaar of vijftig hoe ze van koolstofhoudende grondstoffen kleine, industriële diamanten moeten maken, maar ze zijn nooit in staat geweest om echte edelstenen te produceren. Daarbij stuitten ze op allerlei problemen. De hoeveelheid druk die ervoor nodig was en het grafiet, dat heel zacht is maar nauwelijks in een andere stof omgezet kan worden. De verschillende lagen hechten zich niet echt aan elkaar, waardoor het grafiet gaat schilferen, maar de binnenste lagen zijn ongelooflijk sterk. De koolstofatomen...'

'Dat hoef je me allemaal niet te vertellen. Zeg maar gewoon waar het op neerkomt, Travis.'

'Er is een groep Russische wetenschappers die wordt gefinancierd door de plaatselijke maffia. Die lui hebben het klaargespeeld om perfecte diamanten te maken die niet te onderscheiden zijn van diamanten die uit de grond worden gedolven.'

'Dat is onmogelijk. Er moeten proeven bestaan die het verschil kunnen aanduiden.'

'De diamantindustrie heeft één proef ontwikkeld om de tekort-komingen aan te tonen die werden veroorzaakt door het stik-stofgehalte in de synthetische stenen. De resterende weerschijn was onmiskenbaar.'

'Maar de Russen hebben dat probleem inmiddels opgelost?'

Travis knikte. 'Inderdaad, en nu loopt het de diamantconsortiums dun door de broek. Ik kreeg het verhaal te horen van een van mijn bronnen en besloot naar Rusland te gaan om te zien of er misschien iets voor mij te halen viel. Ik had er een week of zes gezeten toen er precies op het juiste moment een ontploffing plaatsvond in het lab. Het hele instrumentarium vloog met we-tenschappers en al de lucht in.'

'Maar jij hebt het er kennelijk levend afgebracht en slaagde erin weg te komen,' zei Galen. 'Met je zakken vol diamanten, neem ik aan?'

'En een computerschijfje met het fabricageproces.'

Galen grinnikte. 'Ik dacht dat je alleen maar bij smokkelpraktij-ken betrokken was. Dit is veel interessanter. En wie vertegen-woordigt Karlstadt?'

'Hij knapt het vuile werk op voor een Zuid-Afrikaans diamant-consortium. Natuurlijk willen die niet dat de diamanten ergens opduiken. Als dat wel het geval was, zou de bodem uit de markt vallen. Dan weet niemand meer of de diamanten die ze kopen echt zijn of afkomstig uit een lab. De prijzen zouden kelderen, omdat het geen zeldzame goederen meer zouden zijn. Het zou een regelrechte ramp betekenen voor de hele diamantindustrie.'

'De Russen kunnen best een nieuw lab gaan bouwen.'

'Ik ben ervan overtuigd dat ze daar al druk mee bezig zijn, maar dat zal tijd kosten. Ondertussen kan Karlstadt met ze om de ta-fel gaan zitten of geweld gebruiken om ervoor te zorgen dat de Russen hun pogingen staken. Maar momenteel vormen alleen de diamanten en het procédé een gevaar voor hem.'

'Het gevaar voor die Zuid-Afrikanen van jou laat me koud,' zei Melissa. 'Het enige dat me interesseert, is dat je geen geld hebt om inlichtingen te kopen.'

'Ik heb wel wat op een Zwitserse bankrekening staan, maar dat soort rekeningen kan door de CIA in de gaten gehouden worden.'

Melissa keek Galen aan. 'Kun jij aan geld komen?'

'Niet genoeg. Ik kan wel wat bronnen aanboren, maar Deschamps is een gevaarlijke klant en dat soort bronnen geeft meestal niet thuis als iedereen je als opgejaagd wild beschouwt.'

'Dan moet Andreas over de brug komen.' Ze stond op en zette haar kop op het bijzettafeltje. 'We moeten iets vinden waarover we kunnen onderhandelen.'

'Heb je een voorstel?'

'We geven hem wat hij wil.'

'Cassie?' vroeg Travis. 'En die nachtmerries dan? In haar huidige toestand kunnen we haar niet terugsturen.'

'Dan zullen we hem een Cassie moeten geven die bijna genezen is.' Haar ogen dwaalden naar de deur van de slaapkamer. 'Jessica heeft tegen me gezegd dat ik haar moest helpen. Ze bedoelde waarschijnlijk dat ik haar tegen Deschamps in bescherming moest nemen, maar Jessica stierf bij een poging om Cassie terug te brengen. Een van de laatste dingen die ze tegen me zei, was dat Cassie op het punt had gestaan terug te komen.' Ze knipperde met haar ogen om haar tranen te bedwingen. 'Ze was zo blij dat Cassie... O shit.' Ze was even stil voordat ze in staat was verder te praten. 'Cassie komt terug. Daar zal ik persoonlijk voor zorgen. En de kans bestaat dat we ook nog een manier vinden om Deschamps te grazen te nemen als we succes hebben.'

'Dat lijkt me wel erg vergezocht,' zei Travis.

'Ik krijg het wel voor elkaar.' Ze liep naar de slaapkamer. 'Jij hoeft er alleen maar voor te zorgen dat ik geen last heb van Karlstadt en de rest van al dat gehannes waar jij bij betrokken bent.'

'Ik zal mijn best doen.'

'O, en ik wil ook sleutels hebben van die nieuwe bus.'

'Is dat echt nodig?'

'Zeker weten, verdomme. Cassie zal me behoorlijk aan banden leggen, maar ik wil me niet in alle opzichten een gevangene voelen.'

'Ik zal er vandaag sleutels bij laten maken. Galen laat een van zijn jongens ook een wat kleinere auto ophalen. Ik zal zorgen dat je daar ook de sleutels van krijgt.'

'Bedankt.'

'Hoe groot is de kans dat ze in staat is om Cassie te helpen?' vroeg Galen aan Travis toen de deur achter haar dichtviel. 'Volgens mij ligt dat kind bijna in coma.'

'Ik weet het niet. Ze staat wel op een bepaalde manier... in contact met haar.'

'Maar niet als ze wakker is.'

Travis schudde zijn hoofd. 'Jessica had het gevoel dat ze reageerde. Ik zei al, het is erg vergezocht. Toch is het waarschijnlijk maar goed dat Melissa zich helemaal op Cassie moet concentreren. Dat is een stuk veiliger dan achter haar aan te moeten terwijl ze half Europa afkamt op zoek naar Deschamps.'

'En op die manier heb jij je handen vrij om een overeenkomst met Karlstadt te sluiten.'

'Ja.' Hij zweeg even. 'En bovendien heb jij dan de tijd om voor mij achter een ander stukje van de puzzel aan te gaan.'

'Waar heb je het over?'

'De weduwe van Henri Claron, Danielle. Die wordt vermist sinds de avond dat Claron werd vermoord. Ze is in hetzelfde dorp opgegroeid als Cassies kindermeisje en de kans bestaat dat ze Deschamps niet alleen kende, maar ook iets meer van hem weet. Als we haar te pakken kunnen krijgen, hebben we misschien Andreas of iemand anders niet eens nodig.'

'Denk je dan dat ze nog in leven is?'

Travis haalde zijn schouders op. 'Die kans bestaat. Haar lichaam is nooit gevonden, dus misschien heeft ze mazzel gehad.'

'En dan zouden wij ook mazzel hebben.' Galen draaide zich om. 'Ik ga meteen op zoek.'

'Cassie?' fluisterde Melissa terwijl ze op het kind neerkeek. 'Ik weet dat je niet slaapt. Geef eens antwoord.'

Geen reactie.

Melissa had niet anders verwacht, maar ze had zich toch verplicht gevoeld om Jessica's aanpak te proberen. Jessica was de stem geweest die haar opdracht had gegeven om de ophaalbrug neer te laten. Melissa was de guerrilla geweest die achter de vijandelijke linies was gedropt. Cassie was eraan gewend geraakt dat ze met hen allebei te maken kreeg.

Maar Jessica met haar lieve stem en haar verlokkende woordjes was er niet meer, dus moest Melissa haar plaats innemen.

Goeie genade, hoe moest ze dat aanpakken? Dat speelde ze nooit klaar. Zij en Jessica verschilden als dag en nacht van elkaar. Bovendien was ze er niet van overtuigd dat de voorzichtige aanpak van Jessica de juiste manier was om Cassie terug te brengen. Het kind was sterk, misschien nog wel sterker dan Melissa op die leeftijd was geweest. Ze had zich vrijwillig van de wereld afgesloten en ze zou niet gemakkelijk te overtuigen zijn. Misschien als ze genoeg tijd hadden...

Maar dat was niet het geval. Melissa moest haar eigen instinct volgen en dat toonde haar niet de gemakkelijkste weg.

Arme Cassie.

'Ik kom zo terug. Je kunt nog even verstoppertje blijven spelen tot ik onder de douche ben geweest en mijn tanden heb gepoetst.' Ze liep naar de badkamer. 'Maar daarna gaan we met elkaar praten, Cassie.'

Het kostte Melissa twee uur om de hinderpalen uit de weg te ruimen die Cassie had opgericht.

'Het werd hoog tijd dat je te voorschijn kwam,' zei Melissa. 'En waarom ben je nog dieper weggekropen? Het was daar zo donker dat ik je bijna niet kon vinden.'

'Ik wilde niet dat je me zou vinden.'

Dat was een slecht teken. 'Waarom niet?'

'Je bent ineens... heel anders. Je geeft me zo'n raar gevoel.'

'Ik ben ook anders. Maar dat wil niet zeggen dat ik je vriendin niet meer ben. Mensen veranderen wel vaker.'

'Hier niet.' Ze zweeg even. 'Waarom ben je veranderd?'

'Ze hebben me mijn beste vriendin afgepakt.'

'Dat zou hier nooit gebeurd zijn.'

'Jawel. Het is gebeurd omdat jij hier zat.' Opzettelijk voegde ze eraan toe: 'Dus gedeeltelijk is het ook jouw schuld, Cassie.'

'Nee. Ik heb niks gedaan.'

'Jij verstopt je en doet je ogen dicht.'

'Ik ben bang.'

'We zijn allemaal bang. Je moet tegen je angst vechten... anders zul je nog meer mensen moeten missen.'

Stilte.

'Jessica was jouw beste vriendin, hè? Is zij... er niet meer?'

'Nee.'

'Dat dacht ik al. Ik heb haar gemist.'

'Ik ook.'

'Hebben de monsters haar te pakken gekregen?'

'Ja.'

'Dat is mijn schuld niet.' Stilte. 'Nee, hè?'

'We hebben niet hard genoeg tegen hen gevochten.'

'Ze zijn veel te sterk.'

'Ze zijn helemaal niet te sterk. Ze zullen verdwijnen als jij het tegen hen opneemt.'

'Dat doe ik niet. Dan schieten ze me overhoop, net als ze met Jeanne hebben gedaan.'

'Ik blijf bij je om ervoor te zorgen dat ze dat niet doen.'

'Ik doe het niet.' Weerstand. 'Ik ga nog verder weg...'

'Dan kom ik achter je aan. Ik vind je heus wel en dan breng ik je weer terug. Ik kan het nu al doen, of je nu wakker bent of slaapt.'

'Waarom doe je zo naar tegen me?'

'Je moet terugkomen. Dat was wat Jessica het liefst van alles wilde. Ze wilde dat jij weer terug zou komen in de wereld en niet meer bang zou zijn.'

'Ik moet wel bang zijn. De monsters...'

Melissa vroeg zich vermoeid af wat ze daartegen in kon brengen. Niemand wist beter dan zij dat er echte monsters op Cassie wachtten. 'Je bent nu veel banger dan je zult zijn als je het tegen hen opneemt. Ik beloof je dat we samen tegen hen zullen vechten. Ik ben je vriendin, Cassie.'

'Ik dacht ook dat Jeanne mijn vriendin was.' Verraad. Wantrouwen. Vijandigheid.

'Zij hield je voor de gek. Ik niet. Volgens mij weet je dat best.'

'Niet waar!' Paniek. Doodsangst. 'Je wilt de monsters in de tunnel laten.'

'Ze kunnen helemaal niet in de tunnel komen. Je verzint ze gewoon, zodat je een excuus hebt om daar te blijven zitten. Als je het tegen hen opneemt, gaan ze in lucht op.'

'Nee, ze komen achter me aan...'

'Nu niet meer. Travis en ik hebben hen tegengehouden.' Ze zweeg even. 'En in de buitenwereld heeft de Winddanser hen tegengehouden. Voelde je dat niet toen je naar hem keek? Je was zo blij. Je was heel even buiten en je wist toch dat je veilig was.'

'Ik vind hem wel weer terug.'

'Niet in de tunnel. Hij heeft geen enkele reden om de tunnel in te gaan. Hij is niet bang en hij wil dat jij ook niet bang meer bent.'

'Hoe weet je dat nou? Hij heeft me weggebracht.'

'Omdat je een tijdje weg moest tot je weer sterk genoeg was om terug te komen en het tegen de monsters op te nemen.'

'Ik ben nog niet sterk genoeg.'

'Ja, dat ben je wel. Denk er maar over na. Jessica heeft me verteld dat je vroeger altijd verhalen verzon over de Winddanser. Toen was je toch ook niet bang?'

'Dat waren gewoon verhaaltjes.'

'Maar gingen die niet over je plicht doen en brave mensen redden en slechte mensen straffen?'

'Dat zou kunnen.'

'Nou, daar gaat het hele leven ook over. Dat heeft niets te maken met in een tunnel wegkruipen. Denk daar maar eens over na.'

'Daar wil ik niet over nadenken. Ik ben bang en ik kom er niet uit. Ik ga nog verder naar binnen, zodat de monsters me niets kunnen doen.'

'Je vriend de Winddanser wil niet dat je nog verder naar binnen gaat. Hij was helemaal niet op de plek waar jij hem zocht. Is het weleens bij je opgekomen dat hij altijd heeft gewild dat je weer terugkwam uit de tunnel? Hij weet dat het nu hoog tijd is dat je te voorschijn komt, ook al snap je dat zelf niet.'

'Je jokt.'

'Er zijn geen monsters in de tunnel. Je blijft daar gewoon zitten tot je het weer op kunt brengen om eruit te komen en samen met ons tegen de slechte mensen te vechten. Samen met je mama en papa en met Travis en mij. We zitten allemaal op je te wachten. We hebben je nodig.'

'Nee.'

'Dat is de waarheid. We hebben je nodig. Ik ga nu weg, maar ik kom weer terug.'

'Ik wil je niet zien.'

Arm kind. Melissa kon het haar niet kwalijk nemen dat ze boos werd of in paniek raakte. Ze had de veilige cocon waarin Jessi-

206

ca haar had verpakt weggerukt en tegen haar gezegd dat ze zich als een soldaat moest gedragen in plaats van als een slachtoffer. Dat was zware kost voor een zevenjarige.

En wat als Melissa's aanpak fout was? Wat als ze Cassie ernstige schade toe zou brengen?

'Ik haat je.'

'Nu wel. Maar je haat de monsters en wat ze van je hebben gemaakt nog veel meer.'

'Jij maakt me juist bang.'

'Omdat ik je heb verteld dat het je plicht is om naar buiten te komen? Heb je nooit gewild dat die verhaaltjes die je verzon ook echt waar zouden zijn? Als je onrecht ziet, moet je dat bestrijden. Maar het is lang niet zo gemakkelijk om in het echte leven je plicht te doen.'

'Ga weg.'

'Ik ga al. Maar ik kom gauw weer terug, Cassie...'

18

'Wakker worden, Melissa.'

Ze deed haar ogen open en zag dat Travis over haar heen gebogen stond.

'Etenstijd. Het is al bijna donker. Je hebt urenlang geslapen.'

Ze twijfelde er niet aan. Ze was doodmoe geweest na die laatste woordenwisseling met Cassie. Ze wierp een blik op het kind. Ze lag ook te slapen. Melissa kon haar later wel iets te eten geven. 'Tien minuten. Ik wil mijn gezicht wassen en mijn tanden poetsen.'

'Doe maar rustig aan. Galen heeft een paar stoofschotels klaargemaakt voor hij wegging. Ik heb er net een in de oven gezet.'

Ze zwaaide haar benen uit bed. 'Is hij weg?'

'Hij moest iets voor mij doen.' Hij liep de kamer uit.

Dat was een ontwijkend antwoord. Ze waste zich snel en liep haar gezicht nog af te drogen met een handdoek toen ze de keuken binnenkwam. 'Waar is hij naar toe?'

'Hij probeert erachter te komen of iemand weet waar Danielle Claron is gebleven.'

'Danielle Claron? Wie is dat?'

'Ga zitten.' Hij haalde de stoofschotel uit de oven. 'Onder het eten zal ik je alles over haar vertellen.' Hij schepte twee borden vol en zette die op tafel. 'Galen zou het me nooit vergeven als ik dit koud liet worden voordat je echt had genoten van zijn vakmanschap.'

'Ik wil weten...' Hij schudde zijn hoofd en ze ging aan tafel zitten en pakte haar vork op. 'Ik eet. Vertel me nu maar wie Danielle Claron precies is.'

Ze had haar bord halfleeg toen Travis klaar was met zijn verhaal. Ze fronste nadenkend. 'Denk jij dat ze iets weet dat ons zal helpen Deschamps te vinden?'

'Dat zou kunnen. Het is ons enige aanknopingspunt. Ook al kan ze ons niet vertellen waar hij uithangt, dan is ze nog altijd getuige geweest van de moord op haar man en Deschamps houdt niet van getuigen. Het zit er dik in dat hij haar zal willen opsporen.' Hij stond op en schonk voor hen allebei een kop koffie in. 'Dus misschien hebben we de Winddanser niet eens nodig om hem in de val te lokken.'

'Danielle Claron heeft duidelijk geen zin om als getuige op te treden als ze al een paar weken ondergedoken zit.'

'Als we beloven dat we haar zullen beschermen, verandert ze misschien van mening.' Hij haalde zijn schouders op. 'En het ergste dat haar kan gebeuren is dat ik haar overdraag aan Andreas zodat de CIA kan proberen om haar aan de praat te krijgen. Als ik hem een getuige op een presenteerblaadje aanbied, wil hij misschien wel twee keer nadenken voordat hij mij in de nor laat smijten.'

'Waarom heb je wel geld om naar die vrouw op zoek te gaan, als je niet genoeg hebt om achter de verblijfplaats van Deschamps te komen?'

'Als Galen de juiste contactpersonen benadert, kan hij haar misschien vinden zonder een cent uit te geven.'

'En ik twijfel er niet aan dat hij precies dat soort contacten heeft,' zei ze droog. 'Hij is kennelijk in staat om alles te doen waar een luchtje aan zit. Maar ja, jij hebt dezelfde contacten, hè? Van jou is ook bekend dat je inlichtingen hebt verkocht.'

'Ja. Maar we hebben niet dezelfde bronnen. En dat kan af en toe heel praktisch zijn.'

'Ik dacht dat je contact moest opnemen met Karlstadt. Waarom ben je dan nog hier?'

'Ik heb een telefoon. En ik kan wel wachten tot Galen weer terug is, voordat ik een afspraak met hem maak.'

'Omdat je denkt dat wij bescherming nodig hebben?'

'Jij niet,' zei hij luchtig. 'Jij kunt in je eentje Andreas en Deschamps best aan. Maar we moeten ook rekening houden met het kind.' Hij wierp een blik op haar bord. 'Wil je nog iets te eten? Galen heeft meer dan genoeg gemaakt voor een paar maaltijden.'

Ze schudde haar hoofd. 'Ik heb geen honger. Maar het was wel erg lekker. Hij is wel heel veelzijdig, hè?'

'Dat weet je nog niet half. Of misschien juist wel. Hij heeft gezegd dat jij dwars door hem heen keek. Iets in de trant van broer en zus?'

Ze schoot in de lach. 'Ik wist op het eerste gezicht dat we heel veel op elkaar leken.'

'In welk opzicht?'

'Nou, we geloven allebei dat je geen minuut van dit leven verloren mag laten gaan.'

'En jullie zijn allebei sterk en heel opmerkzaam. Misschien zelfs iets te opmerkzaam?'

'Dacht je dat ik dit had opgeduikeld uit die spiritistische grabbelton waarmee ik ben opgezadeld? Dat zou kunnen. Of misschien kan ik mensen gewoon goed inschatten.' Ze tilde haar koffiekopje op. 'Net als jij.'

'De laatste tijd heb ik daar anders niet echt in uitgeblonken.' Zijn ogen dwaalden naar de deur van de slaapkamer. 'Hoe gaat het met het kind?'

'Ze slaapt.'

'Weet je dat zeker?'

'Ja.' Ze aarzelde. 'Ik kan tegenwoordig niet alleen contact met haar maken als ze slaapt, maar ook als ze wakker is. En ik kan het ook als ik zelf wakker ben.'

'Wat?'

'Ik heb het voor het eerst in het vliegtuig geprobeerd en dat lukte.'

'Waarom heb je me dat niet verteld?' Hij schudde zijn hoofd.

'Laat maar zitten. We stonden niet bepaald op goede voet met elkaar.'

'Nee, en als ik het aan jou had verteld had ik het ook tegen Jessica moeten zeggen. Ze had me vast niet geloofd, en als dat wel het geval was geweest zou ze bang zijn geworden.' Ze keek naar de koffie in haar kopje. 'En ik wist niet hoe ik er gebruik van moest maken. Ik was er niet van overtuigd dat Jessica Cassie op de juiste manier aanpakte. We waren allemaal zo voorzichtig en lief...'

Hij keek haar nadenkend aan, maar hij zei niets.

'Cassie is geen zachtaardig kind. Ze is levendig, ze is sterk en ze is heel intelligent. En voor de gebeurtenissen in Vasaro was ze zeker geen kasplantje. Dat ze zich voor de wereld afsloot, paste helemaal niet bij haar karakter.'

'Shock.'

'Ja, maar ik heb zo'n flauw vermoeden dat het verraad van haar kindermeisje haar daarna eerder boos heeft gemaakt dan verdrietig.'

'Je klinkt alsof je haar heel goed kent.'

'Ik weet alleen wat Jessica van haar ouders heeft gehoord en wat me zelf is opgevallen.'

Hij glimlachte flauw. 'En misschien lijk je zelf ook heel veel op Cassie. Ik hoop het niet. Het heeft zes jaar gekost om jou van die zware psychische schok te genezen.'

'Maar ik heb een voordeel dat Jessica bij mij niet had. Ik weet op welk punt Cassie nu is.'

'Wat wil je daarmee zeggen?'

'Dat je, nadat de eerste schok verwerkt is, echt hard aangepakt moet worden om ervoor te zorgen dat je die wereld die je voor jezelf hebt gemaakt weer opgeeft. Jessica heeft dat bij mij nooit gedaan. In plaats daarvan gaf ze me liefde en vriendelijkheid. Dat had bij sommige kinderen misschien gewerkt, maar het duurde heel lang voordat ze erin slaagde om door te dringen tot zo'n eigenwijs kreng als ik was. En het houdt ook in dat ik weet dat Cassie niet echt een slachtoffer is,' voegde ze eraan toe. 'Dat was ze wel in het begin, maar nu zit ze alleen in die tunnel omdat ze dat wil. Ze heeft zichzelf gedwongen om daarnaar toe te gaan en het is veel gemakkelijk om daar te blijven zitten.'

'Gemakkelijker! En die nachtmerries dan?'

'Die heeft ze nodig om te rechtvaardigen dat ze in die tunnel blijft.' Ze liet haar tong over haar lippen glijden. 'Vandaar dat ik haar die ga afpakken.'

'Hoe?'

'Ik heb haar al verteld dat ze geen nachtmerries meer heeft omdat de monsters buiten de tunnel staan te wachten tot ze naar buiten komt om het tegen hen op te nemen.'

Hij fronste.

'Ik weet wat je denkt. Ja, het was riskant en ja, het kan ook verkeerd uitpakken en tot gevolg hebben dat ze de rest van haar leven in die tunnel blijft zitten.' Haar hand begon te beven, maar ze onderdrukte dat door haar kopje op te tillen. 'Dat is míjn nachtmerrie.'

'Ik weet niet of ik dat risico had durven nemen.'

'Ze is een knokker. Van nature. Ze moet alleen gedwongen worden om het gevecht weer op te pakken.'

'Hoe kun je er zeker van zijn dat die nachtmerries niet terugkomen?'

'Daar ben ik niet zeker van. Ze kan zichzelf nog steeds dwingen om ze wel te krijgen. Maar ik hoop dat het idee dat ik heb geopperd wortel schiet. Ik zal er iedere keer als ik bij haar ben op door blijven hameren. En dan kunnen we alleen maar afwachten en kijken wat er gebeurt.' Ze zette haar kopje neer. 'Waarschijnlijk zal ze ontzettend haar best doen om mij in alle opzichten tegen te werken. Momenteel vindt ze me helemaal niet aardig.'

'En je zou je ook kunnen vergissen.'

'Ja, maar als ik het bij het rechte eind heb, krijg ik haar zover dat ze haar angst trotseert en weer terugkomt. Ik ben nu sterker dan zij en ik word iedere dag sterker. Ik zal haar aan haar kop blijven zeuren en alles wat ze bedenkt de grond in boren.'

'Wie men liefheeft, kastijdt men?'

'Ik hou echt van haar. Je weet niet half hoe sterk de band tussen ons is. Ze is bijna... mijn andere ik.' Ze sloot haar ogen. 'Ik weet dat ik hard ben, maar ik moet haar dwingen om terug te komen. Voor haar eigen bestwil en voor Jessica. Want ik heb nog een voordeel dat Jessica bij mij niet had, zie je. Ik ben tot alles bereid.' Ze opende haar ogen, waar inmiddels hete tranen in brandden. 'Want ik ben niet zo'n heilige als zij was, Travis.'

'Dat hoeft ook niet.' Hij bedekte haar hand op tafel met de zijne. 'Je doet het zelf ook prima.'

'Laten we het hopen.' Zijn hand voelde warm en troostend aan en ze stond zichzelf toe om even van dat gevoel te genieten voor ze haar hand terugtrok. 'Ik hoop dat ik niet overhaast te werk ga met Cassie, want ik wil haar gebruiken om Andreas zover te krijgen dat hij ons helpt met Deschamps.'

'Dat idee heb ik niet.'

'Maar we zijn er geen van beiden zeker van.' Ze schoof haar stoel achteruit. 'Ik ga even een eindje over het strand lopen voordat ik Cassie wakker maak en haar te eten geef.'

'Dat zal ik wel doen.'

Ze schudde haar hoofd. 'Dat is mijn taak.'

'Ik vind het niet erg om te helpen. Of kom ik er niet meer aan te pas?'

'Als het me echt is gelukt om van die nachtmerries af te komen, dan kom je er inderdaad niet meer aan te pas. Je zou juist blij moeten zijn dat je van die verantwoordelijkheid bent verlost.'

'Ik ben er niet van verlost. Het heeft alleen andere vormen aangenomen.' Hij trok een gezicht. 'En dat bevalt me eigenlijk helemaal niet. Ik blijf liever toeschouwer.'

'Dat was me al opgevallen. Misschien zit jij net zo goed als Cassie in een tunnel.'

Hij lachte. 'Misschien wel. Dat is een interessante gedachte. Zie je nog meer overeenkomsten tussen mij en dat kind?'

'O ja, hoor. Maar jij bent veel complexer. Het zou heel moeilijk zijn om...' Ze hield op en keek hem aan. Hij zat daar nog steeds te glimlachen, maar toch voelde ze instinctief iets van... ja, wat eigenlijk? Verdriet? Eenzaamheid? Ze wist het niet zeker, maar hij was opnieuw heel lief voor haar geweest. Ze wilde iets doen, ze wist alleen niet wat. 'Ik... ik vind het heel naar voor je dat je vriend is gestorven.' Het kwam er hakkelend uit. 'En het spijt me dat ik daar zo lelijk over deed. Aangezien je de meeste mensen op afstand probeert te houden, moet het je veel verdriet hebben gedaan dat je hem kwijt bent.'

'Ja, dat is zo.'

'Misschien wil je me later weleens wat meer over hem vertellen.'

'Misschien wel.'

Want nu was het verdriet nog te groot en hij was geen man die met zijn gevoelens te koop liep.

'Wist hij dat je van hem hield? Heb je hem dat verteld?'

'Nee, dat heb ik nooit tegen hem gezegd. Maar volgens mij wist hij dat wel.'

'Dan is het goed. Dat was een regel die ik mezelf heb opgelegd toen Jessica me terug had gebracht. Het leven is te kort om je gevoelens niet te uiten. Als mensen je liefde waard zijn, dan verdienen ze het ook dat je hun vertelt dat je van ze houdt.'

'Dat is een heel gevaarlijke filosofie.'

'Het is nog veel gevaarlijker om niet tegen mensen te zeggen dat je van hen houdt. Ik zou er mijn leven lang spijt van hebben gehad als Jessica niet had geweten dat ik...' Ze schraapte haar keel om van die rare heesheid af te komen en liep naar de deur. 'Ik blijf niet lang weg, ik wil alleen even uitwaaien. Een halfuurtje of zo...'

Ze liep heel snel over het strand, met een kaarsrechte rug en opgeheven hoofd.

Ze ziet eruit als een soldaat die op weg is naar het strijdperk, dacht Travis.

Ze is een knokker.

Dat waren de woorden die ze gebruikt had om Cassie te beschrijven, maar die waren net zo goed van toepassing op Melissa. Een veteraan die zich opmaakte om Cassies monsters te bestrijden.

Waarom stond hij haar hier in vredesnaam na te kijken? Eigenlijk nam ze zijn aandacht veel te veel in beslag, terwijl hij zich juist alleen bezig zou moeten houden met het opruimen van de puinhoop waarin hij verzeild was geraakt en met de jacht op Deschamps. Hij kon het niet eens afschuiven op begeerte, hoewel daar tussen hen beiden vanaf het eerste begin sprake van was geweest. Hoe kon je nu een vrouw begeren die tegelijkertijd het verlangen bij je opriep om haar te helpen en te beschermen? Vooruit, geef het nou maar toe, hij was een man en verdraaid nog aan toe, ja, hij wilde met haar naar bed. Dat zij verdriet had en dat hij verscheurd werd door medelijden maakte niets uit. Misschien omdat seks de minst gevaarlijke relatie was die hij met haar kon hebben. Elke andere verstandhouding zou zoveel van hem eisen dat zijn hele leven overhoop zou worden gegooid, en hij had al lang geleden besloten dat de weg die zij volgde niets voor hem was. En hij had er echt geen behoefte aan om de ridder uit te hangen die achter een jonkvrouw aanhobbelt om elke draak te verslaan die zich in haar buurt waagde.

Hij had zijn eigen monsters die hij moest overwinnen en dat gevecht had niets met idealisme te maken. Het zou er smerig aan toe gaan, gepaard met een grote dosis hebzucht en geweld.

En het werd hoog tijd dat hij eraan begon. Hij pakte zijn telefoon en toetste het nummer in van Stuart Thomas dat Galen hem had gegeven.

'Ik heb een spoor gevonden,' zei Galen toen Travis de volgende avond zijn telefoon opnam. 'De ouders van Danielle Claron, Philip en Marguerite Dumair, wonen nog steeds in het dorp waar ze is opgegroeid. Jeanne Beaujolis woonde een straat verder en ze was kind aan huis bij Danielles ouders toen ze nog klein was. Ze kwam zelfs nog regelmatig bij hen op bezoek toen ze al kindermeisje van Cassie was. Uit gesprekken met de buren heb ik begrepen dat ze nogal opschepte over haar mooie baan en een beetje uit de hoogte deed tegen de dorpelingen.'

'Ben je al bij de Dumairs geweest?'

'Nog niet. Ik heb de hele buurt uitgekamd om erachter te komen of iemand in het dorp misschien een vent heeft gezien die voldoet aan de beschrijving van Deschamps.'

'En?'

'Ik ben geen meter opgeschoten.'

'Ga dan met de Dumairs praten en laat je telefoonnummer achter. Als ze het zaakje niet vertrouwen, hoeven ze ons niet te vertellen waar hun dochter is. Ze moeten haar alleen de boodschap doorgeven dat we haar geld aanbieden en haar tegen Deschamps in bescherming zullen nemen als ze uit haar schuilplaats te voorschijn komt en ons alles vertelt wat ze over hem weet.'

'Hoeveel geld?'

'Het hoogste bedrag.'

'We zitten min of meer op zwart zaad, tenzij je de diamanten wilt gebruiken.'

'Als het nodig is, haal ik het wel van de Zwitserse bankrekening.'

'Met de kans dat je meteen daarna de CIA op je nek krijgt?'

'Ik kan de diamanten niet gebruiken en ik heb Thomas ook al contant geld beloofd in ruil voor die diamant. Zou je hem alsjeblieft tienduizend uit je eigen middelen willen sturen?'

'Natuurlijk. Je weet dat ik mensen graag een plezier doe. Waarom?'

'Dat is veiliger dan mijn eigen rekeningen aan te spreken. Voor zover we weten, heeft Andreas nog niet door dat jij er ook bij betrokken bent.'

'Maar dat zal niet eeuwig duren.' Galen zuchtte. 'Danley moet zo langzamerhand toch ook op de hoogte zijn van mijn intelligentie en briljante vernuft. Iemand die zo volmaakt is, blijft niet onopgemerkt. Het is gewoon een kwestie van tijd voordat hij tot de conclusie komt dat ik de enige ben die heeft kunnen voorkomen dat hij je in zijn klauwen kreeg.'

'Dat is waar.'

'Dat zeg je alleen maar omdat je wilt dat ik Thomas dat geld stuur.'

'Ook dat klopt.'

'Heb je Karlstadt al gesproken?'

'Dat doe ik pas nadat jij die diamant van Thomas hebt opgepikt. Ik wil tegen Karlstadt kunnen zeggen dat ik die steen terug heb.'

'Desondanks kan hij toch besluiten je om zeep te laten helpen.'

'Niet zolang ik de rest van de diamanten nog in mijn bezit heb.'

'Met uitzondering van die waar de CIA beslag op heeft gelegd.'

'Daar zal ik ook over moeten onderhandelen. Maar jij hoeft je nergens druk over te maken, je moet alleen met de Dumairs tot overeenstemming komen.'

'Dat lijkt me een stuk veiliger.' Het was even stil. 'Ik heb nog meer nieuws. Volgens mij sta ik op het punt te ontdekken waar Deschamps uithangt als hij in Parijs is.'

'Wat?'

'Je had toch tegen me gezegd dat ik mijn voelhoorns uit moest steken? Ik heb contact opgenomen met Pichot, die rond dezelfde tijd als Deschamps bij de Rode Brigade heeft gezeten. Hij zal me wel iets meer kunnen vertellen.'

'Voor veel geld?'

'Nee, hij is me nog het een en ander verschuldigd.'

'Wanneer weet je meer?'

'Dat kan nog wel even duren. Pichot wil er zeker van zijn dat Deschamps er niet achter komt dat de inlichtingen van hem afkomstig zijn.' Hij veranderde van onderwerp. 'Hoe gaat het met Melissa en Cassie?'

'Beter dan verwacht. Cassie heeft geen nachtmerries meer. Melissa denkt dat de kans groot is dat ze die ook niet meer krijgt.'

'En zij kan het weten. Onze Melissa is een tikje helderziend.'

'Waarom zeg je dat?'

'Jij mag die kleine afwijkingen van haar dan heel gewoon vinden, maar mijn moeder heeft me geleerd om altijd goed uit te kijken voor dingen die je koude rillingen bezorgen.'

'Je hebt je moeder nooit gekend.'

'Jij weet altijd hoe je een mooi verhaal moet verpesten.' Hij zweeg even. 'Melissa... begrijpt te veel, Travis.'

'Er zijn mensen die hetzelfde van jou zeggen.'

'Maar ik bezorg mensen geen koude rillingen.'

'En als je dat wel doet, hebben ze niet eens in de gaten dat jij de oorzaak bent.'

Hij grinnikte. 'Is het je weleens opgevallen dat je altijd voor haar in de bres springt? Misschien heeft ze je wel gewoon ouderwets behekst.'

'Doe niet zo idioot.'

Het gegrinnik maakte plaats voor een uitbundige lach. 'Ik wou je daar alleen maar even op wijzen. Ik val haar niet aan. Ik mag haar heel graag. Dat kan toch niet anders? Afgezien van die paar kleine afwijkingen lijkt ze precies op mij. Doe haar maar de groeten. Ik spreek je nog wel, Travis.'

'Bel me als je met de Dumairs hebt gesproken.' Hij verbrak de verbinding.

'Ben je zover?' Galen stopte de telefoon in zijn zak na zijn gesprek met Travis. 'Dan gaan we nu op weg, Pichot.'

'Je hebt tegen hem gelogen.'

'Mijn moeder heeft me nooit geleerd dat ik altijd alles met anderen moet delen.' Hij liep naar de auto. 'Cardeau was een van mijn jongens en Deschamps heeft hem vermoord.' Hij glimlachte. 'En trouwens, ik ben hier veel beter in dan Travis. Dit is een van mijn specialiteiten.'

'Dat weet ik.' Pichot trok een gezicht. 'Daar reken ik ook op. Ik wil het er graag levend vanaf brengen.'

'Maak je maar geen zorgen.' Galen startte de auto. 'Goed, waar is dat huis?'

'Rue Lestape nummer 15.'

'Had je daar Galen aan de telefoon?' Travis draaide zich om en zag Melissa een metertje verderop staan. Haar haar zat in de war en ze had een donkerblauw Sorbonne-nachthemd aan.

'Ja.'

'Heeft hij Danielle Claron gevonden?'

Hij schudde zijn hoofd. 'Hij probeert haar ouders over te halen om haar een boodschap door te geven, als ze tenminste weten waar ze zit. Ze wonen in St. Ives, een dorpje in de buurt van Lyon, vlak bij de boerderij van Henri Claron.'

'Zouden ze dat dan weten?'

'We klampen ons toch allemaal aan onze ouders vast? Het is heel natuurlijk om bij je vader en moeder bescherming te zoeken. Sommige mensen beweren dat we in ons leven nooit een sterkere band zullen hebben.' Hij keek naar de slaapkamer achter haar. 'Cassie?'

'Alles in orde.' Ze wreef over haar nek. 'Zo koppig als wat. Het is verrekt moeilijk om bij haar te komen en nog moeilijker om haar zover te krijgen dat ze luistert. Ik moet mezelf echt schrap zetten en constant blijven praten.'

'Waar praat je dan over?'

'De buitenwereld. Over haar vader en moeder. De Winddanser.' Ze ging in een stoel zitten en trok een van haar benen onder zich. 'Over jou.'

'Over mij?'

'Jij bent de brug tussen de tunnel en de buitenwereld.' Ze trok een gezicht. 'Ze vertrouwt je nog steeds. Momenteel ben ik de vijand.'

'Wil ze je niet begrijpen?'

'Ze is pas zeven. Ik zou net zo eigenwijs zijn geweest als Jessica dezelfde tactiek had toegepast.'

'En je bent er nog steeds van overtuigd dat het de juiste aanpak is?'

'Dat moet wel, anders weet ik echt niet meer wat ik moet doen. Er moet binnenkort een doorbraak komen.' Ze liet haar hoofd tegen de rugleuning van de stoel zakken. 'Ik ben net zo ongeduldig als jij. Ik kan ook niet wachten tot ze weer beter is.'

'Ik heb nooit gezegd dat ik ongeduldig was.'

'Dat hoeft ook niet. Dat kan ik vóélen.'

Hij lachte. 'Ik ben blij dat Galen er niet is. Hij had het over het feit dat jij een tikje helderziend was.'

'O ja? Ik dacht wel dat hij het in de gaten had toen ik een keer mijn mond voorbijpraatte. Hij vind het niet leuk als iemand hem een beetje te goed begrijpt.'

'Hoezo heb je je mond voorbijgepraat?'

Ze schokte niet op haar gemak met haar schouders. 'Af en toe weet ik... dingen.'

'Telepathie?'

'Goeie genade, nee. Als ik met zo'n molensteen om mijn nek liep, zou ik de neiging krijgen om in de rivier te springen.'

'En Cassie dan?'

'Dat is anders. Alles is anders, waar het Cassie betreft. Meestal is het... af en toe pik ik gewoon bepaalde dingen op.'

'En nu heb je opgepikt dat ik ongeduldig ben.'

Ze ging even verzitten in de stoel. 'Dat kun je moeilijk verbergen. Je hebt het volste recht om ongeduldig zijn. Je wilt van ons af, zodat...'

'Je hebt gelijk, ik wil van je af.' Hij haalde even diep adem. 'En wel meteen. Ga weer bed, Melissa.'

'Over een paar minuten.'

'Nu.'

'Volgens mij kunnen we dit beter uitpraten. Er hangt te veel...' Ze hield plotseling haar adem in toen hun blikken elkaar kruisten. 'Travis?'

'Nu heb je niet echt een bijzondere gave nodig om mijn gedachten te lezen, hè?'

'Nee.'

'Maak dan dat je weer in bed komt en geef me de kans om aan iets anders te denken dan aan die verrukkelijke lange benen en wat ertussen zit.'

Ze kwam langzaam overeind uit de stoel. 'Ik kan niet... Dit is niet het goede moment, Travis.'

'Dat weet ik.' Hij probeerde de ergernis in zijn stem te onderdrukken. 'Zo stom ben ik echt niet. Maar we weten allebei dat dit vanaf het eerste begin heeft meegespeeld.' Hij trok een gezicht. 'En mijn verstand mag me dan bepaalde dingen ingeven, maar mijn lichaam schijnt een rouwproces geen geldige reden te vinden om aan een winterslaap te beginnen. Dat is alleen geïnteresseerd in de voortplanting van het menselijk ras. Dus wil je alsjeblieft maken dat je wegkomt?'

'Ik ga al.' Maar ze bleef nog steeds staan. 'Dat wil niet zeggen dat ik...'

'Ik weet het. Dit is het verkeerde moment.' Hij pakte het boek dat op tafel lag. 'En waarschijnlijk ook de verkeerde man. We zouden hartstikke veel plezier met elkaar kunnen hebben, maar ik kan me niet voorstellen dat jij trek hebt in een scharreltje. Je hebt te veel van Jessica weg.'

'Ik lijk helemaal niet op Jessica.' Haar tong gleed over haar lippen. 'Maar je hebt gelijk, ik moet niets hebben van vluchtige avontuurtjes. Tegenwoordig wil ik weten wat ik aan de mensen heb.'

'In dit geval weet je dat ook. Vanaf het moment dat we elkaar leerden kennen heb je dwars door me heen gekeken. En wat je zag, beviel je doorgaans totaal niet.'

'Dat is niet waar. Maar de hele toestand was al zo ingewikkeld en jij maakte het nog erger. Ik moest wel...' Ze liep naar de deur. 'Welterusten, Travis.'

Ze was weg.

Hij ook met zijn grote mond. Verdomme, hij had zijn bek moeten houden.

Maar verdraaid, ze zaten bijna op elkaars lip en hij was nooit het type geweest om in stilte te lijden. Door sympathie te tonen en zich als haar broer te gedragen deed hij al genoeg zijn best. Zij kon ook haar steentje bijdragen. Nu ze het wist, zou ze wel uitkijken.

Want dat wilde hij toch?

Vergeet het maar.

Wat hij wilde, was dat ze bij hem op schoot kroop, die lange benen om hem heen sloeg en geluidjes maakte die...

Hij moest Melissa uit zijn hoofd zetten. En dat verdomde boek gaan lezen. Of plannen maken waardoor er een eind kwam aan deze toestand.

En niet meer aan haar denken.

Ze moest niet aan hem denken.

Mijn god, ze was op de vlucht geslagen. Niet te geloven. Nadat Jessica haar had teruggehaald, had ze gezworen dat ze nooit meer voor iets weg zou lopen. Maar ze was er als een schoolmeisje vandoor gegaan.

Waarom? Ze was toch echt geen blozende maagd meer. Ze had vol enthousiasme met seks geëxperimenteerd. Seks was vreugde en genot en ze vond het heerlijk. Ze vergeleek het altijd met dat euforische gevoel dat je kreeg als je je flink had uitgesloofd in de fitness.

Maar we weten allebei dat dit vanaf het eerste begin heeft mee-gespeeld.

Vanaf de dag dat ze hem op Juniper had zien hardlopen. Ze had grapjes gemaakt tegen Jessica over hun sexy buurman, maar die waren toch half gemeend. Als ze niet zo bang was geweest dat ze weer zou gaan dromen, was ze misschien wel om een andere reden bij Travis op bezoek gegaan. Ze had die tinteling zelf ook gevoeld, maar ze wenste er toen geen aandacht aan te schenken. En dat moest ze nu ook niet doen.

Maar dat kon niet, want ze had zichzelf bezworen dat ze voortaan elke vorm van angst onder ogen zou zien. En toch was ze voor Travis weggelopen.

Omdat ze vond dat het ongepast zou zijn als ze tijdens haar rouwproces voor Jessica met Travis naar bed zou gaan? Nee, want het leven ging door en Jessica zou nooit hebben gewild dat ze zich uit fatsoensoverwegingen ook maar één minuut van geluk zou ontzeggen.

Een scharreltje.

Dat was het natuurlijk. Ze was bang dat ze misschien meer zou willen dan een vluchtig avontuurtje. Ze voelde zich in te veel opzichten tot Travis aangetrokken. Er was inmiddels een veel te sterke band tussen hen ontstaan en ze had hem van een andere kant leren kennen. Hij had gelijk: af en toe kon ze dwars door hem heen kijken en wat ze dan zag, was niet wat hij dacht. Ze had humor, geduld en medeleven gezien achter die koele, analytische façade waarachter hij zich verschool. Hij had iets dat haar... ontroerde.

Die gedachte bezorgde haar weer een rilling van paniek. Ze was op het ogenblik veel te kwetsbaar en ze had al meer dan genoeg hindernissen die ze moest omzeilen. Ze had echt geen zin om over die schutting te klimmen die hij gebruikte om mensen op afstand te houden.

Dus voortaan bleef ze gewoon bij hem uit de buurt.

19

Rue Lestape nummer 15 was een elegant herenhuisje in de buurt van Saint Germain.

'Hij is niet thuis, hoor,' zei Pichot. 'Dat heb ik al gecontroleerd voordat ik jou belde.'

'Hij kan best terugkomen.' Galen probeerde de voordeur en liep toen haastig door het steegje naar de achterkant van het huis. 'Of misschien is er binnen iets waaruit ik kan opmaken waar hij uithangt.' Hij bukte zich en bestudeerde het slot op de deur. Prima vakwerk. Het kostte hem een paar minuten om het open te krijgen. 'Sesam open u.'

'En als er nou een alarmsysteem is?' vroeg Pichot. 'Misschien kunnen we beter niet...'

'Deschamps zal heus niet willen dat de politie bij hem aan de deur komt.' Hij stapte naar binnen. 'Kom op, Pichot.'

'Misschien kan ik beter in de auto wachten.'

'Dat lijkt me niet.' Galen keek om en deed lachend zijn zaklantaarn aan. 'Ik vertrouw je heus wel, maar ik heb liever dat je me gezelschap houdt terwijl ik in het hol van Deschamps rondwandel. Je bent een beetje al te beducht voor onze afwezige vriend.'

'Je hoeft je geen zorgen te maken. Ik ben nog veel banger voor jou.' Pichots blik dwaalde door de kleine hal. 'Mooi. Ik vraag me af wat dat wandtapijt heeft gekost.'

'Ben je hier nog nooit geweest?'

'Deschamps is geen type dat snel vriendjes maakt. Ik pikte hem altijd voor de deur op.'

Het was een prachtig gemeubileerd vertrek. Op de eiken vloer lag een Perzische loper die naar een grote kamer een paar meter verderop voerde.

'Waar ben je naar op zoek?' vroeg Pichot.

'Een studeerkamer, een bibliotheek...' Hij keek omhoog langs de wenteltrap. 'Of de slaapkamer misschien.'

'Wat is dat?'

Pichot stond naar een deur aan de andere kant van het vertrek te kijken. Geen gewone deur. Elke centimeter ervan was bedekt met schitterend houtsnijwerk in een bloempatroon. Galen liep ernaar toe. 'Dat lijkt me de poort tot iets belangrijks. Laten we maar eens kijken wat erachter zit.'

De deur zat op slot.

'Hou die zaklantaarn eens vast.' Hij ging op zijn hurken zitten en ging aan de slag. Met enige moeite slaagde hij erin het slot open te krijgen. Hij pakte Pichot de zaklantaarn weer af. 'Goed, dan zullen we nu eens zien wat...' Hij verstijfde. 'Godallemachtig.'

'Wat is er?' Pichot duwde hem opzij en stapte de kamer in.

Op de tegenoverliggende muur begon een rood licht te knipperen.

'Nee!' Galen greep Pichot vast, duwde hem dwars door een raam dat prompt aan diggelen ging en dook achter hem aan.

Het huis ontplofte in één grote vuurzee.

Deschamps verstijfde toen het alarm van het waarschuwingsapparaat dat hij altijd bij zich had, afging. Hij pakte het apparaat uit zijn zak, maar terwijl hij ernaar keek, ging het rode lichtje alweer uit.

Hij sloot zijn ogen toen een intens gevoel van verdriet in hem opwelde. 'Nee,' fluisterde hij.

Het was weg.

'Verdomme nog aan toe.' Travis greep de telefoon nog steviger vast. 'Ik breek je nek, Galen.'

'Waarom zou je die moeite nemen als ik dat net bijna in m'n eentje voor elkaar heb gekregen?' Hij was even stil. 'Ik had helemaal niet op zoiets gerekend. Ik had verwacht dat er misschien een springlading in een bureau of een kluis was aangebracht, maar niet onder het hele verdomde huis. De ontsteking werd pas in werking gesteld toen Pichot de kamer in liep. Ik snap er geen bal van.'

'Heb je nog een glimp opgevangen van wat er in die kamer stond?'
'Het leek verdorie wel een museum. Een soort schatkamer vol schilderijen en beeldhouwwerken... Daarom slaat het ook nergens op. Een van die schilderijen moet een Monet zijn geweest. Ik durf te zweren dat het dat schilderij van de waterlelie was, waarvan werd aangenomen dat het tijdens die brand op het landgoed Rondeau verloren is gegaan. Als dat een voorbeeld is van de kwaliteit van de kunstvoorwerpen in die kamer, waarom zou Deschamps ze dan opblazen?'
'Dat zal ik hem vragen... als we hem vinden. En als jij niet weer op je eigen houtje op jacht gaat,' voegde hij er grimmig aan toe.
'Dat moet je me echt beloven, Galen.'
Het bleef stil aan de andere kant van de lijn.
'Galen.'
'Goed, eerlijk is eerlijk. Ik heb de kans gehad. Nu mag jij het proberen.'
'Bedankt,' zei Travis sarcastisch. 'Dat stel ik bijzonder op prijs.'
'En terecht,' zei Galen. 'Ik had er ongelooflijk de pest in toen ik op dat trottoir voor het huis van Deschamps opkrabbelde.'
'Kom je nu weer hiernaar toe?'
'Binnenkort. Ik moet eerst nog een bezoekje afleggen bij de Dumairs in St. Ives. Ik bel je nog wel.'
Travis verbrak de verbinding en liep de veranda op. Verdomme, hij had kunnen weten dat Galen iets krankzinnigs zou doen als hij de kans kreeg. Niemand kon hem de wet voorschrijven. Geef het nou maar toe, hij was gewoon jaloers op Galen die de vrijheid had om achter Deschamps aan te gaan in plaats van hier aan handen en voeten gebonden te zitten. Nou ja, Galen had in ieder geval de aanval geopend.
Nu moesten ze afwachten hoe Deschamps daarop zou reageren.

Twee avonden later had Cassie een nachtmerrie.
Bij de eerste snerpende gil schoot Melissa overeind in bed.
'Cassie...' Ze zwaaide haar benen uit bed. 'Nee, lieverd, niet doen...'
'Wat is er aan de hand?' Travis stond in de deuropening. 'Ik dacht dat je had gezegd dat ze geen nachtmerries meer zou krijgen.'
'Ik heb gezegd dat ik dat hoopte.' Ze deed het licht aan.

Cassie begon weer te schreeuwen.

'Blijf daar niet staan. Ga naast haar zitten en praat tegen haar.'

'De gewone dingen?'

Ze knikte en kroop naast Cassie onder de dekens. 'Maar als ik zeg dat het genoeg is, moet je meteen ophouden.'

'Wat ben je van plan?'

'Ik ga haar afbluffen.'

'Afbluffen?'

'Ik heb tegen haar gezegd dat ze geen nachtmerries meer zou krijgen.' Ze sloot haar ogen. 'Nu laat ze zien dat ik geen gelijk had.'

'Ze pakt het wel heel drastisch aan.'

'Ze wil niets meer met me te maken hebben. Ze denkt dat ik weg zal gaan als ze bewijst dat ik me heb vergist.' Ze kroop dichter tegen Cassie aan. 'Praat tegen haar, Travis.'

Ze sloot zich voor hem af, tot ze zich nog maar nauwelijks bewust was van zijn mompelende stem. Cassie weerde haar af. Dit keer werd ze niet met geweld Cassies wereld binnengezogen, zoals dat meestal het geval was als ze een nachtmerrie had. Het duurde een paar minuten voordat ze in staat was door te dringen tot Cassies geest.

Doodsangst.

Een kolkende horde griezels achter haar.

Monsters.

'Er zijn geen monsters,' zei Melissa.

'Leugenaar.' Cassie holde weg, dieper de tunnel in. 'Ze zijn hier. Ik moet weg zien te komen.'

'Als ze echt hier zijn, komt dat omdat jij ze hierheen gehaald hebt. Dan kun je ze ook weer wegsturen.'

'Ik zei toch dat ze zouden komen.'

'Omdat je een excuus zoekt om hier te blijven...'

'Ik moet verder de tunnel in...'

'Nee.' Melissa ging voor Cassie staan en versperde haar de weg. 'Je slaat niet op de vlucht.'

'Laat me erdoor.' Melissa voelde hoe de sterke wil van het kind op haar inbeukte. 'Ga weg.'

'Er zijn geen monsters achter je. Draai je maar om, dan kun je het zelf zien.'

'Doe ik niet. Doe ik toch niet.'

'Draai je om.'

'Ze zijn hier. Ik moet wegrennen.'

'Draai je om.' Ze pakte haar bij de schouders en dwong haar zich om te draaien.

'Ik kijk toch niet.'

'Je kijkt wel.'

'Je kunt me niet dwingen.'

'Wel waar en dat weet je best. Ik ben nu sterker dan jij, Cassie. Doe je ogen open.'

Het kind stribbelde nog even tegen en deed toen langzaam haar ogen open.

'Wat zie je, Cassie?'

'Monsters.'

'Wat zie je?'

'Monsters.'

'Wat zie je?'

'Dat heb ik al gezegd,' zei ze uitdagend.

'Waarom doen ze je dan niets?'

'Michael houdt ze tegen.'

'Ga weg, Travis!'

'Nee!' Cassie worstelde en probeerde zich los te rukken. 'Kom weer terug, Michael!'

Maar de stem van Travis zweeg.

'Hij is weg, Cassie. En jij bent nog steeds hier.'

'De monsters komen eraan. Ze hebben me zo te pakken.'

Jezus, wat had ze een sterke wil. 'Ze zijn hier niet. Je ziet ze niet.'

'Jij hoeft me niet te vertellen wat ik zie.'

'Vertel jij het mij dan maar. Wat zie je?'

'Maskers en tanden en ogen...'

'Maar ze hebben je niets gedaan. Omdat ze niet echt zijn. Ik blijf je gewoon vasthouden zodat je ze onder ogen moet zien. Ik blijf bij je en zal je beschermen als ze te dichtbij komen.'

'Nee, dat doe je vast niet.' Ze snikte. 'Je haat me.'

'Ik hou van je.'

'Laat me dan los.'

'Als je me vertelt wat je ziet.'

'Mon...' Haar stem brak. 'Ik moet... ik kan niet terug. Ik moet dieper de tunnel in.'

'Wat zie je?'

Ze draaide zich met een ruk om naar Melissa. 'Niets,' gilde ze. 'Niets. Helemaal niets!'

'Geen monsters?'

'Geen monsters. Ben je nou tevreden?'

'O ja.' De tranen rolden over haar wangen toen ze Cassie in haar armen trok. 'Zo tevreden als ik maar kan zijn, lieverd.'

'Laat me los.' Maar terwijl ze dat zei, sloeg ze haar armen stijf om Melissa heen. 'Ik haat je.'

'Straks.' Ze wiegde haar heen en weer. 'Straks laat ik je los, Cassie...'

Meer dan een uur later deed ze eindelijk haar ogen open.

'Hallo.' Travis zat in de stoel naast het bed. 'Hoe voel je je?'

'Best,' fluisterde ze. Ze drukte een kus op Cassies voorhoofd voordat ze uit bed glipte. 'Het duurde even voordat ik haar in slaap had.'

'Wat is er in 's hemelsnaam gebeurd? Ze ging als een wilde tekeer toen ik ophield met praten. Het joeg me de doodsschrik op het lijf.'

'Ik was zelf ook behoorlijk bang.'

'Maar het werkte wel?'

Ze knikte. 'Een doorbraak. Ze heeft toegegeven dat er geen monsters in de tunnel zaten.'

'Dus geen nachtmerries meer?'

'God, ik hoop het van harte. Ze heeft zo'n sterke verbeelding dat ze alles kan oproepen wat ze wil. Maar in ieder geval beseft ze nu dat ze zichzelf voor de gek hield. Het allermooiste zou zijn als ze nu ook begint te twijfelen aan de reden waarom ze volgens haar in die tunnel zit.'

'En wat is die reden?'

'De Winddanser wil dat ze daar blijft omdat ze daar veilig is.'

'Kun je haar aan het verstand brengen dat dat niet waar is?'

'Ik zal haar daar stukje bij beetje van moeten overtuigen.' Ze deed de lamp op het nachtkastje uit. 'Maar ik hoop wel dat het niet al te lang zal duren. Ik ga eerst een kopje cafeïnevrije koffie zetten en dan weer proberen te slapen. Wil jij ook een kop?'

'Waarom niet?' Hij liep achter haar aan naar de keuken en keek haar aan terwijl ze bezig was met de koffie. 'Jullie hadden me vanavond eigenlijk helemaal niet nodig, hè? Daarom heb je me weggestuurd. Om Cassie te bewijzen dat ze zonder me kon.'

'En zo was het ook.' Ze ging aan de tafel zitten. 'Daar zou je blij om moeten zijn. Nu ben je van haar verlost.'

'Dat vind ik niet eerlijk. Ik heb het nooit vervelend gevonden dat ik Cassie moest helpen.'

'Maar je hebt het wel gebruikt om je zin door te drijven.'

'Die zit.' Hij tilde zijn kopje op. 'Dat is de aard van het beestje. Ik ben ook geen heilige, Melissa. Dat heb ik ook nooit beweerd.'

Nee, hij was altijd heel openhartig tegen hen geweest over zijn karakter en zijn beweegredenen. Zijn denkproces mocht dan een soort ingewikkeld doolhof zijn, ze hadden altijd geweten waar ze met hem aan toe waren. 'Ik vermoed dat je er alle reden voor had. Je zei dat je ongerust was over je vriend Jan. Volkomen terecht, dat is wel gebleken.'

'Dat wist ik zelf ook niet.'

'Vertel me eens iets over hem.'

'Waarom?'

Ze wendde haar blik af. 'Dat weet ik niet. Ik geloof niet dat jij je gemakkelijk aan mensen hecht. Ik denk dat ik gewoon nieuwsgierig ben naar de man die jij als je vriend beschouwde.'

'Hij was een goede man. Hij zei altijd dat hij een egoïst was, maar als ik hem nodig had, stond hij voor me klaar. Jan hoorde gewoon bij de familie. Hij heeft samen met mijn vader zaken gedaan. Jarenlang.'

'Wat voor soort zaken?'

Hij glimlachte. 'Af en toe een kunstdiefstal, maar vooral smokkelpraktijken. Mijn vader was een avonturier in hart en nieren. Hij dacht dat hij een echte vuurvreter was. Opwinding was het enige waarvoor hij leefde. Jan was altijd de praktische, rustgevende factor in mijn leven. Destijds kon ik het helemaal niet waarderen dat hij probeerde mijn vader ervan te weerhouden mij mee te nemen op hun tochten. Hij zei altijd dat het veel te gevaarlijk was en daar hebben we vaak ontzettende heibel over gehad.'

'Nam je vader je echt mee?'

'Ja hoor, hij vond dat ik er een heleboel van kon opsteken.'

'En was dat ook zo?'

'Reken maar. Ik heb heel veel geleerd. Natuurlijk was het meeste onwettig.'

'Zat je niet op school?'

'Ik volgde schriftelijke lessen. Daar stond Jan op. Daarna, toen mijn vader was overleden, heeft Jan me meegenomen naar Amsterdam en me naar een officiële school gestuurd.'

'Hoe oud was je toen je vader stierf?'

'Dertien.'

'Met het soort leven dat jij achter de rug had, moet je voor de andere leerlingen een hele schok zijn geweest.'

'Dat viel wel mee. Ik was destijds vrij ingetogen. Mijn vader stierf een nare dood en daarbij raakte ik zelf ook in de lappenmand.'

'Wat is er met hem gebeurd?'

'Hij liep het hoofd van een drugskartel in Algiers voor de voeten. Ze hebben onze boot opgeblazen.'

Haar ogen werden groot van schrik. 'En was jij toen aan boord?'

Hij knikte. 'Jan ook. Mijn vader was beneden en werd door de ontploffing gedood. Jan en ik waren aan dek en werden overboord geblazen. Ik kwam met mijn hoofd op een paar wrakstukken terecht en Jan heeft me aan wal moeten slepen. Ik heb wekenlang in het ziekenhuis gelegen. Hij heeft me geen moment alleen gelaten. Toen ik weer opgeknapt was, nam hij me mee naar Amsterdam.'

'En wat is er aan de moord op je vader gedaan?'

'Door de politie bedoel je? Bij het soort zaken dat wij deden, ging je niet naar de politie, als je tenminste niet in de gevangenis wilde belanden. Dat soort dingen knapte je zelf op.'

'Niet als je pas dertien bent.'

Hij glimlachte. 'Ik bleef geen dertien.'

Ze voelde een koude rilling over haar rug lopen toen ze naar zijn gezicht keek. 'Wat heb je gedaan?'

'Gewoon, wat alle jochies doen. Ik zat op school, ik voetbalde en ik las boeken.' Hij stond op en liep met zijn kopje naar het aanrecht. 'En ik wachtte af.'

'En toen?'

'Je wilt de bijzonderheden niet horen.' Hij spoelde het kopje om en zette het op de plank. 'Ik heb die klus opgeknapt.'

Hij had gelijk, ze wilde de bijzonderheden niet horen. Het was ongetwijfeld met veel geweld en wreedheid gepaard gegaan.

'Schrik je daarvan?' Hij stond haar aandachtig aan te kijken. 'Dat zou niet het geval moeten zijn. Je wist dat ik niet, zoals jij, in een gespreid bedje terecht ben gekomen. Het verschil tussen ons is levensgroot.'

'Omdat jij hem per se wilde wreken?' Ze schudde haar hoofd. 'We verschillen helemaal niet van elkaar.'

'Gevoelsmatig misschien niet, maar ik verzeker je dat we de uitvoering heel anders zullen aanpakken. Als ik iemand die veel voor me heeft betekend moet wreken, zal het echt geen vlugge, nette dood worden.' Hij zweeg even. 'Dus je hoeft niet te denken dat ik me door jou aan de kant laat zetten.'

Ze bleef hem zonder iets te zeggen aankijken.

'Verdomme, laat het aan mij over.' Hij balde zijn vuisten. 'Denk je soms dat het gemakkelijk is om een man te vermoorden?'

'Ik geloof niet dat het me zwaar zal vallen om Deschamps te doden. Alsof ik een kakkerlak vertrap.' Ze stond op. 'Of hem een klap op z'n kop geef met een poot van mijn gespreide bedje. Welterusten, Travis.'

'Melissa, je moet niet...' Hij moest even diep ademhalen. 'Ik mag dan verlost zijn van Cassie, maar ze kan niet zonder jou. Je hebt het Jessica beloofd.'

'Dat hoef je me niet onder de neus te wrijven. Maar het gaat al beter met haar. Heb je nog iets van Galen gehoord?'

'Nee.'

'Zou je me dat wel vertellen?' Toen hij geen antwoord gaf, kneep ze haar lippen op elkaar. 'Dat dacht ik al. Je wilt mij erbuiten houden. Ons deelgenootschap was toch al heel broos. Het is goed dat ik weet waar ik aan toe ben.'

'Deschamps zal je vermoorden. Luister naar me. Je wilt achter die vent aan gaan alsof je een of andere commando bent. Ik weet hoe je bent. Ik heb nog nooit iemand ontmoet die zo van het leven houdt als jij. Wat zal het voor een gevoel zijn als je iemand van dat leven hebt beroofd?'

'Een fijn gevoel. Hij heeft mijn zuster vermoord. En ik ben tot alles bereid.'

'Laat hem aan mij over, Melissa.'

Plotseling laaide de woede in haar op. 'Je kunt barsten.' Ze liep met grote passen naar de slaapkamer en smeet de deur achter zich dicht. Shit, dat had ze niet moeten doen. Ze had Cassie wakker kunnen maken.

Nee, het meisje sliep nog steeds.

Haar boosheid ebde weg toen ze op het bed ging zitten en op Cassie neerkeek. 'Je moet beter worden, lieverd,' fluisterde ze. 'Je bent er al zo dichtbij. Je moet terugkomen. Dat ben je aan Jessica verschuldigd.'

Cassie bewoog.

Melissa verstarde. Dat had ze haar nooit zien doen als Jessica tegen haar praatte. Jessica had gezegd dat ze kon voelen dat ze reageerde, maar nu had ze zich echt bewogen.

'Cassie?'

Het kind draaide haar hoofd om.

Afwijzing. Maar dat was ook een manier van reageren.

'Goed.' Ze moest iets wegslikken. 'Stapje voor stapje. Kennelijk zijn we vanavond meer opgeschoten dan ik dacht. Nu blijf ik gewoon hier zitten om tegen je te praten. En dan wil jij wel naar me luisteren, hè? We gaan het hebben over de Winddanser, over jou en mij en over de manier waarop we voorgoed van die monsters af kunnen komen...'

'Hallo, Travis. Je begint nu echt bijzonder irritant te worden.'

Hij verstijfde. 'Met wie spreek ik?'

'Herken je mijn stem niet?'

Hij hield even zijn adem in. 'Deschamps?'

'Weet je wel hoeveel schitterende dingen je hebt vernield?' De stem van Deschamps klonk schor van verdriet.

'Ik weet niet waar je het over hebt.'

'Wou je zeggen dat het puur toeval is dat iemand in mijn kamer is binnengedrongen waardoor alles is vernield, terwijl ik heel goed weet dat jij naar mij op zoek bent? Daar geloof ik niets van. Jij was het, hè?'

'Ik heb jouw huis niet opgeblazen. Je hebt zelf een springlading aangebracht.'

'Die zou nooit ontploft zijn als jij niet had geprobeerd die kamer binnen te komen.'

'Jij bent degene die alles vernietigd heeft. Waarom?'

'Het zou toch niet meer van mij zijn geweest. De wetenschap dat alles van jou was, of van degene aan wie je het verkocht had, zou voor mij alles bedorven hebben.'

'Goeie genade, ben je een stiekeme verzamelaar?'

'Wat een toepasselijke benaming. Je snapt er niets van. Maar je bent er niet in geslaagd om mij van al mijn schatten te beroven. Dacht je soms dat ik alles op één plek bewaarde? Maar je zult moeten betalen voor die Monet. Je moet me er iets voor teruggeven. Waar is de Winddanser, Travis?'

'In het museum.'

'Val dood. Je hebt het beeld meegenomen.'

'Hoe weet je dat?'

'Waar is dat standbeeld?'

'Als ik het heb meegenomen, vertel ik je dat toch niet. Dat weet je best. Dus waarom heb je me gebeld?'

'Dat heb ik je al verteld.'

'Waarom?'

'Misschien omdat ik vond dat het hoog tijd werd dat we elkaar leren kennen. Ik ben al heel lang naar je op zoek.'

'Je hebt me gevonden. Maar in plaats van mij heb je Jan doodgeschoten.'

'Daar had ik een reden voor. Ik geloof dat je die wel kent.'

'De Winddanser.'

'Uit je gesprekken met Van Beek bleek duidelijk dat je van plan was het beeld te stelen. Ik hoefde niets anders te doen dan wachten en jou in de gaten houden.'

'Maar ondertussen had je zelf het museum ook al verkend.'

'Dat werd noodzakelijk toen jij me belette dat kleine meisje te ontvoeren. Ik had gemakkelijk de Winddanser als losgeld voor haar kunnen eisen.'

'Dus het ging je alleen om het standbeeld?'

'Natuurlijk. Vanaf het begin. Toen ik nog maar een jongetje was, wist ik al dat ik de Winddanser in mijn bezit wilde hebben. Ik heb mijn leven lang gewacht tot ik de kans zou krijgen. En jij hebt me nu al twee keer de voet dwars gezet.'

Hij moest hem aan de praat houden. Hij moest erachter komen wat de smeerlap bewoog. 'Wat zou je ermee moeten beginnen?

Je zou het nooit kunnen verkopen en Andreas zou hemel en aarde bewegen om je te vinden.'

'Jij weet net zo goed als ik dat er nog steeds plekken op de wereld zijn waar een man voorgoed onder kan duiken. De laatste tijd heb ik mijn blik op het Verre Oosten gevestigd. Europa begint me een beetje te heet onder de voeten te worden.' Hij zweeg even. 'En een man die de Winddanser zou verkopen, is een man zonder ziel.'

'Geloof je echt dat jij een ziel hebt, Deschamps?'

'Omdat ik geen sentimentele dwaas ben? Wat is een ziel? Mijn hele wezen zingt bij de aanblik van een prachtig schilderij of een schitterend standbeeld. Ik barstte in tranen uit toen ik voor het eerst een foto van de Winddanser zag. Wie durft te beweren dat ik niet even gevoelig ben als jij?'

'Ik ben geen koelbloedige moordenaar.'

'Dat is een zwak argument. Je bent een intelligente vent, maar je zou een nog waardiger tegenstander zijn als je niet zo aan je gevoelens toegaf. Dat werd me duidelijk toen ik Van Beek doodde.'

Hij onderdrukte een opwelling van woede. 'Je had geen enkele reden om Jan te doden.'

'Natuurlijk wel. Dat raakte jou diep. Ik heb altijd een reden. Ik laat me nooit in met zinloze slachtpartijen.'

'Ook niet toen je je stiefvader vermoordde?'

'Aha, je hebt niet stilgezeten. En wat ben je te weten gekomen over mijn geachte oude heer?'

'Dat je hem niet mocht en dat hebt aangetoond door hem in stukken te hakken. Wat heeft hij je eigenlijk misdaan?'

'Hij heeft me naar de gevangenis gestuurd vanwege de liefde die hij me zelf had bijgebracht. Ik woonde bijna in zijn kunstgalerie. Dan was het toch logisch dat ik een paar dingen voor mezelf wilde uitzoeken? Ik heb veel tijd gehad om na te denken toen ik in de gevangenis zat. Het was alsof ik in een cocon zat te wachten tot ik er als een vlinder uit zou komen.'

'Niet echt. Als een cobra lijkt me toepasselijker. Waarom vertel je me dit?'

'Ik wil dat je me begrijpt. Ik wil dat je weet wat je te wachten staat.' Het was even stil. 'Je had in dat museum moeten sterven.

Ik was van plan om jullie allemaal te vermoorden en dan het standbeeld in te pikken. Het zou me ook gelukt zijn, als die vrouw zich er niet mee had bemoeid.'

'Je hebt Jessica Riley vermoord, de enige vrouw die bij deze zaak betrokken was.'

'Het was niet Jessica Riley die Andreas die avond heeft gebeld en ervoor zorgde dat hij de politie naar het museum stuurde.' Hij zweeg even. 'Maar ik vind het heel interessant dat je liegt om te voorkomen dat ik iets over Melissa Riley te weten kom. Ik was van plan om haar binnenkort op te zoeken, maar ik geloof dat ik haar nu boven aan mijn lijstje moet zetten.'

'Zodat je aandacht afgeleid wordt van mijn persoontje?'

'Jullie komen allemaal aan de beurt. Heb je Cassie Andreas al vermoord?'

'Wat?'

'Je hebt de Winddanser. Er is geen enkele reden om haar in leven te laten. Ze moet je behoorlijk tot last zijn.' Hij barstte in lachen uit. 'Mijn god, je hebt het echt nog niet gedaan. Dat zwakke trekje van je zal nog een keer je dood worden. Mijn geduld is bijna op. Denk er maar eens over na. Droom er maar van. Dat doe ik ook.' Hij verbrak de verbinding.

Travis vloekte binnensmonds toen hij de telefoon uit zette.

'Moeilijkheden?' Galen stond op de drempel.

'Het werd tijd dat je terugkwam.'

'Deschamps?'

Travis knikte. 'Je hebt een tere plek geraakt toen je het lef had om je op zijn terrein te wagen. Hij schijnt de behoefte te voelen om met me te praten.'

'Heeft hij nog iets bijzonders gezegd?'

'Alleen dreigementen.' Tegen hem, tegen Melissa. 'Verdomme, ik wou dat we dat gesprek hadden kunnen traceren.'

'We konden toch niet weten dat hij je zou opbellen?'

'Misschien belt hij nog een keer.'

'Zodra ik probeer een ploeg technici bij elkaar te krijgen, weet iedereen waar we zitten.'

Dat wist Travis ook wel. Het was alleen verdomd frustrerend dat hij er zijn voordeel niet mee kon doen. 'Hij heeft contacten. Hij had mijn nummer en hij wist dat het standbeeld niet meer in het museum was. En hij wist bovendien dat Melissa degene was die alarm had geblazen. Kun je erachter komen wie hij gebruikt?'

'Ik zal het proberen.' Zijn blik dwaalde naar Melissa, die op het strand zat. 'Ga je het haar ook vertellen?'

Travis aarzelde en schudde vervolgens zijn hoofd. 'Er valt niets te vertellen.' Niets anders dan vuiligheid, bloed en een moordlustige gek die het op haar gemunt had. Ze had al genoeg te verwerken, daar hoefde geen nieuwe schok bij te komen. 'Misschien als we iets concreets te weten komen.'

Galen draaide zich om en liep weer naar binnen. 'En misschien ook niet. Ik zie dat de behoefte om haar te beschermen zijn lelijke, verweerde kop heeft opgestoken. Als ze erachter komt, kun je er donder op zeggen dat ze die met een dodelijke karateklap naar de andere wereld helpt.'

20

'Goed nieuws. We hebben de identiteit achterhaald van de man die dood is aangetroffen in de kelder van het museum, meneer,' zei Danley. 'Hij heette Pierre Cardeau. Geboren in Marseille, een kruimeldief van wie bekend was dat hij ook in te huren was voor allerlei gewelddadige karweitjes. Een expert op het gebied van vuurwapens.' Hij zweeg even. 'En hij zat in Nice ten tijde van de overval op uw dochter in Vasaro.'

'Dus de kans bestaat dat hij daarbij betrokken was,' zei Andreas. 'Maar voor wie werkte hij? Voor Travis of voor die smeerlap die heeft geprobeerd haar te ontvoeren?'

'Bent u er nog steeds zeker van dat die twee niet samenwerkten?' Andreas was nergens zeker van. 'Ik weet alleen zeker dat ik wil dat Travis opgepakt wordt.'

'We doen wat we kunnen. Maar dit geeft ons een echte kans. Cardeau had een broer en die hebben we vanmorgen opgepakt. Ze knapten weleens samen een klus op. Als hij iets weet, dan weten wij dat binnen de kortste keren ook, dat beloof ik u.'

Andreas wenste niet in te gaan op de stelligheid die Danley tentoonspreidde, noch op zijn manier van aanpak. Het was de eerste meevaller die ze hadden gehad sinds Cassie was ontvoerd en hij was niet van plan een gegeven paard in de bek te zien. 'Laat het me meteen weten als je iets hoort.'

'Goedemorgen.' Galen keek op van het fornuis toen Melissa de volgende ochtend de keuken in kwam. 'Ga zitten. Het ontbijt is binnen een minuutje klaar.'

'Ik heb je niet horen thuiskomen.' Ze ging aan de tafel zitten. 'Waar is Travis? Is hij nog niet op?'

'Hij is er meteen vandoor gegaan nadat ik thuiskwam. Naar Cannes, geloof ik.' Hij zette een glas sinaasappelsap voor haar neer.

'Die zaak met Karlstadt. Hij zei dat hij zo gauw mogelijk terug zou komen, maar dat het wel een paar dagen kon duren.'

'Heb je Danielle Claron gevonden?'

'Nog niet. Maar haar vader heeft beloofd dat hij zal zorgen dat ze me belt zodra ze weer boven water is.'

'Weet hij niet waar ze zit?'

'Hij zegt van niet. Natuurlijk is het best mogelijk dat hij iedereen als een bedreiging voor zijn dochter beschouwt.' Hij glimlachte. 'Al zou ik niet zo gauw iemand weten die minder intimiderend is dan ik. Jij wel?'

'Attila de Hun.'

'Pas op, anders doe ik geen kruiden door je roerei. En wat is het leven zonder smaakmakers?' Hij zette een bord met eieren en spek voor haar neer. 'Hoe gaat het met de kleine meid?'

'Geen nachtmerries meer.'

'Travis zei al dat jij daar een eind aan had gemaakt. Gefeliciteerd.'

'Ik heb geluk gehad. Het had ook heel anders kunnen uitpakken.' Ze begon te eten. 'Dus in plaats van Travis ga jij hier nu voor bewaker spelen?'

'Ik had echt behoefte aan een vakantie aan zee. Per slot van rekening heb ik tot nu toe al het werk opgeknapt. Hoe smaken de eieren?'

'Prima.' Ze leunde achterover en keek hem strak aan. 'Als monsieur Dumair of Danielle Claron opbelt, krijg ik dat dan ook te horen?'

Hij wierp haar een peinzende blik toe. 'Wat zou je doen als ik nee zei?'

'Dan zou ik knap gefrustreerd raken en een manier proberen te bedenken om er zelf achter te komen.'

'Dat dacht ik al.' Hij knikte. 'Ik vertel het je wel. Hoewel Travis me dat niet in dank zal afnemen. Goed, wat wil je bij de lunch eten? Al mijn rijk geschakeerde talenten staan tot je beschikking. Je mag vragen wat je wilt.'

Ze glimlachte. 'Ik heb al gekregen wat ik wil.'

Cannes
14.50 uur

Het dak van het hotel.
Of misschien dat openstaande raam boven de bakkerij.
Of de souvenirwinkel op de hoek.
Elk van die drie plaatsen zou een mogelijkheid kunnen zijn. Of niet.
Travis trok zich nog dieper in de schaduw terug. Eerder op de dag had hij de hele straat al gecontroleerd, maar voor de afspraak met Karlstadt van vanavond zou hij dat nog een keer moeten doen. Als je geen voorbereidingen trof, moest je daar meestal duur voor betalen.
Bewoog daar iets in het steegje naast de bakkerij?

18.05 uur

Galen en Melissa wilden net aan het avondeten beginnen toen zijn telefoon ging.
Melissa verstarde.
Galen glimlachte. 'Het kan iedereen zijn. Zo'n belangrijke figuur als ik moet altijd bereikbaar zijn.'
'Neem het gesprek aan.'
Hij knikte en klapte zijn telefoon open. 'Galen.' Hij luisterde en zijn glimlach ebde weg. 'Goed. Dat zal ik tegen Travis zeggen. Natuurlijk ben ik geïnteresseerd. Ik zei toch dat het aan Travis zou vertellen. Kan ik je ergens terugbellen?' Hij zette de telefoon uit. 'Ze heeft opgehangen.'
Haar hart sloeg over. 'Zij?'
'Danielle Claron.'
'Weet je het zeker? Hoe klonk ze?'
'Bang. Heel bang. En nee, echt zeker ben ik er niet van. Maar ze had mijn nummer en ze wist dat ik haar ouders had gesproken.'
'Wat heeft ze gezegd?'
'Dat ze geld nodig had, heel veel geld. En een plaats waar ze veilig onder kan duiken. Ze wilde niets beloven tot we het met el-

238

kaar eens worden. Ze wil voor vanavond een afspraak met Travis maken.'

'Waar?'

'Bij de oude kerk aan de noordkant van het dorp. Ze zei dat er in het centrum een nieuwe kerk was gebouwd en dat deze nu verlaten is. Na middernacht is ze daar.'

'Dan zullen we erheen moeten om met haar te praten.'

Hij schudde zijn hoofd. 'Travis gaat wel. Ze wil alleen met hem onderhandelen.'

'Maar Travis is er niet, verdomme.'

'Ik zal hem straks wel bellen.' Hij wierp een blik op zijn horloge. 'Die afspraak met Karlstadt is over een paar uur en nu zou het weleens heel ongelegen kunnen komen.'

Maar als het gesprek straks wel 'gelegen' zou komen, zou Travis nooit willen dat ze met hem meeging naar die kerk, dacht Melissa geërgerd. En ze moest ook aan Cassie denken. 'Als jij nu bij Cassie blijft, dan ga ik wel naar die afspraak met Danielle Claron. De kans is groot dat ze zich niet zo bedreigd zal voelen als ze met een andere vrouw van doen krijgt, denk je ook niet?'

Hij schudde zijn hoofd. 'Ze heeft specifiek om Travis gevraagd. En bovendien zit Deschamps waarschijnlijk achter haar aan. Het is veel te gevaarlijk om bij haar in de buurt te komen.'

Ze balde haar vuisten. 'Ik ben niet stom. Ik ben heus niet van plan om er blindelings op af te gaan en haar naam...'

'Ik weet dat je niet stom bent.' Hij kneep zijn lippen op elkaar. 'Maar dit is onbekend terrein voor jou. Ik ben het niet eens met Travis dat we je helemaal in het ongewisse moeten laten, maar ik ben ook niet van plan om je bij dat soort roekeloze ondernemingen te helpen.'

Ze kon aan zijn gezicht zien dat ze hem niet zou kunnen ompraten. Ze stond op en beende naar de deur.

Galen sprong op. 'Waar ga je naar toe?'

'Een eindje lopen. Ik ben zo kwaad als de pest en ik moet even stoom afblazen.' Ze wierp hem over haar schouder een grimmige blik toe. 'Dacht je soms dat ik in de auto zou springen om linea recta naar St. Ives te rijden?'

'Dat idee kreeg ik inderdaad.'

'Ik heb je al gezegd dat ik niet stom ben, Galen. Ik weet dat je me toch niet zou laten gaan en ongetwijfeld ben je heel goed in het tegenhouden van mensen.' Ze sloeg de deur met een klap achter zich dicht en rende de verandatrap af. Ze zette er stevig de pas in, zodat haar hakken diep in het zachte zand boorden. Ze moest het huis uit voordat ze ontplofte.

Verdomme, ze had zin om iemand een klap voor zijn kop te geven.

Nee, het liefst zou ze Travis een ram verkopen. Hij werkte haar in alle opzichten tegen en zorgde er ook voor dat Galen haar niet wilde helpen. Dit was de eerste meevaller, een kans om Deschamps te vinden, en ze verwachtten van haar dat ze hier maar rustig bleef zitten wachten tot iemand anders Jessica's moordenaar had opgespoord.

Jessica.

Niet huilen. Ze had al genoeg tranen vergoten en ze kon niet helder nadenken als haar emoties haar de baas werden. Ze bleef aan de rand van het water staan en keek uit over de zee. Ze voelde zich heel klein en eenzaam.

Maar zo moest ze niet denken. Negatieve gedachten waren lulkoek. Ze was alleen, maar dat betekende nog niet dat ze niet in staat was om te doen wat noodzakelijk was.

Ze moest gewoon haar uiterste best doen.

20.35 uur

'Hier ben ik dan,' zei Karlstadt grimmig terwijl hij aan het tafeltje op het terrasje ging zitten. 'Ik hoop dat het geen vergeefse moeite was, Travis.'

'Je bent ten einde raad, hè?'

'Nog niet. Dat is pas het geval als jij na afloop van deze ontmoeting nog steeds in leven bent. Ik houd er niet van om besodemieterd te worden, vuile smeerlap.'

'Niemand heeft je besodemieterd. Althans niet opzettelijk.' Hij schoof het zakje over de tafel. 'Dit zijn alle diamanten die ik momenteel in handen heb. Helaas heeft de CIA zich over de rest ontfermd.'

Karlstadt pakte het zakje niet op. 'Daar ben ik niet tevreden mee.'

'Ik zal je het voorschot terugbetalen dat je op de Zwitserse rekening hebt gestort. Dat betekent dat je niet hoeft te betalen voor de ontbrekende diamanten.'

'Je weet best dat het daar niet om gaat. Die diamanten moeten uit de roulatie worden genomen.'

'Ik heb wel een idee hoe ik dat voor elkaar kan krijgen. Ondertussen zul je moeten toegeven dat het feit dat ze nu in een kluis van de CIA liggen de op een na beste oplossing is.'

'Ik hoef niets toe te geven.' Karlstadts gezicht bleef keihard. 'Je hebt me een figuur laten slaan tegenover mijn werkgevers. Die houden niet van flaters.'

'Je hebt geen flater begaan. Je hebt ervoor gezorgd dat ze de tijd hebben om met de Russen te gaan onderhandelen. Zij weten niet dat je niet alle diamanten te pakken hebt gekregen.'

'Ik heb het procédé ook nog niet. Ik wil die computerschijf hebben, Travis.'

'Die krijg je later.'

'Nu.'

'Zo stom ben ik niet, Karlstadt. De cd is veilig opgeborgen en gaat rechtstreeks naar *The New York Times* als ik hem niet binnen een redelijke tijd ophaal. Ik stuur je het ding wel toe.' Zijn blik dwaalde naar het dak van het hotel aan de overkant van de straat. 'Anders kom je misschien op het idee om een seintje te geven aan dat heerschap dat hij me om zeep kan brengen.'

'Verwacht je echt dat ik je vertrouw? Dat heb ik al eens gedaan.'

'Je hebt me nooit vertrouwd. Je hebt gedaan wat nodig was om je werkgevers tevreden te stellen. En dat zul je nu ook weer doen. Ik zal me aan mijn woord houden, want dat is het verstandigste wat ik kan doen. Ik wil jou niet ook nog eens op mijn nek hebben, ik heb al genoeg problemen.'

'Dat heb ik gehoord, ja.' Hij was even stil. 'Mischien heb je wel een kopie gemaakt van die cd.'

'Het antwoord blijft hetzelfde. Ik wil de zaak afronden, ik heb geen behoefte aan nog meer problemen.'

'Wanneer krijg ik dat ding?'

'Ik bel je wel om je te vertellen waar je het op kunt pikken.' Hij stond op. 'Trans-Atlantisch.'

Karlstadts glimlach was allesbehalve vrolijk. 'Dat is heel verstandig. Ik zou ernstig in de verleiding kunnen komen om de schade die ik heb geleden op een bijzonder gewelddadige manier te vergelden als je me voor de voeten blijft lopen.'

'Daar zal ik goed aan denken.' Travis wierp opnieuw een blik op het dak. 'Ik ga er nu vandoor. Zeg alsjeblieft tegen onze vriend daarboven dat hij niet probeert me te volgen. In dat geval voel ik me niet langer verplicht om me aan de afspraak te houden.'

'Ik geef je twee dagen om me die cd in handen te spelen. Daarna kom ik 'm zelf halen.' Hij grinnikte kwaadaardig. 'Veel langer zal ik daar niet mee kunnen wachten. Je zit tot aan je nek in de moeilijkheden. Straks brengt iemand je nog om zeep voordat ik je te pakken kan nemen.'

'Dat zou niet eerlijk zijn. Ik zal mijn best doen om je niet teleur te stellen.' Travis beende met grote passen de straat door en de hoek om. Daarna ging hij nog wat sneller lopen en zigzagde een halfuur lang door de stad tot hij er zeker van was dat hij niet werd gevolgd. Pas toen ging hij op weg naar zijn auto.

Tot zover was alles goed gegaan. Maar het was kantje boord geweest.

Het enige dat in zijn voordeel had gewerkt was het feit dat Karlstadt een zakenman was en wist wanneer hij zich bij een verlies moest neerleggen. Maar toch zou hij onmiddellijk achter Travis aan gaan als hij zwaar onder vuur werd genomen omdat hij niet alle diamanten in handen had gekregen. Het verstandigste dat Travis kon doen was Europa de rug toekeren en zich een tijdje gedeisd houden.

Het verstand kon barsten.

Niet zolang Deschamps nog in leven was.

Op hetzelfde moment dat hij de Peugeot startte, ging zijn telefoon over.

'We hebben een probleem,' zei Galen. 'Ben je al uit Cannes vertrokken?'

'Nog niet. Maar ik ben binnen een paar uur weer bij het huisje.'

'Je moet niet hierheen komen. Rij maar rechtstreeks naar St. Ives. Ik heb een telefoontje gehad van Danielle Claron. Ze wil met je onderhandelen. Vanavond na twaalf uur is ze bij de oude kerk aan de noordkant van het dorp.'

'Wanneer heeft ze gebeld?'

'Na zessen. Het leek me beter om te wachten tot je klaar was met Karlstadt. Het is maar een uur of wat rijden van Cannes naar St. Ives.' Hij zweeg even. 'Maar ik zou wel haast maken als ik jou was. Anders is Melissa er nog eerder dan jij.'

'Wat? Heb je het haar ook verteld?'

'Ik moet schuld bekennen. Maar ik heb haar constant in de gaten gehouden toen ze op het strand was. Na haar wandeling kwam ze naar binnen en ging meteen naar bed.'

'Godallemachtig, maakte dat je dan niet argwanend?'

'Ja, natuurlijk wel. De afgelopen paar uur heb ik vier keer de deur opengedaan om te controleren of ze er nog was. De laatste keer smeet ze me een boek naar mijn hoofd. Vijf minuten later hoorde ik de bus starten. Meteen nadat ik de deur had dichtgedaan, moet ze uit het raam zijn gekropen. Ik ben naar buiten gerend, maar ze reed al met een rotgang het strand af.'

'Ik draai je je nek om.'

'Misschien pleeg ik wel zelfmoord. Ik voel me zwaar vernederd. Nu ben ik gedegradeerd van krijgshaftig soldaat tot kindermeisje van Cassie.'

'Je had haar dat nooit mogen vertellen. We hebben verdomme geen flauw idee hoe de stand van zaken rond Danielle Claron is.'

'Ik zou het zelf ook vervelend hebben gevonden als ik niet op de hoogte werd gehouden.' Hij zweeg opnieuw. 'En ze is niet helemaal weerloos. Je hebt haar een pistool gegeven.'

'Dat is het enige wapen dat ze heeft. Ze weet niet waar ze aan begint. Ze heeft geen flauw idee…'

'Dat heb ik haar ook aan haar verstand proberen te brengen. Ze wilde niet luisteren. Ik weet niet of ik in haar plaats wel geluisterd zou hebben. Bel me maar als je in St. Ives bent.' Hij verbrak de verbinding.

Travis keek op zijn horloge. Het zou hem zeker drie uur kosten om van hieruit in St. Ives te komen.

Hij trapte het gaspedaal in en de auto schoot vooruit.

21

St. Ives

De antieke kerk op de heuvel moest eeuwen geleden gebouwd zijn en het kerkhof erachter zag eruit alsof het de laatste rustplaats was van generaties dorpelingen. In de ramen van het gebouw zat geen glas meer en alle treden van de stenen trap naar de massieve eiken deuren waren gebroken.

Melissa was niet van plan die trap op te lopen, want in het heldere maanlicht zou ze een duidelijk doelwit vormen. Haar hand sloot zich om het pistool in haar jaszak terwijl ze zich verder terugtrok in de schaduw onder de grote eik.

Maar ze kon hier niet de hele nacht blijven staan. Ze slikte even en riep: 'Danielle. Danielle Claron.'

Geen antwoord.

'Ik ben Melissa Riley. Michael Travis heeft me gestuurd.'

Geen antwoord.

'Hij wist niet zeker of hij hier op tijd zou kunnen zijn. Maar ik heb de bevoegdheid om ervoor te zorgen dat je het geld krijgt dat je nodig hebt.'

Geen antwoord.

'Goeie genade, hij zou toch geen vrouw hebben gestuurd als hij je kwaad wilde doen?'

'Als hij slim is wel.'

Melissa draaide zich met een ruk om en keek naar de vrouw die vanaf het kerkhof om de kerk heen liep. Ze was heel klein, donkerharig, midden dertig en gekleed in een paarse trui en een lange, gebloemde rok. 'Mijn man was niet zo slim. Hij wilde nooit luisteren. Hij heeft me altijd onderschat.'

Ze hield een pistool op Melissa gericht.

'Daarom heeft die smeerlap hem ook kunnen vermoorden. Ik onderschat nooit iemand. Daarom ga ik ook niet dood. Steek je handen op.'

Ze stak langzaam haar handen in de lucht. 'Ik ben hier niet gekomen om je kwaad te doen. Ik ben hier om je alles te geven wat je wilt.'

'Kun je mij m'n man teruggeven?'

'Ne, maar ik kan je genoeg geld geven om jezelf in veiligheid te brengen.'

'En wat wil je daarvoor in ruil?'

'Edward Deschamps. Weet je waar hij is?'

Stilte. 'Misschien wel.'

Melissa's hart begon te bonzen. 'Je weet het wel of je weet het niet.'

'Misschien wel,' zei ze nog een keer. 'We praten wel verder als ik geld te zien krijg. En daar zou ik maar niet te lang mee wachten. Denk je soms dat ik het leuk vind om hier al wekenlang ondergedoken te zitten?'

'Waarom berg je dat pistool niet op? Je kunt toch wel zien dat ik geen bedreiging vorm.'

Ze bleef haar nog even peinzend aankijken en zei ten slotte: 'Nee, je bent veel te week.' Ze liet het pistool zakken. 'Ik dacht dat je misschien door Deschamps was gehuurd om me uit mijn schuilplaats te lokken.' Haar mond vertrok. 'Die klootzak staat erom bekend dat hij vaak vrouwen gebruikt. Jeanne Beaujolis bijvoorbeeld, dat kreng. Het is haar schuld dat ik nu zo in de penarie zit.'

Melissa liet haar handen zakken. 'Heeft ze jou verteld wat er in Vasaro zou gebeuren?'

'Nee, alleen dat ze dankzij Deschamps een fortuin in handen zou krijgen. De rest kon ik zelf wel bedenken toen ik hoorde wat zich daar had afgespeeld.' Ze kreeg een harde trek op haar gezicht. 'In het begin was ze stapelgek op hem en daarna maakte ze zich alleen nog druk over al dat geld dat ze zou krijgen.'

'Heb je hem voor Vasaro weleens ontmoet?'

'Een of twee keer.'

'Waar?'

Ze schudde haar hoofd. 'Het geld.'

'Hoeveel?'

'Travis heeft mijn man vijfhonderdduizend dollar beloofd. Ik wil zevenhonderdduizend.'

'Het kan wel even duren voordat we dat bedrag bij elkaar hebben.'

'Ik kan niet lang meer wachten. Ik moet hier weg. Ik geef je tot morgenavond de kans om... Wat was dat?' Ze tilde haar hoofd op en keek naar de bossen achter Melissa. 'Hoorde jij dat ook?' Melissa draaide zich met een ruk om. 'Wat?'

'Geritsel. Er zit iemand in het bos.' Ze keek Melissa weer aan. Haar ogen spoten vuur. 'Je hebt tegen me gelogen. Je bent wel door Deschamps gestuurd.'

'Nee, dat zal Travis wel zijn. Hij zei dat hij...'

'Leugenaar.' Ze sprong op Melissa af. 'Het is Travis niet. Het is Deschamps.' De kolf van haar pistool zwiepte omlaag, in de richting van Melissa's hoofd.

Melissa dook weg, greep de arm van de vrouw vast en draaide die op haar rug.

'Laat me los, vuil kreng.'

Ze liet haar los, maar trok tegelijkertijd de Smith and Wesson uit haar jaszak. 'Als je naar rede wilt luisteren.' Ze drukte het pistool tegen Danielles rug. 'A: ik heb geen geritsel gehoord, en B: ik ben de laatste om samen te spannen met Deschamps. Hij heeft mijn zuster vermoord. Ik ben er net zo op gebrand om hem te vinden als jij.'

'Nog meer,' zei een mannenstem achter haar. 'Nog veel meer, mevrouw Riley.'

Ze voelde een felle pijn in haar hoofd.

Langzaam zakte ze in elkaar.

'Is ze dood, Edward?'

Dat was de stem van Danielle Claron, besefte Melissa vaag.

'Ik hoop het niet.' Hij bukte zich om het pistool op te pakken dat uit haar hand was gevallen. 'Ik heb andere plannen met haar. Nee, volgens mij is ze alleen buiten westen.'

'Je bleef wel erg lang weg. Ik heb precies gedaan wat je zei. Ik heb geprobeerd haar om de tuin te leiden.'

'En je hebt het keurig gedaan, Monique. Als ik niet had geweten dat Danielle dood was, zou ik er zelf waarschijnlijk ook ingetrapt zijn. Het spijt me dat ik je in moeilijkheden heb gebracht. Ik zocht de omgeving af naar Travis.'

'Is hij er niet?'

'Nog niet.'

'Maar ik hoef toch niets meer te doen? Ik kan het niet helpen dat zij kwam in plaats van Travis. Krijg ik mijn geld wel?'

'Natuurlijk. Dat heb ik je toch beloofd? Ga maar mee naar de kerk, dan kan ik mijn zaklantaarn aandoen om het voor je uit te tellen.'

'En wat doen we dan met haar?'

'We zijn binnen een tel klaar.'

Ze liepen weg. Op de een of andere manier klopte er iets niet... Maar dat maakte niet uit. Daar zou ze later wel over nadenken. Ze moest opstaan. En zich uit de voeten maken voordat hij terugkwam.

Ze hees zich moeizaam op haar knieën.

Jezus, wat deed haar hoofd zeer.

Toch doorgaan. Opstaan.

Pas bij de tweede poging slaagde ze daarin.

Ze strompelde naar de weg. Ze moest naar de auto toe.

God, wat was ze misselijk.

Eerst maar een plek zoeken waar ze even uit kon rusten.

Ze moest overgeven. Ze wankelde naar een boom en hield zich eraan vast terwijl ze haar maag omkeerde.

Een hand pakte haar schouder vast.

Deschamps!

Ze draaide zich met een ruk om en plantte haar vuist in zijn gezicht.

'Jezus, wat is er in vredesnaam...'

Het was Travis.

Ze viel in zijn armen. 'Hij is hier. We moeten terug...'

Hij verstijfde. 'Deschamps?'

'Hij is in de kerk. Met een vrouw... maar het is niet Danielle Claron. Hij noemde haar Monique. Volgens mij is Danielle Claron dood. Hij geeft die vrouw nu haar geld.' Ze duwde hem weg. 'We moeten terug.'

'Jij moet even helemaal niets, alleen gaan zitten anders val je zo meteen om.' Hij fronste. 'Bloed je?'

'Dat weet ik niet. Hij heeft me een klap gegeven.' Ze keek naar de top van de heuvel. 'We moeten naar die kerk toe. Hij is samen met die vrouw…' Ze hield op. 'Nee, er klopt iets niet. Hij heeft helemaal niet gekeken of ik echt bewusteloos was. En hij weet vast precies hoe hard hij iemand moet slaan, hè? Hij heeft niet eens gekeken…' Ze wreef over haar slaap en voelde iets nats op haar vingers. Ze bloedde inderdaad. 'Hij wilde dat ik weg zou lopen om jou te zoeken. Hij wil dat jij halsoverkop naar die kerk toe komt. Het is een valstrik.'

'Maar als we weten dat het een valstrik is, zijn wij in het voordeel,' zei hij langzaam.

Ze raakte volkomen in paniek. 'Nee, hij staat op je te wachten. Hij zal je vermoorden.'

Travis luisterde niet. 'Denk je dat je weer naar boven kunt lopen? Ik ga wel alleen naar binnen, maar ik wil niet dat jij hier in je eentje achterblijft.'

'Verdomme, hij staat op je te wáchten!'

Zijn gezicht stond grimmig. 'Dit is mijn kans om hem te pakken te nemen. Die laat ik niet lopen. Kun je mee naar boven lopen?' vroeg hij opnieuw.

'Dat lukt me wel.' Ze liep met hem mee. Natuurlijk speelde ze dat klaar, ze mocht barsten als ze hier achterbleef. 'Maar misschien heeft hij wel… Ruik jij ook iets?'

'Shít.'

Boven op de heuvel stond de oude kerk in lichterlaaie. De vlammen sloegen uit de ramen en de deur.

'Heeft hij hem in brand gestoken?'

Travis knikte en staarde naar de kerk die inmiddels in een vuurzee was veranderd.

Die stank…

Jezus, ze werd er misselijk van.

Want het was plotseling tot haar doorgedrongen waarom die lucht haar zo bekend voorkwam.

Een afschuwelijke lucht, zo uit een nachtmerrie.

De stank van verbrand vlees.

'Kom.' Travis pakte haar elleboog vast. 'Laten we maar weggaan.'

Ze kon haar ogen niet van de vlammen afhouden. 'Deschamps.'

'Hij is echt niet zo stom om hier te blijven. Er komen al dorpelingen naar de kerk toe rennen.'

Ja, nu zag zij ze ook. Een oude man die alleen een broek en schoenen droeg, en een vrouw met een emmer. Wat kon je met een emmer water beginnen tegen die vuurzee?

'Er is iemand binnen. Ik ruik...'

'Ik weet het. Maar het is al te laat om haar te redden. Ze was waarschijnlijk al dood voordat hij het vuur aanstak.'

Hij had het over de vrouw die net had gedaan alsof ze Danielle Claron was. 'Heeft hij haar vermoord?'

'Dat verbaast me niets. Hij houdt niet van getuigen.' Hij draaide haar om en duwde haar de heuvel af. 'Hij heeft het huis van de Clarons ook in brand gestoken om alle bewijsmateriaal te vernietigen.'

'Maar hij had best kunnen wachten. Dit slaat nergens op. Ik weet zeker dat hij je in de val wilde lokken, Travis.'

'Dat zou best kunnen.' Hij bleef naast het busje staan. 'Ben je in staat om te rijden? We moeten de beide auto's hier weghalen. Er zal wel een onderzoek volgen en ik wil niet dat ze ons hiermee in verband brengen.'

'Ik kan wel rijden.' Ze trok het portier open.

'Wacht even.' Hij stapte in en controleerde de achterbank. 'Oké. Nu kun je instappen.'

De rillingen liepen haar over de rug toen ze besefte wat hem door het hoofd had gespeeld. Deschamps had zich in de auto kunnen verstoppen om haar op te wachten. 'Hij heeft al een kans gehad om me te pakken te nemen en die heeft hij laten lopen.'

Hij keek onder het busje. 'De omstandigheden zijn gewijzigd.'

'Waar staat jouw auto?'

'Verderop, om de bocht.'

Ze ging achter het stuur zitten. 'Stap in. Ik rijd je er wel heen en blijf wachten tot we zeker weten dat hij niet meer in de buurt is.'

'Probeer je me in bescherming te nemen, Melissa?'

'Hou je mond en stap in.'

'Mij best.'

De Peugeot scheen leeg te zijn en er hing ook niemand in de buurt rond. Althans op het eerste gezicht. Ze had vanavond aan den lijve ondervonden dat schijn bedriegt.

Ze stopte naast de auto. 'Schiet op, stap in.'

Zijn ogen dwaalden over de bossen naast de heuvel. 'Zo meteen. Ik denk niet dat hij er tijd voor heeft gehad, maar de kans bestaat...' Hij deed de motorkap open, controleerde de motor en liep toen naar de achterkant waar hij op zijn knieën ging liggen om onder de auto te kijken. 'Hij weet alles van explosieven af en het plaatsen van een simpele bom kost niet veel tijd.' Hij richtte zich op en binnen een paar seconden zat hij achter het stuur. 'Rij maar door. Ik kom achter je aan. Als je duizelig wordt, moet je stoppen, dan laten we de bus langs de weg staan. Galen zal wel zorgen dat iemand hem ophaalt.'

Ze was nu al duizelig. Duizelig, misselijk en overstuur. Bommen, bedrog en moord...

En die afschuwelijke stank van verbrand vlees...

Galen stond hen op te wachten toen ze bij het huisje stopten.

'Je hebt geluk dat ik geen wraakzuchtig type ben. Het was helemaal niet aardig van je om... Je bloedt.' Hij tilde haar uit de bus en riep naar Travis die net uit de Peugeot stapte: 'Deschamps?'

'Ja.' Hij bleef naast Melissa staan. 'Alles in orde?'

'Ja.'

'Dat verdien je niet.' Hij liep weg en liet haar staan.

Galen floot zacht. 'Het lijkt me beter dat ik die wond verzorg,' zei hij tegen Melissa. 'In de stemming waarin hij nu is, zou Travis je waarschijnlijk dood laten bloeden.'

Het was helemaal niet tot haar doorgedrongen dat hij inwendig ziedde van woede. Ze was zich alleen maar bewust geweest van gevoelens van teleurstelling en afschuw... en van die stank van verbrand vlees.

Mama. Pappie.

Het bos, dat haar beschermde tegen alle gruwelijke gebeurtenissen en waarin de stank van dood en brand niet door kon dringen.

Jessica.

Maar er was geen Jessica meer om haar over te halen uit het bos te komen.

'Melissa?'

'Er is niets met me aan de hand. Maar hij heeft gelijk, eigenlijk

verdien ik dat niet. Ik heb me door haar om de tuin laten leiden.'
'Dat is geen misdaad, alleen een fout. En je hebt er niemand kwaad mee gedaan, alleen jezelf.' Inmiddels waren ze in de woonkamer aanbeland. 'Ga maar zitten, dan zal ik wat desinfecterende zalf op die wond smeren.'
'Dat kan ik zelf wel.'
'Maar het gaat sneller als ik het doe. Jij staat nog niet echt vast op je benen.' Hij duwde haar in een van de stoelen. 'Travis heeft me vanuit de auto gebeld en me alles verteld. Wil je erover praten?'
Verbrand vlees...
Ze moest even slikken. 'Het was een valstrik. Het was Danielle Claron niet. Ze was zo... geloofwaardig. Ik weet niet hoe ze achter jouw nummer en al die andere bijzonderheden is gekomen.'
'Misschien zat er een microfoon in het huis van de Dumairs. Deschamps wist dat we op zoek zouden gaan naar Danielle Claron.' Hij bette de wond. 'Travis zei dat hij ook afluisterapparatuur in Jans huis had aangebracht en dat Jan had gezegd dat het verdomd vakkundig was gedaan.' Hij smeerde een beetje zalf op de wond. 'Dit wondje heeft niets te betekenen.'
Omdat Deschamps haar eigenlijk geen pijn had willen doen. Een valstrik. Een valstrik die was mislukt. 'Ik ben een beetje duizelig, maar verder voel ik me prima. Hoe is het met Cassie?'
'Ook prima.' Travis kwam Cassies slaapkamer uit lopen. 'Maar niet dankzij jou.'
'Je hoeft me geen schuldcomplex op te dringen. Ik wist dat Galen goed voor haar zou zorgen. Ik dacht dat ik hooguit een paar uurtjes weg zou blijven.'
'En het scheelde maar een haar of je was nooit meer teruggekomen,' zei hij fel. 'Ik heb toch tegen je gezegd dat je niet achter hem aan moest gaan.'
'Dan had je me maar moeten beloven dat je me mee zou nemen. De enige reden waarom ik alleen ben gegaan, is omdat ik wist dat jij me op een zijspoor zou zetten.'
'Dus het is mijn schuld dat je bijna vermoord bent? Je hebt mazzel dat je niet samen met die vrouw in die kerk geroosterd bent.'
Verschroeid vlees.
Mama, word wakker. Word alsjeblieft wakker.

Het zweet brak haar uit. Ze moest naar buiten. 'Ja, volgens mij heb ik echt mazzel gehad.' Ze sprong op en liep naar de deur. 'Ik ga even de veranda op. Ik ben zo terug.'

'Heb je haar niet een beetje al te hard aangepakt?' vroeg Galen. 'Ze maakt het zichzelf al zo moeilijk.'

'Ze had vermoord kunnen worden.' Hij liep naar de deur. 'Ze gaat als een torpedo op haar doel af zonder te beseffen dat ze dan zelf uiteindelijk ook opgeblazen zal worden.'

'Waarom laat je haar niet even met rust? Misschien wil ze liever even alleen zijn.'

'Ik kán haar niet met rust laten, verdomme.'

'Nee?' Galen zat hem even aan te kijken en knikte vervolgens langzaam. 'Je bent er dus van overtuigd dat hij in de buurt is?'

'Toen ik je vanuit de auto belde, zei ik al tegen je dat Melissa ervan overtuigd was dat het een valstrik was en er mankeert niets aan haar instinct. Ze heeft gewoon niet ver genoeg doorgedacht. Deschamps heeft het op mij voorzien, maar hij wil ook de Winddanser hebben. Hij heeft ons alleen maar naar die kerk laten komen om ons hierheen te kunnen volgen. Heb jij de mannen die dit huis bewaken al gewaarschuwd?'

Galen knikte. 'Wanneer zal hij volgens jou in actie komen?'

'Zodra hij zeker weet dat de Winddanser hier is. Dus moeten we hem zien wijs te maken dat Winddanser ergens anders is en dat we van plan zijn het beeld binnenkort op te halen. We bellen gewoon een van jouw mannen een paar keer met een smoes op om Deschamps op het verkeerde been te zetten. Wie is de slimste?'

'Joseph.'

'Vertel hem dan wat er aan de hand is. Deschamps heeft hier geen afluisterapparaten zitten, dus waarschijnlijk zal hij wel richtmicrofoons gebruiken. Volgens mij kost het hem tussen de acht en twaalf uur om die te plaatsen. Jouw jongens moeten maar proberen uit te vissen waar hij zit. Dat kan aan de wal zijn, maar net zo goed op een boot.'

'Hoe moeten we dan communiceren?'

Hij trok een gezicht. 'Heel voorzichtig. We moeten de laptop gebruiken voor alles wat hij niet mag horen. Heeft Joseph er ook een?'

'Voel je je wel goed? We leven in de eenentwintigste eeuw, hoor.'
'Zeg dan maar tegen die jongens van je dat ze hun instructies per e-mail krijgen.'
'En als Deschamps nou eens niet doet wat je van hem verwacht?'
Daar wilde hij niet eens over nadenken. 'Volgens mij heb ik 't bij het rechte eind. Hij is intelligent en hij heeft al heel lang gewacht. Zorg jij nu maar dat Cassie en Melissa voldoende bescherming hebben.'
Galens ogen dwaalden naar Melissa. 'En je vertelt haar niets?'
'Nee.'
'Maar haar leven loopt gevaar.'
'Dat geldt voor ons allemaal. Daar kan ik niets aan doen.' Hij kneep zijn lippen op elkaar. 'Ik moet een manier vinden om hem in de val te lokken, Galen. Ik moet hem te pakken krijgen.'
'Hoe?'
'Ik zal gewoon mijn uiterste best moeten doen.' Het drong plotseling tot hem door dat hij het zinnetje van Melissa had gebruikt, de woorden die de fundering vormden van haar karakter. 'Jij houdt als eerste de wacht, goed?'
Galen knikte. 'Als ik jou was, zou ik er wel voor zorgen dat ze niet gaat lopen ronddwalen. Alleen maar voor het geval dat. En je zou ook kunnen proberen wat aardiger voor haar te zijn. Ze voelt zich behoorlijk belazerd.'
'Ik wil helemaal niet aardig voor haar zijn. Ik wil dat ze ophoudt...' Hij haalde even diep adem. 'Bel die kerels van je op en laat ze op zoek gaan naar Deschamps.'

'Kom binnen, Melissa.'
Travis stond achter haar.
'Zo meteen.' Ze sloeg haar armen over elkaar. God, ze wou dat er een eind kwam aan dat beven. Ze moest zichzelf in bedwang zien te krijgen. Hij mocht niet zien...
'Nu.'
Ze schudde haar hoofd.
'Ik weet dat ik je heb afgesnauwd, maar je kunt niet buiten blijven zitten.'
'Denk je dat ik zit te mokken?'
'Dat is een woord dat ik in verband met jou nooit zou gebrui-

ken. Ik weet dat je overstuur bent.' Hij zweeg even. 'En ik heb het nog erger gemaakt.'

'Je hebt het juist minder erg gemaakt.'

'Hoezo?'

'Je bent in leven gebleven.' Ze sloot haar ogen. 'Ik heb een verschrikkelijke fout gemaakt. Dat had jouw dood kunnen betekenen.'

'En had je dan een paar traantjes voor me geplengd?'

'O ja.'

Hij kwam een stapje dichterbij. 'Melissa...'

'Raak me niet aan.' Haar ogen sprongen open en ze week achteruit. 'Ik wil niet dat iemand...'

'Christus, je staat zo te beven dat je tanden klapperen.'

'Dat houdt vanzelf op.'

'Shit.' Hij kwam nog dichterbij en sloeg zijn armen om haar heen. 'Is dat mijn schuld?'

'Vlei je maar niet met die gedachte.' Maar haar armen kropen om hem heen. Warm. Veilig. Hier. Nu. Levend.

'Deschamps?'

'Niet Deschamps.'

'Waarom hou je dan in vredesnaam niet op met beven?'

Ze drukte haar gezicht tegen zijn schouder. 'Die stank.' Haar stem klonk gesmoord. 'Die vrouw in de kerk... Die stank...'

Hij stond als aan de grond genageld. 'Christus, daar heb ik helemaal niet aan gedacht. Je ouders...'

'Het is de eerste keer sinds ik terug ben dat ik een neiging voelde om weer weg te kruipen in mijn fijne, kleine bos. Ik was zo bang... ik wilde weer terug. Daar heb ik me altijd zo veilig gevoeld.'

'Barst met je veilige gevoel.' Zijn armen sloten zich nog vaster om haar heen. 'Je was halfdood. Hou daar meteen mee op. Je gaat helemaal nergens heen.'

'Nee, natuurlijk niet. Alleen... ik moest het gewoon even verwerken. Ik ben blij dat Jessica me niet heeft gezien. Dan was ze duizend doden gestorven.'

'Ik word er ook bang van.'

'Echt waar?' Het beven werd minder. 'Je mag me nu wel weer loslaten.'

'O ja?' Hij bewoog zich niet.

'Nee, eigenlijk nog niet. Dit is zo'n... fijn gevoel.'

'Ja.'

'Jíj geeft me een fijn gevoel.' Alsof het zo hoorde. Alsof er niets mis mee was. De spanning gleed uit haar weg. 'Dank je wel.'

'Graag gedaan... denk ik.'

Er kropen nog een paar minuten voorbij voordat Travis haar wegduwde. 'Je kunt nu maar beter naar binnen gaan.'

Ja, ze kon beter bij hem weggaan. Dit was veel te fijn. 'Je mag me niet meer op een zijspoor zetten. We moeten over Deschamps praten.'

Ze kon de spanning in zijn lichaam voelen. 'Niet nu, Melissa.'

Nee, niet nu, dacht ze vermoeid. Ze had veel te veel om over na te denken. Veel te veel emoties die geordend moesten worden. Ze trok zich terug. 'Morgenochtend dan.'

Hij keek naar de lucht. 'Dat is het zo.'

Ze keek naar de glanzende grijze strepen die de nachtelijke hemel oplichtten. 'Inderdaad. Jessica vond dit altijd de fijnste tijd van de dag. Ze heeft me verteld dat ze, in de tijd dat ze nog co-assistent was, altijd een wandelingetje in het park maakte als haar nachtdienst erop zat. Alles was dan zo helder, stralend en nieuw dat ze er moed uit putte om aan de volgende dienst te kunnen beginnen.'

'Jessica zou willen dat je veilig was.'

Ze schudde haar hoofd. 'Je mag Jessica niet gebruiken om me naar je hand te zetten. Welterusten, Travis. Het spijt me dat ik je in gevaar heb gebracht.'

'Misschien heb je me juist wel gered. Je bent niet echt goedgelovig, dus die vrouw moet wel heel overtuigend zijn geweest. Misschien was ik er ook wel ingetrapt.'

Ze dacht er even over na en begon toen te lachen. 'Je hebt volkomen gelijk. Eigenlijk moet je me verdomd dankbaar zijn.'

Ze liep naar haar slaapkamer waar Galen naast Cassie zat. Ze legde haar vingers tegen haar lippen en gebaarde dat hij weg kon gaan. Hij knikte en verdween zonder geluid te maken. Ze ging naast Cassie liggen en sloot haar ogen.

'Je hebt me in de steek gelaten,' zei Cassie.

'Maar niet lang.'

'Ik was zo alleen.'

'Kom dan naar buiten, dan hoef je nooit meer alleen te zijn.'

Stilte. 'Je was bang. Je wilde hard teruglopen naar je bos.'

Hoe had Cassie dat op kunnen pikken? 'Maar ik heb het niet ge-daan. Ik ga daar nooit meer naar terug.'

'Je had ook naar mijn tunnel kunnen komen.'

'Maar daar zit jij ook niet lang meer in.'

'Dat zeg je telkens weer.'

'Omdat het waar is. Ja toch?'

Stilte. 'Wil je echt nooit meer terug?'

'Waarom zou ik? Kijk eens naar me. Wat zie je dan?'

Stilte. 'Ik ga slapen.'

'Stijfkop.'

'Maar je was bang. Dat heb ik zelf gezien.'

'En wat heb je nog meer gezien?'

'Michael. Ik heb Michael gezien.'

Melissa lag nog een hele tijd wakker nadat Cassie in slaap was gesukkeld.

Had je dan een paar traantjes voor me geplengd?

Ik heb Michael gezien...

22

Een paar uur later ging de slaapkamerdeur van Travis open. Hij spande zijn spieren.

'Ik ben het maar,' zei Melissa.

'Máár?' Hij richtte zich op een elleboog op. 'Wat doe je hier?'

'Ik wil bij jou zijn.'

'Wil je over je ouders praten?'

'Nu niet.'

'Over Deschamps?'

'Ik heb geen behoefte aan een psychiater, Travis.' Ze kwam naar hem toe. 'Daar gaat het helemaal niet om.'

Hij bleef doodstil liggen. 'Waar gaat het verdorie dan wel om?'

'Wat denk je?'

'Het lijkt me beter dat je me dat heel duidelijk uitlegt.'

'O, je wilt dat ik duidelijk ben?' Ze moest even ophouden om haar stem weer in bedwang te krijgen. 'Goed, dan zal ik heel duidelijk zijn.' Ze bleef naast het bed staan. 'Ik ga me uitkleden. Ik zie dat jij al naakt bent, dus dat komt goed uit.' Ze trok haar nachtpon over haar hoofd en liet hem op de grond vallen. 'Nu stap ik bij je in bed. En dan wil ik dat je je te buiten gaat aan alle seksuele spelletjes die je kent of waar je weleens van gehoord hebt.' Ze sloeg de dekens terug. 'Is dat duidelijk genoeg?'

Hij was even stil en toen hij begon te praten was zijn stem onvast. 'Ik kan er geen speld tussen krijgen. Maar je hebt vannacht een hoop te verwerken gekregen. Weet je zeker dat je in staat bent om te beoordelen of...'

'O, lieve hemel nog aan toe. Natuurlijk weet ik dat zeker. Hou op met dat gezeur. Denk je dat dit gemakkelijk voor me is? Ik ben heus geen preutse mien, maar...'

'Ssst.' Hij stak zijn hand uit en voelde voorzichtig tussen haar benen. 'Nu geloof ik je. Christus, wat ga je snel.'

'Als jij dat maar niet doet.' Haar stem trilde toen ze zich tegen hem aan drukte. 'Ik wil dat dit een hele tijd gaat duren...'

'Dat doe je ontzettend fijn.' Melissa ging verliggen en kroop meteen weer tegen hem aan. 'Voor iemand die liever overal buiten blijft, weet je opvallend goed van wanten als je eenmaal binnen bent.'
'Als je me had gewaarschuwd dat je van plan was om me te verleiden, had ik vooraf wat originelere dingen kunnen bedenken.'
'Ik hou meer van spontane invallen. Bovendien wist ik dat niet. Ik was pas zeker van mezelf toen je ophield met protesteren en me aanraakte.' Ze liet haar lippen over zijn borst glijden. 'Toen wist ik dat ik de juiste keus had gemaakt.'
'Het was absoluut de juiste keus.' Zijn hand woelde door haar haar. 'En ik ben blij dat je niet op dat moment alsnog besloot dat het toch niet de juiste man op de juiste tijd was.'
'Zo gemeen ben ik niet. Ik zou je dit echt niet door de neus hebben geboord.' Ze grinnikte. 'En mezelf ook niet. Ik kijk er echt van op dat jij zo'n ondeugende man blijkt te zijn, Michael Travis.'
'Ik wilde je graag een plezier doen. Je vroeg zelf om alle seksuele spelletjes.'
'Ik geloof dat we die inderdaad hebben afgewerkt.'
'Welnee, we zijn nog niet eens begonnen.' Hij pakte haar hand en zoog op haar wijsvinger. 'Of wel soms?'
Ze had plotseling weer het gevoel dat de vlammen haar uitsloegen. Jezus, wat was hij goed. Bij zijn manier van neuken viel alles wat ze eerder op dat gebied had meegemaakt in het niet. Zo intiem, zo constant brandend van genot, zo hypersensueel. 'Misschien niet.' Ze kroop nog iets dichter tegen hem aan. 'Laat maar eens zien...'

De zon stond hoog aan de hemel toen ze de veranda op kwamen lopen.
'Daarginds zit Galen, boven op dat duin.' Melissa zwaaide terug toen hij lui naar haar woof en keek toe hoe hij zich uitrekte, gaapte en weer languit in het zand ging liggen. 'Hij ziet er zo ontspannen uit, helemaal van de wereld weg zoals hij daar naar die

boten zit te kijken. Dit is de eerste keer sinds we hier zijn dat ik hem zie luieren. Hij is altijd zo druk bezig, met koken, telefoneren en de hele wereld naar z'n hand te zetten.'

Travis keek net als zij eerst naar Galen en vestigde vervolgens zijn blik op de twee schepen die voor de kust voor anker lagen. 'Het hele universum. Maar misschien heeft hij meer tact dan jij denkt. Hij wil ons gewoon niet voor de voeten lopen. Bepaalde dingen begrijpt hij gewoon.'

'Wat voor dingen?' Ze keek hem even aan. Zijn haar was verward, zijn overhemd was smoezelig en die uitdrukking op zijn gezicht... Ze wendde haar ogen af. Ze had gedacht dat ze er genoeg van had, maar eigenlijk... 'Wat begrijpt Galen dan zo goed van ons?' Ze lachte. 'Denkt hij volgens jou dat ik je heb verleid om mijn zin te krijgen?'

'Zo dom is hij niet.' Hij bleef strak voor zich uitkijken. 'Maar zou je mij alsjeblieft willen uitleggen waarom ik ineens in de prijzen viel?'

'Omdat ik het wilde,' zei ze simpel.

'Zo eenvoudig ligt dat niet.'

'Wel waar. Ik was degene die er moeilijk over deed en zo ben ik helemaal niet. Je moet van elke minuut van het leven met volle teugen genieten. Ik verlangde naar je, maar daar wilde ik niet aan toegeven. Maar gisteravond heeft me echt de stuipen op het lijf gejaagd. Ik dacht dat het met me gedaan was en daarna was ik bang dat jij dood zou gaan. Daardoor kreeg ik op de een of andere manier mijn gezond verstand terug. Ik voel... iets voor je.'

'Wat?'

'Dat weet ik niet. Af en toe heb ik het gevoel dat ik je door en door ken en dat... intimideerde me.'

'Dat heb je goed weten te verbergen.'

'Wat is er? Heb ik je beledigd? Ik probeerde alleen maar eerlijk te zijn.'

'O, dat was je ook. Ik kan best begrijpen waarom je je verzette tegen het idee dat je iets voor mij zou voelen. Wij behoren tot twee volkomen verschillende werelden.'

'En jij wilt absoluut geen verplichtingen hebben.'

Hij zei niets.

Ze glimlachte. 'Maar aan mij zit je toch mooi vast. Want ik kan mensen aan wie ik gehecht ben geraakt niet zomaar loslaten. Dus of je het nu leuk vindt of niet, je zit met mij opgescheept.'

'O ja?'

'Wees maar niet bang. Je kunt op verschillende manieren een band met iemand hebben. Vriendschap hoort daar ook bij. En daar hoef je je niet ongerust over te maken.'

'Ik geloof dat ik me een beetje begin te ergeren aan jouw oordeel over mijn karakter.'

'Dat spijt me,' zei ze vermoeid. 'Ik denk dat ik gewoon probeer om zelf met de hele toestand in het reine te komen. Ik schrok er bijna van dat ik zoveel om je gaf. Ik wil niet dat er iets met je gebeurt. Dat zou me heel...'

'... triest maken?'

God, ze wou dat het waar was. Maar ze had het gevoel dat ze in een diepe afgrond zou vallen als ze niet uitkeek, dus reageerde ze voorzichtig. 'Zo zou je het ook kunnen zeggen.' Ze veranderde van onderwerp. 'Wat gaan we nu doen? We hebben geen enkel aanknopingspunt meer. Denk je dat Deschamps...'

Hij ontplofte bijna. 'Christus, je bent bijna vermoord toen je gisteravond achter Deschamps aanging. Waarom geef je het niet op? En hou verdomme op met dat verstoppertje spelen.' Hij pakte haar bij haar schouders en schudde haar. 'Luister naar me.'

'Ik luister.'

'Maar je trekt je er niets van aan. Je loopt voor me weg.'

'Ik loop helemaal niet weg.' Hun blikken kruisten elkaar. 'Wil je terug naar de slaapkamer om weer te gaan vrijen?'

'Nee, dat wil ik niet. O shit, natuurlijk wil ik dat wel. Maar ik laat me niet door jou gebruiken om... Ach barst, hoe kom ik daar nou bij?'

'Ik heb je niet gebruikt. Ik heb je alleen in mijn genot laten delen. Of niet soms?'

Hij staarde haar aan en knikte langzaam. 'Jezus, wat ben jij voor vrouw, Melissa?'

Een vrouw die van je zou kunnen houden.

O god, waarom schoot dat antwoord nou ineens door haar hoofd? Maar net zoals je op verschillende manieren een band met iemand kon hebben, kon je ook op verschillende manieren van iemand houden. Daar kwam ze vast wel uit. Ze glimlachte gedwongen. 'Dat zou je inmiddels moeten weten. Ik ben gemakkelijk te doorzien.'

'Om de dooie dood niet.'

Ze wendde zich af om weer naar binnen te gaan. 'Vergeleken bij jou ben ik zo doorzichtig als glas. Ik heb honger. Heb je zin in een ontbijt?'

'Nee, ik ga een eindje lopen. Ik zie je straks wel.'

Ze keek hem na toen hij naar Galen toe liep. Ze had hem uit zijn evenwicht gebracht. Nou ja, daar kon ze niets aan doen. Ze was zo eerlijk mogelijk tegen hem geweest. Ze kon Deschamps niet uit haar hoofd zetten en ze was niet van plan om tegen Travis te liegen. Galen en Travis stonden met elkaar te praten. Snel. Gespannen. Hadden ze het over Deschamps? Dat zat er dik in. Als ze iets van plan waren, ging het weer buiten haar om. Maar daar zou ze zich niet bij neerleggen. Verdomme, nu gedroeg Travis zich helemaal alsof hij haar beschermengel was. Misschien was gisteravond toch een vergissing geweest.

Nee, genot was nooit een vergissing. Ze moest gewoon een oplossing vinden voor al die problemen.

Galen kwam weer naar het huisje toe. Hij glimlachte toen hij de verandatrap op liep. 'Travis zegt dat je honger hebt. Wat wil je als ontbijt?'

'Ik kan het zelf wel klaarmaken.'

'Nee, hoor, dat is allemaal bij de prijs inbegrepen.' Hij duwde de hordeur open. 'En ik heb het idee dat je na gisteravond wel wat rust kunt gebruiken.'

Ze stond te knipperen met haar ogen.

Hij schoot in de lach. 'Oei. Nee, ik had het over die klap op je hoofd.'

Ze wierp een blik op Travis die nog steeds op het strand stond. 'Komt hij ook?'

'Niet meteen. Hij zei dat hij even alleen wilde zijn. Pannenkoeken? Eieren met spek?'

Ze keek Travis na terwijl hij over het strand liep. Aan de behoedzame, ingehouden manier waarop hij zich bewoog, kon ze zien hoe gespannen hij was. Misschien kon ze met hem praten als hij terugkwam. Of misschien was het verstandiger om hem eerst een beetje af te laten koelen.

Ze draaide zich om naar Galen. 'Pannenkoeken. Ik dek de tafel wel.'

Travis keek achterom naar de veranda en zag Melissa naar binnen gaan. Christus, wat was ze koppig.
En sterk en moedig en hartelijk. En zo intelligent en mooi dat ze hem...
De stuipen op het lijf joeg.
Ze wist niet van ophouden. Als ze na gisteravond niet ontmoedigd was, dan zou ze het nooit opgeven. Het was slechts een kwestie van tijd tot ze erachter kwam dat Deschamps op die boot in de baai kon zitten. Als ze gisteravond niet zo overstuur was geweest, had ze waarschijnlijk al veel eerder bedacht dat Deschamps achter hen aan zou komen. Hij twijfelde er geen moment aan dat Deschamps het nog steeds op haar gemunt had. Ze had hem de voet dwars gezet en bovendien was ze nu een getuige.
Zijn maag draaide zich om.
Dat moest hij tot alle prijs voorkomen.

'Heb je zin in een spelletje poker?' vroeg Galen. 'Ik begin een beetje genoeg te krijgen van patience.'
Melissa liep weg bij het raam waar ze naar Travis op het strand had staan kijken. 'Nee, bedankt.'
'Je weet niet wat je mist.' Hij legde een koningin op een koning. 'Ik sta bekend als de slechtste speler van het continent. Het zou een fikse oppepper voor je ego kunnen zijn.'
Eigenlijk kon haar ego wel een oppepper gebruiken. Travis had haar de hele dag ontweken. Hij was de hele dag op het strand gebleven en alleen voor het avondeten binnengekomen. Het zou wel een natuurlijke reactie zijn. Afgezien van haar weigering om bij Deschamps uit de buurt te blijven, had ze hem onomwonden verteld dat ze niet van plan was om uit zijn leven te verdwijnen. Waarschijnlijk voelde Travis zich helemaal niet op zijn gemak.
Nou ja, hij moest er maar aan wennen. Wat haar betrof, kon hij de hele nacht op het strand blijven. Ze ging niet op hem zitten wachten. 'Ik ga naar bed. Welterusten, Galen.'
Hij keek niet op. 'Welterusten.'
Cassie sliep en Melissa liep op haar tenen naar de badkamer om

haar tanden te poetsen en haar gezicht te wassen. Maar het meisje werd toch wakker toen ze naast haar in bed kroop.

'Melissa?'

'Ssst. Ga maar weer slapen.'

'Doe ik ook. Ik heb zo'n slaap... Waarom is Michael hier?'

'Hij is niet hier.'

'Wel waar. Ik kan hem voelen. Hij is tegenwoordig bijna altijd bij je...'

Ze sliep alweer.

Hij is tegenwoordig bijna altijd bij je.

Melissa lag in het donker voor zich uit te kijken. Zou Cassie de nieuwe band die zich tussen hen had gevormd instinctief aanvoelen? Of dacht Melissa gewoon vaker aan Travis en had het kind dat opgepikt?

Maar Cassie vergiste zich. Michael was vanavond helemaal niet bij haar. Hij was ergens buiten op dat verdomde strand.

En zij voelde zich alleen. Wat raar dat ze zich al alleen voelde nadat ze pas een nacht bij hem was geweest. Zou hij zich ook alleen voelen?

Verdomme, dat hoopte ze echt. Ze wilde niet de enige zijn die zich zo ellendig voelde. Maar hij was waarschijnlijk zo gelukkig als een hond met twee staarten. Mannen dachten niet half zoveel na over zichzelf en dat was eigenlijk hartstikke oneerlijk.

Ze moest gewoon gaan slapen. Niet meer aan hem denken.

Maar Jezus, ze was zo alleen...

'Monsters!'

Melissa werd met een schok wakker. Verdomme, ze had gedacht dat die nachtmerries verleden tijd waren. Maar het kind was doodsbang, daar kon geen twijfel over bestaan.

'Ze komen eraan. Waarom blijf je daar liggen? We moeten ze tegenhouden.'

'Daar hebben we het al eerder over gehad. Je weet best dat er geen monsters in de tunnel zitten, Cassie.'

'Monsters. Pistolen. Ze willen jou pakken.'

'Jou niet?' Dat was in ieder geval een vooruitgang. Cassie had zich tot op dat moment in haar nachtmerries alleen zelf bedreigd gevoeld.

'*Ze willen mij niets doen. Sta op. Vlucht.*'
'*Ik laat jou niet alleen. Je hoeft je nergens druk over te maken. Die monsters bestaan alleen in je verbeel...*'
De slaapkamerdeur vloog open.
Vier mannen. Pistolen.
'Nee!' Ze liet zich boven op Cassie vallen. 'Jullie mogen haar niets doen!'
'*Melissa!*' schreeuwde Cassie.

23

'Doe haar die handboeien af, Danley,' zei Andreas. 'En ik wil dat ze bij mij in de limo komt zitten.'

'Ik zou u niet aanraden om...'

'Ik denk dat ik haar wel aankan.' Hij klemde Cassie steviger in zijn armen. 'En ik betwijfel of ze een gevaar vormt voor mijn dochter. Je hebt me zelf verteld dat haar eerste reactie was om Cassie te beschermen.'

'Dat kan ook een slimme zet van haar zijn geweest om...'

'Zet haar in de auto, Danley.'

'Ja, meneer.' Met tegenzin maakte hij de handboeien los en deed het portier open.

Melissa stapte in de limousine.

'Er zit een schram op uw hals,' zei Andreas. 'Die bloedt een beetje. Pak maar een papieren zakdoekje uit de houder.' Hij wikkelde de deken vaster om Cassie heen. 'Het spijt me. Ik heb tegen ze gezegd dat ze u niet mochten verwonden.'

'Waarom?'

'Dat hoorde bij de overeenkomst.' Hij pakte zijn telefoon. 'Als u het niet erg vindt, bel ik eerst even mijn vrouw op.' Hij toetste het nummer in. 'Cassie is in veiligheid. Er kan haar niets meer gebeuren. Ja, dat weet ik zeker. Ze is ongedeerd. Ik hou ook van jou. Ik bel je straks nog wel.'

'Welke overeenkomst?' vroeg Melissa toen hij de verbinding verbroken had.

'Met Michael Travis. Hij heeft me gebeld en me verteld waar u en Cassie waren.'

Verraad. Dat zou eigenlijk niet zo'n schok voor haar moeten zijn. Dat had ze meteen moeten begrijpen toen Travis en Galen in geen velden of wegen te zien waren op het moment dat zij het huis uitgesleurd werd.

'Wat houdt die overeenkomst in?'

'Amnestie voor u. U mag niet vervolgd worden voor ontvoering of welke andere misdaad ook. U moet achtenveertig uur in hechtenis worden gehouden en dan op vrije voeten worden gesteld.'

'En voor Travis?'

'Hij is een intelligente vent. Hij weet dat ik bereid ben om hem te kelen. De overeenkomst betrof uitsluitend u. Hij was bijzonder overtuigend en ik had weinig keus toen hij me vertelde dat die Deschamps wist waar jullie zaten en ieder moment weer een poging kon doen om Cassie in handen te krijgen. Hij zei dat hij me op zou bellen vlak voordat hij met de Winddanser wegging en dat we het huis moesten bestormen voordat Deschamps de kans kreeg.'

En Deschamps had haar en Travis natuurlijk gevolgd naar het zomerhuisje, besefte ze vol afschuw. Mijn god, waarom had ze zelf niet begrepen hoe de vork in de steel zat? Als ze zich door haar verstand had laten leiden in plaats van door haar emoties had ze zelf ook kunnen bedenken wat voor Travis zonneklaar was geweest. Al die tijd die hij met Galen op het strand had doorgebracht... 'Hebben jullie de omgeving afgezocht?'

'Natuurlijk. Ik zou dolblij zijn geweest als we Travis of Deschamps te pakken hadden gekregen.'

'Deschamps is degene die u moet hebben. Hij heeft de overval op Vasaro beraamd.'

'Ik wil ze allebei in handen krijgen. Maar nadat Travis me belde, heb ik een rapport over Deschamps gekregen en die smeerlap is misschien nog net een graadje erger.'

'Hij is een monster. Vraag het maar aan Cassie.'

'Jammer genoeg wil ze geen antwoord geven.' Hij keek neer op zijn dochter. 'Is het waar dat Cassie geen nachtmerries meer heeft?'

Ze knikte. 'Het is nog vroeg dag, maar volgens mij is er een eind aan gekomen.'

'Ik ben blij met elk pluspuntje.' Hij keek weer naar zijn dochter. 'Die dag dat Cassie ontvoerd werd, had ik uw zuster wel kunnen vermoorden.'

Ze vertrok haar gezicht. 'Dat heeft iemand anders voor u gedaan.'

'Ik weet het.' Hij zweeg even. 'Ik heb haar lichaam terug laten brengen naar Virginia. Ik kon bijna niet geloven dat zij daar medeplichtig aan was.'

'Dat was ze ook niet. Maar op dat moment leek het beter voor Cassie om haar uit Juniper weg te halen.' Ze keek hem met opgeheven hoofd aan. 'En ze had gelijk. Het gaat veel beter met Cassie. Als ze in het huis was achtergebleven, was ze misschien voorgoed verloren geweest, of overleden aan een van die aanvallen van hysterie.'

'Moet ik daar dankbaar voor zijn?'

'Ja, verdikkeme.'

'Ze heeft Cassie in gevaar gebracht.'

'En ze heeft haar leven voor uw dochter gegeven.'

Hij was even stil. 'Precies zoals u bereid was om vandaag in dat zomerhuisje voor haar te sterven.'

'Bij mij was het puur instinct. Volgens mij was Jessica toch naar het museum gegaan om de Winddanser te zien, ook al had ze geweten dat het haar dood zou worden. Ze dacht dat het haar de kans zou geven om Cassie terug te brengen. En het was haar bijna gelukt.'

'Dat heeft Travis me ook verteld.' Hij keek weer naar Cassie. 'Was ze er dichtbij?'

'Heel dichtbij.'

'Ze heeft me gevraagd om met Cassie terug te gaan naar Vasaro. Maar dat wilde ik niet.'

'U had het wel moeten doen.'

'Achteraf bekeken, ja. Maar u zult wel blij zijn om te horen dat uw zuster toch haar zin krijgt.'

'Wat?'

'We zijn op weg daarnaar toe. We blijven er twee dagen en u zult mijn gast zijn.'

'Waarom?'

'Dat is het beste voor Cassie, dat heb u me zelf toch net verteld?' Ze keek hem nadenkend aan. 'Maar waarom nu? Ik had verwacht dat u haar meteen terug zou brengen naar haar moeder in de Verenigde Staten.'

'Ik moet hier nog een paar dagen blijven en ik ben niet van plan om haar uit het oog te verliezen. Ik durf het niet meer aan anderen over te laten om ervoor te zorgen dat ze veilig is. Dat begrijpt u vast wel.'

'Ja.' Maar hij had haar niet alles verteld. 'U had dit kennelijk allemaal al geregeld voordat...'

'Geen standbeeld, meneer de president.' Danley had het portier weer opengetrokken. 'We hebben het huis binnenstebuiten gekeerd.'

'Ik had ook niet verwacht dat het hier zou zijn. Ik wilde alleen zeker weten dat Travis het bij zich had. Zeg maar tegen de chauffeur dat we kunnen vertrekken.'

'Als u op zoek bent naar de Winddanser,' zei Melissa toen de auto zich in beweging zette, 'dan moet ik u vertellen dat Travis het standbeeld niet eens mee wilde nemen uit het museum. Hij zei dat u hemel en aarde zou bewegen om het terug te krijgen. Ik heb hem gedwongen het wel te doen.'

'Waarom?'

'Deschamps had net mijn zuster vermoord en hij wilde dat standbeeld hebben. Ik was van plan om het als lokaas te gebruiken.'

'Dan heeft Travis zich inmiddels kennelijk tot uw standpunt bekeerd,' zei hij grimmig. 'Hou alsjeblieft op met die pogingen om hem te verdedigen. Hij heeft veel ernstiger misdrijven op zijn geweten dan de diefstal van de Winddanser.'

'Hij heeft Cassie niets misdaan.'

'Hij heeft haar in gevaar gebracht. En ik zal ervoor zorgen dat hij daarvoor gestraft wordt,' voegde hij er kil aan toe.

Ze leunde vermoeid achterover in haar stoel. Waarom probeerde ze Travis te redden terwijl ze zo boos op hem was? Hij had haar bij de neus genomen en probeerde haar nu aan handen en voeten te binden. 'Goed, u doet maar wat u niet laten kunt. Maar u kunt daar beter niet over praten waar Cassie bij is. Hij is nog steeds haar held.'

Hij fronste. 'Denkt u dan dat ze nu wakker is?'

'Dat weet ik zeker. Ze ligt te luisteren naar wat we zeggen.'

'Hoe weet u dat?'

Het was duidelijk dat Travis Andreas niets had verteld over de band tussen Melissa en Cassie en dat was zij ook niet van plan. Ze moest absoluut geloofwaardig overkomen en ze schoot er niets mee op als hij dacht dat er een steekje aan haar los was. 'Sinds ons vertrek van Juniper ben ik vrijwel onafgebroken bij haar geweest. Ik kan het merken.'

Hij streelde Cassies wang en zijn stem werd fluweelzacht. 'Ik hou van je, liever. Nog heel even, dan breng ik je weer naar huis. Vind je dat niet fijn? Wil je niets tegen me zeggen? Nee? Dat geeft niet. Straks misschien.' Hij schraapte zijn keel toen hij Melissa weer aankeek. 'Maar u bent er wel in geslaagd om haar aan de praat te krijgen?'

Ze fronste. 'Hoe komt u daarbij? Nee, zover zijn we nog niet.'

'Danley zei dat ze uw naam schreeuwde.'

Ze zette grote ogen op. 'Echt waar? Heeft ze mijn naam gezégd?'

'Geschreeuwd zelfs.'

'Goddank.' Ze voelde de tranen in haar ogen prikken. 'Misschien moet ik dan toch niet zo kwaad zijn op Travis. Het had nog weken kunnen duren voor we dat punt bereikt hadden als Cassie niet zo bang was geweest.' Opzettelijk voegde ze eraan toe: 'En dat geldt eigenlijk ook voor u.'

'Daar zal ik nog weleens over nadenken... later.'

Nu ze hem gewaarschuwd had, was hij niet van plan om zijn Cassie overstuur te maken. Maar dat wilde nog niet zeggen dat hij zijn hand over zijn hart had gestreken. Andreas was moeilijk te doorzien en ze was zich ervan bewust dat er onder de oppervlakte nog veel meer meespeelde, zowel bij hem als bij de hele toestand. Nou ja, als ze dat allemaal boven water wilde krijgen, kon ze beter meteen beginnen. Er was meer aan de hand dan Andreas had verteld. Eén ding dat hij zich had laten ontvallen had haar al een beetje argwanend gemaakt. Daar moest ze zich het eerst op concentreren.

Waarom gingen ze naar Vasaro?

Vanuit de helikopter van Travis leken de limousine en de overheidsauto's op een enorme slang terwijl ze over de kronkelende snelweg naar Vasaro reden.

Galen floot zacht. 'Andreas heeft genoeg vuurkracht bij zich voor een bataljon.'

'Hij wil ten koste van alles voorkomen dat Cassie opnieuw bij hem weggehaald wordt.' Zijn ogen dwaalden naar een schip in de haven dat het anker had gelicht en zich in beweging zette.

'Daar gaat Deschamps. Die zit nu waarschijnlijk te knarsetanden omdat hij niet naar het huis is gegaan om het standbeeld in te pikken toen hij de kans had.' Hij stak zijn middelvinger naar hem op. 'De ballen, klootzak.'
'Ben je zover?'
Travis knikte en keek naar de Winddanser die naast zijn voeten op de vloer stond. Hij had het beeld opzettelijk niet in een doos gedaan. Toen ze over het strand renden om in de helikopter te springen, had het gouden standbeeld de zonnestralen als een vuurtoren weerkaatst. Het stond als een paal boven water dat Deschamps het had gezien. 'Laten we maar maken dat we wegkomen.'

Melissa's eerste blik op Vasaro benam haar de adem. Golvende heuvels bedekt met een zee van bloemen en, lieve hemel, die geuren...
Nu wist ze waarom Andreas het raampje open had gezet. De jasmijn rook zo verrukkelijk dat je er bijna duizelig van werd.
'Schitterend,' mompelde ze.
Andreas knikte. 'Cassie is er altijd dol op geweest. Ik had gehoopt dat het een reactie teweeg zou brengen.'
'Ze is een stijfkop.' De limousine reed de weg op naar een groot stenen huis dat niets voornaams had. Het leek precies op wat het was: een prachtige, ruime boerderij omringd door goed onderhouden bijgebouwen. Het was duidelijk dat de boerderij nog in bedrijf was, maar Melissa zag geen enkele arbeider. 'Heeft meneer Danley alle werknemers het terrein afgejaagd?'
'Caitlin Vasaro zou diep verontwaardigd zijn geweest als we dat hadden gedaan. Ze beschouwt haar werknemers als familieleden. We hebben tijdelijk onderdak voor hen gevonden in de omgeving.' De limousine was voor de voordeur tot stilstand gekomen. 'Dit huis zal nog beter bewaakt worden dan Fort Knox. Er kan Cassie niets meer overkomen.'
'Deschamps zwerft hier nog steeds rond. Zou het niet beter zijn om haar naar Washington te brengen?'
'Er is geen enkele reden waarom Deschamps het op mijn dochter zou hebben voorzien. Ik heb de Winddanser niet meer in mijn bezit.' Hij stapte uit de limousine en Melissa liep achter hem aan.

'Ik breng haar meteen naar haar kamer. Dat is de tweede deur boven aan de trap. Zoek maar een andere kamer voor uzelf uit.' Hij wierp haar over zijn schouder een blik toe. 'In het huis mag u gaan en staan waar u wilt. Maar als u probeert van de veranda af te gaan, zult u worden tegengehouden.'

Ze knikte met haar ogen op de uitlopers van de bergen. Ze zag al tientallen mannen die zich verspreidden om een cordon te leggen rond de boerderij en de bijgebouwen. 'Als u me nodig hebt, roept u me maar. Cassie is inmiddels helemaal aan me gewend.'

'Ze zal u niet nodig hebben. Ik ervoor gezorgd dat er een dokter en een verpleegster in huis zijn. En ik blijf zelf zoveel mogelijk bij haar.' Hij trok een gezicht. 'Wie weet? Misschien gaat ze wel tegen me praten.'

'Dat hoop ik voor u.'

Hij keek peinzend naar haar gezicht. 'U meent het echt.'

'Ik weet dat u me niet gelooft, maar ik hou van haar.' Ze zweeg even. 'Ik ga iets te eten maken en dan breng ik het wel boven. Cassie en ik hebben allebei vandaag nog niets gehad. Dus als u een voorproever hebt of zoiets, stuurt u hem maar naar me toe. Waar is de keuken?'

'Aan het eind van de gang links.' Hij liep de trap op. 'En ik geloof dat ik u wel vertrouw. U hebt haar geen kwaad gedaan.'

In de grote boerenkeuken was alles te vinden wat ze nodig had en Melissa pakte een paar blikjes soep en wat groente om een salade te maken. Ze werkte eerst zelf een hapje naar binnen en liep daarna met een dienblad voor Andreas en Cassie naar boven.

Een uur later stond ze aan het aanrecht de afwas te doen en keek door het raam naar de heuvels. Het moest fantastisch zijn om hier te wonen en altijd al die bloemen te zien. Wat een prachtige plek...

Plotseling liep er een rilling over haar rug.

Wat een dodelijke plek.

Melissa bleef in de deuropening van Cassies kamer staan. 'Kan ik even op de gang met u praten?'

'Nu niet,' zei Andreas.

'Nu wel. Ik wil niet praten waar ze bij is, maar als het niet anders kan doe ik het wel.'

Hij wierp een blik op haar gezicht en keek toen naar Cassie. 'Vijf minuten.' Hij stond op en liep achter haar aan de kamer uit. 'U ziet eruit als een geest. Wat is er aan de hand?'

'Vertelt u mij dat maar. Er gaat hier iets gebeuren. Wat?'

'Ik weet niet waar u het over hebt.'

'Dat weet u donders goed.' Ze balde haar vuisten. 'Er gaat iets gebeuren en u bent erbij betrokken.'

'Waarom zegt u dat?'

'Ik heb gelijk, hè?'

'U haalt u dingen in het hoofd. U en Cassie zijn hier volkomen veilig.'

Ze wist dat hij de waarheid sprak. 'Het gaat om Travis.'

Hij draaide zich om, maar voor hij weer in de kamer kon verdwijnen, greep ze hem bij de arm. 'Wat gaat er met Travis gebeuren?'

'Hij krijgt zijn verdiende loon.' Hij liep Cassies kamer in en trok de deur achter zich dicht.

Verdomde vent. Ze leunde met knikkende knieën tegen de muur. God, hij was keihard en volslagen meedogenloos. Hij zou haar niets vertellen. Hij zou het gewoon laten gebeuren...

Nou, zij niet, maar als ze hier bleef staan en zich overgaf aan zelfbeklag zou ze het niet kunnen voorkomen.

Ze richtte zich op en liep over de overloop naar de slaapkamer die ze had uitgekozen. Ze greep een gehaakte plaid op en sloeg die om haar schouders. Christus, wat had ze het koud. Ze ging met opgetrokken knieën in de vensterbank zitten en staarde naar de heuvels.

Wat een dodelijke plek.

De gedachte was uit het niets gekomen en ging gepaard met een visioen van Travis die viel, terwijl het bloed uit zijn borst stroomde. Zijn ogen waren langzaam glazig geworden, toen het leven uit hem wegebde.

Hij zou doodgaan.

Precies zoals Jessica was doodgegaan en die aardige oude man op de universiteit. Ze had het geen van beide keren kunnen voorkomen. En nu zou ze ook niet kunnen voorkomen dat Travis stierf.

Je hebt het ook niet geprobeerd, had Travis gezegd. Het is gemakkelijker om het op het noodlot af te schuiven.

Travis die stervend in elkaar zakte.

'Nee!' Ze weerde het beeld uit haar gedachten.

Lafaard. Misschien bevatte het wel iets dat haar kon helpen de stukjes van de puzzel in elkaar te passen. Ze dwong zichzelf om haar ogen te sluiten en het beeld weer op te roepen. Travis die in elkaar zakte...

Waar was hij?

Travis die in elkaar zakte...

Hij was in een of ander gebouw of in een schuur en op de paal naast hem stond een ouderwetse lantaarn met een koperen deksel. Achter hem zag ze een tafel met allerlei vreemde bakken en op de hoek glinsterde iets van goud.

De Winddanser.

De angst sneed als een mes door haar heen.

Een plas bloed en ogen van smaragd die omlaag staarden...

Nee, dat was Jessica. Dat hoefde niet nog eens te gebeuren. Ze kon het voorkomen.

Maar hoe moest ze dat doen als ze niet eens in staat was om de paniek te onderdrukken die haar verstand stil deed staan? Ze kon wel schreeuwen van frustratie. Het is niet ééerlijk. Als je me dan toch iets laat zien, laat me dan ook genoeg zien om het te kunnen voorkomen.

Travis die stervend in elkaar zakte.

Oké, barst maar, ik heb er genoeg van. Ik kom er toch wel achter.

16.30 uur

'Daar mag u niet naar binnen.' Danley versperde haar de weg toen Melissa de studeerkamer in wilde lopen. 'De president is aan het werk.'

'Ik wil hem spreken. Nu meteen, tenzij hij toevallig net opdracht geeft om Irak opnieuw binnen te vallen.'

'Hij heeft gezegd dat hij niet gestoord wilde worden.'

'Nu.'

'Als u niet weggaat, roep ik de...'

'Het is goed, Danley.' De deur was opengegaan en Andreas stond op de drempel. 'De dame kent kennelijk de betekenis van het woord "nee" niet.' Hij stapte opzij. 'Kom binnen, mevrouw Riley. Ik kan wel een paar minuutjes voor u vrijmaken.' Sarcastisch voegde hij eraan toe: 'Irak bezorgt me momenteel weinig hoofdbrekens. Maar u herinnert zich ongetwijfeld dat ik ook nog andere problemen heb.'

'Hoe zou ik dat kunnen vergeten.' Ze draaide zich met een ruk om en keek hem aan. 'Waar hebt u vanavond met Travis afgesproken?'

'Pardon?'

'Probeer me niet in de maling te nemen. U zou Cassie rechtstreeks naar huis hebben gebracht als u geen verdomd goeie reden had om hier te blijven. Dus ik heb me zitten afvragen welke reden dat zou zijn.'

Hij keek haar strak aan. 'En op welk antwoord bent u uitgekomen?'

'De Winddanser of Deschamps.' Ze zweeg even. 'Of allebei.'

'Het zou ook iets anders kunnen zijn dan privézaken.'

'Maar u bent hier alleen maar om privéredenen naar toe gekomen.'

'En die zijn inmiddels opgelost.'

'Nog niet helemaal. Zolang Deschamps nog op vrije voeten is, zou u nooit het idee hebben dat Cassie veilig is.' Ze haalde diep adem. 'En dat is precies wat Travis u heeft beloofd, hè? Toen hij u belde voordat hij in de helikopter stapte, heeft hij tegen u gezegd dat u naar Vasaro moest gaan, dan zou hij u daar ontmoeten om u in ruil voor amnestie het standbeeld terug te geven. Maar dat telefoontje was pure verlakkerij en alleen bestemd voor de oren van Deschamps. Want Travis had u al eerder gebeld, hè? Toen heeft hij u gevraagd om akkoord te gaan met zijn voostel, dan zou hij Deschamps voor u uit de weg ruimen. Op die manier zou u alles krijgen wat u wilde.'

'O ja? Dat zijn alleen maar veronderstellingen.'

'Maar het is wel waar, hè? Hij heeft voor Vasaro gekozen omdat Deschamps er geen been in zou zien om hier een poging te wagen de Winddanser in handen te krijgen. Deschamps heeft dit huis en de omgeving grondig verkend voordat hij die ontvoering op touw zette. U schiet er toch niets bij in als u mij de waarheid vertelt?'

Hij bleef nog even stil en knikte toen langzaam met zijn hoofd. 'Travis heeft me gebeld nadat jullie in St. Ives die ontmoeting hadden met Deschamps en zei tegen me dat ik naar Cannes moest gaan om vast op de juiste plaats te zitten, dan zou hij later per e-mail weer contact met me opnemen.'

'Waar hebt u met Travis afgesproken?'

Hij schudde zijn hoofd. 'Niemand mag tussenbeide komen.'

'Dus u gaat niet naar hem toe?'

'Dat was ook niet afgesproken. Het was van het begin af aan de bedoeling om Deschamps in de val te lokken. Travis heeft me beloofd dat hij de Winddanser achter zou laten nadat hij Deschamps voor me uit de weg had geruimd.'

'Waar achterlaten?'

Andreas glimlachte. 'U bent erg vasthoudend.'

'En laat u Travis ontsnappen als hij Deschamps heeft gedood?'

'Daar hebben we het niet over gehad. Volgens mij weet hij heel goed dat hij op zichzelf is aangewezen als ik mijn eigendom terug heb. Hij is een intelligente man. Hij kan er best in slagen om weg te komen.'

'Maar zodra hij uit Vasaro weg is, slaat u toe.'

'Natuurlijk heb ik voldoende bewaking om er zeker van te zijn dat Deschamps niet kan ontsnappen als hij Travis vermoordt.'

Travis die stervend in elkaar zakte...

Het beeld veroorzaakte weer een golf van paniek. Toch moest ze rustig blijven. 'Maar u bent niet van plan om hulp te bieden als Travis dat nodig mocht hebben.' Ze liet haar tong over haar lippen glijden. 'Goeie genade, u hebt hier een heel leger tot uw beschikking. U kunt best iemand sturen om ervoor te zorgen dat Deschamps Travis geen kwaad doet.'

'Maar dan zou Deschamps misschien gewaarschuwd zijn en zich uit de voeten kunnen maken.'

'Dan hebt u in ieder geval uw standbeeld terug.'

Hij glimlachte. 'Daar ben ik niet tevreden mee.'

Daar was ze al bang voor. 'U wilt dat Travis gedood wordt. U beschouwt dit als een persoonlijke zaak en u wilt Danley of een van zijn mensen geen opdracht geven tussenbeide te komen. Want dat zou een inbreuk zijn op uw ethische beginselen als president. En u hoopt gewoon dat hij om het leven komt.'

Zijn glimlach verdween als sneeuw voor de zon. 'Hij heeft mijn dochter ontvoerd. Hij heeft haar leven in de waagschaal gesteld. Ze is dagenlang niet alleen binnen handbereik geweest van Deschamps maar van elke gek die wrok tegen mij koestert. Hij heeft het leven van mijn vrouw tot een hel gemaakt. Ze had het kind dat ze draagt kunnen verliezen. Als Deschamps en Travis elkaar zouden doden, beschouw ik dat als gerechtigheid. Goed, was dat alles? Ik moet weer aan het werk.'

Het had geen enkele zin, maar ze moest het toch proberen. 'Alstublieft. Stuur Danley of iemand anders naar hem toe om hem te helpen.'

'Hij moet zichzelf maar zien te redden. Misschien heeft hij geluk.'

'Dan zal hij sterven.'

'Tot ziens, mevrouw Riley.'

Ze haalde diep adem. 'Goed, vertel me dan alleen maar waar hij is, dan zal ik hem zelf wel helpen.'

'Niemand mag tussenbeide komen.'

'Zeg dat niet. Ik vraag niet veel.' Ze wreef over haar voorhoofd. 'Het moet vanavond gebeuren, want u hebt tegen me gezegd dat u me maar achtenveertig uur vast zou houden. En omdat u hem niet in de buurt van Cassie wilt hebben, moet hij ergens aan de grens van het terrein zijn. Hij zit in een of ander gebouw, hè?'

Hij trok zijn wenkbrauwen op. 'Goed geraden. Wilt u nu weten of het dierlijk, plantaardig of mineraal is?'

'Ik zal hem zelf wel vinden.'

'U bent in hechtenis genomen. Als u het huis verlaat, wordt u neergeschoten.'

'Dat denk ik niet. U bent een fatsoenlijk mens en u weet dat ik Cassie heb geholpen. U kunt me alleen maar tegenhouden door me te doden.' Haar mond vertrok. 'Maar misschien valt u in de prijzen en rekent Deschamps ook met mij af.'

'Het grondgebied van Vasaro is heel groot. U zult Travis nooit vinden.'

'Ik vind hem wel. U hoeft alleen maar tegen Danley te zeggen dat ze mij niet als doelwit bij een partijtje prijsschieten mogen ge-

bruiken. Wilt u hem opdracht geven om mij een pistool te bezorgen?'

'U gaat wel heel erg ver.'

'Dat moet ik wel.' Ze probeerde tevergeefs de wanhoop in haar
stem te onderdrukken. 'Travis verdient dit niet. Ja, hij heeft iets
gedaan wat niet door de beugel kon, maar hij is een goed mens.
U maakt een fout.'

Hij schudde zijn hoofd.

'En daar zult u spijt van krijgen.'

'In mijn positie moet ik vaker beslissingen nemen die ik betreur.'

'Maar in dit geval hoeft dat helemaal niet. Hij heeft Cassie al een
keer het leven gered. Telt dat dan helemaal niet mee?' Ze besefte wanhopig dat ze hem niet om zou kunnen praten. 'Cassie beschouwt Travis als haar vriend. Zult u haar later kunnen vertellen wat u met hem gedaan hebt?'

Hij wachtte even voordat hij antwoord gaf. 'Het is duidelijk dat
u genegenheid koestert voor Travis, maar ik zou er nog maar eens
goed over nadenken als ik u was. Ik wil niet dat u iets overkomt.
Bemoei u er niet mee, mevrouw Riley.'

'Barst maar. Dat doe ik wel.' Ze draaide zich om en liep langs
Danley de gang in. Ze moest dat beven onder controle zien te
krijgen. Per slot van rekening had ze toch al weinig hoop gekoesterd dat ze Andreas zover zou kunnen krijgen dat hij te hulp
schoot. Als iemand haar kind in gevaar had gebracht, zou ze
waarschijnlijk net zo bitter zijn geweest als hij.

Ze hield zichzelf voor de mal. Ze had op een wonder gehoopt.
Nou, dat wonder was niet geschied en ze moest het zelf zien op
te knappen. Ze gooide de deur van de bibliotheek open. Ze kon
niet zomaar in het wilde weg heel Vasaro af gaan zoeken. Er
moest ergens een kaart van het grondgebied zijn, waar alle om-
ringende gebouwen op waren aangegeven.

Die moest ze alleen nog zien te vinden.

Lieve god, help me daar alsjeblieft bij.

Het duurde drie uur voordat Melissa de kaart had gevonden. Hij
lag niet op een van de planken, maar zat in een archiefmap in
een van de onderste laden van het bureau.

Ze vouwde de kaart haastig open op het bureau. Hij zag er vrij nieuw uit, dus alle gebouwen die momenteel op het terrein stonden, zouden er wel op aangegeven zijn.

Shit.

Behalve de opstallen vlak om het huis waren er nog zeven bouwsels die verspreid over het terrein lagen. Die moesten op kilometers afstand van elkaar staan. De kans dat ze de juiste plek zou vinden was vrijwel nihil.

Ze keek even naar het raam. Lieve hemel, de zon ging al onder. Het zou zo donker zijn en dan zou het gebeuren. Verdomme, ze wist niet eens hoeveel tijd ze nog over had.

Ze liet zich in de bureaustoel vallen en sloeg haar handen voor haar ogen.

24

Travis keek op zijn horloge. 'Het is bijna tijd.' Hij wierp een blik op de helikopter die vlak naast de hangar van het vliegveldje stond. 'Hebben we genoeg brandstof om daar te komen en weer terug te gaan naar Nice?'
Galen keek hem verwonderd aan. 'Natuurlijk.'
'Ik vraag het alleen maar voor de zekerheid.'
'Sinds wanneer vind je het nodig om mij te controleren? Ben je een tikje nerveus?'
'Misschien wel.'
'Dat lijkt me wel logisch. Op dit gebied ben je geen vakman. Eigenlijk zou je het aan mij over moeten laten.' Hij zweeg even.
'Denk je dat hij daar op ons zit te wachten?'
'Ik durf te wedden dat hij rechtstreeks naar Vasaro is gegaan. Dat zou ik tenminste doen. Ik zou ervoor zorgen dat ik al in Vasaro zat voor Andreas met zijn troepenmacht arriveert, me ergens schuilhouden en afwachten. Geen kans dat je iemand die van of naar de boerderij gaat tegen het lijf loopt. Hij is intelligent genoeg om te begrijpen dat Andreas de hele omgeving zal afzetten om mij in m'n kraag te vatten.'
'Maar hoe komt hij dan weg? Hij zal geen auto of helikopter ergens open en bloot op het land laten staan.'
'Hij zou mijn transportmiddel kunnen stelen nadat hij me vermoord heeft.' Hij schoot in de lach. 'Of misschien is hij van plan om weg te vliegen op de vleugels van de Pegasus nadat hij het standbeeld heeft gestolen.'
'Waar is het standbeeld?'
'Dat heb ik in de kast in de achterkamer gezet.' Hij opende de deur. 'Wil jij het even pakken? Dan start ik de helikopter.'

'Oké.' Galen liep naar de achterkamer en trok de kastdeur open. Er glom geen goud in het donker. Hij deed het licht aan en keek op de bovenste plank. Geen standbeeld.

'De smeerlap.'

Hij holde het kantoor uit, maar de helikopter steeg al op. 'Wat doe je verdomme nou, stomme klootzak?' schreeuwde hij. 'Je hebt me nódig!'

Travis stak zijn hand op.

Galen stond nog steeds op het asfalt omhoog te kijken toen Travis naar het zuiden zwenkte, richting Vasaro. Jezus, wat was hij pissig.

Nou ja, daar kon Travis ook niets aan doen. Galen had hier niet zoveel belang bij dat het de moeite loonde om zo'n groot risico te lopen in Vasaro. Zelfs als het uitschakelen van Deschamps gemakkelijker ging dan Travis verwachtte, zou Andreas geen moment aarzelen om hem op te pakken als hij de kans kreeg.

Dus moest Travis er gewoon voor zorgen dat hij die kans niet kreeg. Eerst Deschamps uit de weg ruimen en dan meteen wegwezen richting Nice en maar hopen dat Andreas niet over een dodelijk wapen beschikte dat de helikopter uit de lucht kon schieten. Als hij snel genoeg te werk ging, zou hij het kunnen redden.

Andreas zou zich wel twee keer bedenken als hij het idee had dat Travis misschien de Winddanser bij zich had in het vliegtuig.

Hij keek naar de Winddanser die achter in de helikopter op de vloer stond. Het was net alsof het standbeeld hem aankeek. In het licht van de ondergaande zon glinsterden de smaragdgroene ogen zo fel dat het leek alsof ze tot leven waren gekomen. Op dat moment kon Travis wel begrijpen waarom sommige mensen dachten dat het standbeeld over bovennatuurlijke krachten beschikte.

Hij glimlachte tegen het beeld. 'Slijp je tanden maar vast, vriend. We gaan op jacht.'

Cassie!

Melissa hief langzaam haar hoofd op van het bureau. Ze had geen idee in welk gebouw Travis zich zou bevinden, maar misschien wist Cassie dat wel. Cassie had haar zomervakanties hier doorgebracht. Ze had geholpen met de bloemenpluk. Waar-

schijnlijk had ze overal op de boerderij rondgezworven. Het kon
mogelijk zijn...
Laat het mogelijk zijn. Laat het alsjeblieft mogelijk zijn.
Ze sloot haar ogen.
Cassie.
Het kind wilde zich niet voor haar openstellen. Het nam een aantal kostbare minuten in beslag voor ze de obstakels had omzeild.
'*Cassie, je moet me helpen.*'
'*Ik zou eigenlijk boos op je moeten zijn. Waar ben je geweest? Ik heb je de hele dag niet gezien.*'
'*Je vader was bij je.*'
'*Hij is net teruggekomen. Daarvoor was hier alleen die... verpleegster.*'
'*Ze is heel aardig.*' Hier had ze geen tijd voor. '*Cassie, ik heb je hulp nodig. Ik ben op zoek naar een bepaalde plek.*'
'*Je had me niet in de steek moeten laten. Ik was zo alleen.*'
'*Cassie.*'
Stilte. '*Je bent bang. Je bent bang voor de monsters.*'
'*Ja.*' Reken maar.
Angst. '*Komen ze eraan?*'
'*Nee, ik moet naar hen toe.*'
'*Het gaat om Michael.*'
'*Hij zit ergens in een huis of in een schuur. Ik weet niet waar, maar ik moet ernaar toe. Er staat een lantaarn met een koperen kap en op de tafel staan allemaal bakken.*'
'*Wat voor bakken?*'
'*Ze hebben een rare vorm.*'
'*Laat maar zien.*'
Ze moest zich op de tafel concentreren. En haar niet de stervende Travis laten zien.
'*Dat is de oogstschuur in het zuidelijke veld.*'
Haar hart begon te bonzen. '*Weet je dat zeker, lieverd?*'
'*Ja, natuurlijk. Daar is er maar een van. Caitlin heeft me verteld dat die er al is zolang Vasaro bestaat. Er is een keer brand geweest, maar de schuur is niet verbrand en ze...*'
'*Dank je wel. Bedankt. Bedankt, Cassie.*' Ze greep haar kaart en zocht het bijgebouw dat in het zuidelijke veld stond. Verdomme, dat was zeker zes kilometer.

'Er is ook een kortere weg. Door het bosje verderop langs de weg en over de heuvel.'

'Hoe lang duurt het dan voordat je er bent?'

'Dat weet ik niet. Een tijdje.'

Ze kon niet van het kind verwachten dat ze dat precies kon aangeven. Ze hoopte alleen dat haar geheugen haar niet in de steek had gelaten.

Verontwaardiging. 'Dat is echt een kortere weg!'

'Sorry.' Ze sprong op. 'Ik moet nu weg. Vaarwel, Cassie.'

Plotselinge paniek. 'Wil niet dat je weggaat. Blijf hier. De monsters zullen je pakken.'

Ze moest haar angst onderdrukken. Cassie zag de laatste tijd veel te veel en ze mocht het kind niet bang maken. 'Er zal me niets overkomen. Er zal niemand iets overkomen.'

'Kom terug...'

Maar Melissa was al in de gang en rende meteen de voordeur uit. De mannen die op wacht stonden, hielden haar niet tegen, maar deden net alsof ze haar niet zagen.

God het was al bijna donker.

Ze holde over de weg naar het bosje toe.

Danley klopte en deed de deur van Cassies kamer open. 'De vrouw is het huis uitgelopen, meneer de president. Een paar minuten geleden.'

Andreas stond op en kwam de gang in. 'In welke richting?'

'Naar de bomen.'

'En niemand heeft haar tegengehouden?'

'We hebben overeenkomstig uw orders gehandeld.' Hij kneep zijn lippen op elkaar. 'Maar ik moet u wel vertellen dat ik het helemaal niet eens ben met deze ontwikkeling.'

'Dat weet ik. Jij hebt alles graag volgens een vast patroon en hier heb je veel te weinig vat op. Maak je geen zorgen. De kans dat Melissa Riley die schuur vindt, is klein. En mocht dat toch het geval zijn, dan is alles al voorbij tegen de tijd dat ze daar aankomt.'

'Het is gewoon niet efficiënt. U had ons ernaar toe moeten laten gaan om met die smeerlappen af te rekenen.'

'Bemoei je er niet mee. Jouw taak is ervoor te zorgen dat mijn dochter veilig is. Punt uit.'

'En die vrouw?'

'Ik heb haar gewaarschuwd. Ze is aan haar lot overgeleverd.' Andreas draaide zich om en deed de deur weer open. 'Laat het me meteen weten als je iets hoort.'

Hij ging weer in de stoel naast Cassies bed zitten en pakte haar hand. Die verdomde Melissa Riley. Als ze pech had, zou ze ook worden vermoord. Waarom zorgde ze er niet gewoon voor dat haar zelf niets kon overkomen in plaats van zich druk te maken over Michael Travis? Ze was niet alleen emotioneel, maar ook onredelijk en ze dacht dat je de hele wereld naar je hand kon zetten als je maar genoeg om iemand gaf.

En ze leek ontzettend veel op zijn Chelsea. De gedachte schoot ineens door zijn hoofd. Hij kon zich moeiteloos voorstellen dat zijn vrouw onder deze omstandigheden precies hetzelfde zou doen als Melissa. Het had hem de grootste moeite gekost om Chelsea ervan te weerhouden hiernaar toe te vliegen toen hij haar had verteld dat er een grote kans was dat ze Cassie terug zouden krijgen. Ze zou...

Cassie kneep in zijn hand.

Hij bleef stokstijf zitten. Zijn ogen vlogen naar haar gezicht. 'Cassie?'

Ze had haar ogen dicht en het leek alsof haar gespannen lichaam krom lag van de pijn. Haar greep begon langzaam maar zeker op een bankschroef te lijken.

'Cassie, praat tegen me,' zei hij onvast. 'Laat me je helpen. Alsjeblieft.'

Melissa stoof tussen de bomen door en holde de heuvel op. Sneller. Nog sneller.

Ze gleed uit en slaagde er nog net in op de been te blijven.

Ze hoorde iets. Het geronk van een motor. Een helikopter? Travis?

Jezus, dat hoopte ze niet.

Ze liep aan de andere kant de heuvel af. Jezus, als ze maar in de goeie richting liep. Wat als Cassie zich had vergist? Ze was nog maar zo'n klein meisje.

En misschien was er nog wel ergens een oogstschuur die de tand des tijds had doorstaan.

Niet aarzelen. Daar was het nu te laat voor.

Ze hoorde de helikopter niet meer.

Weer een heuvel. Lag de schuur aan de andere kant?

Haar longen brandden en haar adem schuurde in haar keel.

Doorgaan.

Ze struikelde. Het was inmiddels helemaal donker en ze kon de grond voor haar voeten nauwelijks zien. Ze was op de top van de heuvel.

Niets. Alleen een andere vallei en de volgende heuvel.

Doorgaan. Niet opgeven.

Maar wel snel. Ze moest opschieten.

Travis die stervend in elkaar zakte...

Cassie schreeuwde.

Andreas maakte een sprongetje van schrik. Weer een nachtmerrie?

Ze schoot overeind. *'Michael!'*

Nu pas zag Andreas dat ze haar ogen open had. 'O mijn god.' Hij rukte haar in zijn armen terwijl de tranen over zijn wangen biggelden. 'Lieve schat, je bent weer bij ons teruggekomen. Ik ben zo...'

'Michael.' Ze klemde zich aan Andreas vast. 'Pappie, de monsters. Bloed. Ze vermoordden Michael.'

'Ssst.' Andreas drukte een kus op haar voorhoofd en wiegde haar in zijn armen. 'Alles komt weer in orde. Alles is weer in orde.'

'Nee.' Ze barstte in snikken uit. 'Het is weer precies hetzelfde. De monsters... en jij was er niet.'

'Ik ben nu wel bij je.'

'Het gebeurt weer.'

'Nee, je bent veilig. We zijn allemaal veilig.'

'Nee, dat is niet waar.' Haar ogen werden groot van angst. *'Michael!'*

Travis was geland.

Deschamps kroop dieper weg in het struikgewas naast de schuur en bleef strak naar de helikopter kijken die een paar meter verderop stond. Zijn maag kromp samen van verlangen. Het had al te lang geduurd. Stap uit. Laat me het zien. Laat me mijn eigendom zien.

Het was een maanloze nacht en in het donker kon hij nog net de schimmige gestalte van Travis achter de stuurknuppel onderscheiden. Waarom kwam hij er niet uit? Ineens besefte hij dat Travis gewoon op zijn hoede was. Op het moment dat hij uit de helikopter stapte, zou hij kwetsbaar zijn, daarom zat Deschamps ook te wachten tot de deur aan de kant van de piloot open zou gaan.

Misschien voelde Travis instinctief dat er iets mis was.

Dus zou hij heel stil moeten blijven zitten, tot Travis het gevoel had dat alles in orde was.

De minuten kropen voorbij.

Waarom bewoog die klootzak niet?

Hij sloop langzaam maar zeker dichterbij.

Hij was al bijna bij het vliegtuig toen hij abrupt bleef staan. De gestalte was Travis helemaal niet. Het was een jas die ergens omheen hing. De deur aan de andere kant stond open.

Travis was al uitgestapt!

'Shit.' Deschamps dook naar de grond en tuurde om zich heen.

Het was te donker. Travis kon overal zitten.

Plotseling flikkerde er licht op in de schuur. De deur stond open...

Zodra ze de top van de heuvel bereikt had, zag Melissa het licht in de schuur. Vlak ernaast kon ze het silhouet van de helikopter onderscheiden.

Het spel was al begonnen.

Ze liep te snikken toen ze de heuvel af rende. Wacht op mij. Laat me niet zover zijn gekomen zonder iets te kunnen doen.

De deur stond open. Deschamps kon best vlak achter de deur staan.

Hij kon barsten. Als ze ook maar een moment aarzelde, zou dit het einde voor Travis kunnen betekenen.

Ze bleef in de deuropening staan en haar ogen zochten nerveus in de spelonkachtige, in schaduwen gehulde ruimte naar Travis.

Ze zag Deschamps het eerst, aan de andere kant van het vertrek.

Hij bewoog en sloop verder, terwijl hij naar iets in de schaduwen tuurde. Travis?

Nee, Travis rolde onder de tafel uit en stond geluidloos op, met zijn pistool in zijn hand. Zijn volle aandacht was gericht op Deschamps, die met de rug naar hem toe stond.

Ze hield haar adem in. Vooruit. Schiet hem neer. Wacht niet tot hij zich omdraait.

Nee!

Travis keek om. Ze had zich niet bewogen, maar waarschijnlijk had hij haar vanuit zijn ooghoeken gezien. Zijn ogen werden groot toen hij haar herkende.

En Deschamps draaide zich om!

De volgende seconden leken in slow motion voorbij te kruipen toen Melissa als een wervelwind door het vertrek schoot. Ze wierp zich op Travis, sloeg haar armen om zijn middel en trok hem omlaag.

Te laat.

Ze hoorde hem kreunen en voelde zijn lichaam schokken toen de kogels hem raakten.

Ze besefte vol wanhoop dat ze had gefaald. Deschamps had hem vermoord.

Ze sloegen samen tegen de grond. Houtsplinters vlogen langs haar wang toen Deschamps opnieuw een schot loste en de lantaarn op de paal raakte. De lantaarn viel om en de kaars doofde.

Duisternis.

Het pistool van Travis lag naast hem op de grond. Ze grabbelde ernaar en rolde onder de tafel, waarbij ze per ongeluk een stoel omgooide. Ze trok hem naar zich toe bij wijze van schild.

'Je kunt toch niet ontsnappen,' riep Deschamps. 'Ik heb Travis gedood. Wie moet je nu beschermen?'

De tranen prikten in haar ogen toen ze naar Travis keek die aan de andere kant van de tafel lag.

'Je bent bang, hè? Als je je nu meteen overgeeft, laat ik je misschien wel gaan.'

'Je kunt barsten.' Jezus, hoe moest ze hem neerschieten als ze geen hand voor ogen kon zien?

'Je kunt me toch niet tegenhouden. Weet je wel hoe lang ik al op dat standbeeld wacht?'

Weer een schot. Een brandend gevoel van pijn toen de kogel van de stoel afketste en haar linkerarm schampte.

'Geef het maar op. Je hebt geen wapen, anders had je dat allang gebruikt. Ik begin ongeduldig te worden. Ik heb niet veel tijd meer, want Andreas kan elk moment hier zijn.'

'Andreas komt helemaal niet. Dat is hij zelfs nooit van plan geweest. Het was gewoon een truc. Stom van je dat je daar ingetrapt bent, hè?'

'Je liegt. Ik heb het hele gebied kilometers in de omtrek afgezocht. Alleen het hoofdgebouw wordt bewaakt.'

'Ik lieg helemaal niet. Het is allemaal in scène gezet. Ook al schiet je mij dood, dan heeft Andreas je te pakken voor je tien kilometer van Vasaro bent.' Een kogel vloog langs haar oor. Hij ging af op het geluid van haar stem, precies zoals zij probeerde in te schatten waar hij zich bevond. 'Waarom sta je hier je tijd te verdoen? Ga weg en probeer je maar zo snel mogelijk uit de voeten te maken.'

'Ik hoef me niet uit de voeten te maken. Ik pak de helikopter waarin Travis is gekomen… zodra ik de Winddanser heb.'

De Winddanser. Ze zag de vage glans van goud op de tafel boven haar. Zou hij zich daardoor laten verlokken om zo dichtbij te komen dat ze hem kon neerschieten? Of zou ze zelf het eerst geraakt worden door een van zijn kogels?

Weer een schot. Bijna raak.

Ze snakte naar adem en slaakte meteen daarna een zacht kreetje.

Deschamps knorde tevreden. 'Mooi zo. Dat was de laatste keer dat je me hebt gedwarsboomd.' Stilte. 'Deed het pijn? Ik heb je zuster ook pijn gedaan, hè? Ik zag het bloed uit haar borst spuiten voordat ik naar buiten rende.' Hij hield zijn mond en luisterde.

Hij stelde haar op de proef, in de hoop dat haar zenuwen het zouden begeven als de kogel haar niet had geraakt.

'Ik had gehoopt dat ik in staat zou zijn om Travis op mijn gemak te vermoorden. Ik moet bekennen dat ik een beetje teleurgesteld ben. Ik wilde hem pijn zien lijden. Sinds ik mijn charmante stiefvader heb vermoord, heb ik niet meer zo'n intense haat jegens iemand gekoesterd.'

Smeerlap.

'Heb je dat bloed gezien toen hij door de kogels geraakt werd? Er zijn legendes waarin wordt verteld dat de Winddanser dol is op bloed. Oorlogen... de guillotine... Denk je dat er iets in die verhalen zit?'

Ze gaf geen antwoord. Vooruit, hufter. Laat zien waar je bent.

'Je had je er echt niet mee moeten bemoeien. Daar ben je niet slim genoeg voor. Het was gewoon zielig zoals jij je in St. Ives bij de neus liet nemen.'

Hij bewoog, hij kwam dichterbij.

Já!

Ze voelde het gewoon, ook al was hij aan de andere kant van de schuur. Kom maar dichterbij. Kijk eens naar dat mooie standbeeld. Pak het maar.

Hij kwam eraan. Heel behoedzaam, maar hij kwam eraan.

Haar hand sloot zich vaster om het pistool.

Weer een schot.

Een brandende, felle pijn in haar bovenbeen.

Niet gillen. Niet bewegen. Hij moest denken dat ze geen bedreiging vormde.

'Ik heb gehoord dat die kogel doel trof. Er is geen geluid dat te vergelijken is met die zachte plof. Je bent zo hard als een spijker, of je bent bewusteloos of dood. Ik zou weleens willen weten wat de waarheid is. Maar dat zie ik zo meteen wel, als ik de Winddanser te pakken heb.' Hij was dichterbij, maar de afstand was nog steeds te groot. Ze kon zich niet snel bewegen en ze zou maar één kans krijgen. 'Mijn god, wat is het toch een zeldzaam mooi ding. Ik kan die ogen zelfs in het donker naar me zien glinsteren. Daardoor alleen al zou je bijna in al die verhalen gaan geloven.'

Er ging een schok door haar heen toen de ruimte plotseling verlicht werd. Hij had de kaars weer aangestoken. Christus, hij stond hooguit een meter van haar af! Ze verstijfde en hield haar adem in. Haar hand omklemde het pistool dat half onder haar lichaam verborgen lag.

Maar hij wierp slechts een vluchtige blik op haar, zijn aandacht werd volkomen door het standbeeld in beslag genomen. 'Karel de Grote, de Borgia's, Alexander,' fluisterde hij terwijl hij het standbeeld in zijn armen tilde. 'En Edward Deschamps. Dat klinkt toch geweldig, vind je... Shit!' Hij klemde het standbeeld tegen zich aan toen hij op de grond viel. 'Verrek, wat...'

Travis had zijn armen om de enkels van Deschamps geslagen en rukte hem de benen onder zijn lichaam vandaan. Alles zat onder het bloed. Het bloed van Travis. Op Travis, op Deschamps. Maar, here Jezus nog aan toe, Travis leefde nog!

Deschamps herstelde zich onmiddellijk. Zijn pistool zwenkte in de richting van Travis.

'Néé!' De .38 in Melissa's hand braakte vuur.

Een schot.

Twee.

Drie.

Het lichaam van Deschamps schokte bij elke kogel die zich in hem boorde. Het bloed stroomde uit de wonden in zijn maag.

Hij keek ongelovig omlaag.

Ze vuurde opnieuw en hij liet zijn pistool vallen. 'Kreng.' De tranen rolden hem over de wangen. Hij pakte de Winddanser met zijn bebloede hand en kroop naar de deur. 'Maakt niet uit. Je wint toch niet. Ik heb het. Dat is het enige dat telt. Ik heb het...'

En hij zou er nog best in kunnen slagen om de helikopter te bereiken en te ontsnappen. Ze wist niet eens hoe hij het voor elkaar kreeg om zich zelfs maar te bewegen. Ja, dat wist ze wel. Hij was bezeten van dat standbeeld, en Jessica had haar verteld dat fanatici af en toe over een bovennatuurlijke hoeveelheid uithoudingsvermogen en kracht leken te beschikken.

Jessica.

Ze piekerde er niet over om hem naar die helikopter te laten gaan. Ze schoot hem een kogel in het hoofd.

25

'Dat... doet pijn.' Travis deed zijn ogen open toen Melissa een reep van zijn overhemd tegen de wond onder zijn schouder drukte.

'Hou je mond. Je mag blij zijn dat je nog leeft. Waar is Galen?'

'Ik had hem... niet nodig.'

'Je hebt hem afgeschud.'

'Niemand wist dat hij bij de zaak betrokken was. Andreas... hij zal niet tevreden zijn met... standbeeld.'

'Je hebt hem Deschamps gegeven.'

'Is hij dood?'

'Ja, en dat heb jij gedaan. Heb je me begrepen?'

Hij probeerde te glimlachen. 'Wat raar, daar herinner ik me niets van. Probeer je een held van me te maken?'

'Ik probeer je huid te redden.' Ze moest een brok in haar keel wegslikken. 'Ik had nooit gedacht dat ik daar de kans voor zou krijgen. Ik zag je sterven, Travis. Ik zag de wonden in je borst en je gezicht... je stond op het punt om dood te gaan.'

'Maar jij sprong op me af en haalde me onderuit. Daardoor is de kogel niet in mijn borst terechtgekomen.'

'Als ik hier niet was geweest, was je misschien niet eens neergeschoten.'

'Of ik was doodgeschoten. Wie zal het zeggen?' Hij sloot zijn ogen. 'Als je het niet erg vindt, ga ik nu even slapen. Ik ben ontzettend moe.'

'Als je maar niet het lef hebt om onder mijn handen dood te gaan.' Haar stem trilde. 'Het heeft me moeite genoeg gekost om je in leven te houden.'

'Ik zou niet... durven.'

Hij had het bewustzijn verloren. Ze moest druk blijven uitoefenen op die wond. Voordat ze naar Travis toe was gekropen, had ze al een geïmproviseerd verband aangelegd om haar eigen been. Ze hadden allebei hulp nodig, maar waar moest ze die vandaan halen? Andreas zou zich hier waarschijnlijk niet in de buurt wagen. Hij wilde dat Travis en Deschamps allebei zouden sterven. Galen.

Ze stak haar hand in zijn zak, pakte de telefoon van Travis en begon het nummer in te toetsen.

De deur vloog open. 'Handen omhoog!' Een stuk of zes mannen kwamen naar binnen stuiven.

Pakken. Onmiskenbaar CIA. Godallemachtig, het leek die overval van gistermorgen in het zomerhuisje wel.

'Ik steek mijn handen niét in de lucht. Als ik dit kompres loslaat, bloedt hij dood. Waar is Danley, verdomme? Ik wil Danley spreken.'

'Je zult het met mij moeten doen. Danley is druk bezig de omgeving af te zetten.' Andreas kwam de schuur binnen. Hij keek neer op Deschamps. 'Is dit onze man?'

'Ja. Danley heeft u vast wel foto's van hem laten zien.'

'Hij is wat lastig te herkennen, met dat half weggeschoten hoofd.'

'Het is Deschamps. Travis heeft hem voor u uit de weg geruimd.' Fel voegde ze eraan toe: 'Dus zorg nu maar dat er hulp voor hem komt.'

'Dat ben ik ook zeker van plan. Hoe gaat het met hem?'

'De kogels hebben zijn schouder doorboord. Hij heeft wel wat bloed verloren, maar hij blijft in leven... tenzij u alles verpest.'

'Ik kijk wel uit. Je ziet eruit alsof je zelf ook wel wat hulp kunt gebruiken.' Hij wenkte een van de mannen. 'Paulding, zorg dat er een medische ploeg hier komt.' Daarna knielde hij naast haar neer.

'Laat me met rust. Ik voel me best.'

'Je kunt Travis rustig loslaten. We zullen hem geen kwaad doen.'

'Hoe kan ik daar zeker van zijn?'

'Omdat Cassie het niet goedvindt.'

'Wat?'

Hij glimlachte. 'Ze is wakker geworden.'

'O, mijn god.'

'Ik reageerde precies op dezelfde manier. Ik had het gevoel dat ik zweefde... het was verdomme fantastisch, ook al was ze bijna hysterisch en schreeuwde tegen me dat ik Travis moest redden. Ze heeft waarschijnlijk meegeluisterd toen we het gisteravond over hem hadden.'

Ze had inderdaad meegeluisterd. Maar niet op de manier die Andreas bedoelde. 'Ik heb u toch verteld hoe ze over hem dacht.'

'Ja, dat klopt.' Hij stond op. 'We brengen je terug naar het huis, dan kan die kogel eruit gehaald worden.'

'Alleen als u Travis ook meeneemt.'

'Vertrouw je me nog steeds niet?' Hij glimlachte. 'Ik heb Cassie beloofd dat ik hem mee zou brengen naar het huis. Het was de enige manier waarop ik haar tot bedaren kon brengen. Je denkt toch niet dat ik het risico neem dat ze me weer ontglipt? Ik ben bereid om de godganse wereld op z'n kop te zetten om dat te voorkomen.'

Ze keek hem peinzend aan en knikte langzaam. 'Ik kan zien dat u dat meent.'

'Dan kan ik nu maar beter teruggaan om Cassie te vertellen dat haar held in veiligheid is.'

'Maar wat gebeurt er als Cassie weer hersteld is? Zal Travis dan ook nog veilig zijn?'

'Dat zien we dan wel weer, als je het niet erg vindt. Ik heb nog steeds zin om hem zijn nek om te draaien.' Hij liep naar de deur. 'Ik zie je wel in het huis.' Hij bleef naast Deschamps staan en bukte zich om de Winddanser op te pakken, die hij nog steeds in zijn hand had. 'Er zit bloed op.'

'Deschamps zei dat de Winddanser van bloed hield.'

'Belachelijk. Hoe kan het nu ergens wel of niet van houden?' Hij veegde het bloed van de Winddanser en keek glimlachend in de smaragdgroene ogen. 'Het is per slot van rekening maar een standbeeld.'

'Melissa. De monsters... Michael!'

'Ssst. Ze zijn weg. Michael is gered. Hij is gewond, maar hij ligt hier vlak naast me. We zijn in een busje onderweg naar het huis.'

'Dat heeft pappie ook gezegd.'

'Je mag hem rustig geloven.'

'Maar ik zag Michael...'

'Ik weet wat je hebt gezien. Maar het is niet gebeurd. Het hoeft niet te gebeuren als we ons ertegen verzetten.'

'*Het is eng hierbuiten. Misschien ga ik wel weer terug naar de tunnel.*'

'*Als je het lef hebt! Dan kom ik achter je aan en sleep je zo weer mee naar buiten. Hoe moet dat dan als Michael je nodig heeft? Of je pappie of je mammie? Of als ik je nodig heb? Je vond het helemaal niet leuk dat je pappie Michael moest gaan helpen, hè? Eigenlijk wilde je het zelf doen.*'

'*Ja.*'

Ze had geweten dat een kind met zo'n sterke wil als Cassie dat antwoord zou geven. '*Dat zou ik ook willen. Maar hoe kun je iets doen als je jezelf daarbinnen verstopt?*'

Stilte. '*Dan blijf ik nog maar een tijdje. Het is eigenlijk best... fijn om weer bij pappie te zijn.*'

Het was een goed teken dat ze alweer steun begon te zoeken bij haar vader. Voorlopig zou ze zich er weifelend bij neerleggen, daar moest Melissa in eerste instantie tevreden mee zijn. Jessica had ongetwijfeld geweten hoe ze haar in dit stadium moest aanpakken, Melissa kon alleen op haar instinct afgaan. '*Ik kom je morgenochtend opzoeken.*'

'*Nu.*'

'*Morgen,*' herhaalde ze vastbesloten.

'*Maar ik wil je zien. Ik heb je alleen gezien zoals je naar jezelf kijkt.*'

En zij wilde Cassie ook zien nu ze wakker was. '*Goed dan, maar het kan nog wel even duren. De dokter moet eerst naar mijn been kijken.*'

'*Ik wacht wel. Komt Michael ook mee?*'

Melissa keek neer op Travis die een injectie had gekreen van de dokter die na het vertrek van Andreas was komen opdraven. '*Misschien is het verstandiger als we morgen samen bij hem op bezoek gaan. Hij is behoorlijk toegetakeld in zijn gevecht met het monster.*'

'*Maar hij leeft nog wel?*'

'*Ja hoor, hij leeft nog.*' Goddank. Het was met recht een avond om dankbaar te zijn. Bedankt voor Travis. Bedankt voor Cassie. '*We rijden nu de oprit in. Ik moet weg. Ik zie je straks.*'

'Dus je bent toch gekomen,' zei Cassie. 'Dat zei ik al tegen pap-

pie. Maar hij zei dat de dokter je meteen in bed zou stoppen.'
'Dat heeft hij ook geprobeerd.' Melissa reed in de rolstoel naar
haar toe. 'Dus ik mag maar een paar minuutjes blijven.'
'Heb je pijn?' Cassie fronste. 'Je hebt pijn. Dat kan ik voelen.'
'Dat gaat wel weer over. De dokter heeft me er iets voor gegeven.' Ze stopte naast het bed en bleef even naar Cassie zitten kijken. Het meisje was mager, maar de breekbaarheid was verdwenen, verjaagd door de levenslustige uitdrukking op haar gezicht.
'Je ziet er... goed uit.'
'En jij bent veel mooier dan je zelf denkt. Bijna net zo mooi als
mama.' Bij dat laatste woord sloeg haar stem over en ze trok een
gezicht. 'Ik ben helemaal hees. Ik lijk Kermit de kikker wel. Pappie zegt dat het komt omdat ik niet meer gewend ben aan praten.'
'Daar ligt het vast aan.' Ze kon haar ogen niet van het kind afhouden. Zo vol leven. Zo verrukkelijk vol leven. Deze Cassie had
ze tot nu toe alleen maar op foto's en in het tv-journaal gezien.
'Over een paar dagen gaat het vast een stuk beter.'
'Ik vind het helemaal niet erg. Pappie moet erom lachen.' Ze glim-
lachte. 'En dan moet ik ook lachen.'
'Ja, zo gaat dat.'
'Dat was ik vergeten.' Haar glimlach verdween. 'Je hebt nog
steeds pijn. Ga maar gauw naar bed.'
'Jawel, mevrouw.' Ze draaide de stoel om en duwde hem naar
de deur. 'Ik zie je morgenochtend.'
'Vroeg. Je moet vroeg komen, Melissa.'
'Hou op. Je hoeft niet meer op deze manier met me te praten.'
'Dat is veel gemakkelijker.'
'Toch moet je het niet doen.'
'Maar mijn keel doet zeer. Je wilt vast niet dat ik pijn in mijn
keel krijg.'
*'Zoveel pijn heb je niet. En de mensen begrijpen er niets van als
je op deze manier praat. Het zal je mama en je pappie heel on-
gerust maken.'*
'Nou, dan doe ik het wel alleen met jou.'
Het was duidelijk dat Cassie haar zin zou doordrijven, wat Me-
lissa ook zei. Het was beter om dat compromis te aanvaarden.
'Dat is misschien een oplossing.'

'Weet je zeker dat het goed gaat met Michael?'
Ze deed de deur open. 'De dokter heeft gezegd dat hij er weer helemaal bovenop komt.'
'Ik was een beetje ongerust. Ik heb het nu al zo vaak geprobeerd, maar ik kan hem niet bereiken. Als ik buiten blijf, moet hij ook buiten blijven. Anders zou het niet eerlijk zijn.'
'Waar heb je het over?'
'Zeg dat maar tegen hem. Ik vind het niet eerlijk...'

'Ik wil hier weg,' zei Travis zodra Melissa de volgende ochtend zijn kamer binnenkwam. 'En waarom zit jij in die rolstoel? Heeft Deschamps je dan toch geraakt? Ik had het idee dat die smeerlap stond te liegen. Dat hoopte ik in ieder geval wel, verdomme.'
'Hou je koest.' Ze reed naar het bed toe. 'Er is niets met me aan de hand, ik zit alleen nog een tijdje aan die rotstoel vast. Cassie en haar vader komen zo meteen bij je op bezoek, maar ik wilde je als eerste zien.' Er verscheen een stralende glimlach op haar gezicht. 'Ze is gisteravond weer teruggekomen, Travis.'
Hij verstijfde. 'Mijn god.'
'Er kwam plotseling een eind aan die traumatische toestand toen ze dacht dat jij dood zou gaan.'
'Hoe gaat het met haar?'
'Ze is bang, maar vol enthousiasme... en mooi.' Ze moest iets wegslikken. 'Echt heel mooi. Ik ben gisteravond nog bij haar geweest en vanochtend opnieuw en ze lachte tegen me. Ik had haar nog nooit zien lachen.'
'Ik ook niet.'
Ze haalde even diep adem. 'We moeten jou hier weghalen. Op het ogenblik is Andreas nog een en al vriendelijkheid.' Ze trok een gezicht. 'Voor zover hij daartoe in staat is tenminste. Maar ik weet niet wat hij zal doen zodra hij zeker weet dat alles weer goed is met Cassie. Het kost hem een beetje moeite om jou alles te vergeven.'
'Dat is volgens mij nog heel zwak uitgedrukt. Maar ik had ook niet op vergiffenis gerekend.'
'Nou, als we jou hier weg kunnen krijgen, wordt het misschien een kwestie van uit het oog, uit het hart. Hij heeft zowel Cassie

als de Winddanser terug en Deschamps is dood. Hij heeft niet het recht om ook nog zijn pond vlees van jou te eisen.'

'O nee?'

'Ik heb Galen gebeld. Hij is binnen een halfuur hier om ons allebei op te pikken.'

Hij fronste. 'Ik wil Galen hier niet bij betrekken.'

'Niemand hoeft te weten dat hij niet gewoon een charterpiloot is. Hij brengt ons naar Nice en van daaruit gaan we meteen door naar Juniper.'

'Je hebt het allemaal keurig voor elkaar.'

'Iemand moest iets doen. Aangezien jij tegen een paar kogels was aangelopen en niet eens je hoofd kon optillen, laat staan...'

'Oké, oké.' Hij schoot in de lach. 'Maar als Galen ziet hoe wij eraantoe zijn, zal hij altijd blijven zeuren dat ik hem mee had moeten nemen. Hij zal zweren dat het nooit zo was gelopen als hij bij me was geweest.'

'Dat zou best kunnen.' Ze schudde haar hoofd. 'Ik weet het gewoon niet meer. Het enige dat ik zeker weet, is dat ik jou hier weg moet krijgen.'

'En ik weet zeker dat ik met je mee wil.' Hij zweeg. 'Altijd. Waar je ook heen gaat.'

Ze hield haar adem in. 'Wat?'

'Je hebt gehoord wat ik zei. Het is niet te geloven wat je allemaal ineens duidelijk wordt als je denkt dat het ieder moment afgelopen kan zijn.'

'Maar hoe moet dat dan met afstand bewaren en nergens bij betrokken raken?'

'Ik zei niet dat het me gemakkelijk zou vallen.' Hij glimlachte. 'Maar het lijkt me de moeite van het proberen waard.' Zijn glimlach ebde weg. 'Hoe denk jij erover?'

Haar stem trilde een beetje toen ze zei: 'Ik denk eigenlijk ook dat het best de moeite waard kan zijn. Ook al ben je nog zo'n...'

'Michael, ik kon bijna niet wachten tot ik naar je toe mocht.' Cassie stond ineens in de kamer. 'Je had gisteravond met... O, je bent écht gewond. Dat zei Melissa al, maar ik...'

'Ik zit een beetje in de lappenmand.' Hij lachte. 'Maar jij ziet er fantastisch uit. Welkom thuis, Cassie. Hoe voelt het?'

Ze liep langzaam naar hem toe. 'Ik kan niet ver lopen, want dan krijg ik zo'n raar gevoel in mijn benen.' Ze plofte op de rand van het bed neer. 'Volgens pappie komt dat doordat ik ze al zo'n tijd niet meer gebruikt heb.'

'Ja, daar komt het vast door.'

'Mama komt hiernaar toe. Pappie had tegen haar gezegd dat ze in Washington moest blijven, maar toen hij haar belde, zat ze al in het vliegtuig. Ze zei dat ze geen moment langer meer wilde wachten tot ze mij zou zien.' Ze giechelde. 'En pappie zei dat ze waarschijnlijk de enige wordt die ooit aan boord van *Air Force Two* een baby heeft gekregen.'

'Je klinkt alsof je weer helemaal de oude bent.'

'Bijna. Ik ben nog steeds een beetje bang.' Haar glimlach werd nog breder. 'Maar de Winddanser is hier ook. Hij zal wel zorgen dat me niets kan overkomen. Pappie heeft hem gisteravond bij me gebracht. Geweldig, hè?'

Melissa keek er toch een beetje van op dat Andreas rechtstreeks vanaf het toneel van de moord met het standbeeld naar Cassie was gegaan. Maar bij nader inzien was het eigenlijk niet zo vreemd. De familie Andreas en het standbeeld hadden al eeuwenlang lief en leed gedeeld. Als de Winddanser ervoor kon zorgen dat Cassie hier in Vasaro weer gelukkig werd en opnieuw vertrouwen in het leven kreeg, waarom zouden ze het standbeeld dan bij haar weghouden? 'Ja, geweldig, Cassie.'

Haar glimlach verdween. 'Maar Melissa zei dat jullie allebei weggaan, Michael. Ik wil dat jullie bij me blijven.'

'Het is voor ons beter dat we weggaan,' zei hij. 'Maar als je ons nodig hebt, staan we altijd voor je klaar.'

Ze fronste. 'Beloof je dat?'

'Dat beloof ik.' Travis kneep even in haar hand. 'Laat het me maar weten, dan kom ik meteen naar je toe.'

'De meeste mensen wachten tot ze officieel uitgenodigd worden,' zei Andreas vanuit de deuropening.

Travis verstrakte. 'Dat heeft Cassie net gedaan. Maar als u goed voor haar zorgt, zal ze nooit reden hebben om een sos uit te zenden, hè?'

'Ik zal goed voor haar zorgen.' Hij liep de kamer door en tilde Cassie op. 'Ik heb begrepen dat jullie van plan zijn te vertrekken.'

'Over tien minuten worden we hier door een piloot opgepikt,' zei Melissa snel. 'Ik weet dat u graag van ons af wilt voordat mevrouw Andreas hier is.'

'Er zijn nog veel meer manieren om van jullie af te komen.' Hij drukte een kus op Cassies wang. 'Waar gaan jullie naar toe?'

'Naar Juniper.'

'Wat een verrassing. Maar ik vraag me af of Travis zich daar wel echt thuis zal voelen. Hij past beter in een wat meer opwindende omgeving. En het is wel erg dicht bij Washington.' Hij kneep zijn lippen op elkaar. 'Misschien wel te dichtbij naar mijn smaak.'

'Ik zeg ook niet dat we daar blijven,' zei Melissa. 'Maar ik moet wat privézaken afwikkelen. Jessica. Wilt u ervoor zorgen dat het lichaam wordt vrijgegeven?'

Hij knikte. 'Daar zal ik voor zorgen.'

'Goed.' Ze retourneerde zijn blik met een moed die ze niet voelde. 'Dat is dan afgesproken.'

Andreas bleef nog even zonder iets te zeggen naar Travis kijken. 'Daar lijkt het wel op. Ik zal tegen Danley zeggen dat hij jullie naar beneden laat brengen en in de helikopter laat zetten.' Hij liep met Cassie in zijn armen naar de deur.

Melissa slaakte een diepe zucht van opluchting. Als Andreas op het punt had gestaan om iets anders te beslissen, wilde ze dat niet eens weten.

'Laat me los, pappie.' Cassie wurmde zich uit zijn armen los, holde naar Melissa toe en wierp zich in haar armen. 'Ik... hou van je,' fluisterde ze. En fel voegde ze eraan toe: 'Denk erom dat je me nooit vergeet.'

Melissa sloeg haar armen stijf om haar heen. 'Ik zou je nooit kunnen vergeten.' Ze had een brok in haar keel. 'Ik zal altijd dichtbij je zijn, schattebout.'

Cassie stapte achteruit en knikte nadrukkelijk. 'Reken maar.'

Het klonk bijna als een bedreiging, dacht Melissa geamuseerd. Cassies onzekerheid begon als sneeuw voor de zon te verdwijnen. Cassie grinnikte even ondeugend en knipoogde voordat ze naar haar vader liep en zijn hand pakte. 'Ik heb honger. Kunnen we bij het ontbijt warme broodjes krijgen?'

'Volgens mij kan dat wel geregeld worden,' zei haar vader en trok haar de kamer uit.

Melissa grinnikte. 'Geef Cassie nog een paar maanden en ze speelt de baas over het hele Witte Huis.'

'Ze is niet de enige die de zaken naar haar hand wil zetten,' mompelde Travis.

'Andreas en jij vlogen elkaar bijna in de haren. Iemand moest tussenbeide komen en hem afleiden.' Ze duwde haar rolstoel naar de deur. 'Ik zal blij zijn als we weer terug zijn in Juniper en al deze…' Ze hield haar mond toen ze een golf van verdriet voelde opwellen. 'Nee, dat is niet waar. Dat huis zal me in alle hoeken en gaten aan Jessica doen denken.'

'Misschien kunnen we na de begrafenis een tijdje ergens anders heen gaan.'

'Misschien wel.' Ze keek even achterom. 'Maar Juniper is waarschijnlijk de veiligste plaats tot Karlstadt je uit zijn hoofd heeft gezet.'

'Je neemt me weer in bescherming.' Hij glimlachte. 'Ik regel het wel met Karlstadt. Zodra we in Juniper zijn, stuur ik hem het geld en de cd-rom toe. De diamant die ik aan Thomas had gegeven heeft hij al terug.'

'Dan zou hij toch tevreden moeten zijn? De enige diamanten die hij nog mist, zijn door de CIA in beslag genomen.'

Hij aarzelde. 'Eh… niet precies.'

'Hè?'

'Er zijn nog drie flinke stenen die ik heb moeten gebruiken om te onderhandelen.'

'Met wie?'

'Met Danley.'

Ze staarde hem ongelovig aan. 'Met Danley? Waar heb je het in vredesnaam over?'

'Op de avond dat hij me in Amsterdam oppakte, heb ik het met hem op een akkoordje gegooid. Ik had het idee dat ik hem misschien nodig zou hebben.'

'Heeft Danley zich laten omkopen?'

Hij glimlachte. 'De meeste mensen hebben een prijs en die diamanten zouden een rijk man van hem hebben gemaakt. Hoewel hij zich niet wilde laten vastpinnen op de mate waarin hij me eventueel zou willen helpen. We hebben afgesproken dat hij me alleen zou helpen ontsnappen als dat absoluut noodzakelijk was.'

'Maar wist hij dan dat je van plan was om Cassie mee te nemen?'

'Nee, dat hebben Galen en ik samen geregeld. Maar nadat hij had gehoord dat ik Cassie had meegenomen, wist hij verdomd goed dat hij ervoor moest zorgen dat ze me niet te pakken zouden krijgen. Ik had al tegen hem gezegd dat ik hem ook onderuit zou halen als ik voor de bijl ging. Hij wilde absoluut niet als medeplichtige worden genoemd.'

'Dus hij heeft als het ware als een struikelblok voor Andreas gefungeerd?'

'Wat dacht jij dan? Galen is goed, maar het zat er dik in dat ze ons te pakken zouden krijgen.'

'Ben je van plan om Andreas te vertellen wat Danley heeft gedaan?'

'Om de donder niet, ik kan hem nog best eens nodig hebben. Je mag je bronnen nooit verraden.'

Ze schudde verbijsterd haar hoofd. 'Je bent echt niet te geloven.'

'Nou ja, stel je voor dat Karlstadt toch eist dat ik hem die diamanten bezorg die de CIA als bewijsmateriaal in de kluis heeft liggen. Dan kan Danley daaraan komen.'

'En stel je voor dat Danley besluit die drie diamanten die je aan hem hebt gegeven te verkopen?'

'Ik zal hem wel laten weten wat Karlstadt met hem zal doen als die diamanten boven water komen.' Hij glimlachte. 'Dus je hoeft je niet ongerust te maken. Ik zei al, ik los dat probleem wel op. We hoeven ons niet in Juniper te verstoppen. We moeten ook aan jou denken.'

'Ik doe niet anders.' Ze deed de deur open. 'We zien elkaar beneden wel.'

26

'Mijn god, wat een stel krukken.' Galen zat achter de stuurknuppel toe te kijken hoe de CIA-agenten de brancard van Travis in de helikopter zetten. 'Je zou toch nooit geloven dat jij...'
'Stijg maar op, Galen,' zei Travis. 'Ik heb geen zin om me door
jou te laten beledigen.'
'Jammer. En ik ben er juist zo goed in.' Hij keek even naar Melissa. 'Als ik jou was, zou ik toch beter uitkijken met wie je op-
trekt. Ik had er vast wel voor gezorgd dat je niet gewond kon raken.'
'Hou je mond,' zei Melissa. 'Wegwezen.'
Een moment later steeg de helikopter op en zwenkte naar het zuiden.
Melissa keek naar beneden en zag Andreas met Cassie van de verandatrap af komen. Cassie stak haar hand op en woof. Melissa
woof terug.
'Cassie?' vroeg Travis.
Ze knikte. 'Ik ben blij dat hij haar mee naar buiten heeft genomen om ons uit te zwaaien.' Ze trok haar neus op. 'Met haar in
de buurt zal hij ons in ieder geval niet uit de lucht laten schieten.'
'Dat zou hij toch niet doen. Ik ben de enige die hij niet ziet zitten.'
'Misschien kun je daar in de toekomst iets aan doen. Wie weet,
kun je hem met behulp van jouw bronnen waardevolle inlichtingen toespelen.'
'Dat zou kunnen.'
'En hij krijgt vast een behoorlijke schok als hij tot de ontdekking
komt dat Cassie na haar terugkomst net als ik over helderziende
gaven blijkt te beschikken. Het is best mogelijk dat hij haar niet
alleen aan zal kunnen.'

'Maar dat weten we nog niet zeker. Je hebt toch geen contact meer met haar gehad sinds ze wakker is?'

'Eén keer.' Ze zweeg even. 'En toen kwam ik erachter dat ze al iets heel interessants te weten was gekomen toen ze nog in de tunnel zat. Nu ze er weer uit is, zou haar gave weleens schrikbarende vormen aan kunnen nemen.'

'Wat is ze dan te weten gekomen?'

'Toen jij bewusteloos was, zei ze: "Je moet tegen Michael zeggen dat als ik buiten blijf hij dat ook moet doen." ' Ze keek hem strak aan. 'Wat bedoelde ze daar volgens jou mee?'

Hij verstarde. 'Dat zal ik ongetwijfeld van jou te horen krijgen.'

'Ik heb daar vannacht heel lang over na liggen denken.'

'Het spijt me dat ik je uit je slaap heb gehouden.'

'Misschien moeten we het aan dokter Dedrick vragen.'

'Dat zou een oplossing kunnen zijn.'

'Behalve dan dat die dokter Dedrick helemaal niet bestaat, verdomme. Je hebt hem gewoon verzonnen, hè? Wat had je gedaan als ik op die bluf van jou was ingegaan en dat boek inderdaad had willen lenen toen je me dat aanbood?'

'Die kans leek me vrij klein. Je had het veel te druk met Jessica's problemen.' Hij haalde zijn schouders op. 'En ik wilde je helpen.'

'Ik had het kunnen weten. Je begreep zo verdraaid goed wat er met mij aan de hand was. En jij kreeg inlichtingen uit heel andere bronnen dan Galen. Je wist van tevoren dat er een overval op Vasaro zou komen, maar je wist niets over Deschamps. En jij kon Cassie wel helpen, terwijl ze niets moest hebben van andere mensen. We zijn er blindelings van uitgegaan dat dat kwam omdat je haar in Vasaro gered had, maar er kwam ook nog iets anders bij, hè?'

'Ik weet het niet. Ik zou je echt niet precies kunnen vertellen hoe het in zijn werk gaat. Het is allebei mogelijk.'

'Geen wonder dat je zoveel belangstelling had voor Cassie. Je vereenzelvigde je met haar. Toen je vader stierf, heb je een klap op je hoofd gehad en je hebt maandenlang bewusteloos in een ziekenhuis gelegen. Waar was je toen, Travis? In een tunnel, in een grot, in een bos?'

'Nee, op een boot, een bijzonder sterke, goedgebouwde kruiser die er met de snelheid van het licht voor alles en iedereen vandoor kon gaan.'

'Monsters?'

'Daar heb ik mijn deel van gehad. Maar ik had een drijfveer die me over die zware, psychische schok heen hielp. Mijn vader was voor mijn ogen vermoord en haat is een bijzonder sterke prikkel.' Hij keek haar niet aan. 'Daarna kwamen de dromen. En een tijdje later begon ik af en toe… dingen te zien. Ik heb nooit een band met iemand gehad zoals jij met Cassie. Kennelijk werkt het bij iedereen anders. Al in het eerste jaar besefte ik dat ik het nooit naar mijn hand zou kunnen zetten. Als ik iets wílde zien, lukte dat niet. Ik had het gevoel dat ik erdoor geleefd werd.'

'Heb je het aan Jan verteld?'

Hij schudde zijn hoofd. 'Niet aan Jan en ook niet aan iemand anders. Ik heb alles gewoon opgekropt. Soms kon ik voorkomen wat ik had gezien. Soms ging dat niet. En af en toe wilde ik het ook niet voorkomen. Ik vond dat ik wel een beetje profijt mocht hebben van alle ellende die het me bezorgde. Toen ik oud genoeg was, heb ik geprobeerd uit te vissen wat er precies met me aan de hand was en ik heb er wel wat over kunnen ontdekken, maar we maken deel uit van een bijzonder elitair gezelschap. Daarom was ik zo gefascineerd toen ik ontdekte wat er met Cassie aan de hand was… en met jou. Je zou bijna geneigd zijn om te geloven dat er zoiets als het noodlot bestaat.'

'Maar het was niet het noodlot dat jou ertoe heeft bewogen om in te grijpen en je met Cassie te gaan bemoeien.'

'Nee, ik was aanvankelijk gewoon nieuwsgierig en daarna raakte ik erbij betrokken.'

'Waarom heb je me dat niet gewoon verteld? Waarom mocht ik dat niet weten?'

'In het begin waren we niet bepaald goeie vrienden. Nee, daar lag het niet aan. Het… kost me moeite om erover te praten. Ik ben eraan gewend geraakt om het alleen op te knappen.' Hij trok een gezicht. 'Oké, jij hebt een keer gezegd dat ik misschien wel net als Cassie in een tunnel zat. Je wist niet dat je de spijker bijna op de kop sloeg. Misschien had je wel gelijk. Misschien heb ik niet geleerd om er op een verstandige, gezonde manier mee om te gaan. Maar ik heb gedaan wat ik kon.'

'Was je van plan om me te zijner tijd in vertrouwen te nemen?'

'Natuurlijk. Nou ja, misschien. Dat hoop ik tenminste. Het zou

me wel moeite hebben gekost. Ik ben niet zoals jij. Jij bent on-
bevangen en je staat voor alles en iedereen open.' Hij keek haar
aan. 'Als jij daar behoefte aan zou hebben gehad, zou ik je het
verteld hebben. Ik ben bereid om je alles te geven waar je behoefte aan hebt.'

'Travis, ik kan je wel wurgen.'

'Houdt dat in dat je niets meer met me te maken wilt hebben?'
Hij klonk luchtig, maar zijn gezicht toonde het tegendeel. 'Het
zal me moeite kosten om dat te accepteren. Vergeleken daarbij
zou het terugkeren naar een traumatische toestand gemakkelijk
zijn.'

Ze had hem nog nooit zo kwetsbaar gezien. Ze moest nog zoveel
over hem te weten komen. Nog zoveel ontdekken. Zijn geest was
constant actief, hij stond geen moment stil, hij deed niets anders
dan nieuwe plannen maken. Hij had een leven achter de rug dat
haar begrip te boven ging. Het zou best kunnen dat dit pas het
eerste was van de geheimen die hij weigerde prijs te geven. Travis was zeker geen brave Hendrik.

Ach, barst. Bij hem zou ze zich nooit vervelen.

'Waarom zou ik niets meer met je te maken willen hebben? Waarschijnlijk ben je de enige man ter wereld die me begrijpt. Maar
je hebt wel een paar slechte eigenschappen die ons behoorlijk wat
hoofdbrekens zullen bezorgen.' Ze pakte zijn hand en glimlachte tegen hem. 'Nou ja, we moeten gewoon ons uiterste best doen.'